NF文庫
ノンフィクション

新装解説版

零戦撃墜王

空戦八年の記録

岩本徹三

潮書房光人新社

本書は驚異的な撃墜数を誇り、日本海軍戦闘機パイロットのなかでもトップ・エースであった著者の回想記です。

太平洋戦争では空母「瑞鶴」乗り組み、インド洋作戦、サンゴ海海戦、ソロモン方面など数々の戦場を転戦しました。

著者は昭和三十年に三十八歳の若さで亡くなりますが、その豊富な実戦経験を貴重な記録として残し、不屈の精神と迫真の空戦が綴られています。

零戦撃墜王——目次

第一章　初陣の前夜

第二章　空母戦闘機隊

第三章　南の海、北の海

第四章　ラバウル航空隊

第七章　雲の墓標

第八章　暁の奇襲攻撃

写真提供／著者遺族・吉田一・酣燈社・雑誌「丸」編集部

零戦撃墜王

空戦八年の記録

第一章　初陣の前夜

最前線基地で

爆音で目が覚めた。ここが最前線、南京大校場飛行場である。前線第一夜の夜明け、明けたというにはまだ早い時刻で、あたりはうす暗いが、静寂を引き裂くような爆音が聞こえてくる。すでに整備員たちは、今日の仕事にかかっているのだ。私はベッドの中で、その爆音に耳を澄ませながら、身体じゅうに力強く湧きあがるものを感じていた。

昭和十一年末、私は第三十四期操縦練習生教程を卒業すると同時に、佐伯海軍航空隊勤務に配属され、翌十二年七月、大村海軍航空隊に転属すると、折から拡大の一途をたどる支那事変の華々しいニュースに心躍らせながら、連日、はげしい訓練に明け暮れていた。

そのころ、上海、南京方面では、第十二、第十三航空隊の戦闘機隊が新鋭九六艦戦を駆って、目覚ましい戦果をあげていた。敵はソ連製のイ15、イ16、米国製のカーチス・ホーク、ボーイングP26などである。

それらのニュースを聞きながら、内地にあってしきりに髀肉の歎を洩らしていた私に、十三空転勤の命が下がったのは、昭和十三年の春浅い二月二日のことである。即刻、転勤の準備にかかる。

十日午前八時、九七艦攻一機に誘導され、黒岩利雄一空曹指揮の下に、楠、松村、岩本の四機は、勇躍、大村飛行場を飛び立った。

一時間四十分の飛行で済州島に着陸、ここで燃料を補給すると、黒くさむざむと波立つ東シナ海を横断し、二時間十五分ののち、上海公大飛行場に着陸した。

整備員に燃料補給をたのみ、ひと休みしようと指揮所の方に歩いて行くと、佐伯で基地訓練のお世話になった先輩の金崎、岡田の両氏に会う。

「おお、やってきたか。久しぶりだな」

「おくればせながらかけつけました。またお世話になります」

お互いに健闘を誓い合って別れる。

少し休んだあとふたたび離陸し、一路、南京に向かって飛び立つ。話には聞いていたが、果てしない大陸の地の拡がりに驚いた。大きく曲がりくねっている揚子江に沿って、蘇州、鎮江などの都会を通過して一時間二十分、南京城外大校場飛行場に着陸した。

飛行場には、一面に生々しい爆撃のあとが残っている。それに水が溜まって、この広い飛行場も、ほんの一部しか使用できない状態である。

「おお、とうとうやってきたな」

迎えてくれた大勢の搭乗員たちはみんな、大村航空隊でいっしょだった連中ばかりだ。

大陸の日暮れは早い。私たちは案内されて、もと中国軍の使用していた兵舎にはいった。内地から持参のお土産の数々に、みんな歓声をあげて喜ぶ。最前線とは思えない、なごやかな雰囲気だ。

この飛行場の周辺にはまだ残敵がいるのだぞ、とおどかされる。そういえば、ときどき遠く、銃声が聞こえる。やはりここは前線基地だ。

大正末に海軍に入隊した戦闘機搭乗員の草分け・黒岩利雄一空曹。

前線第一日、昭和十三年二月十一日午前八時、黒岩一空曹、楠二空曹、岩本一空兵（私）の三機編成で、地形偵察ならびに蕪湖方面上空哨戒の任務をあたえられ、大校場飛行場を飛び立った。

当時の状況は、占領地の市街、鉄道沿線付近以外は、ほとんど全部、敵地同様であることだったが、敵機の来襲はなかった。敵空軍主力は、漢口、南昌といった軍の本拠にあって、安慶、九江などをその前進基地としていた。

三機は一時間半にわたって、揚子江沿いに南下、その付近を偵察した。江寧鎮付近には河岸に砲艦らしいものが、腹を見せて座礁していた。江上の艦艇は、蕪湖の上流荻港付近まで掃江しつつあった。揚子江を中心として水路はきわめて多く、そのかわり道路はあまりない。ところどころにある支那式墓地は、上空から見れば、土まんじゅうのようである。

なんといっても、上空からつい見とれるのは中山陵である。その規模の雄大なこと、まさに大陸的で、眺めているこちらの胸までが大きくふくらんでくる感じがする。

地形偵察、上空哨戒という任務とはいえ、まずは空からの観光飛行の気分だ。

第十三航空隊は、昭和十二年七月十一日、大村航空隊で編成され、そのときは、九六艦戦二分隊（十二機）、九六艦爆六機、九六艦攻十二機という、海軍最新鋭機を配当されていた。

九六艦戦は九月五日、上海に進出し、硝煙たなびく砲撃下の上海公大基地に展開した。はじめは付近の敵陣地を攻撃し、地上軍に協力していたが、九月十九日の南京第一回攻撃には艦爆隊を掩護して進攻、カーチス・ホーク、ボーイングP26二十機と交戦し、その十三機を撃墜した。

その後も十三空は南京空襲をくり返し、とくに十二月二日の南京上空戦では、南郷戦闘機隊は六機をもって三十機の敵機と交戦し、その十三機を撃墜、感状を受けて名声を高めた。

南京陥落と同時に、十三空は、大校場飛行場に進出して、南昌、漢口の攻撃を続行し、戦果を拡大した。

翌十二日も、昨日同様、蕪湖、荻港上空の哨戒に飛び立つ。高度四千メートル、一時間三十分の飛行時間を長いものに感じる。つい眠気におそわれる。

ようやく任務を終わって着陸すると、内地からの慰問袋がとどいていた。内地から来たばかりとはいえ、慰問袋の味はまた格別だ。受けとった慰問袋の中から、いろいろなおきまりの品々にまじって、赤ふんどしが出てきた。これはめずらしい。いいものをもらったと胸が躍る。

室内には夜昼をとおして、火鉢がある。食事の時間になると、この無煙炭利用の火鉢の火を利用して、われもわれもと肉を焼く者、卵を煮る者、たいへんなにぎやかさだ。どれもこれも、前線ならではの楽しい料理の味である。

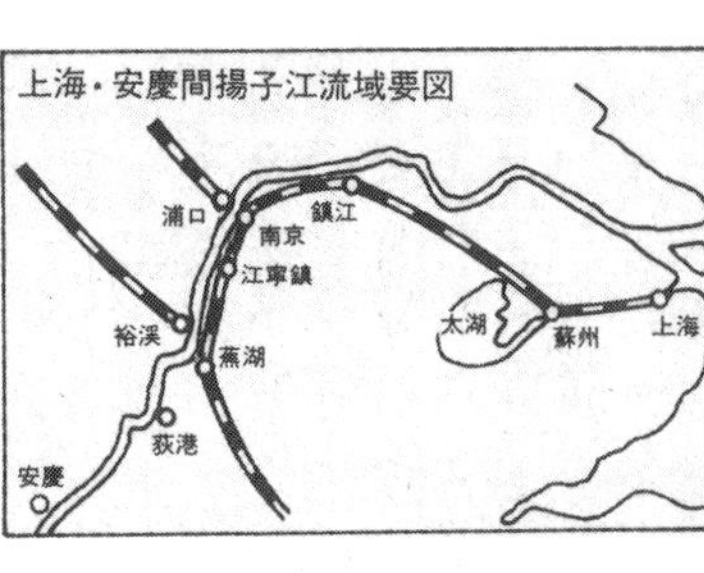

昭和十三年二月十七日、当大校場飛行場に着任してちょうど一週間たった。今日もまた、荻港付近の哨戒にあたる。一時間三十分、なんの異状もない。
今日も平穏無事の一日で終わるかと思われたが、夜になると、漢口方面に敵空軍集結中との情報がはいり、明朝の空襲命令が発令される。兵舎内はたちまち湧き立った。

これには残念ながら、田熊大尉指揮下のわが一中隊は編成にはいっていなかった。明日の攻撃の前祝いで、その夜は大にぎわいとなった。同期の浜田は、慰問袋の中にあった赤ふんどしを取り出してひろげて見ている。

明日はこれをしめて出陣するのだと、はやくも勇み立っていた。

明くる十八日の朝、十三空の戦爆連合十六機は、残存隊員の見送りをうけて、爆音勇ましく、堂々と飛び立っていった。

残る搭乗員の一部は、残存機をもって攻撃隊帰途の哨戒任務をあたえられて出動することになっている。

基地の全員は、いまかいまかと、電信所からのニュースを、耳をそば立てて待っていた。

攻撃隊が出発して二時間たって、待ちに待った中攻からの電信がはいる。

「漢口上空敵機あり、攻撃を察知せる敵は、早くも戦闘機を上げ哨戒中」

つづいて「空戦中」の報だ。

基地の全員は、思わずかたずをのむ。握ったこぶしが汗ばむ。中攻からは、つぎつぎと戦況報告がとどく。

「味方戦闘機、敵戦闘機と空中戦展開中、中攻隊は爆弾投下を終わり、帰途につく」

帰途、哨戒の三機は飛び立っていった。

空戦は終わった。基地では、空襲の戦果の期待もさることながら、犠牲者のないことを、まず何よりも心に祈る。

ポッポッ攻撃隊が帰ってきていいころだ。全員、ジッと、地平線のかなたに目を注いでいる。まもなく、元気のいい見張員の声。

「二百五十度方向、味方らしき飛行機一機、こちらに向かって来ます」

「つづいて一機、さらに一機，近づいてきます」

基地の目は、いっせいに近づく味方機の機影に注がれた。

一機また一機、味方戦闘機は、つぎつぎに滑走路にすべりこんでくる。ストップした飛行機に向かって整備員は走る。操縦席から搭乗員がおりてくる。迎える整備員たちに、ニッコリ笑って指一本を立ててみせる。一機撃墜の意味である。つぎの搭乗員は二本の指。二機撃墜である。

指揮所前では、司令官以下幹部将校が集まって、帰ってきた搭乗員のひとりひとりに、戦果と空戦の状況を聞いている。搭乗員の報告に、いちいちうなずいては、戦果を記入する。

帰ってきた飛行機の数は十三機、あとはとだえた。十六機の出撃である。三機未帰還だ。金子大尉、宮本一空曹、浜田一空兵の三機である。

戦死の言葉を口にするものはいない。おそらく三機は燃料がなくなり、蕪湖あるいは揚子江上を哨戒中の味方艦艇の付近に、不時着したのにちがいない。やがてそこから基地に報告がはいるだろう。

だが、心待ちにしていたその報告は、ついに来なかった。三機は漢口上空の華と散った。赤ふんどしをしめた昨夜の浜田の元気な姿が目にうかぶ。彼はもういない、それはどうにも実感になりにくかった。たしかに彼はもう生きていない。戦いというものの非情さに胸がせまった。

四機撃墜、不確実一機

昭和十三年二月二十四日、突如、敵来襲のサイレンが鳴りひびく。この基地に来てはじめて聞くサイレンだ。敵機は前線の蕪湖方面に来襲しているとの報告である。

私たち指揮所で待機中の搭乗員は、バンドをかけるいとまもなく、一機また一機、あたかもたんぼから追い立てられる雀のように、全機あわただしく舞い上がった。

ところが、敵は最前線にチョッコリ姿をあらわして、どこといわず行きあたりばったりの投弾をしただけで引き上げたらしく、追っとりがたなでかけつけた私たちは、敵機の姿にお目にかかることはできなかった。

その日の夕刻、南昌空襲の命が下がった。こんどは、わが一中隊も出撃の編成にはいっている。私としては、生まれてはじめての見敵、つまり初陣である。

「よし、明日こそはやってやるぞ」

胸はおどり、身体じゅうの血が湧き立つ。実戦の経験こそないが、経験談はもう何回となく聞いている。

「撃墜！　そうだ撃墜だ」

その瞬間を思いえがくと、武者ぶるいがおこる。明日が待ちどおしい。不安にもなる。敵を見たら、沈着冷静に行動しなければならないと、勇み立つみずからをいましめる。

今夜も前祝いで大にぎわいだ。早めに床につく。戦いの前夜はぐっすり眠らなければならない。明日、最高のコンディションで戦うために——。

明くれば昭和十三年二月二十五日、まだうす暗い。整備員は今朝出撃の受け持ち機に取りついて、エンジンの調整に余念がない。試運転の爆音が、凍った夜明け前の空気を破る。

攻撃参加者は、出発の整列まで自由時間で、起きようと、寝ていようと自由である。ゆっくり寝ている者もある。やはり気になるとみえて早くから起きて、チャートの整理や、衣類の整理にかかっている者もある。

出撃以外の残留員は、四時ごろ起き出して、飛行機の搬出に整備員の手伝いをしている。

午前七時、指揮所前に攻撃搭乗員の整列が行なわれる。

第一中隊

一小隊　田熊大尉　鈴木三空曹　大森三空曹

二小隊　黒岩一空曹　楠二空曹　岩本一空兵

三小隊　赤松一空曹　松山二空曹（十二空より参加）

第二中隊

一小隊　四元中尉　樫村三空曹

二小隊　荒井一空曹　菊池三空曹

三小隊　内藤一空曹　藤原三空曹

上海公大基地から発進した中攻隊四十八機が、午前十時、当飛行場上空で、われわれ戦闘機隊と合同した。

　戦闘第一中隊は右前程、第二中隊は左後方に占位して定針し、中攻隊は鄱陽湖付近から警戒隊形をとる。

　天候晴、高度五千メートル付近に雲がある。中攻隊は各銃架配置につくのが見える。長めの隊形も、南昌に近づくにしたがって横に広い爆撃隊形と変わる。

　第一中隊は右側、高度差約千メートル、第二中隊は左側、やや後方の位置。鄱陽湖を大半過ぎるころ、中攻隊はやや高度を下げぎみに、爆撃進路にはいる。いまだに敵戦闘機の姿はない。


　南昌飛行場上空に近づく。あちらこちらの陣地から高射砲が撃ちあげられる。炸裂の弾煙が行く手にはじける。

　その中を堂々進撃する中攻隊の偉容に見とれていた私は、フトうしろを見てハッとした。すでに第二中隊は左後方にあって、敵味方入り乱れての空戦を展開しているではないか。私は二小隊三番機で、いちばん後方の位置にある。後上方からの攻撃を受けるとしたら、まず私がいちばんさきにねらわれる。

　慎重に先続機との距離が開かぬように操縦しながら、上方の雲を警戒する。そのとき、雲の中に、チラと影らしいものを認める。敵機だ。

敵機は、爆撃の終わった中攻隊先頭機に、突如、雲中から襲いかかった。一機またつづいて一機。

昭和13年２月25日、南昌空襲に参加した著者は、初めて敵戦闘機と空戦を演じた。当時の中国空軍の主力・イ15戦闘機。

指揮官田熊大尉は、すわ敵機とレバー全開、突撃にはいる。

雲の中からは、敵機が出るわ出るわ、その数十五、六機。私はただちに上昇姿勢をとって雲中に突入し、いままさに降下しようとする姿勢にあったイ15にたいして肉薄、距離約五十メートルにせまって必墜の引き金を引く。

機銃からは気持よく弾が流れ出る。快感が、からだをおののかせる。はじめての実標的である。吹き流し射撃訓練での必中の腕まえで撃ちまくる。

敵機は、胴体から白煙をポッと吐いたとみると、まもなく、それは火炎となって機体をつつみ、火だるまとなって墜落していった。初撃墜！　とはいえ、その瞬間が過ぎてみれば、あまりにもあっけない、一瞬の出来事にすぎなかった。

初撃墜のうれしさは、さすがにからだの中の血をおどらせる。高度は、いつのまにか四千メートルに下がっている。四囲を眺める。視界内に友軍機はいない。フッと一息いれる。

「よし、第二のえものだ」

そのとき、フトうしろを見て、いままさに射撃姿勢にはいろうとする敵機をみとめた。

「しまった!」と思った瞬間、急反転した。あぶない。落とされるところだった。

友軍機の見えないのが急に不安になった。見張りを厳重にして、戦況をよく見て攻撃をやれとの先輩の教訓が頭にうかぶ。まず後上方を見張る。ついで四周をよく見わたす。と、突然、翼下を同航で飛ぶイ15を発見した。

「しめた!」

ただちに切りかえし、後上方を追尾する。

えものを前にして、乱射乱撃の不利を思い、さらに接近するまで射撃をひかえる。撃つ前にはかならずうしろを見よという教訓も思い出す。うしろを見る。敵機のすがたはない。このとき、あまりに冷静におちついている自分に、われながらびっくりする。敵機との間隔は次第にちぢまっていった。

時はよし、ぐっと引き金を引く。わが射撃の腕は冴えた。敵機は大きく急上昇する。つぎの瞬間、機体は一回転して錐もみ状態となり、ゆっくり墜落していった。おそらく操縦者に命中したのだろう。

高度は依然として四千メートル。やはり同高度には、敵機も味方機も姿がない。敵味方とも、大半が下方にいるらしい。

右下方を見張る。友軍機が敵機三機に反復攻撃されている。それが目にはいる。一刻の猶予もならない。

たったいま、味方機に一撃を加えて上昇してきたイ16がいる。かれはその頂点で背面になり、ふたたび味方機に攻撃を加えようとするその瞬間を、私が捕捉し、一撃、約二秒足らずの射撃を加えた。

急上昇しながら敵機を見る。背面のまま発動機付近から火を吹き、ガクッと、頭をおとして、そのまま火炎の尾を引きながら落ちてゆく。しめた、撃墜三機目、といいたいところだったが、これは、地上近くで見失って確認することができなかった。

ホッと、ひと息つく。もちろん興奮はしていた。初陣ながら二機確実撃墜で気持もおちつく。上下左右の見張りを綿密にする余裕がある。

同高度には依然として、敵も味方も見えない。下方を見る。いるいる、何十機となく飛びまわっている。不思議なことに味方機はいない。

飛行場は、味方中攻のさっきの爆撃で、ここかしこが燃えている。パッパッパッと赤く光るのは敵の高射砲である。

私はつぎの敵機をもとめて速力を増し、やや高度を下げた。すると、同高度真正面から、こちらに向かって突進してくるイ15一機がいる。対向の両機はたちまち接近して、射撃するいとまもなく、翼すれすれにすれちがった。

私はただちに反転した、敵も逃げない。われにおくれじと上昇反転する。こんどは私の方が少し下方気味で、やや有利な態勢である。しかし、射撃にははいれない。さらに反転してから、ようやく、わが照準器は敵機を捕捉した。

しめた……。引き金を引いた。少しあせり気味だったのか、乱射に終わって敵機は落ちない。敵は空戦を避けて、急激に高度を下げはじめる。逃がすものかと私は追う。戦闘は曲線から直線になって、射撃は容易となった。ぐんぐん肉薄する。曳跟弾は尾を引いて敵機に吸いこまれていく。直線コースは大きく曲線コースにかわる。

飛行場に向かって、敵機は機首を向けた。飛行場に逃げこむつもりか。逃がすものか、せっかく苦労してここまで追いつめてきた獲物だ。追撃また追撃、敵味方とも、地上に向かってつっこんでゆく。

高度二千メートルになったころである。敵機は急に、がっくりと機首を下げた、と見るまに、そのまま落下してゆき、飛行場近くの畑に突入、パッと火煙をあげた。最後は簡単だった。撃墜第四機目である。

いまの一機のために長い時間をかけすぎ、高度は下がり、不利な態勢になっている。上空を見る。イ16、イ15が数十機、乱舞している。そのなかの一機イ16が、高度を下げ、脚を出して着陸しようとしている。あとあとのためにも高度をとらなければならない危険な態勢ではあったが、目の前にかっこうの獲物を見ては、そんなことは忘れてしまった。ただ敵を墜(おと)すのみ！

脚を出した低速状態の敵機に対する、優速の空戦である。格段の有利な条件で突入する。高度わずかに二百メートル。まかりまちがえば、もろとも地上に激突のおそれもある。もう頭のなかにはそんな危険感もふっとんで、敵機を照準器に捕捉し、チャンスとばかり射撃を加えた。

不意をつかれた敵機は驚いて、脚を出したままのかっこうで、急反転操作をする。

この高度では反転は無理である。アッというまに飛行場の端に頭から激突し、土煙を上げて飛び散った。なんということか。これが戦闘機乗りの運命(さだめ)なのである。わが身の危険を忘れて、敵をいたわってやりたいような感傷！　それは五機目の撃墜のせいか……。

機側の前後左右に飛びかう高射砲弾に、アッとおどろいてわれに帰る。高度百メートル、敵高射砲は、ここを先途と撃ちまくってくる。心臓はドキドキ、そのために体がふるえるほどだ。

うしろを見る。敵五、六機が、わが機を追尾してくる。あっ、絶体絶命！　深追いしすぎたかな？　敵の高度約五百メートル、距離六百ないし七百である。

レバー全開、高度二十メートル、地上すれすれに逃げる。距離は、依然として六百メートル。敵も捕捉困難を感じたか、六百メートルのまま射撃をはじめた。これであたらない。それでも私は、せまい座席で頭を下げ、体をちぢめる。地上は、目のまわるような早さでふっとぶ。

鄱陽湖が見えてきた。敵はまだ追尾している。ここまでくればもう安心だ。敵もこの辺りで引き返すであろう。わが占領地域に近く、こんどはそっちが危なくなる。はたして、敵機は一機、二機と反転して全部、見えなくなった。九死に一生というのはこのことであろう。

　ホッとして時計を見る。戦闘開始から四十分を経過している。その間、発動機はほとんど全開使用である。発動機にお礼をいいたくなる。機付整備員の徹夜の苦労に、心の中で手を合わせる。

　高度二千に回復、喰うか喰われるかの暴風の世界から、静寂そのものの世界にもどった。初陣、そして四機撃墜、不確実一機、深追いの高度百メートル、九死に一生、夢のようだ。しだいに生きているという実感が、じわりじわりと湧いてくる。それにつれて明日への希望が、ふたたびよそおいも新たによみがえってくる。

　視界に味方の機影をさがしたが、一機も見えない。巡航速力も、基地が近づくにしたがって増してくる。遙かかなたに黒い一点が見える。速力を増して近づいてみると、それは楠機だった。かたむいて飛んでいる。からだでもやられたのではないだろうか。片翼に大きな弾痕がある。燃料タンクがやられているのであろうに、よくも火がつかなかったものだ。

　基地まではまだ半分のコースでしかない。燃料は大丈夫なのだろうか。手先信号で聞いてみる。本人はのんきなもの、だいたいあるだろう、という返事だ。

栄光のわが一三三号機

基地に近づくにしたがって、ようやく喜びが湧いてきた。めぐまれた初陣だった。われながらよく奮戦した。昔でいえば大久保彦左衛門の初陣、というところだろう。喜びが湧いてくる。同時にエンジンが気になりだす。生への執着とでもいうか。翼下はまだ敵地なのである。

今日の空襲のために、揚子江上の艦艇は約五十カイリ前進して、攻撃隊の万一の不時着に備えて、救助態勢をとっていた。もし発動機故障、または燃料不足によって、不時着しようとするときは、かならず揚子江上にせよという、出発前の千田貞敏司令の話が頭に浮かんできた。

大平原のまんなかを、大きくうねって流れる大揚子江。大自然の力、その偉大な姿！　いまわれわれが遂行しつつある戦争、たったいま、戦ってきた戦闘、それは、この偉大な大自然の力にくらべて、微々たる生滅のすがたにすぎない。そんな感慨がフッと、雲片のように心をよぎる。

揚子江の大きく曲がったあたりに、黒い点々が見える。味方の江上艦艇だろう。救助の万全を期した用意は、やはり搭乗員の心を安めてくれる。

蕪湖基地まではあと三十分。山岳地帯ももう少しで終わる。その終わったところに、前線基地蕪湖がある。二、三回、上空哨戒に来たことがあるが、着陸するのははじめてだ。

南昌攻撃の帰途、日本機が燃料補給に下りた蕪湖基地。初撃墜を果たした著者は、ここで初陣の重圧感から解放された。

はるか前方に二、三機の機影が見えた。おそらく蕪湖飛行場上空で、われわれの帰途を哨戒している味方機だろうと思う。果たしてそうだった。哨戒機の下方に黄色い四角な飛行場が見える。

もうだいじょうぶ。いままでなにかしら一種の不安につきまとわれていたのが、それも消えて、いまや日本晴れ、爽快な気持である。着陸する、整備員がかけ寄ってくる。まず今日の戦果を聞くだろう。

「イ15、三機、イ16、一機、合わせて四機、撃墜したよ」軽くそう答える私。

おそらく整備員は、びっくりしてこう聞きかえすだろう。

「えっ？　四機も？」

燃料さえあれば、一気に南京まで帰りたいところである。空戦時間が長すぎた。そのため燃料に不安を感じたので、蕪湖に着陸することにきめたのだ。

飛行場上空に来てみると、七、八機、着陸している。たったいま着陸したらしい一機が、滑走路に転覆している。整備員が走ってゆく。搭乗員に負傷がなければよいが、そう思いながら着陸コースにはいる。

無事着陸、エンジンをとめて機外に出る。

「おお、徹（てつ）、帰ったか」

さきに帰った搭乗員が声をかけてくれる。

初陣で帰りがおそかったので、てっきり喰われたものと心配していたのだ。黒岩小隊長もさきに帰っていた。私の帰りを待ちながら心配した分だけ叱られた。

長い長い一日だったが、まだ、午後の二時だ。今日これから先がまだだいぶある。煙草に火をつけた。うまい！　こんなうまい煙草は生まれてはじめてである。

整備員は、先に着いた機から燃料を補給している。燃料車がなくて、ドラム罐からじょうご補給で手数がかかる。それでも基地隊の整備員までが手伝ってくれて、仕事ははかどる。

「味方一機、飛行場に向かって来ます」

見張員の声に、搭乗員たちは飛び出して、

「どこだ、どこだ」と空をさがす。

傾いて飛んでくる機は、さっきの楠機であろう。高度も低く飛んでくる。まもなく、飛行場にはいる。機が傾いているので心配したが、みごとに三点姿勢で着陸した。燃料ぎりぎりいっぱいの飛行だった。

楠二空曹も初陣の一人だ。さっき転覆したのは内藤一空曹で、脚を敵弾にやられたためだったという。

負傷者はなかったが、何機帰還したかは、この前線基地ではわからない。直行で南京に帰った者もいるはずである。

補給の終わった機から、つぎつぎにふたたび出発する。

「ひと足お先きに……」と飛び立ってゆく。

まだ私の機には手もつけていない。だいぶ時間がかかるらしい。

この間に、出発前にもらった弁当を出して食べる。相当のごちそうだが、どういううまいと感じない。いのちがけの緊張のあとで、心身ともに疲労しきっているのであろう。おいしいのはただ煙草だけだった。

ものか食欲がない。普通なら、おいしいおいしいで食べる航空弁当だが、今日は、う

話だけははずんだ。古い下士官も、兵もいっしょに、ああだこうだと、手まね足まねで、敵機とわたり合った戦闘を語りあう。いのちをかけた空中戦である。実際にその場に経験した者でなければ、その気持は味わえない。

やがて、私の機と楠機の二機だけになった。二人はいっしょに帰ることにした。日暮れ間近い午後四時になった。残る二機だけになって、整備員の仕事ははかどる。楠機は、片槽だけが使用可能で、応急処置のまま、出発準備はできた。

大急ぎで落下傘バンドをつける。火のついた煙草を捨てるのが惜しくて、口にくわえたまま飛行機のそばまでゆく。

すでに整備員が発動しようとして、エナーシャはウンウンとうなりをあげている。エンジンはブルブルと作動した。

ただちに座席にはいる。エンジンは快調である。片手を振る基地員をあとに、南京に向けて出発した。

高度百メートル、視界内の見るものすべてがこころよい。小高い丘のところどころ

に遊んでいる牛も、いつもなら低空に下がっておどかすところだが、その牛も今日はなんとなく暖かい気持で眺める。前方、小山を過ぎれば飛行場である。紫金山も、はっきりと前方に見えてくる。

やがて飛行場を視認、赤と白の吹き流しもあざやかだ。今朝ここを飛び立った飛行場とは思えない、ずいぶん長い間、留守にしていたようななつかしさである。

飛行場はあい変わらず悪い。着陸地帯には白布板が敷いてある。

最後の二機ということで、基地員全部の目が、私たちに注がれている。へたな着陸はできない。慎重にレバーをしぼる。

みごとな着陸。す早くフラップを上げる。のぼせていると、訓練のときでもよくフラップを上げるのを忘れて指揮所にもどり、昼間のあんどんと叱られる。

整備員が両手をあげている。地面の悪いところを避けながら列線についた。エンジンをとめ、バンドをはずす。スイッチ・オフ。

指揮所から大ぜい走ってくる。飛行機のまわりじゅう、人でいっぱいになる。

「何機やった？」

「空戦はどうだった？」

やつぎばやの質問である。

指揮所前では、最後の二人になる私たちの報告を待ちわびていた。司令、参謀ほか大勢いる。司令官もいる。

はじめての報告だ。人が報告しているのを聞いていて、へただなァと思ったことがある。さて、自分がやるとなると思うように言えない。空戦の状況を、思い出し、思い出し、それでも簡単明瞭に報告する。

「イ15、三機、イ16、一機撃墜、イ15、一機不確実、終わりッ」

最後は戦果報告でしめくくった。

本日の戦果では、初陣の私がトップである。司令も、よくやったなァとおどろいている。

この日のわが搭乗機一三三号は、上海当時からの勲功機で、毎回の空襲に参加した最多撃墜数の飛行機だそうである。機付の整備兵も、エンジンがすばらしく快調だったと聞くと、躍り上がってよろこぶ。

日は沈みかけていた。あたりはすでにうす暗い。整備員たちは、もう、今日使用した飛行機の点検整備にかかっていた。私たち一同は宿舎にひきあげる。

搭乗員といっても、一等下士から一等兵までである。私をふくめて一空兵は三名、それが宿舎の掃除から食事用意までいっさいやるのだ。

戦場から場面は一転して、こんどはねじり鉢巻きの食事用意である。三等下士一同も、今日のご苦労をねぎらって、手伝ってくれる。

今日の空襲で、指揮官田熊大尉と、同期の尾知一空兵は、護国の花と散った。中攻隊掩護にあたっては、中攻隊の爆弾投下までは、何が何でも、体当たりしてでも、敵戦闘機から中攻を守らなければならない。今日の田熊大尉も、指揮官として、中攻の上空にあって、その爆弾投下の直前に敵戦闘機の奇襲を受け、掩護任務完遂の上で犠牲となったのである。尾知一空兵も同様、隊長のあとにつづいたらしい。

二機の犠牲はあったが、その晩の祝賀の宴は、これがまた特別ににぎやかだった。中攻隊の古株連中が、二箱、三箱と、酒をかつぎこんでくる。今日の攻撃に一機の犠牲もなかったのは、まったく戦闘機隊の犠牲的掩護のおかげであると、そのお礼に、山口兵曹――またの名〝ガラマサドン〟ほか数名が、酒の箱をかつぎこんだ。

食事係は急にいそがしくなる。酒のさかなの調達に主計科に走る。海軍ではこれを〝ギンバイ〟という。ほかの科では三等兵が食事当番だが、搭乗員だけは一等兵だ。

一人前の搭乗員になるには、どうしても三年かかる。善行章一本の一等兵といえば、〝天下の兵〟とまでいわれるくらい向こう意気が強くて、意地が悪い。搭乗員だけはそうはいかない。一番下級で、ほかの科の三等兵なみである。

しかし、主計に行けば、ほかの科は三等兵ばかりで、同じ食事当番でも、こちらは天下の一等兵である。べつにいばるわけではなくても、一歩も二歩もゆずってくれる。

主計科倉庫に行けば何でもある。牛肉であれ豚肉であれ、よりどりみどり。両手にいっぱいかかえて帰ってくる。

搭乗員室は二間（ふたま）になっている。奥の室で古参連中が飲んでいる。若い連中が手前の室でやっている。私たち三名、松村、田中、それに私はおかん番である。

無煙炭火鉢を三つおこして、一つは肉、一つは卵焼き、一つはかんづけで、商売繁盛の料理屋のコックよろしくいそがしい。酒も豊富だが、出てゆくスピードも早い。

メートルもたちまち上がる。歌えやおどれ、いやおどりはなかったが、そのにぎやかなこと、部屋全体が爆発しそうなほどである。おかん番の私たちも、まあ一杯、まあ一杯で、けっこう酔いがまわる。

隣は先任伍長室だ。日ごろは一番いばる連中だが、今夜はなにも言ってこない。しかも巡検はなく、火の元点検だけとなった。

そのうち、整備兵も帰ってきた。部屋は別だが、古参連中が整備員を呼ぶ。〝搭あっての整、整あっての搭〟と、お互いに意気投合、話はいちだんとはずむ。室は人でいっぱいとなる。煙草の煙、酒のにおい、歓声、歌声、戦地、それも戦勝のときでなければ味わえない雰囲気である。

夜もふけて、ひとり寝、ふたり寝しているうちに、宴は果てた。

南京城内の六時間

翌二月二十六日。今日は特別の任務もない。指揮所に将棋盤を持ち出して、のんびり駒を動かしている。

午前十時、突如、敵襲のサイレンが鳴り渡った。駒を片づけるのも早々にいちもくさん、機に向かって走る。だれかれもない、早いものがち、整備員がペラをまわしている機にとび乗り、追い立てられる鳥のように飛び立った。

私は紅陽樹方面の哨戒にあたる。敵機は発見できない。一時間半たって、降着。午後二時ごろ〝SB三機来襲〟の報で、ふたたび飛び立つ。こんども敵機の姿は見えない。昨日のはりきりボーイも、今日は、敵機なしではどうにもならない。

飛行場の北端のクリークに、SB一機が転覆している。南京がまだ敵地であったころのこと、南京空襲で寺島三空曹が、離陸しようとするSBを発見し、すかさず銃撃

ソ連製のイ15・イ16に対し優勢を誇った海軍の主力・九六式艦上戦闘機。写真は大校場基地に翼を並べる12空の九六戦。

すると、敵はおどろいて離陸を断念したが、ときすでにおそく、そのまま突進して、このクリークに飛びこんだのだという。

南端の大格納庫には、ソ連製イ16が翼なしでおいてある。このイ16は最新式の引込脚で、翼には十三ミリか、二十ミリの機銃がついている。火力ではわが九六戦の比ではないが、空戦となると案外弱くて、格闘戦ともなれば簡単に、とまではいえなくても、容易におとせる。

飛行場の北西には、中攻機が、分散して三、四十機おいてある。その北と南との中間のあたりに、ドラム罐およそ四、五百本が、爆発して、赤くなったままになっている。これは、われわれが進出する前の一月下旬に、敵機の爆撃でやられたのである。

今日は早引けで、宿舎に帰ってみると、先任伍長室の前に、慰問袋が来ている。搭乗員には優先的に来るらしい。慰問袋と慰問文で急にいそがしい気分になる。こんないそがしさなら、いくらいそがしくてもよい。

酒保に行くとホープが入荷している。さっそく一箱十二罐入りを買う。

昨日二十五日の空襲で、人気者の一人、散髪屋さんの鈴木兵曹が、左腕銃創で入院した。

二月二十七日、天候不良のため朝から宿舎待機中のところ、十一時ごろ、思いがけず、南京市内へ映画見学に行くということになる。総員ワッと大喜び。映画は主にニュース映画ということだ。ほかになんの慰問もないときである。どんな映画であろうと、そんなことは問題にはならない。

午後十二時三十分、トラックに乗って、市内の映画館に行く。途中、光華門の手前に大きな兵舎がある。ここは占領後、わが軍が使用している。そこを過ぎると、脇坂部隊の奮戦地光華門である。まだそのあとも生々しい。クリークには死体もある。

部隊長ほか戦死者の墓標が立ち、その前に野花がそなえてある。がやがやと、いままでにぎやかだったトラックの上の一同は、急に静かになり、だれからともなく、脱帽して頭を下げる。

光華門をくぐると南京市内である。城内目にうつるものすべてめずらしい。道路は、内地の都市以上に美しいみごとなものである。

市内はわが軍の手で立派に回復して、もうなんの不安も感じられない。

ニュース映画は、いま私たちのやっていることと同じで、なんの変哲もない。それでも、ほっと溜息をついたり、手を叩いたりして熱心に見ている。館内は各部隊で大入り満員だ。

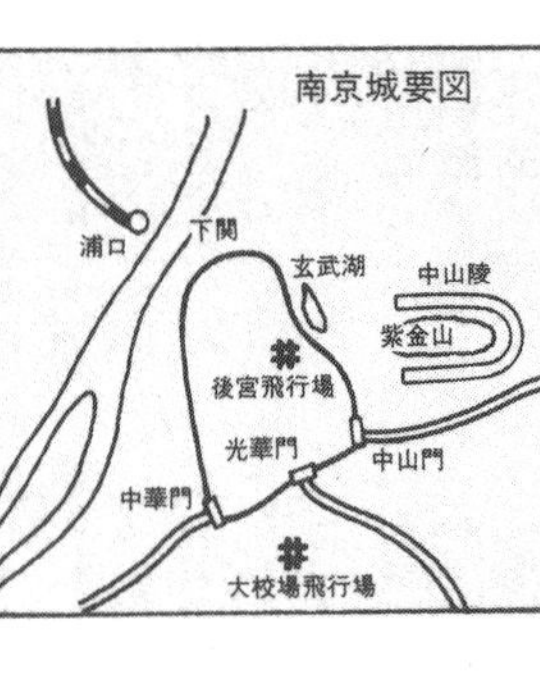

私たちのグループは途中から抜け出して、映画館の前に新規開業のまあたらしい飲食店にはいってみる。店内はうす暗く、煙草の煙がもうもうとしている。ボックスは内地式のもので二十ぐらいもあろうか。ここも陸軍部隊で、満員である。

ようやく一つだけボックスを都合してもらって、四人でいっぱいに、ぎっしりりつめて腰をかける。サービスガールは姑娘(クーニャン)で十五、六人もいる。私には、はじめてお目にかかるクーニャンである。

さっそくこの寒いのに、ビールを注文する。受け持ちのクーニャンが、かたことまじりに〝ピールトウゾ〟といって酌をする。なかなかおもしろい。

つき出しの西瓜の種の食べ方を知らない。クーニャンは〝コレおいしい。こうやってたべる〟と一つ口に入れて、パチッと音をさせて、同時にカラを出し、身を食べてみせる。マネをして食べてみる、なかなかうまくいかない。

そろそろ映画の終わるころなので、飲食店を出た。気分転換にはもってこいである。帰りのトラックに乗って、しまいまで映画を見た連中といっしょに帰路につく。

「だれかビールを飲んだな、ビールくさいぞ」

映画を見た一人がいう。そこで私たち四人の仲間は飲食店にはいった話をした。

「しまった！　あんな映画しまいまで見るんじゃなかった！」とくやしがったが、すでにあとの祭りだ。

店内でのあれこれを，いくらか誇張して話してやると、聞かされた一同、うらやましがるまいことか、悔しがるまいことか。よーし、こんどこそ、おぼえておれ、などと、とんだ決心のほどを示して大笑いになる。

市内の目抜き通りには、日本人経営の飲食店、罐詰類、煙草店、その他いろいろなものを売る店がある、銀座以上のにぎやかさだ。

中国人たちは、トラックの上の私たちを、ものめずらしそうに立ち止まって眺めている。飛行帽、飛行手袋、飛行靴という私たちの服装が、はじめて見る服装なのでめ

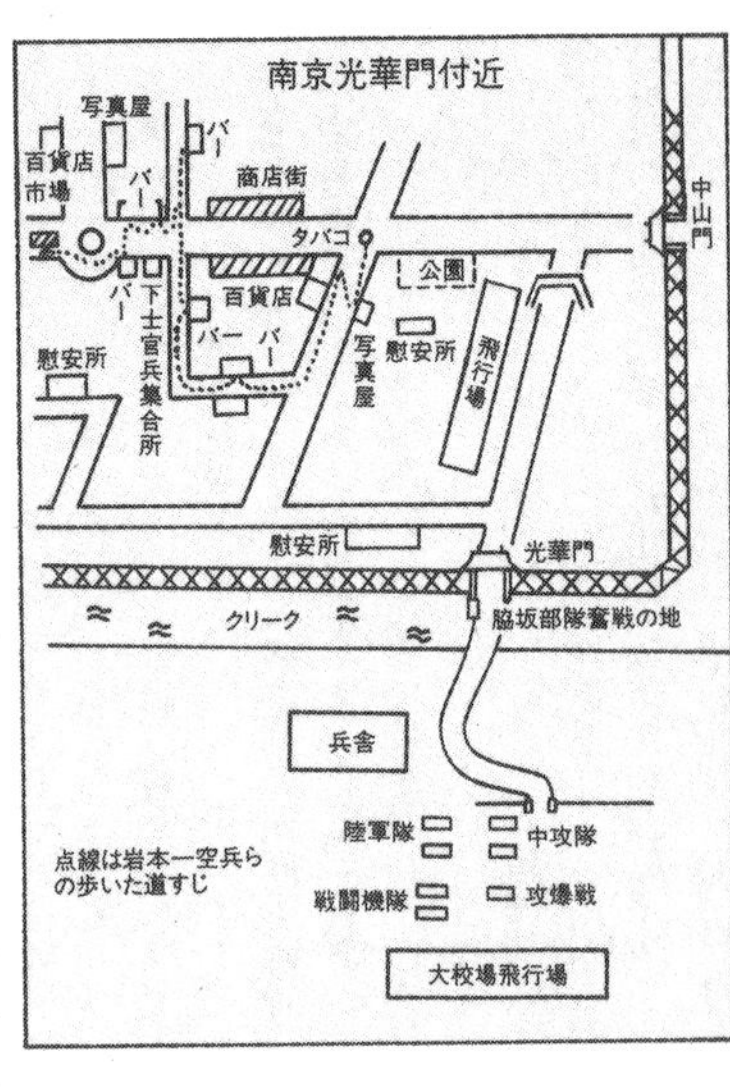

ずらしいのであろう。

陸軍部隊で、市内は大にぎわいである。私たちだけ城外の飛行場で苦労している。城内の陸軍部隊は自由行動だ。待遇があまりにもかけはなれている。一同、口々に不満の意をもらす。それにしても、宿舎に帰った一同の顔は晴れ晴れとしていた。

その晩、分隊長に城内見学の件を持ち出す。分隊長は、まえまえからそれは考えていたという。さっそく、その翌日から、六分の一ずつ、昼から晩の七時まで、外出許可がでることになった。

その第一回目の限られた人数のなかに加わろうと、みなが騒ぎだす。公正の立場から、クジということになり、明日の外出員六名の氏名がきまった。しかし、その晩、明日の当直員待機をきめるのに、外出員をクジできめるのは都合のよくないことがあるとわかった。

いろいろ考えたすえ戦闘機分隊は、一分隊と二分隊にわかれている関係上分隊ごとに外出に改め、それで、明日からの当直待機割も、分隊ごとにやることに変更された。明日の待機分隊は一分隊となる。

二十七日は、午前中、飛行場待機、午後は外出で、みんなの顔も朝から明るい。午後一時、整列。私たち二分隊は三種軍装に帯剣、ピストル携行というものものしい服装で、トラックで隊を出発した。

先日の映画見物のときに見たのと同じ四囲を眺めながらゆく。クリークのところに、一人の中国人の死体が、あい変わらず大きくふくれあがって浮いていた。

トラックはロータリーのところで停車した。迎えは午後七時にくることになっている。それまでの約六時間、一分もむだにできない、貴重な時間だ。

ひとり歩きは禁止されていた。それぞれ思い思いの一団を組んで目抜きの商店街を歩く。商店街は爆撃で、いまだにその残骸をさらしているが、昔のにぎやかさの面影はある。日本人経営の商店が数多く、品物はなんでもある。とくに日本製、英国製の煙草の種類の多いのにはおどろく。ウェストミンスター、ＭＣＤ、スリーキャッスル、ルビークイーン、それに日本のチェリー、ホープなど。

私たちの持っている金は、日本紙幣、軍票、いずれでも通用する。いたるところに、私たちには直接関係はないが、米、麦など主食物の商店がある。

二月下旬の南京は、内地よりも暖かい。

二、三人ずつかたまったいくつかのグループが、それぞれちりぢりになった。私たちはというと、先日行った映画館前の飲食店に急いだ。

今日はわりにすいている。陸軍部隊がいないせいである。クーニャンも三十名ぐらい、なかには美人もちらほら見える。ビールを注文して、内地のバーを思い出しながら、さっそく大いに飲む。クーニャンたちも、かたことで、ひととおりの話はできる。こちらも同じく聞きかじりの中国語と、手まね足まねで話す。

心はあせって、同じ店に長居は無用と、つぎからつぎへと場所をかえる。時間は、まだある。あまり急いで、飲んだような気がしない。

表通りで、なんとか洋行の看板のかかったカメラ店にはいってひやかす。いままで見たことのないいろいろなカメラがおいてある。ウェルチニー、コンタックス、ライカなど、ひととおりいじくってみてから、また街へ出た。

泥棒市場を通る。食べ物からはじめてあらゆるものがある。十円が五十銭になる、五十円が一円になる、どれが本当の値段かわからない。もっとも、原価はただにひとしいので、いくらにでも売れれば、彼らとしては、もうかったことになる。

六時間の間に、南京の目抜き通りもひととおり見学した。感じのいい飲み屋もわかった。つぎの外出日には、といろいろ期待を胸に抱いて帰隊する。

兵舎に帰ると、各自、今日しでかした話や土産物で、大いにはしゃぐ。

金子兵曹はカメラを買った。上等品が百二、三十円で買えるのだ。いちばん堅実な趣味のよい買い物ということになる。このつぎにはカメラを買おうと、みんなが言いだす。

夜おそく、本日の状況いかにと、一分隊の連中も私たちの兵舎へやってくる。だれもかれも、枝も葉もたっぷりつけて話してやるものだから、連中、よし明日こそは、とはりきって帰る。

どこどこのクーニャンはおれに気があるなどと、心臓の強い連中が、早くもうぬぼれの自慢話をしている。事実、クーニャンは日本娘以上にナイスなのが多く、若い連中には刺激は強烈だ。二十五日の空襲で負傷して病室にいる鈴木兵曹も、外出組のそういう話をまに受けてくやしがっている。

翌二十八日は二分隊が飛行待機、話題は昨日のことばかりである。金子兵曹は、さっそくカメラでパチリ、パチリ、なんでもかでも撮り歩いている。

分隊長連中も、昨日は私たちと同じに外出したらしく、指揮所でもときどき笑い声が爆発して、話に花が咲いているらしい。

戦闘機乗りの醍醐味

昭和十三年三月三十一日、航空隊編成替えとなる。いままでの十三航空隊の中攻隊と戦闘機隊のうち、戦闘機隊は全部十二航空隊に移る。

十二空は以前から基地直衛部隊として、戦闘機も古い九五戦をもたされていた。それで漢口、南昌方面の空襲には、一人か二人しか行けない。士気もまた私たちの部隊とは格段の相違があった。

一分隊は全部、十二空の戦闘隊と合同、第一飛行隊となる。二分隊は全部が、そのまま第二飛行隊となった。飛行機も均等に分けて、ほとんど全部九六戦となる。

第一飛行隊の飛行隊長は小園少佐、分隊長小福田、相生の両大尉、以下、分隊士周防中尉、小林飛曹長、先任森一空曹、片山、楠、田中、岡本。

第二飛行隊は飛行隊長所少佐、分隊長吉富、中島の両大尉、分隊士四元中尉、先任黒岩、赤松、小林、高橋兵曹などである。

私たちは第二飛行隊となり、十二空は空襲部隊の任務につく。指揮所もかわって、

昭和13年３月、航空隊の編成替えで13空の戦闘機隊はすべて12空に移動した。写真は同年夏、12空の搭乗員(中央は小園少佐、前３列目左端が著者)

一ヵ所に全部集まる。宿舎も主計科宿舎の前に移転し、種々の取りかたずけも四月一日で終わって気分は一新した。

水道がところどころ破損して、朝晩の水不足に不便を感じていたが、私たちグループのところで鉄管に手入れをして、宿舎前の広場に洗面所をつくった。セメントを手に入れ、築山を築き、池も掘り、戦線庭園をしつらえて、内地をしのぶ。

四月にはいって、気候も急に暖かになる。大陸性気候である。室内に寝台を入れ、各自、思い思いの装飾もほどこす、なにやらカフェーに似てきた。

外出は相変わらず、ゲートル姿でピストル携行、行く先はお定まりのカフェーでビール、酒、なんでも好きなものがある。街の角々に、いち早く進出してきた日本人商人の店があって、煙草でも、罐詰でも、ないものはない。

勤務は飛行場待機と上空哨戒で、天幕内の昼寝、ときには城内城外の自動車遊びに出かけるといった日がいく日かつづく。

その間、敵空軍の反撃も少なく、地上部隊はそのころ、漢口へと前進中であった。

昭和十三年四月二十九日、天長節の佳節を祝って、漢口空襲が決行されることとなった。

十三空中攻隊、十二空戦闘機隊、総機数約八十機、戦闘機は一飛行隊、二飛行隊合わせて三十六機、当時、飛行隊は色分けして、一飛行隊赤脚、二飛行隊青脚であった。指揮官は小園安名少佐。

この日、全機、暁の出撃で、しののめの大校場飛行場の空をついて全機つぎつぎに飛び立ち、南京から約九十キロ前方の蕪湖に前進した。大編隊の前進だから、さすがに敵の知るところとなり、午前六時ごろ全機着陸、まだ五、六分とたつかたたないうちに、ＳＢ四機の奇襲を受けた。

着陸したばかりで、こちらは最低の不利な条件なのに、どうしたことか、敵ＳＢはこの好機をとらえる敢闘精神がない。飛行場から六百メートルもはなれたところに投弾しただけで逃げ去った。

　午前八時、全機の燃料補給を終わって、勇躍、漢口をめざして飛び立つ。

　名にしおう大別山脈の連峰は眼下にある。戦闘機隊高度五千五百メートル、中攻隊四千五百メートル、左方はるか彼方に揚子江をのぞむ。大編隊は東から西へ、ごうごうたる爆音とともに進撃をつづける。

　やがてははるか前方に、武漢三鎮が見える。あらかじめ、わが攻撃を察知していた敵は、上空にあるかぎりの戦闘機をあげて、おそらくは手ぐすねひいて待っているであろう。今日もさぞかし激烈な空中戦になることだろう。

「よし！　今日もやってやるぞ」

　操縦桿を握る手に、武者ぶるいが伝わる。

　中攻隊は、武漢三鎮を右に見るよう進路をかえて、爆撃体形をとる。

　漢口上空に近づいて、前後、上下、左右を見張る。かならず敵戦闘機が待ちかまえているはずだ。

　いた！　漢口上空同高度に、ゴマ粒を発見する。その数およそ八十機。

　戦闘隊はそのまま敵戦闘機隊に突進し、殴りこみをかける。彼我戦闘機群は入り乱れ、射撃の火花を散らして空戦にはいる。その間、中攻爆撃隊は、漢口飛行場に、爆弾の七十パーセントを命中させた。飛行場はもうもうたる煙につつまれていた。

私は、第二陣である。初陣のとき以上に敵機がよく見える。守勢にも攻勢にも、瞬間的判断が冷静にはたらいた。

まずイ15一機、後上方からの射撃で火を吹かせる。敵機は例のとおり、ながい煙の尾を引いて墜落していった。

つぎはイ16、敵味方乱戦のなかの瞬間のチャンスを捕らえる。一撃、イ16は機首をあげたまま、くるりと一回転すると、そのまま地上へ一直線につきこんでゆく。確認するまでもなく、地上激突である。

つづいてイ16、そのつぎはイ15、同じような攻撃で、撃墜したのは初陣のときと同じ、つごう四機だった。射撃直前の後方見張りも、私は忘れなかった。

射撃は受けたが、わが機への命中弾はなかった。ただ、いつのまにか、高度が下がっている。あたりに敵も味方も見えなくなった。そのとき、上空から落下傘が落ちてきた。えものを見てとびかかる本能のようなものであろう。落下する落下傘に私はついていって攻撃を加えた。高度はぐんぐん下がる。

落下傘は揚子江に落下し、その白いふくらみを河面にひろげた。それを見とどけたとき、高度は三百メートルになっていた。わが機に集中する地上砲火がものすごい。

「これはいけない」と、私はレバー全開で上昇、また上昇、ひたすら高度をとりつづけた。どこまで昇っても味方機は見えない。空中戦は終わって帰途についたのであろう。

高度二千メートル、味方機を一機発見、並んで帰途につく。

天気も日本晴れなら、気持も日本晴れだった。これが戦闘機乗りの醍醐味だ。天下一の男の気分になる。

「四機撃墜……」

心の底から盛り上がってくるうれしさ。初陣のときと合わせて合計八機だ。

大別山中で、前方に九機の編隊を発見した。帰投中の味方機であろうと安心して飛んでいると、九機は反転すると、上空からつぎつぎに私たち二機に射撃してきた。

安心していただけに、不意をつかれてびっくりした。とっさの操作で射線は避けたが、心中、「これはいかん」と思う。こちらの油断を見すましてのうえの、敵はもっとも有利な位置を占めての攻撃である。それに九対二だ。

今日の四機撃墜、それも報告できないで戦死か。燃料のつづくかぎり、弾のあるかぎり、秘術をつくして戦う決心をした。死を覚悟の格闘戦にもちこんだ。敵機と、衝突するならしろという、肉薄攻撃である。

この捨て身の肉薄攻撃が功を奏した。敵はわが二機のすさまじい、捨てばちとも思えただろう闘志に圧倒され、おそれをなしたらしい。攻撃力はにぶって、逃げ腰になった。

「よし！　ここだ！」

私はグルグルと垂直の円をえがきながら、敵機に逆に食い下がった。

この勢いに戦意を喪失した敵は、漢口方向に引き上げていった。九機中の二機だけが残って、私たちに攻撃を加えてくる。

二対二なら、こちらのものである。単機戦闘でたちまち一機を撃破、敵は一直線に降下していった。

それを見ると、残る一機も急激に機首を漢口に向けて、先に逃げ去った七機のあとを追っていった。

十中九まで勝算なしと思ったこの戦闘で、味方は二機とも無事であった。

空中戦にあっては、いかに旺盛な敢闘精神が必要であるかを身をもって体験した。安心しているときがいちばん危ないとはよく言われていることであるが、このとき身にしみて思い知らされた。

安慶を前方に見るころから、私の飛行機の燃料不足に気がついた。一難去ってまた一難。いつエンジンがストップするかわからない。そのときは最後の処置をとれるように、準備として高度を約四千メートルに上げた。

安慶上空を通過するとき、味方水上機が哨戒しているのを発見する。これで、たとえエンジンがストップしても、揚子江に不時着さえすれば救助されることがわかって、内心、ほっとする。

燃料はいっぱいいっぱいで、蕪湖に着陸する。不時着寸前であったことを整備員から知らされて、われながら悪運の強さにおどろく。

燃料を補給した後、蕪湖を飛び立ち、南京に向かう。

四月二十九日、天長節の佳節の漢口攻撃の戦果は、大量五十一機、そのうち私は四機、大別山上の一機は不確実として数えなかった。

この日も私が最高撃墜者で、塚原二四三(にしぞう)司令官から司令賞を授与された。

なお、本日の攻撃において、小林一空曹、高橋一空曹が戦死した。

その晩、例によって大祝賀の宴となる。

四月も過ぎて、五月にはいる。陸軍部隊は徐州の攻略に進み、戦線はさらにひろがった。

航空部隊も協力して参加し、連日、海軍航空隊は主力を徐州爆撃に投入したが、その戦果は大きかった。

漢口、南昌方面の敵空軍は、先日のわれわれの攻撃にも反撃なく、南郷部隊は最前線の安慶基地に九五戦で進出した。安慶と漢口、南昌の間は百二十マイルくらいで、連日のように敵空軍の反撃を受けたが、九五戦での邀撃では戦果はあがらず、非常に苦労しているとのことである。

空母「加賀」「赤城」の戦闘機隊三十機ほどが応援に来たのも、その頃のことであった。

五月三十一日、南昌方面に敵空軍集結の情報がはいり、漢口空襲が再度決行された。この攻撃には、私は参加しなかった。

この日、吉富中隊長機は、敵戦闘機五十機と空戦、南三空曹は一機を撃墜したのち、燃料タンクに被弾し，敵十二機にとり囲まれて弾丸もなくなり、体当たりを決行、左翼の日の丸の部分から切断したまま帰路についたが、ついに、揚子江河畔に不時着し、軍規によって飛行機を燃やしているところを、哨戒機がこれを発見、哨戒艇に救助されて生還した。

この年九月十四日、私は佐伯海軍航空隊付を命じられ、牟婁丸に便乗して内地に帰った。

第二章　空母戦闘機隊

空母「瑞鶴」とともに

海軍一等航空兵曹であった私が、海軍一等飛行兵曹に任命されたのは昭和十六年六月一日のことである。これは階級が上がったのではなく、ただ呼称が変わっただけで、略称一空曹が一飛曹と呼ばれることになった。

当時、空母「瑞鳳」戦闘機隊に属し、佐伯航空隊で訓練にはげんでいた私は、十月四日、新鋭の大型空母「瑞鶴」に転勤を命じられた。「瑞鳳」戦闘機隊のほとんど全員が「瑞鶴」と「翔鶴」の二空母に分かれて転勤になったのである。

「瑞鶴」に転勤したのは、私のほか伊藤（一甲飛）、清水（二甲飛）、中田二飛曹、倉田上飛曹の五名で、私たちはただちに大村航空隊に赴いて新編成に加わった。

大村空には、搭乗員以外の整備員、兵器員、内務員も、つぎつぎに人員補充があって、六月二十日には早くも訓練が開始された。

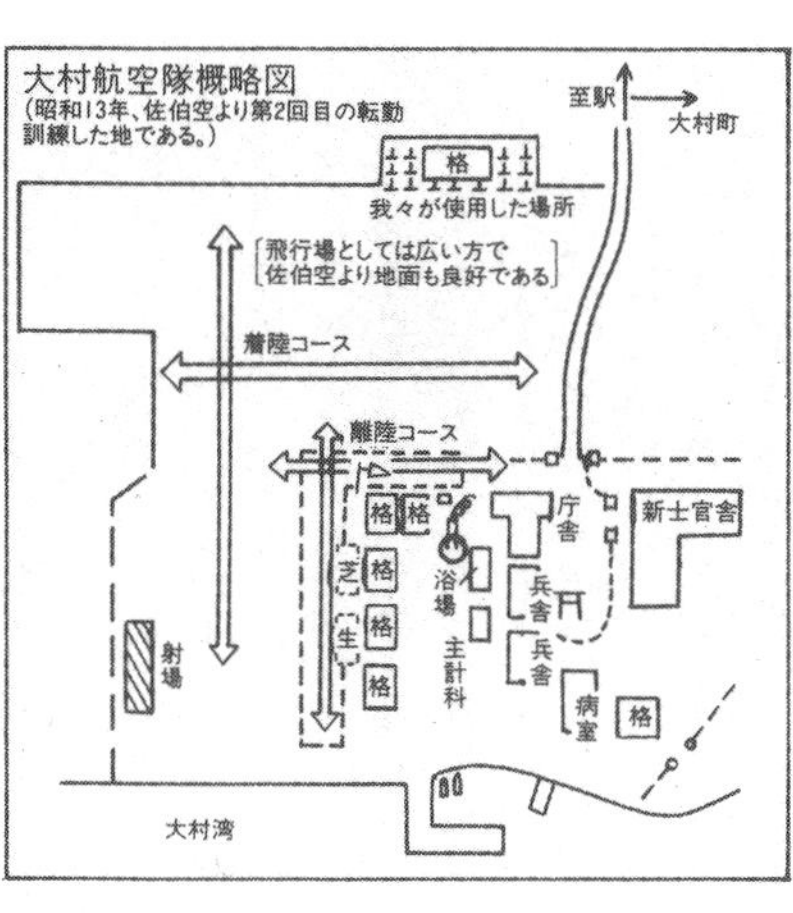

戦闘機分隊は二個分隊である。

七分隊＝佐藤大尉（長）、塚本中尉（士）、牧野一飛曹（先任）、加納、亀井、佃、二杉、藤井、倉田。

八分隊＝牧野大尉（長）、児玉飛曹長（准士）、岩本一飛曹（先任）、伊藤、清水、中田、坂井田、松本、前。

訓練と同時に、武装兵器、無線兵器などの完備につとめ、七月には、編隊空戦、夜間航法等の高度の訓練にうつるところまで、技量は急速に進歩した。

太平洋戦争直前に就役した最新鋭空母「瑞鶴」――「瑞鳳」から同艦に転勤した著者は、着艦の容易なのに安心感を抱いた。

母艦の方も進水後、昼夜兼行で工事が進められていた。「瑞鶴」は予定がおくれ、いまだに艤装中である。

「翔鶴」は七月中旬、寺島水道で試運転を実施、当日、私たち搭乗員も着艦訓練を行なうことになった。

海軍有数の大空母だけあって、甲板も広く、これまでの母艦にくらべると、着艦はやさしい。全員、無事に着艦を終わってホッとした。とくに不安の念をもっていた若年搭乗員たちもこれで自信を得たのである。

事故もなく、搭乗員の技量も相当に上達し、新機材に対する訓練も無事卒業となったところで、新個有編成が行なわれた。

七分隊の編成

一小隊　佐藤、加納、黒木。

二小隊　塚本、佃、藤井。
三小隊　牧野　亀井、二杉。
八分隊の編成
一小隊　牧野、清水、松本。
二小隊　児玉、中田、倉田。
三小隊　岩本、伊藤、前。

以上、固有編成ができてからは、編成を主体にした訓練にはいった。

八月上旬、「瑞鶴」飛行隊の艦攻、艦爆、艦戦は、宇佐航空隊に移動集結を命じられた。

小隊ごとに大村基地を発進し、約三十五～四十分ぐらい飛行して、私たちは宇佐基地に着陸した。

宇佐航空隊は、新設されたばかりの隊である。隊内はまだ完全にできあがってはいない状態で、飛行場も埋め立て工事中であり、雨が降ると路面が悪くなって、着陸困難なところが出てくる。かりにも良好な飛行場とはいえなかった。この隊ではじめて、艦攻、艦爆の搭乗員たちと合同したのである。

訓練は休まずつづけられた。とくに隊内規律は厳重になって、外出時の言動には、きびしい注意が配られた。

数十名におよぶ飛行機製作工員が来隊して、戦闘機、爆撃機、艦攻と、つぎつぎに各部の改造にとりかかった。飛行機の全塗装も濃緑色に塗りかえ、尾部の赤色もなくなるなど、大改造である。

戦闘機では、兵装関係の改造、増槽の取付部、滑動部など、私たちにはフにおちぬことだらけである。しかも改造は格納庫内で、昼夜兼行、内密に作業が急がれている。

部外者に対する警戒はますます厳重になる。とくに外出時の行動は、いっそうきびしくなった。本年度の秋の総合大演習に備える改造で、これまで一度も実施したことのない北方厳寒地帯で航空演習を行なうためであろう、というのが私たちの推測であった。

改造個所はさらにふえて、一部の飛行機は大分空で実施することになる。二班にわかれての作業である。

私たち搭乗員の外出許可は、いままでより多くなった。とくに不思議なのは、強制的に貯金させられていた金が、自由に使用できるようになったことである。

当時、百円といえば大金である。すこし古い搭乗員なら、数百円は貯えていた。私も五百円以上になっていたが、大分県国東半島の首根っ子に位置するこの付近には、金をつかおうにもつかい道がなかった。ただ日豊線で「下り」約四十分のところに別府温泉、「上り」約二十分に中津市があった。

休みの日のほとんどは中津方面にでかけて、Sプレーで遊んだ。これまでに経験したことのない豪遊である。

私たちの前途にはなにか大事件が待っているとはうすうす感づいていたときでもあって、金の方にはじゅうぶん余裕があったので、一回五円程度の遊興費は問題ではない。大いに、思う存分、羽根をのばしていたのである。

宇佐航空隊概略図

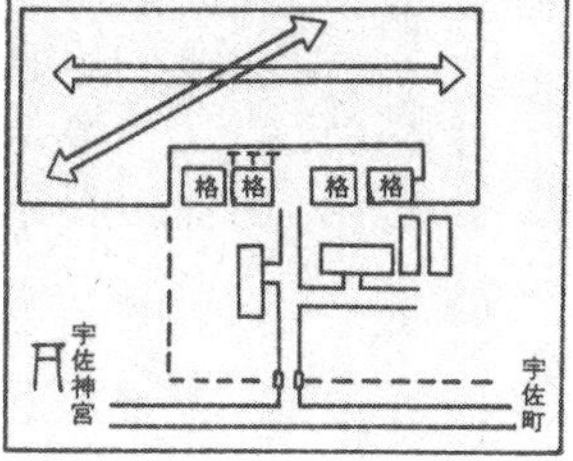

十月下旬、改造もひととおり終わった。戦、爆、攻、各機の、それぞれのテスト飛行もすんで、ここに完全な実戦即応準備ができた。あとは実弾さえ搭載すれば、いつでも戦闘可能の状態である。

十一月上旬、もう朝晩はめっきり寒さを感じる季節だ。例年なら、いまごろは艦隊大演習の最中である。

十一月八日　艦隊命令によって、一航戦、二航戦、五航戦、全機による鹿児島湾の仮想敵地に対する総合演習が行なわれた。

十四日、私たちは、薄暮、宇佐基地から大分基地に隠密行動で移動し、それから二十四時間待機となる。母艦「瑞鶴」も、その後ようやく艤装を終了し、すでに別府湾に仮泊中である。

十六日、夕刻、突然、母艦に収容の命令が下り、戦闘機、爆撃機、攻撃機と、全機着艦を終わる。

その晩は、別府沖に仮泊し、搭乗員は、午後八時から四時間の外出が許可された。当時も別府は娯楽都市としてなかなかにぎやかな町で、料理屋、飲食店なども夜おそくまで営業していて、おそい外出ではあったが、結構、面白く遊んだ。

翌十七日未明、あたりはまだ暗かったが、別府湾をとりかこむ大分、別府、国東半島の山々がしらみかけてきた空を背景に、「瑞鶴」は静かに、といっても、ごうごうと鳴りひびく久しぶりに聞くタービンの音を残して、スクリューの振動に艦体をふるわせながら、隠密裡に出港した。

後方、二番艦の「翔鶴」の巨体がかすかに見える。二隻の駆逐艦は「瑞鶴」のたてる大波を受けながらついてくる。行き先は不明である。

東がうっすらと明るむころには、すでに佐田岬の先端、速吸瀬戸（豊予海峡）を通過した。かすかにきらめく街の灯は臼杵のそれであろう。前方の海面に点滅する一つ強い光は、水の子灯台のはずである。

黒一色にぬりつぶされていた海面も、ようやくうねりのいただきにうす明かりのさすころになると、静かに流れる朝もやのなか、大きく水面を切り裂いて「瑞鶴」「翔鶴」の二隻は進む。

われ奇襲に成功せり

出航後、はじめての艦内スピーカーによる命令が伝えられた。

――五航戦「瑞鶴」「翔鶴」は隠密航海で行動する。艦外にいっさいの塵芥を捨てることを禁止する。夜間は灯火管制を行なう。

三日目の十九日朝、各飛行隊に、要試飛行機あれば、本日中に実施すべし、という命令があって、久しぶりの飛行準備にかかる。

戦闘機の要試飛行機は六機、テスト飛行とはいえ、久しぶりの飛行である。明るい晴れ晴れとした気分になる。

出港第四日目の十一月二十日の朝を迎え、甲板に出てみると、昨日よりいっそう寒い。だいぶ北上したらしい。午前十時ごろ、前方かすかに白雪をいただいた陸地が見える。

それから数時間後、その陸地湾内に多数の停泊艦船を認めた。「瑞鶴」も午後二時ごろ、湾内に入港した。見ると、戦艦、重巡、駆逐艦、潜水艦、輸送船と、多数の艦船が停泊中である。

十一月二十三日、はじめて真相が発表されて、いままでついぞ解せなかったわが軍の行動がはっきりした。

――真珠湾の航空奇襲攻撃。計画を聞いた瞬間、カッと身体は熱くなる。目はかがやき、武者ぶるいを感じる。

十一月二十六日、白雪におおわれてまっ白なエトロフ島を背景に、あざやかに、力強くはためく各艦の軍艦旗。旗艦「赤城」の檣頭には、第一航空艦隊司令長官旗が軍艦旗とならんでひるがえっている。軍楽隊の奏する軍艦マーチ。その楽の音と共に、各艦の間を静かに、そして力強く旗艦「赤城」は通り抜けてゆく。

全艦の単冠湾出港後から、あらかじめきめられている航行序列についた。

空母、先頭は右に「赤城」、左に「加賀」、つづいて右に「蒼龍」、左に「飛龍」、そのうしろ右に「瑞鶴」左に「翔鶴」と姉妹艦二隻ずつ六隻の梯形進航体形である。前方に重巡「利根」（右）と「筑摩」、その中央うしろに軽巡「阿武隈」、空母の右側に駆逐艦四隻、左に五隻が一列縦隊に列ぶ。その外側に、見た目にも四囲を圧してどっしりと、右に戦艦「比叡」、左に戦艦「霧島」、後方には七隻の給油艦が従い、「瑞鶴」「翔鶴」の後方には三隻の潜水艦がつづいている。

攻撃日は十二月八日（アメリカ側ではこの日は七日）と決定された。

私たち搭乗員は、真珠湾攻撃の具体的な作戦研究にはいった。整備員、兵器員も、戦闘準備に懸命の作業がはじまる。

艦内は張りつめた緊張と、戦闘前の静けさのなかに、各部それぞれ、あわただしい動きを見せていた。

艦隊は警戒航行隊形をとって一路、アリューシャン南方を東航する。これは、万が一、他国の商船に発見された場合、作戦上不利となるので、普通の商船コースを避けたのである。

十二月七日七時、二十八ノットの速力で最後のコース、敵機哨戒圏に突入した。

艦内では日本時間をつづけていたので、午後三時ごろには夜となる。

温度は刻々と上がって、夏となったが、海は依然として荒れている。艦体の動揺は大きく、増速のため、艦底にあたる波は、岩にぶちあたったかのようにすさまじく、

昭和16年12月７日、真珠湾攻撃の前日、飛行甲板上の「瑞鶴」戦闘機隊員（前２列目右端が著者、４人目が牧野第八分隊長）

艦内にひびきわたる。

夕食後、搭乗員は集合し、艦長、司令それぞれの訓示があって、その後、酒宴となった。明日の攻撃を前に、酒宴は短時間で終わった。

私たちの準備もすべて終わった。もう明日の朝を待つばかりである。搭乗員の大半がすでに夢路をたどっている。明日にひかえた一大作戦には、じゅうぶんな睡眠が必要だ。

明けて、午前零時、総員起床のラッパと同時に、合戦準備の号令がかかり、艦内各員、それぞれの配置についた。

飛行甲板には第一次攻撃参加機が整列し、すでに試運転も完了して、出発を待つばかりとなる。私たち搭乗員の衣類も、今朝は全部新しいのにとりかえて待機中である。まだ夜は明けやらず、機動部隊は依然として二十四ノットの速力で南下中だ。昨日に比べて、気温もかなり上昇した。

午前一時三十分、スピーカーで搭乗員に集合命令がかかる。待機中の搭乗員は指定の場所に集合整列し、司令官、ついで艦長と、最後の訓示があり、スルメとコップ酒で乾杯する。艦長の攻撃命令を受け、まだ真っ暗ななかを、搭乗員たちは各自の飛行機に搭乗した。

私はこの日、ハワイ攻撃制空隊には参加できず、機動部隊上空の哨戒を命じられた。敵機の来襲はかならずある。上空哨戒隊には、各艦とも老練な実戦経験者が選ばれた。私もその中の一人に加えられたのだ。世紀の攻撃に参加できないのは、残念だが、搭乗員の任務も多様である。艦隊上空での空戦も悪くないと思った。

飛行甲板には最前方が戦闘機、中間が艦上爆撃機、最後尾が艦上攻撃機の順に並んだ。エンジン発動、爆音は海を圧してごうごうとひびきわたる。全員、「神風」のハチマキも勇ましく、発艦信号を待つ。波はいくぶんおさまってはいたが、普段ならば、発艦中止になる荒れ模様である。

私は待機中戦闘機の最先頭だ。右側には艦橋があって、前方艦首まで距離わずか四十メートルである。これまでの訓練では、このような短距離発艦は不可能とされていたが、無理を承知で、できるだけ多く第一次攻撃隊に参加させるための処置である。無事発艦できるかどうか、やってみなければわからない。

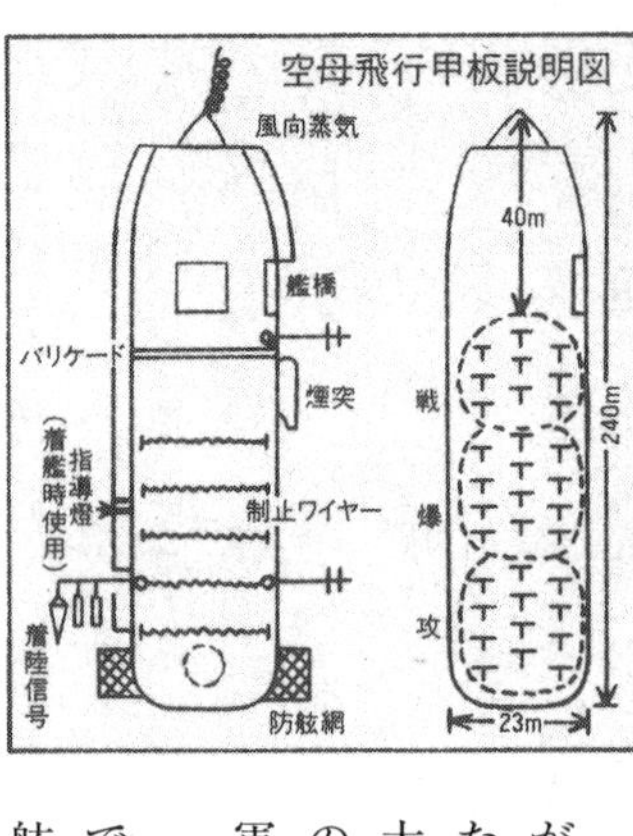

時刻は一時三十分、旗艦「赤城」の信号にしたがって、各艦いっせいに回頭、艦首を風上に立てた。艦橋後方のマストには、かつて日本海海戦に大勝をはくした東郷元帥のあのZ旗が、いま世紀の一大攻撃のために掲揚された。つづいて大記念軍艦旗があがる。戦闘開始である。

同時に艦橋から発艦の信号、発艦係士官の合図で、最先頭の私は、第一のスタートを切った。両舷に列ぶ在艦兵員の見送りに頭で応答しながら、懸命の離艦にはいる。全弾装備の戦闘機は、過荷重状態である。オーバーブーストの引き手を引き、艦首直前でかろうじて離艦する。

あたりはまだうす暗い。黎明には、まだ時間がある。一機また一機と、つぎつぎに発艦、三十分後には艦隊上空で大編隊を形成し、指揮官機の百八十度針路で進撃に移る。

私は攻撃部隊を上空から見送ってから、本来の任務である上空哨戒の任務についた。第一直の哨戒予定は四時すぎまでである。敵機の来襲は、攻撃隊が発艦してから二時間半の間にあるはずだ。

しかし、その予想ははずれた。奇襲攻撃は完全に成功したからである。

第二次攻撃隊の発艦を終わった機動部隊は、ふたたび速力二十ノットで南下を開始し、わが攻撃隊からの報告と、敵通信の異変に注意したが、異常はなかった。

三時十五分、攻撃部隊の「突撃隊形つくれ」、つづいてト連送、すなわち「突撃せよ」の第一報を傍受した。

「トラ・トラ・トラ」、すなわち「われ奇襲に成功せり」のトラ連送が、指揮官機から発信されたのは三時二十二分、現地時間で朝の七時五十二分である。

機動部隊は、南下をつづけて四時五分、反転して針度零度、敵の反撃を警戒しながら北上した。上空哨戒隊第一直は、そのころ着艦、代わって第二直が上空にあった。

やがて、四時四十五分ごろから、攻撃隊の飛行機も帰りはじめた。風速十三メートルから十八メートル。うねりは高く、母艦は大きく傾いて、着艦はかなり困難であったが、収容は無事に終わった。

この間、予期した敵機の来襲はなく、ただ第三直の「瑞鶴」直衛機が、敵大艇を一機視認し、これを追ったが、敵機は雲の中に逃げこんで姿をくらました。

ハワイ奇襲については、すでによく知られている。戦闘の様相、その編成、戦果、損害などについては省略する。

その後、機動部隊は警戒を厳にして航路を変更し、内南洋方面に針路をとった。十二月二十四日、飛行機は本土まで四百キロの地点で発艦し、陸上基地に向かった。基地は大分航空隊ときまって、その日の午後、一機の損失もなく、なつかしい本土に帰った。

正月を前にした暮れの大分、別府は、ハワイの大戦果の発表に湧いていた。

はじめての敵襲

私たち「瑞鶴」飛行隊は、一部の機材更新のため、鈴鹿基地の三菱飛行機製作所に出張して、数機を受けいれ、そのテスト飛行と実戦即応のための整備作業をしたが、そのほかには何の作業もなく半ば休養の状態で昭和十七年を迎えた。次期作戦の命令はまだ下らない。

のんびり正月気分にひたっていると、五日、ビスマルク諸島方面に出動の命令が下った。別行動をとっている「蒼龍」「飛龍」をのぞいて、「赤城」「加賀」「瑞鶴」「翔鶴」の四空母を中心の機動部隊は、戦捷気分の内地を後に、内南洋に進路をとって、ひとまずトラック諸島に入港した。

各艦飛行隊は、それぞれ島内の各基地に揚陸、敵来襲を警戒しながら、整備、訓練にあたった。

戦闘機は、ほとんどが竹島基地に収容され、攻撃機は春島、水曜島を基地として配備された。竹島は周囲約四キロほどの岩石島で、その一部を切りひらき、海を埋めたてつくった飛行場で、小型機の発着にかろうじて使用できる程度であった。

いまだに九六戦を使用している千歳空戦闘機隊が、この島に駐留していた。私はここで、日支事変以来、別れたまま消息を知らなかった同期生の吉井兵曹に、思いがけなくめぐり会った。

一月十日、一日の作業も終わって、千歳空搭乗員も格納庫内の仮宿舎で雑談中、突然の空襲警報に驚いたが、そのときはもう敵機は頭上に来ていて、逃げるひまもない。島の一角の天幕部分に爆弾が命中し、火災の発生を見たが、まもなくこれは消しとめた。被害もたいしたことはなかったが、はじめての敵襲のことで、どぎもを抜かれたことはたしかである。

敵機はB17たったの一機で、ビスマルク諸島方面から飛来したものらしい。これで敵は、日本機動部隊のトラック島進出を知ったことがわかった。翌日から敵襲にそなえて、交代制の待機態勢がとられた。

十七日、ビスマルク諸島ニューブリテン島攻略部隊掩護のため、機動部隊はトラック島から出撃することになった。

千歳空戦闘機隊は、ひきつづきトラック島防空のため残留した。

一月二十一日、カビエン、ラバウル両地区攻略の日だ。予定どおり、両島の上空に進出したが、敵空軍はほとんど姿をみせなかった。「夕張」を旗艦とする上陸部隊は、敵地上軍の砲火をくぐって突入する。夕刻、カビエン、ラバウル両地区に侵入し、機動部隊艦上機は、全力、敵地上設備の爆破に協力した。

二十一日昼すぎ、敵B17数機が来襲したが、味方戦闘機の邀撃にあい、投弾もそこそこに逃走した。第二ラバウル飛行場にあった数機は、離陸寸前に、味方戦闘機がこれを撃破し、敵空軍の反撃が予想されたがそれもなくて、もの足りないままに第一日は終わった。

翌二十二日も、戦闘機隊は、日の出前から日没まで、終始ラバウル上空の哨戒にあたったが、ついに敵機を見ないまま、この上陸作戦援護の任務は終わった。

第五航戦「瑞鶴」「翔鶴」は、つづいて、ニューギニア方面の敵航空基地攻撃のため、機動部隊から分離して、「利根」「筑摩」と、第一水雷戦隊の一小隊とともに、ニューギニア方面に出撃した。

一月二十三日、ニューギニアに接近し、艦攻、艦爆、艦戦の全機が、母艦を飛び立って、ラエ、サラモア飛行場攻撃に向かった。この日は晴天で、海上には波一つなかった。

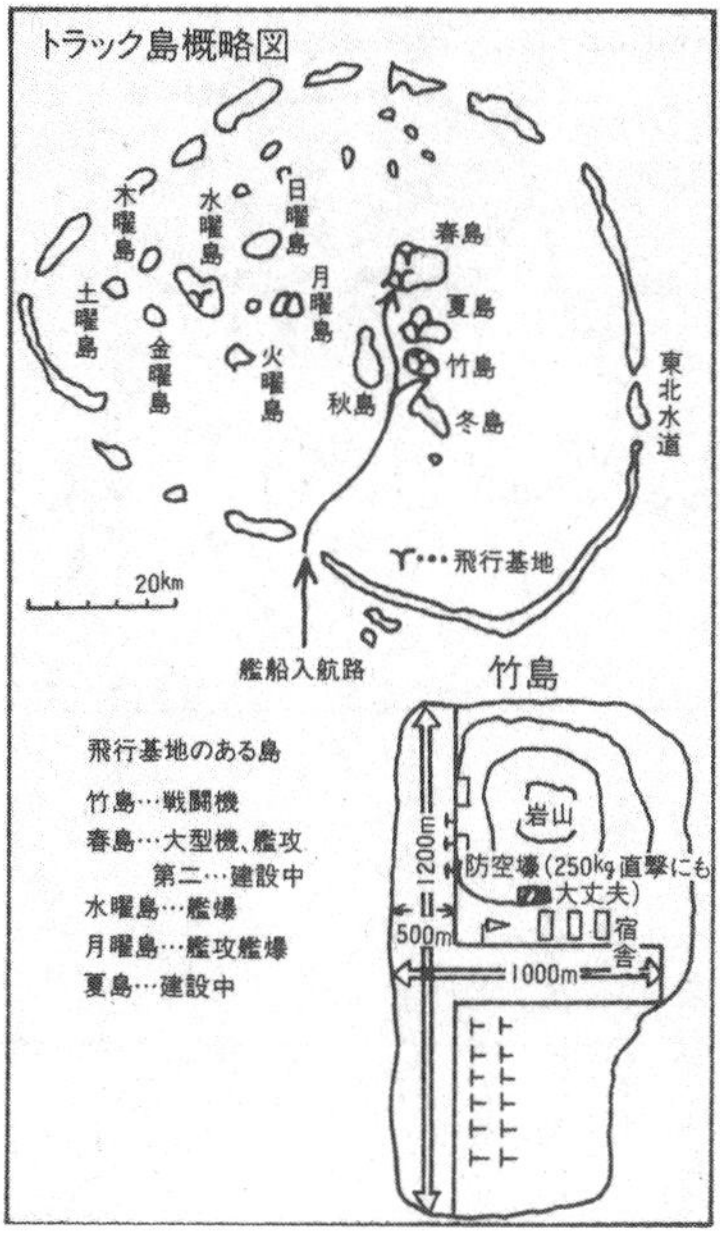

ラエ到達の十分前、私たち制空隊は、攻、爆よりも先行した。敵航空兵力は逃げたらしく、一機も姿を見せない。ただラエ東方高度千五百メートル付近に大型輸送機一機を発見、これを撃墜した。

さらにわが中隊は、ラエ飛行場に対して低空銃撃を

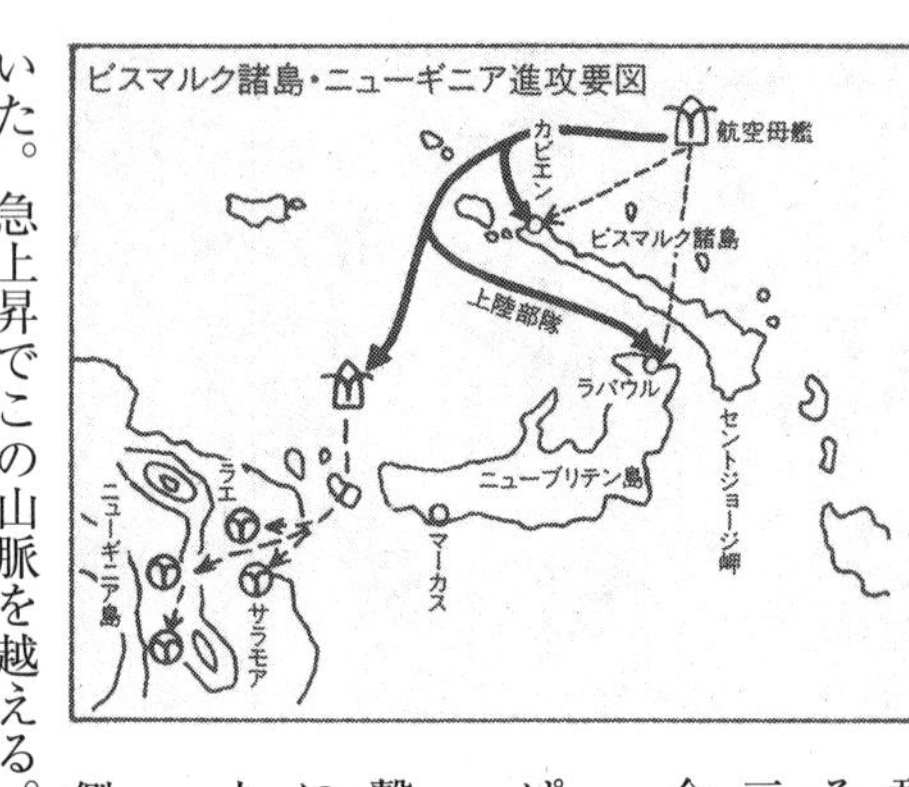

敢行した。この飛行場には格納庫七十一棟だけで、そのそばにモダンな宿舎があった。滑走路に面して三発輸送機三機があるのをみとめ、三航過銃撃で完全にこれを破壊し、あとは艦攻、艦爆にゆずる。

味方爆撃機の投弾により、飛行場兵舎地区はこっぱみじんに吹きとんだ。

一方、「翔鶴」の制空隊は、サラモア飛行場に攻撃を加え、つづく攻撃機の投弾で、貯蔵のガソリンに火がはいったのであろう、高度千五百メートルの上空にまで黒煙が立ち昇っているのが見られた。

このサラモアの後方、標高二千メートルの山脈裏側に飛行場のあるのを、私たちはチャートで知っていた。急上昇でこの山脈を越える。裏側の飛行場は谷間にあって、六機の飛行機が並んでいた。これを銃撃で、そのことごとくを炎上させ、さらにつぎの飛行場に飛ぶ。ここでは、三機を炎上させた。

わが方には一機の損失もなく、全機、無事帰還した。

ビスマルク諸島、ニューギニア方面作戦を終了した機動部隊は、第一、第二航戦が昭南島方面に移って訓練に当たり、第五航戦は横須賀へ帰港する予定であった。その帰港途中、トラック島に寄港した。ここで千歳空の飛行機と人員を乗せ、ラバウルに輸送することに予定は変更になった。

ラバウル地区は、完全に掃蕩を終わっていたが、日本の航空部隊のいないことを敵は知って、ニューギニア、ツラギ方面から、空襲をかけてきた。そこで、在トラックの千歳空に、ラバウル地区進出の命が下った。

機材は九六戦で自力による転進は困難である。急遽、母艦による中継空輸を行なうことになり、私たちの空母がこの任務を引き受けることになった。

トラック島を出港し、千歳空の飛行機を収容し、一路ラバウルに向かう。

つぎの日、ラバウル沖で、千歳空機を発艦させることになり、吉井兵曹ほか千歳空の搭乗員に別れを告げて、ここで私たちはその健闘を祈った。この千歳空（ついで四空）こそ初めてのラバウル航空隊として発足し、最後までラバウルにとどまった隊である。

訓練に励んで

千歳空を見送ってから、私たちはふたたびトラック島に引き返した。その途中、攻、爆、戦の一部搭乗員は、母艦「瑞鶴」よりひと足先きに、内地に帰ることになり、飛行機で「瑞鶴」から「翔鶴」へと移動した。「瑞鶴」はトラック島へ、私たちの便乗した「翔鶴」は、まっすぐ横須賀に向かった。

途中、航海は平穏ぶじに過ぎた。父島付近で「翔鶴」飛行甲板から飛び立って、私たちは北上した。父島から内地までおよそ五千カイリ、飛行時間にして三時間半か四時間である。

前方高度二千メートルほどのところに、密雲が立ちふさがっている。

雲上はるかにやがて富士山がその頂上を見せる。依然として切れ目のない雲の上の、雲上飛行である。発艦後すでに三時間が経過している。雲下であれば、そろそろ房総半島が見えるころだ。誘導機の攻撃中隊は、依然として雲上飛行続行である。あと数十分で相模平野付近に来る。山地があるので、雲下に出るのは危険である。

「瑞鶴」戦闘機隊だけをこの編隊から分離させて、翼下の密雲を切り抜けるべく、私はその旨を列機に知らせ、近距離隊形をとって雲中にはいった。

雲は思ったより厚く、雲下に出たときは高度五百メートルの海面上であった。

雲下は視界が悪く、雲量三〜四くらいである。機位もはっきりしない。そのままの進路で飛行中、右側前方にかすかに陸地を縁どる白波をみとめた。針路をその方向にとって接岸してみる。どうも房総半島の突端らしい。海岸線に沿って飛行すること約十分、飛行場らしいものが目にはいった。

横須賀航空隊概略図

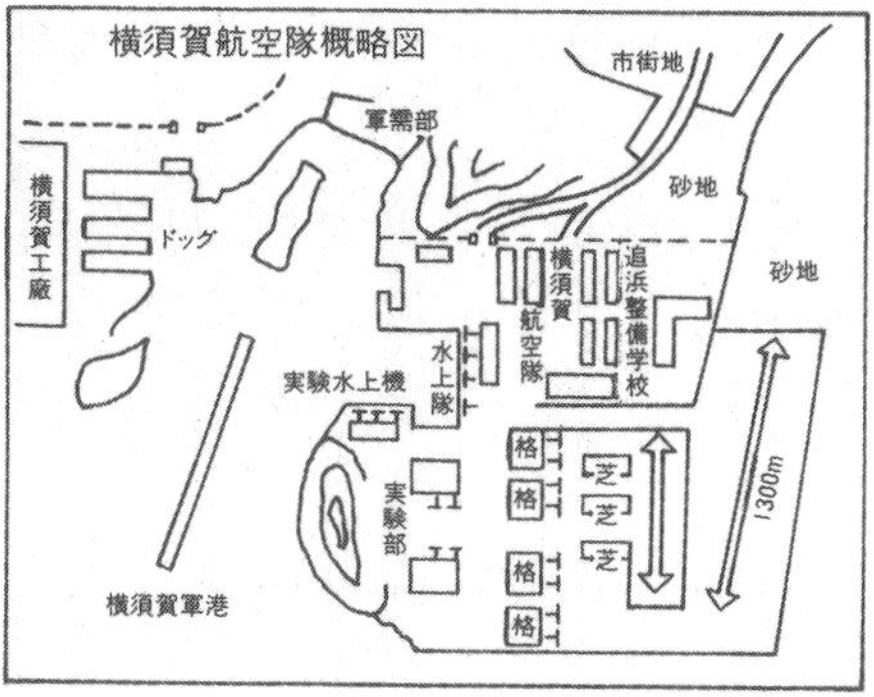

視界はますます悪くなる。モヤのかかったようにどんよりした日和だ。一応、さっき目にはいった飛行場に着陸することに決め、列機を解散させて着陸した。

ここは横須賀の向かい側の館山航空隊（千葉県）であった。艦攻、水上偵察機を主にする航空隊だが、この日は、視界不良で飛行作業を見合わせていた。横須賀を目の前にして、少数であれば行って行かれないことはないが、一個中隊という機数を考えて、無理はしないことにした。

私たちが着陸して四十分後、攻、爆、戦の各隊が、つづいて館山に着陸した。

ここ館山飛行場の風向は非常にかわりやすく、そのうえ海を埋め立ててつくってあるので、二方面は相当広いが、あとの二方面は山、建物などで、着陸面はひどく狭い。その一角には水上機隊もあり、良好な飛行場とはいえない。

燃料補給を終わって、数時間たったが、視界は依然として悪い。昼食を当隊ですませ、すこしは良くなったらしい午後二時すぎ、横須賀に向けて出発、約十五分間で横須賀飛行場についた。機材を軍需部に還納後、当地で一泊することになる。

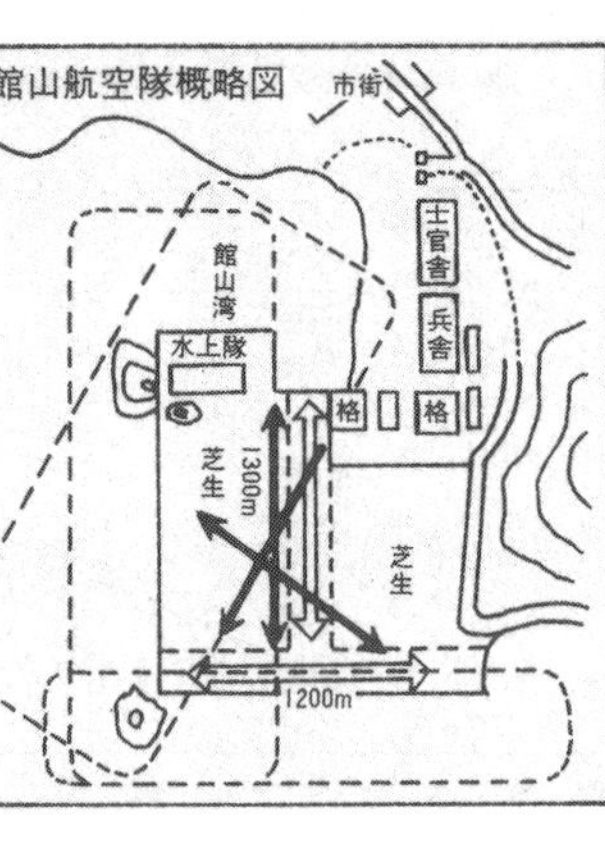

この飛行場は非常に狭いうえに、背後には軍港をひかえ、一角には整備部などもある。小型機、大型機、実験機と、数十機の飛行機が発着して、終日、管制は錯綜している。
二月九日、私たちは陸路、鈴鹿航空隊に出張を命ぜられた。次期作戦まで当分の間、

新機材の受け入れと、訓練を行なうらしい。基地設営のための要員として、ひと足早く、私たちは、二月十日、鈴鹿基地についた。

当時、鈴鹿航空隊は偵察練習生の一大教育地として、その設備も大きく、また飛行場も広くて立派だった。機種は九〇式機上作業練習機のほか、若干の艦攻と九六戦がある。

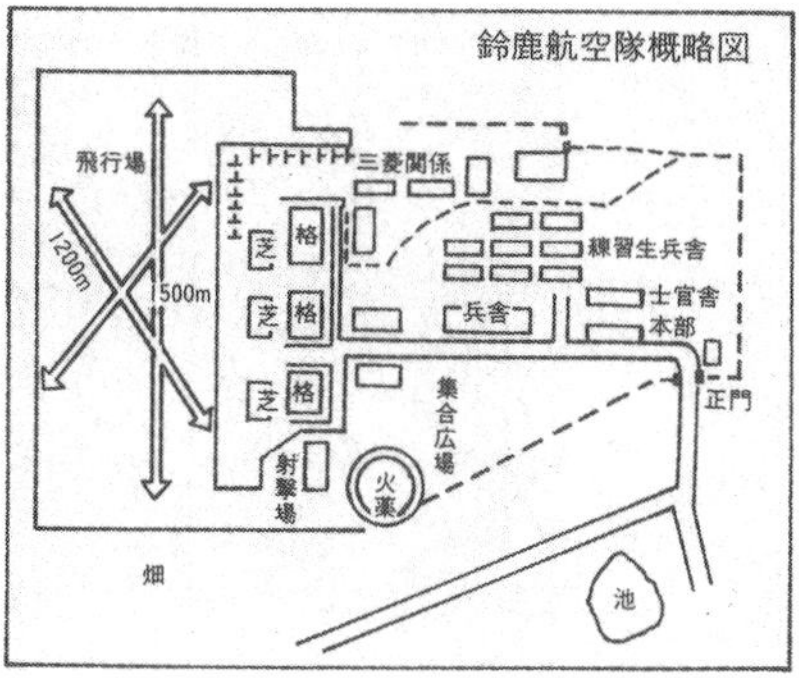

鈴鹿航空隊概略図

明くれば十一日、祝祭日である。私たちはというと、目のまわるようないそがしい一日であった。基地設営は昼夜兼行で進められた。そして一週間後にはほぼ完成した。

おくれて「瑞鶴」も横須賀にぶじ入港、整備員ほか後続隊もつぎつぎに来着して、二月十八日からは、当隊の裏にある三菱飛行機製作所からの新機材の零戦三二型の受け入れとテスト飛行が行なわれ、古参組がこれに当たった。

第一線搭乗員の現状は、熟練者は全体の十パーセントから十五パーセントどまり、残りはいずれも若

大戦の全期間を通じて戦った零戦は、各部改良を行ない性能向上に努めた。写真は著者が受領したのと同じ零戦三二型。

年者である。それに第五航空戦隊は、日米開戦の直前に編成された部隊である。前年度からの艦隊経験者はきわめて少数で、大部分は開戦三ヵ月ぐらい前に着艦訓練を行なったような程度である。訓練状態はほかの戦隊にくらべて、相当のおくれがあった。その点、私たちは早急な訓練実施の必要にせまられていた。

新機材受け入れと同時に、兵装の完備、各部の整備と、いろいろの作業に追われ、搭乗員、整備員、兵器員、電信員、一体となって、昼夜兼行の整備にあたる。その完了と同時に、空戦、射撃、航法と、猛訓練の実施に移って、三月中旬には、一応作戦行動体勢を完了した。

このころ、「瑞鶴」戦闘機隊長佐藤大尉が転勤して、代わって岡嶋大尉が着任した。最前線の陸上航空部隊では、そのほとんどが、毎日、敵との交戦で日を送っていたが、空母勤務搭乗員は、いまのところ月に一回の作戦があれば上々の方で、そのほかの日は、飛行機にも乗らず、艦内でブラブラしている。そんな状態で若年搭乗員の技量は、目に見えて低下する。それだけ私たちは陸上基地にいるあいだ、一日を惜しんで訓練に励まねばならなかった。

二月下旬、全機、新機材に更新した。新機材がこれまでと異なるのは、兵装では二十ミリ弾倉、片銃五十～六十発しか搭載できなかったのが、こんどは弾倉も大きくなり、百発搭載となったことだ。さらに一部機体と発動機の改良で、いくぶんではあったが、性能も向上したことである。

火の海と化して

昭和十七年三月七日、空母「瑞鶴」は僚艦「翔鶴」とともに横須賀を出港し、伊勢湾に入港して飛行機隊全機を収容、セレベス島スターリング湾に向かった。

四日目、フィリピン沖にさしかかったころ、本邦東方海上に敵機動部隊出現の報があって反転し、針路をこれに向けた。

これは誤報か、またはすでに逃走した後だったのか、ついに敵影をみなかった。いったん横須賀に引き返し、三月十七日、ふたたびセレベス島へ向かって出港した。

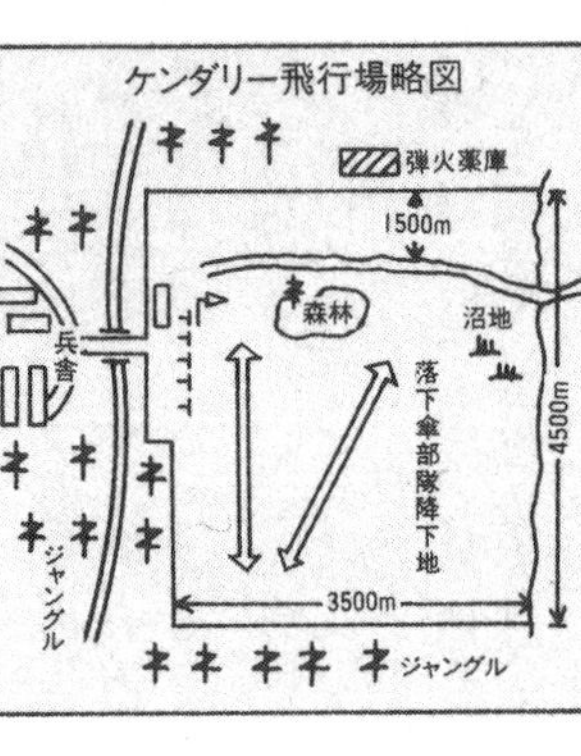

三月二十四日、セレベス島スターリング湾に到着する。そこにはしばらく別れ別れになっていた機動部隊本隊の空母「赤城」「加賀」「蒼龍」「飛龍」、第三戦隊の戦艦ほか数十隻が先着していた。

一航戦、二航戦と久しぶりに合同して、ハワイ攻撃のときの部隊集結を思わせるこの壮観は、次期作戦の規模を想像させた。

ここには二、三日停泊の予定である。乗員の上陸はなかったが、各飛行隊とも五、六機ずつの要整備機があり、下士官搭乗員が、各隊数名ずつケンダリー基地に飛ぶことになった。その一人に私も選ばれた。

ケンダリーに着陸してみると、一航戦、二航戦の搭乗員は、数日前から、全員そろって基地に移動している。

ケンダリー飛行場は、アメリカ空軍のB17など大型機の発着用として設営されたもので、まだ未完成であったが、このような広い飛行場ははじめて見る。長いところでは八キロもあり、沼や森なども残されている。

周囲には、これは中国人の設計によるという分散火薬庫がある。万一の場合には、スイッチひとつで、全部の火薬庫を爆破できるようになっていたそうで、占領当時、原住民の一人がそれを教えてくれて、地下電線を切断し、ことなきを得たという。

飛行場の一隅には塹壕も残っていて、皇軍上陸当時の戦闘をしのばせた。

噂によると、敵はこの飛行場の建設工事に付近の原住民を強制的に動員し、秘密の漏洩をおそれてその大多数を生き埋めにしたという。

飛行場周辺はほとんど常緑樹のジャングルで囲まれ、そのなかに兵舎が散在している。

飛行場から車道を二キロいったところに原住民の村落十数軒があった。原住民は主としてインドネシア人で、従順であり、容貌体格など日本人によく似ている。

飛行場から十五キロほど離れたところに港がある。そこには陸海両軍部隊が駐屯し、原住民も多数いて、果物を売る住民が、特有のカヌーを操っていたりして、まことにのどかな風景である。

港には多数の中国人商店が、もう店を開いていた。五色インコ、オームなど、脚にナワをつけて店先に出ている。ポケットモンキーというポケットにはいるくらいの小さな猿が軍票値段で一ぴき五十銭である。

昭和十七年三月二十六日、機動部隊各艦航空隊は、ひととおりの整備を終わって、全機、各母艦に収容される。数十隻の艦船は、威風堂々、輪型陣でスターリング湾を出港し、一路インド洋に向かって進撃した。

チモール島北方のオンバイ海峡を通過するまで、海上は鏡のように静かだったが、インド洋にはいると、さすがにうねりは大きい。

スマトラ島沿いに西進して、四月はじめ、いよいよインド洋の中心にはいる。

コロール島で損傷を受けた空母「加賀」を欠いてはいたが、ハワイ遠征さながらの大部隊である。

情報によると、インド洋方面には、英海軍の空母二隻、戦艦二隻、重巡三隻、軽巡数隻、駆逐艦二隻、航空兵力も、セイロン島はじめベンガル湾沿いに三百数十機がいるものと予想されている。

このような敵情想定下に、戦艦「金剛」を旗艦とする近藤信竹中将第二艦隊司令長官指揮下の南方部隊に、インド洋掃蕩の任務が与えられた。機動部隊は、その作戦に協力を命じられての大遠征である。

ハワイ空襲のときとは違って、隠密作戦ではなかったので、途中の補給も容易であった。毎日の遠距離索敵、対潜警戒も戦闘機隊の上空警戒も充分に行なわれ、鎧袖一触の力強い進撃である。

四月五日、午前九時（日本時間）、いよいよセイロン島コロンボ爆撃の命が下る。九時とはいっても、ここではまだ黎明だ。

淵田中佐のひきいる制空戦闘機隊三十六機、急降下爆撃機隊五十四機、水平爆撃機隊九十機の戦爆連合百八十機は、暁暗をついて南方三百七十キロの海上から、コロンボめざして飛び立っていった。

攻撃隊が発進したのち、機動部隊は、敵艦隊の出現を予期して厳重な警戒体勢をとり、私たち戦闘機隊は交代で上空哨戒にあたった。この日、私は攻撃隊には加わらず、上空警戒を割り当てられていた。

味方攻撃部隊が発艦して一時間ほど経過したとき、ちょうど私の小隊が甲板待機中、前方駆逐艦に「敵機来襲」の信号が上がった。各艦待機中の戦闘機二十四機は、間髪をいれず飛行甲板を蹴って舞い上がった。なかでも、わが小隊がいちばん早かった。

離艦と同時に私は増槽を投下して、高度二千メートルで前方の駆逐艦上空に飛ぶ。その前方、高度千五百から二千五百ぐらいのところに断雲があって視界がわるく、索敵困難で敵影を発見できない。

各艦から飛び上がってきた戦闘機も、断雲の間をしきりに索敵しているが、やはり発見できないらしい。

そのうちあきらめた他艦の戦闘機は、母艦上空にひきあげはじめた。私もそろそろひきあげようと思ったが、あきらめかねて、もうひとまわり旋回した。すると、翼下のわが駆逐艦が突如、大砲を上空に向けて発射した。しかも主砲である。

「おや、おかしいゾ」

私は、砲撃の目標となったらしい前方左側の雲に目を注いだ。すると、下方の雲と雲との中間にチラッと機影をみとめた。ただちに列機に戦闘開始を命令して、全速で雲の裏側に向かった。

敵機は中型飛行艇らしく、私たち戦闘機がうしろにせまっているのも知らず、ゆうゆうと雲を利用して、わが機動部隊に接触中である。敵機の高度は千五百メートル、私たちは三千メートル、機影を雲にかくして接触した。

そのうち敵機も、私たちの接近に気づいたらしく、増速して前方の雲に逃げこもうとする。しかし、もはや手おくれである。

私は直後上方から、飛行艇の背中めがけて第一撃を浴びせる。みごとに命中、左側エンジンからパッと黒煙をはく。つづいて二番機、三番機、四番機の攻撃である。

私が機を引きおこして、第二撃目に入ったときは、相当数の命中弾で、速力は落ち、かろうじて飛行できる状態のまま、高度はぐんぐん下がってすでに八百メートル、もう墜落一歩前だ。

太平洋戦争での著者の撃墜第一号機・コンソリデーテッドPBY飛行艇。哨戒から爆撃まで、様々な用途に用いられた。

それでも敵機の胴体上部のスポンソン銃座から、連装銃による反撃はものすごく、照準器に無数の火の玉となって飛んできた。

私はかまわず、距離五十メートルから二十メートルまで接近して、二十ミリ、七・七ミリ両方を撃ちこみ、ついにガソリン槽に引火させた。その吹き出す煙のために機影も見えなくなる。

つぎの瞬間、長い煙の尾をひいて垂直に落下してゆく。海面は突入したその瞬間、まわり一帯が火の海と化した。

海上に近づいて見ると、機体から脱出できたらしく二、三名の搭乗員が泳いでいた。しかし、救助のみこみはない。おそらくフカの餌食であろう。

フトまわりを見ると、「赤城」「蒼龍」「飛龍」と、各艦の戦闘機もかけつけていたが、一発の弾丸も発射できず、わが小隊に名をなさしめたのである。

列機を集めて、低空で帰投中、エンジンに異状な振動のあるのに気づいて、私は緊急着艦した。点検してみると、おそらく第二撃のときに受けたものであろう。プロペラを貫通してエンジン・シリンダー放熱板を破損し、真正面の照準器取付部に命中している。ごくわずかでも前後左右によっていたら、まず私の頭部命中はまちがいないところである。

撃墜した飛行艇はコンソリデーテッドPBYで、これが太平洋戦争での私の敵機撃墜第一号となった。


発艦後二時間あまり経過して、攻撃隊からの第一報がはいった。

「敵空母見えず、湾内数隻の艦船あり、在空敵機なし」

つづいて、「われ攻撃開始、敵の地上砲火熾烈にして、わが数機自爆するを認む」

という悲壮な電報が届いた。

この攻撃で、敵の地上施設には甚大な損害をあたえたが、湾内の艦船に体する爆撃効果はかならずしも充分でない。

そこで待機中の第二波を発艦させようとする、そのとき、別方向を索敵中の一機から、敵駆逐艦二隻発見の報が入った。

コロンボ港の輸送船攻撃に出発しようとしていた第二波攻撃隊は、急遽、この二駆逐艦攻撃に向かう。ところが、駆逐艦二隻と報告されていたのは、じつは英東洋艦隊の重巡ドーセットシャーとコーンウォールであった。

まもなく第一波が帰ってきた。その攻撃隊員の話では、コロンボ前方の海上で大積乱雲に立ちふさがれたので、遠まわりをして、まわりこもうとしたそのとき、わが機動部隊攻撃のため進撃中のソードフィッシュ雷撃機二十機と遭遇し、わが制空隊は即刻、この雷撃隊に襲いかかって、そのことごとくを撃墜したという。

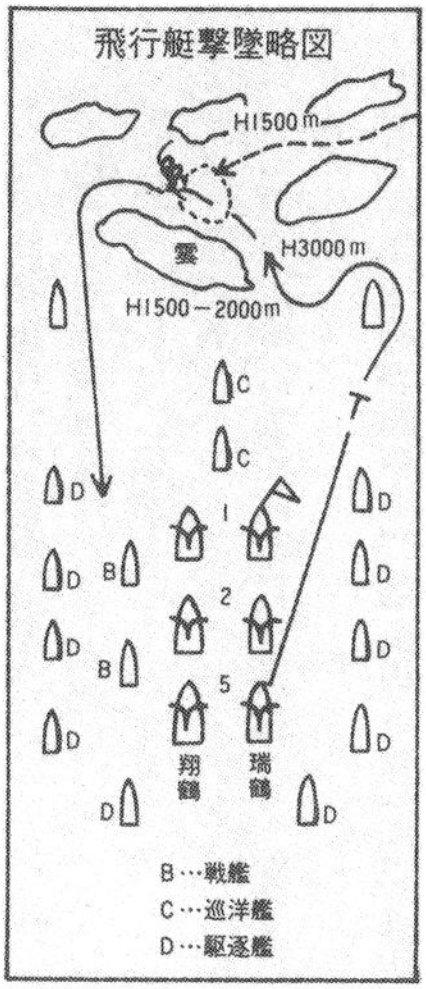

飛行艇撃墜略図

B…戦艦
C…巡洋艦
D…駆逐艦

機動部隊の上空哨戒にあたっていた私たちは、この目覚ましい僚友の戦果を聞いて、惜しいことをした、少しはこちらにも残しておいてくれればよいのに、と口惜しがった。

つづいて江草少佐がひきいる第二波の、胸のすくような、二重巡爆沈の報がはいる。やがて、その第二波攻撃隊も帰ってくる。コロンボ攻撃はこれで一応終わったが、空母を中心とする敵主力の所在は、依然としてわからなかった。

部隊は、敵の警戒心をゆるめさせるためと、合わせて空母から駆逐艦に燃料を補給するために、敵機の索敵行動範囲から避退した。その後三日間、油を流したように平穏な海上を遊弋（ゆうよく）する。

インド洋は地形の関係で、暴風のときは特有の三角波をおこす。その威力はものすごく、軍艦ですらこれに会うと、相当の被害を受ける。幸いインド洋作戦中、好天に恵まれ、ゆるくて長いうねりはあったが、洋心としてはめずらしく静かな海だった。ただその海の色が太平洋で見なれている青色とはまるでちがう、一種独特の無気味な黒っぽい緑色である。

敵潜水艦に対する警戒はとくにきびしくし、艦攻、艦爆は朝から夕方まで、前程（ぜんてい）の対潜哨戒飛行に目立たない苦労をしている。

戦闘機隊は、万一に備えるのんきな甲板第二待機である。駆逐艦、巡洋艦は燃料補給のため、目下戦列をはなれている。

任務に苦労の差はあっても、艦内の暑さの苦しみは平等である。とくに夜間は、警戒航行で、舷窓は厳重に閉ざされているため、まるで蒸し風呂のようで、とても眠れたものではない。乗組員は上甲板に上がって涼をとるが、こんな日が何日もつづくと、睡眠不足でからだがまいってしまう。

四月七日ごろ、機動部隊はふたたび針路をセイロン島に向けた。

第一撃で落とせ

四月九日、トリンコマリー飛行場攻撃の命令が下った。

この日、「瑞鶴」からは、若干の艦攻と一個中隊の艦爆を艦上に待機させ、一個中隊の戦闘機を上空哨戒のため残し、のこりは全機参加となった。

戦闘機隊の編成

直掩隊　一小隊　牧野大尉、清水二飛曹、松本一飛曹

　　　　二小隊　児玉飛曹長、中田二飛曹、黒木三飛曹

制空隊　三小隊　岩本一飛曹、前　一飛兵、伊藤一飛兵、倉田一飛兵

この日、天候は快晴。各艦予定どおり旗艦「赤城」の信号によって午前九時に発艦、戦闘機三十六機、艦爆五十四機、艦攻九十機、合計百八十機の大編隊で、総指揮官は例によって淵田中佐である。上空旋回のうち、隊形をととのえて、一路、トリンコマ

リーに定針した。

発艦後約一時間、本隊は高度四千メートルになった。各艦の制空隊は、本隊の前上方約五千メートルから六千メートルくらいのところを横陣隊形で先行した。

やがて、はるかかなたに陸地らしいものが見える。各制空隊はいっせいに高度を上げる。私の小隊はいちばん左端に占位していたのだが、さらに高度をとり、七千メートルに達して酸素吸入を使用しながら、他の制空隊よりも前程に出る。その状態で飛行中、前方高度五千メートルから六千メートル付近に敵影を発見した。

列機に戦闘準備を下令して、増槽を落とし、左方の敵戦闘機約二十機の群れに向かう。開戦以来はじめて見参の戦闘機だ。列機は空戦経験のまだ一度もない者ばかりである。しかもわが小隊は四機という小数だ。

左後方の味方艦爆隊は、すでに単縦陣の降爆隊形で、飛行場に向けて接敵中である。

敵ハリケーンは、われわれの方に向かってくる気配はなく、大きく左旋回しつつ飛行場の方向に変針した。

「しめた！」絶好のチャンスだ。高度七千メートルの優位から、まっしぐらに攻撃を開始した。ひとたび突進すれば、後は食うか食われるかの死闘である。空中戦の勝利は、まず第一撃で相手を圧倒することにある。この第一撃をミスすれば、敵機は反撃に転じるのに反し、味方の攻撃はにぶる。

　電話で列機に、各自攻撃を禁じ、小隊長に続行せよと命じた。私は、敵の第一小隊をやりすごして、二小隊四番機にねらいを定めた。

インド洋作戦でセイロン島上空で優速を発揮して、著者と死闘を交えた英国の誇る代表的戦闘機ホーカー・ハリケーン。

　私にとっても久々の空戦である。はやる心をおさえ、肉薄必墜を期して距離三十メートルまで接近し、二十ミリを撃ちこんだ。

　射弾にたしかな手ごたえがあった。敵機スレスレに上昇避退し、切りかえして見ると、敵機は多量のガソリンを吹き出しながら機首を下げ、墜落してゆく。撃墜ほぼ確実と見たが、最後まで見とどけているわけにはいかない。さらに二小隊一番機に機首を向けると同時に、二番機に攻撃開始を信号した。

　敵一番機は、四番機がやられると見ると、反撃姿勢をとった。まだ充分な体勢にならないうちに、私は第二撃に入った。こんどはみごとにエンジン部に命中したらしい。みるみるうちに、火だるまとなって墜落していく。

後続する敵機は反撃体勢をとらず、左旋回のまま前方の一小隊の方向に向かい、しだいしだいに高度を下げながら、逃走しようとする気配だ。私は飛行場方向に逃げる敵戦をさらに追撃し、最後尾の一機を捕捉、撃墜した。この間、列機もよく奮戦し、初陣ながら、みな一機、二機と撃墜した。

すでに味方の攻撃隊は、目標に対し爆撃に入っている。ポツッ、ポツッと黒煙、または白煙が湾上高度四千メートルから五千メートル付近にはじけている。敵の高射砲弾だ。数百発とも思われる炸裂で、煙のかたまりは雲のようになびいている。

味方攻撃機は、ゆうゆうと爆撃をくり返している。敵は、わが攻撃隊に一機も攻撃を加えることができなかった。

湾内に艦らしいものが小さく多数、見える。艦爆は飛行場に対して急降下する。つぎつぎにあがる黒煙、火煙は、たちまち飛行場をつつんでしまった。一部の艦爆は、湾内の敵艦船を爆撃しつつある。

湾内の周辺には防塞気球が数十、高度二千メートルぐらいのところに上がっていて、上空からは、白銀色に光って見える。最初は何だろうと不審になって、近づいてみてはじめてそれとわかった。

空戦はなおもつづいている。艦攻、艦爆の直掩隊も空戦を展開している。それでも、高度四千メートル以上には、もう敵機の姿はなかった。

私たちは高度を下げながら敵機の姿を探していると、飛行場上空二千メートルのところに二機の敵機を発見した。

この二機に対して攻撃体勢をとって接近したが、敵も気がついたか、高度を下げて飛行場に逃げこもうとする。高度約五百メートルぐらいでようやく敵機に追いつき、二十ミリを撃ちこんだ。敵機は脚も出さず、地面に激突するような姿勢で飛行場にすべりこんだが、勢いあまって飛行場の一端に激突し、こっぱみじんに飛び散った。

列機は上空で私の攻撃を監視、掩護していたのだと、あとで聞いた。地上からの砲火は猛烈で、目もあてられない。私は高度を五十メートルまで下げて敵機を追っていたので、前方の機のみに気をとられて、このものすごい地上砲火にはまったく気づかなかった。敵機の大破を見とどけ、上昇に移ってはじめてわが飛行機をつつむ高射砲弾幕に気づいたわけで、危なかった。

上空の列機と合同し、さらに敵機を探しまわる。もはや一機も見えない。味方攻撃隊はすでに攻撃を終了して、海上で旋回している。私たちも索敵を断念し、高度をとりつつ集合点に向かう。

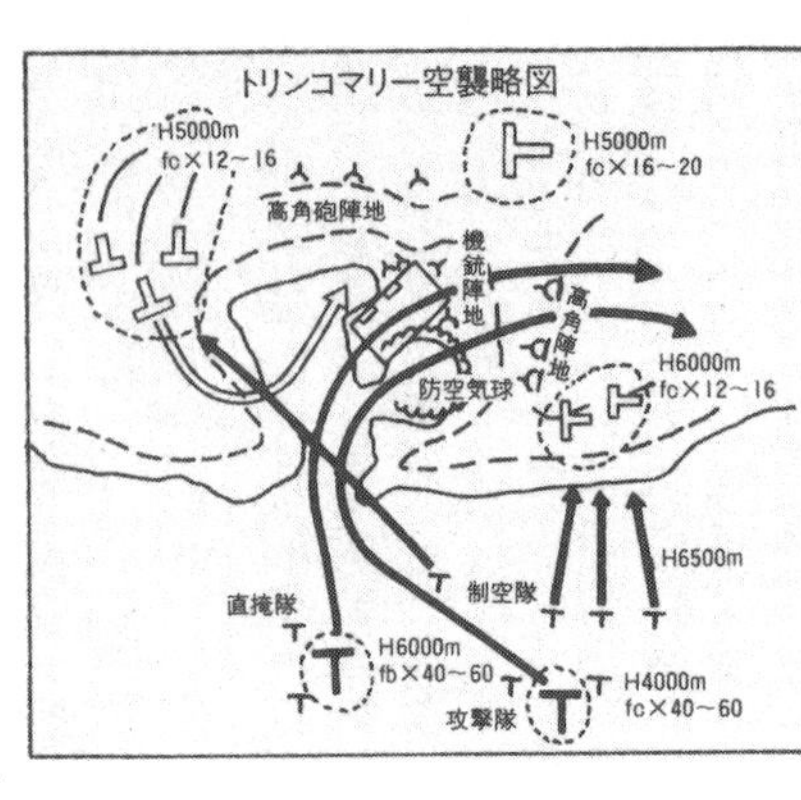

海岸線で、ふと下方を見ると、ジャングルすれすれに敵一機、それを追う味方四機が目に入った。敵味方同高度の追撃だが、水平飛行では、やや敵機の方が優速なのか、味方との距離はしだいしだいにはなれて、すでに有効射程外に離されてしまっている。味方機はそれでも執拗に追っている。

私は、「しめた！」と思う。優位の高度を利用して逃げている敵機に急降下した。

敵機はジャングルの梢すれすれの低空飛行で、しかも左右にバンクをとりながら逃げていく。これに対して、後上方からの優速攻撃は非常に危険である。私は速力を落として、追尾に近い体勢に切りかえつつ、一連射を加えて撃墜した。

もっとも私の射弾で落ちたのか、あるいは敵機の操縦のあやまりで落ちたのかはっきりしないが、いずれにしてもジャングルにつっこんで、数十メートルの木をなぎ倒し、火を発して、その敵機は最期をとげた。

とっくに引きあげ時刻はすぎている。急いで反転し、集合地点に向かった。その地点には味方機は見えず、時間は空戦を開始してから三十分も経過している。やむを得ず、さらに高度をとりながら、無電で母艦に連絡した。

「集合地点飛行中なるも、誘導機なし、われ帰艦不能」

すると母艦から応答で、帰投中の艦攻一個小隊を集合地点に向けるという。

私たちの小隊が旋回中、さらに二個小隊の戦闘機が来た。待つこと数十分、はるか洋上に黒点三つをみとめ、その方向に進む。やはり味方艦攻である。あやうく自爆をまぬがれた。

帰艦してみると、攻撃隊の全機はすでに帰投しており、わが小隊のほかには、直掩隊の一小隊牧野大尉と三番機の松本上飛だけが、まだ帰艦しないという。

この日、われわれ攻撃隊が発艦後、約一時間すぎたころ、索敵機から「トリンコマリー沖空母一、重巡二の敵部隊発見、空母には艦載機なし」の報告があって、攻撃待機の艦爆が出撃し、もうそろそろ攻撃開始の信号が入っていいころだ。

牧野大尉、松本上飛が帰艦せず、あるいは敵戦にやられたのではないか。確実なことが判明せず、艦長、飛行長はじめ非常な心配である。

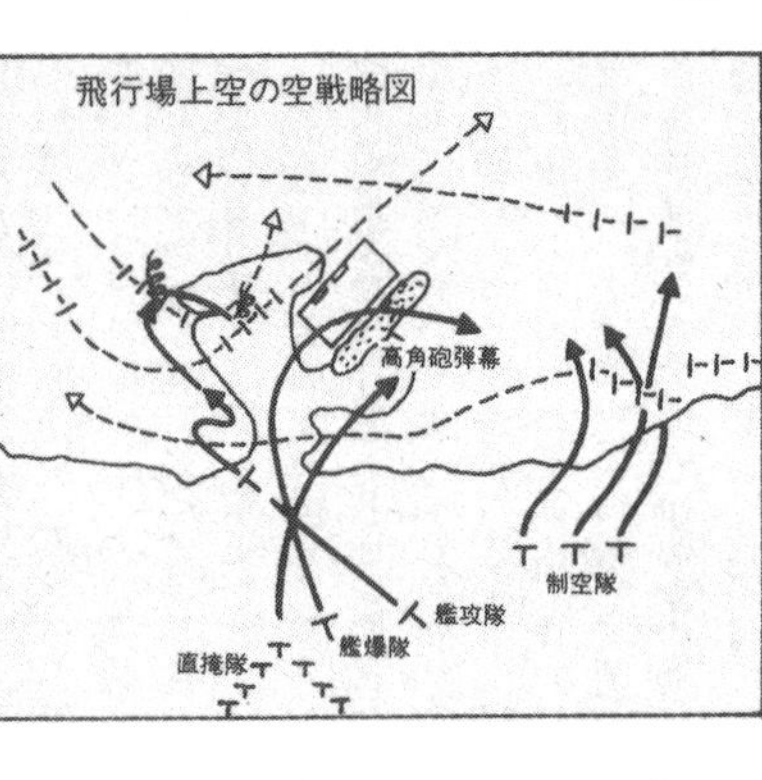

やがて艦爆指揮官から、敵空母発見、攻撃開始の無電がはいる。ついで、敵空母大火災をおこし、すでに四十度以上傾斜、いま沈みつつあり、の情報。つづいて駆逐艦轟沈、空母撃沈、われ帰投すの報がはいり、大戦果に歓声は湧いた。

一方、牧野大尉からの連絡は、「トリンコマリー沖高度四千、旋回中、帰投針路不明、燃料あと三十分」の悲報である。空戦時間があまり長びいて二機だけとなり、ついに帰投できなくなったらしい。

水上偵察機四機が、ただちに戦闘機六機掩護のもとに発進したが、時間的には、水上機がつくまで待たず燃料はなくなるはずである。

その後、刻々と燃料残量報告がはいっていたが、ついに水上機到着前に、「ガソリン尽き、われ敵飛行場に自爆す」の無電を発し、そのまま連絡は絶えた。味方水上機は現場に到着、捜索したが発見できず、引き返す、という無電がはいる。牧野大尉、松本上飛は、帰還を断念して、敵地に突入し、自爆したのである。

本日の攻撃隊の戦果は、制空隊（四機）ハリケーン撃墜八機（うち四機が岩本）、直掩隊（六機）ハリケーン撃墜三機。味方損害、二機自爆。

帰艦して、一服する。突然、敵襲の報で、急いで甲板に出てみる。敵攻撃機十数機が、高度四千メートルくらいから水平爆撃である。「赤城」の後方千メートルくらいのところに、水煙があがる。味方艦船には被弾なく、敵機は投弾後、反転逃走した。上空哨戒中の戦闘機がこれを追撃、二機を撃墜した。

やがて、撃沈された敵の中型空母はハーミスと判明した。

機動部隊は夕闇せまるインド洋に向かって整列し、戦死した幾人かの友のために一分間の黙祷をささげ、艦首を東に向けて帰途についた。

帰路は、マラッカ海峡を通過、昭南島を左に眺めた。

昭南島の右寄りの海面に、沈んだ五万トン浮きドックの起重機の上部がのぞいている。この浮きドックは第一次大戦で英国がドイツから獲得したもので、造船修理に必要なあらゆる機械設備がある。近くわが軍で引きあげて、昭南島で艦船修理を実施することになっているということだった。

第三章　南の海、北の海

自爆機の最期

昭南島を目の前にしながら、ボルネオ海に出て、ここから北上して南シナ海にはいる。このあたりから暑さもかなりうすらぐ。

フィリピン沖通過のころ、五航戦は台湾で待機せよという命令があって、主隊とわかれ、澎湖島の馬公に向かう。

四月十六日、馬公沖遊弋中の母艦「瑞鶴」から、飛行機隊の主隊は台南飛行場へ向かい、私たちの中隊だけ馬公に飛んだ。目的は馬公警戒配備である。

いままで内地に帰れるものとばかり思ってそれをたのしみに、猛暑にも耐えてきた私たちは、馬公警戒配備と聞いてみんながっかり、ぼやくことぼやくこと。台南基地に向かった連中は、いまごろは、きっとハネをのばしていることだろう。

仕方なく自動車で馬公市内の見物に出かける。きたない町で、まるで貧民街である。わずかに馬公警備隊司令部の建物が一応洋式であるのと、神社や寺院の非常に手のこんだ立派な建築が、赤、青、黄と、色彩豊かな風景に一種独特の味がある。浦島太郎の伝説の本源地がここ馬公だそうで、そういえば、絵本で見た竜宮の乙姫さまのお城にそっくりだ。

四月十八日、飛行場で待機中、

「本朝、敵機動部隊艦載機、本土関東地区爆撃す」の発表があり、ついで、

「五航戦は本土に接近する敵艦隊を索敵撃滅すべし」の命令が下る。

この日午後、飛行隊の全機が母艦に帰り、全速力で硫黄島方面に向かった。

本土からの捜索哨戒機と連絡をとりながら、大鳥島方面まで索敵したが捕捉できず、これはついに断念し、五航戦は、新たな命令による内南洋方面の警戒任務につくべくトラック島に向かった。本国帰航の期待は、これでまた延期である。

このころようやく敵の潜水艦作戦が活発となり、日本本土近海から内南洋にかけて、

またその他各所に出没して、わが補給線の破壊を狙っていた。

トラック島の珊瑚礁の内部にはいる水路は三ヵ所あった。そのうち二ヵ所は完全に閉めきって出入不可能にしてあり、残る一ヵ所の出入口も防雷装置、機雷などで固めている。

したがって、味方艦船も水路案内がなければ出入りできない。内部にはいりさえすれば、敵潜水艦にたいしては絶対に安全で、安心して停泊できる。ただ出入口が限定されているので、この出入口付近で敵潜水艦にやられるのである。

四月二十五日、五航戦の「瑞鶴」「翔鶴」は、全機発艦、対潜警戒を実施しながら、トラックへ入港した。

厳重な警戒で、敵潜水艦は手も足も出ないであろうが、付近のどこかで、わが五航戦のトラック島入港を監視していて、本国に報告しているのだろうと想像する。兵力の配置は秘中の秘である。これが細部にわたって敵に知れるということは、作戦上非常な不利を招く。

いずれにしても、作戦上重要な基地であるトラック島付近の敵潜水艦は、これを一掃する必要がある。

敵はこのころ、新しい性能の優秀な潜水艦を使用しているらしかった。これまで、内南洋方面では、天気さえよければ発見も容易であったのが、いまは上空からの発見も困難になった。敵は新兵器レーダーを備えていて、日本式の潜望鏡による照準などはせず、潜航のままレーダー照準器を使って攻撃するらしい。命中率は非常によくて、味方は魚雷を受けてから気のつく始末である。

今回もトラック島竹島に基地をとって、私たちは、即時待機で爾後の命令を待った。千歳空がラバウルに去ったあとの竹島には、ほんの少数の基地整備員がいるだけで、あばら屋同然の状態である。

ラバウル方面の戦局を見ると、日本軍は周辺の各島を占領し、ついにソロモン群島まで進出して、ツラギに海軍の大艇基地をつくって、哨戒を実施していた。

戦局は一応、落ちついているかのようであるが、何となくうす気味わるい予感がしないでもなかった。

陸軍部隊は、豪州に面したニューギニアの重要地点ポートモレスビーを攻略しようと、いま海軍部隊協力のもとに、サンゴ海を行動中とのことである。

すでにその前哨戦として、ラバウル基地からは、一式陸上攻撃機によるポートモレスビーの爆撃が開始され、またチモール島からも、豪州のポートダーウィンにたいする爆撃がくり返されていた。

ポートモレスビー作戦が成功すれば、すでに西はビルマ、マレー、スマトラ、ジャワ、ボルネオと占領している現在、南太平洋におけるわが方の態勢は完璧のものとなるのである。ひとたび、ポートモレスビーがわが基地となれば、つぎは豪州上陸作戦へと発展するであろう。

しかし、これは楽観論にすぎない。たこの足のように、日本本土より八方に補給線ののびている現在、輸送船団の掩護も数隻の駆逐艦だけであり、これでは空からの攻撃にあえば、たちまち全滅の悲運にあうのだ。また内南洋方面の守備は、なるほど各島には若干の航空部隊は配置されてはいるが、これとて、敵の一機動部隊の攻撃にあえば勝敗は明らかである。

だが、すでにモレスビー攻略部隊は輸送船数十隻と、特設空母一、その他艦船掩護のもとに予定コースを進撃している。

五月四日、突如、大型空母二隻、戦艦数隻をふくむ米機動部隊が出現し、最前線のソロモン群島ツラギに対し、奇襲攻撃を加えてきた。開戦以来はじめてといってよい敵の大反撃である。ツラギ島にある飛行艇基地は大損害を受けたらしい。

私たちはいままでの連勝の勝ちに驕り、敵をあまく見ている傾向があった。とくに陸上部隊において然りである。

つぎに敵が来襲する目標は当然、モレスビー攻略部隊であろう。

ラエ基地からポートモレスビー爆撃に発進する一式陸上攻撃機。モレスビー攻略は敵を甘くみた日本軍の驕りであった。

五月一日、「瑞鶴」と「翔鶴」は、駆逐艦「時雨」「夕暮」「有明」「白露」の四隻をしたがえてトラック島を出撃し、ひそかにソロモン群島に沿って急速南下した。わが五航戦にあたえられた任務は、モレスビー攻略部隊に襲いかかるにちがいない敵の機動部隊を捕捉し、横合いから撃破することにあった。

開戦以来はじめての機動部隊対機動部隊の決戦だ。敵の大型空母二隻に対し、わが方も大型空母二隻、搭載機もほぼ同数のはずである。

勝敗は時の運というが、航空戦においては運の要素は乏しい。喰うか喰われるかの勝敗は、作戦の巧拙、搭乗員の士気と技量、機材、性能の優劣によってきまるのである。

敵機動部隊は、すでにわが小型空母を屠り、勝ちに乗じている。日本に大和魂があれば、米国にもヤンキー魂があるらしい。

「瑞鶴」「翔鶴」は、ソロモン群島東側をへてサンクリストバル島の南端を通過、サンゴ海に出た。こんどこそ手応えのある、相手にとって不足のない決戦が展開されるはずである。ハワイでもセイロン島沖でも、何機かの犠牲を出したが、こんどは、それ以上の損害を覚悟しなければならぬ。私もその中の一機になるかもしれないのだが、艦攻艦爆の両隊は相手が空母であるので、よし、こんどこそ大戦果を、と武者ぶるいしている。

「敵大型空母一隻撃沈！」これこそ雷撃隊、爆撃隊にとって最高の夢であった。

しかし、まだ敵機動部隊の所在をつかんではいない。敵としても同じく、わが機動部隊の南下を知っていても、確認してはいなかった。双方とも相手が近くにある、ということだけはわかっていたが……。

陸上基地の索敵機も、敵機動部隊を求めているが、依然として敵状不明のままである。

五月六日、私たちはレンネル島の北方をへて、いよいよサンゴ海に進出した。甲板では、各機とも必要な準備を完了して、いつでも発艦できるよう待機している。しかし、ついにこの日も敵機動部隊を発見できなかった。

明けて七日、早朝から発進した索敵機の一機である「翔鶴」の索敵機は、「敵航空母艦見ゆ」の緊急電を発信した。

ただちに待機中の全機が、この敵に向けて発艦する。

この日の戦闘機隊の編成は、つぎのとおりであった。

一小隊　岡嶋大尉、小見山一飛曹、坂井田一飛曹
二小隊　住田飛曹長、佃一飛曹、藤井一飛
三小隊　岩本一飛曹、伊藤二飛曹、前　一飛

しかし、到達予定時刻になっても、敵らしい影を発見できない。付近の天候は雲を増し、視界はわるくなってきた。

私たち制空隊としても、もし敵がいるとすれば、当然、敵戦闘機の出現を予期せねばならない。

攻撃隊本隊は、さらに扇形の索敵を続行した。その間、私たち戦闘機隊は、見張り、警戒にあたるのだが、それは戦闘以上にエネルギーを消耗する。当然あらわれなければならぬはずの敵があらわれないので、精神的に疲れるのである。

ついに攻撃隊は索敵を断念して、反転、帰路についた。わが中隊は艦爆掩護の位置で飛行中、反転後約二十分ごろ、雲の切れ間から二隻の軍艦を発見した。

艦爆隊の指揮官は、ただちに下方の艦に接敵し、爆撃姿勢をとり、いつでも攻撃開始可能の態勢で旋回しながら注視すると、一隻は大型油槽船であり、他の一隻は駆逐艦らしい。この二隻はわれわれの飛行高度付近に、けなげにも高角砲を撃ち上げてきた。

艦爆隊はすでに急降下を開始すると、指揮官機につづいてつぎつぎと突入し、投弾を終わった機は、海面すれすれに引き起こして低空飛行で離脱する。

命中した爆弾により、大型油槽船は中央から火煙を吹きあげた。駆逐艦は、一発の命中弾で艦首を高く突き上げると見るや、たちまち海中に姿を没した。

油槽船は火煙を噴きながらも、必死に機銃の応戦をつづけている。

降下中の一機が、パッと光って火を発した。

「あッ！　やられた」思わず私は叫んだ。

たちまち火につつまれたとみるや、一個の火の玉となって、そのまま油槽船に突進し、みごと甲板上に体当たりした。

自爆機の火が、油槽艦に点火したかのように、猛火を発して甲板一面は火の海となった。もはや沈没は時間の問題であろう。

攻撃隊は火煙につつまれた油槽船をあとに、母艦へと引きあげた。

全機集結と言いたいが、自爆機を一機欠いている。艦攻隊は、すでに全機着艦していた。

この戦闘は結局、索敵機が、油槽船を空母をまちがえて報告したためであったが、一油槽船のけなげな反撃に、敵の戦意を見るとともに、わが艦爆自爆機の凄烈な最期に、強い感動を受けたのであった。

空母対空母の決戦

たとえ誤報であったとしても、敵の油槽船がいるからには、この付近に敵機動部隊が行動していることはたしかである。

わが機動部隊はさらに北上、敵の捜索につとめたが、やはり発見できず、今日もまさに暮れようとする薄暮時になって、索敵機から、敵大型空母二隻をふくむ機動部隊発見の報がはいった。

搭乗員の多くは、明日の戦闘準備にかかっていた状態で、しかも彼我の距離は三百キロ、飛行時間にして一時間足らずの近さである。

「だめだ！　もう間にあわない」

手おくれになったという感じが艦内にひろがった。夕刻を前に、待機戦闘機も、ぼつぼつ整備員が格納しかけているときである。

しかし、全艦即時待機の令は下り、戦闘機はふたたび引き出され、一個中隊の戦闘機は急遽飛び立って上空哨戒についた。艦隊の航行隊形は警戒隊形となり、空母を中心に、重巡、駆逐艦は輪型陣をつくった。

戦闘隊形は整ったが、いまにも敵の大編隊が来襲するのではないかと気が気ではない。一秒一秒をきざむ時計の秒針の音さえ胸にひびく。

司令部は、夜間攻撃決行の決意をした。しかし、大編隊の夜間攻撃となれば、昼間のように簡単にはいかない。まず搭乗員の技量である。夜間飛行可能の搭乗員の数は少ない。それに戦闘機による夜間空中戦もまず不可能であり、戦闘機の掩護も困難となる。

結局、艦攻、艦爆のベテランを選抜した各一個中隊が出撃することになった。

太陽がまさに没しようとする薄暮の空に、一機また一機と飛び立ち、上空旋回ののち、一路、水平線のかなたに機影を没した。

発艦後数十分、艦内では、いまかいまかと敵艦隊突入攻撃の報がはいるのを待っていた。

待つほどに、はいった無電は、「われ敵戦闘機と交戦中」である。

敵はレーダーにより、早くもわが攻撃隊をキャッチし、その前程に戦闘機を配置したのであろう。味方攻撃隊は重い魚雷、あるいは爆弾を抱いた自由な行動のできない状態である。このままでは敵戦闘機のなぶりものになるのは明らかであった。

攻撃指揮官はこの状況から判断して、攻撃を断念し、付近の雲を利用して避退行動をとりつつ反転した。各艦とも、選りすぐりのエキスパート搭乗員を出しているのだ。もしこの攻撃を強行して、敵空母を撃沈する前に撃墜されたら、明日よりの攻撃作戦に一大支障をきたすのである。

敵戦闘機の攻撃にあって、味方編隊は支離滅裂となったが、その後、「瑞鶴」攻撃隊は一機の未帰還機をのぞいて、ほかは全部、ぶじ帰艦した。

生還した各機はいずれも弾痕だらけで、その死闘ぶりをしのばせた。

一方、味方重巡から発進した水上偵察機は、夜間触接を続行中である。いよいよ明朝こそは全兵力をあげての大攻撃が展開されるのだ。

各分隊とも、明朝の攻撃を前に、全員懸命の整備である。

搭乗員にとってはいつでも準備はできている。明日の戦闘のために必要なものは睡眠である。若い二十歳前後の若年者たちは、明日の大攻撃を前にして、心安らかに夢路をたどっている。

思えば四月下旬、ポートモレスビー作戦を開始してから、現在にいたるまで、敵機動部隊の跳梁にまかせ、モレスビー進撃は中止となり、ツラギ地区の陸上施設は、敵艦上機のために壊滅的打撃を受けたのである。

われわれとしてはこの敵機動部隊を撃滅して、友軍の仇討ちを果たさなければならぬ。そして何よりも、開戦以来はじめての空母対空母の決戦に勝たねばならないのだ。

時刻は五月八日の未明を知らせた。昨夜からつづけられていた水上機による敵触接は、黎明数時間前に、「瑞鶴」から発進した艦攻索敵機に引きつがれ、刻々はいる電報により、敵状は手にとるようにわかった。

敵機動部隊の兵力は大型空母二隻、すなわちヨークタウン型一隻とレキシントン型一隻で、ほかに戦艦、巡洋艦、駆逐艦など、多数の警戒艦艇が輪型陣を形成している。敵も当然、わが兵力の内容を知っていることであろう。

母艦の対空機銃員たちは、いまだ敵機の来襲に対する応戦をやったことがない。「よし、日ごろの訓練の腕を見せてやる」と彼らがはりきっているのは心強いが、果たして突入する敵機を弾幕につつんで、その攻撃を挫折させることができるかどうか。一発の被弾でも、空母の戦闘能力を失う例は少なくない。味方空母上空警戒の戦闘機隊は、敵の攻撃部隊をただの一機も突入させてはならない。

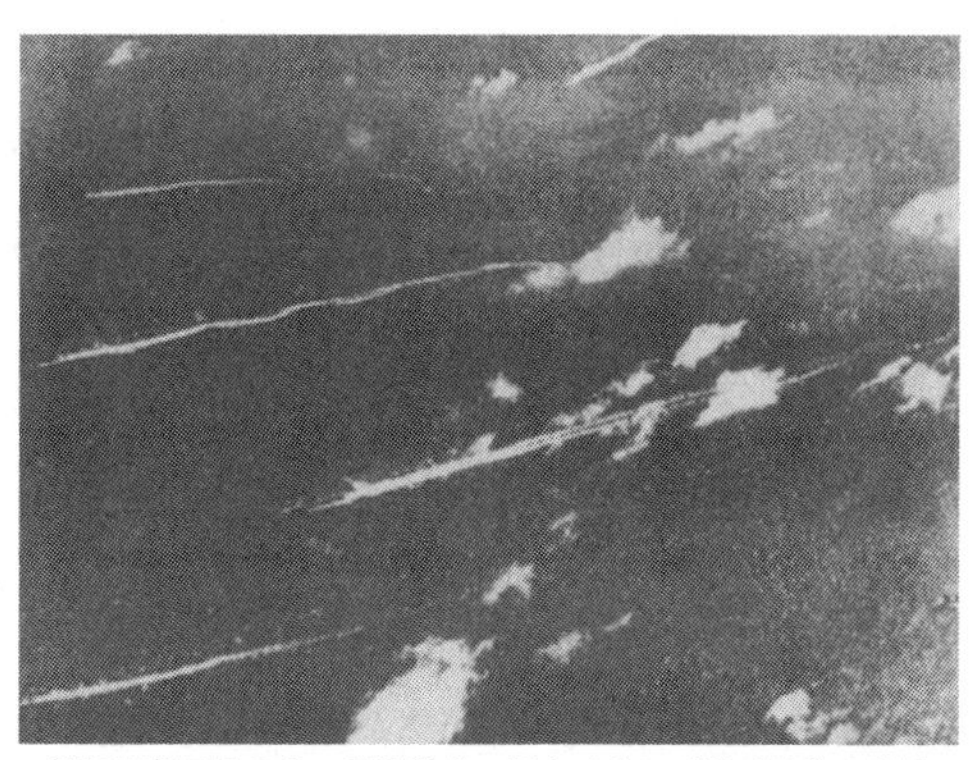

昭和17年５月８日、開戦以来、初めてサンゴ海で日米の空母が戦った。写真は日本軍の攻撃をうける直前の米機動部隊。

私は、この日、はじめ攻撃隊に加えられていたが、途中で変更され、母艦上空直衛にまわされた。

戦機は刻々にせまり、攻撃隊は発着甲板に勢ぞろいして、発進命令を待つばかりだ。

搭乗員総員整列、艦長の訓示を受け、つづいて各隊指揮官の注意があって、即時待機の位置についた。

艦内には高々と合戦準備のラッパが鳴りひ

びき、あと二、三時間後にせまる戦闘を予期して、殺気がみなぎる。

やがて発艦の合図とともに、魚雷を、あるいは爆弾を抱いた攻撃隊は、一機また一機と発進していった。私たちは攻撃隊が空のかなたに消えるまで見送った。あの中の何機が使命を果たして無事帰ってくるであろうか。あるいは全機帰らぬかもしれないのである。

攻撃隊発進後、敵機動部隊に接触中の索敵機からも、敵空母より、ただいま攻撃隊発進中の報がはいった。敵味方とも、ほぼ同時刻に、それぞれの母艦よりスタートしたのである。あと一時間半もすれば、敵攻撃隊は来襲する。味方機動部隊の安否は、われわれ上空直衛隊の双肩にかかっている。

私たちは暫時待機の位置で、刻々にはいってくる敵情を聞いていたが、やがて艦長の命を受け、機上の人となった。

本日の上空直衛は、指揮官岡島大尉以下、優秀なる搭乗員をもって編成されていた。始動したエンジン音のなかで待つことしばし、敵機の到達予定時間二十分前になって、私がまっさきに発艦し、列機もくびすを接してつづいてくる。

僚艦の「翔鶴」からも、直衛隊が一機また一機と発艦中である。

私はまず高度二千メートルで列機を集合させ、なおも高度をとった。

母艦より、敵は高度五千メートルないし六千メートルで来襲する算大なりとの報告である。わが中隊は高度七千五百メートルまで上昇し、母艦との連絡をとりながら哨戒をつづけ、敵来襲と思われる方向を注視する。第二小隊は高度八千メートルに待機する。

サンゴ海海戦で上空直衛についた著者が激闘をくり返した米海軍のグラマンF4F。同機の後継機が強敵F6Fである。

敵侵入予定方向の水平線には、高度千メートルから四千メートルくらいまで、密雲が断崖のように立ちふさがっている。

発艦後、十五、六分もすぎたろうか。この密雲の上空にチラチラと黒点をみとめる。同時に母艦から、何度方向、敵機発見の報がはいる。

黒点は刻一刻と数を増し、やがて雲霞のごとき大群となって、わが艦隊上空に向かって接近してくる。

敵機の高度はだいたい五千五百メートルから六千メートルくらいで、その上空二百から三百メートルくらいのところに見える数群は、直衛の戦闘機であろう。

彼我の距離は約三十キロ、敵の第一陣は急降下爆撃隊だ。そして前方二群は編隊をとき、単縦陣の接敵隊形となる。急降下開始の一歩手前である。

上空の敵戦闘機に対しては第二中隊を向かわせ、私の中隊は、単縦陣で接敵を開始しようとしている敵一番機に向かって突進する。

敵の戦闘機はグラマンＦ４Ｆ、艦上爆撃機はＳＢＤドーントレスである。

優位の高度から、急降下に移ろうとするＳＢＤに対する二十ミリの近接射撃は、ころよい手ごたえがあった。一連射で、一番機はパッと火を吹き、煙の尾をひきながら爆弾を抱いたまま急角度で下方に落ちていった。

つづいて列機の襲いかかった敵二番機も、つづけざまに火を吹く。

「翔鶴」の戦闘機隊も、獅子奮迅の活躍である。戦場となった上空は火を吹くもの、あるいは白煙をひくものなど、壮絶な光景であった。

しかし、いかに一機当千の搭乗員でも、つぎつぎに来襲する敵機の数には勝てない。われわれの攻撃の間をぬって、急降下にはいる敵機がある。

もちろん、わが空母も対空砲火で懸命に応戦するが、全部には手がまわらない。

私たち戦闘機隊は、目にはいるかぎりの敵機に食いついて行き、バタバタと落としたが、喉もからからになって、何機落としたか、それもわからない状況となった。気がついてみると、いつのまにか高度はぐっと下がっている。投弾後、引き起こして退避しようとする低高度の敵機をねらう。

そのうちに敵の攻撃も一段落した。味方空母は大丈夫かと下を見れば、何十機突入したか知らぬが、わが艦は一発の被弾もなく、いつも見なれている姿のままである。

あれだけのはげしい敵の攻撃に、一発の爆弾も受けずに終わったということは、敵搭乗員の技量が未熟なのか、あるいは突入前の私たち戦闘機隊の攻撃が敵のどぎもを抜いて、その攻撃力をにぶらせたのか、いずれにしても、第一波来襲は終わったのである。

夢中になって敵機を追い、いつのまにか高度が下がっているのにも気がつかず、低空での空戦をやっていたのであるが、よくも敵戦闘機にやられなかったものだ。

急いで高度をとりながら、つぎに来襲するであろう敵機に備える。見まわすと、わが空母の後方はるかなところで、数機が入り乱れて空戦しているのが見つかった。第二小隊を空母上空高度五千メートルに残して警戒に当たらせ、私の小隊は戦場上空に直行した。

グラマンF４F四機が、下方の零戦二機を追っている。すでに味方の一機は被弾して白煙を引き、残りの一機は傷ついた味方機を掩護しながら、四機の相手と苦戦中である。一刻も猶予できない状況だ。

私は全速で、このグラマン四機編隊にかかる。敵は上方から攻撃してくるわれわれを発見するや、空戦をやめ、いち早く避退しようとする。四機のうち二機は下方に機首を向けて逃走を開始したが、あとの二機はわれわれに気づくのがおくれ、逃げようとしたときには、すでに照準器内に捕捉されていた。

しかし、距離がまだ百メートルもある。はやる心をおさえながら、五十メートルまで近づいて射撃を開始、弾は翼や胴体に吸いこまれてゆくが、しぶとく飛びつづけている。

そのまま追尾の体勢で連続射撃をつづけていると、ついに、翼の付け根から黒い破片が飛ぶ。と同時に、敵機は爆発を起こし、翼はふっとび、搭乗員は胴体とともに一直線に海面に落ちていった。

このときすでにわが二番機は、もう一機の敵機を攻撃して、私より一足さきに海中へたたきこんでいた。逃げのびた二機は、もはや影も形も見えない。

列機を集合して空母上空に引き返す。ふと気づいて燃料計を見ると、ガソリンの残量はあとわずか五十リットルそこそこだ。空戦開始以来、夢中で戦っていて、時間が

サンゴ海　着艦説明図

どのくらいたったかも知らずにいたのである。

幸い、敵の第一群は引きあげたので、給油のため、ひとまず母艦に着艦することにし、列機に信号して周囲を警戒するが、敵影をみとめなかったので、いまがチャンスと、第二中隊を後まわしにし、私たちは着艦に移った。

ところが、母艦は全速航進中で、まさに前方のスコールに入ろうとしている。

「あっ、これはしまった」

私は、ひとり舌打ちした。

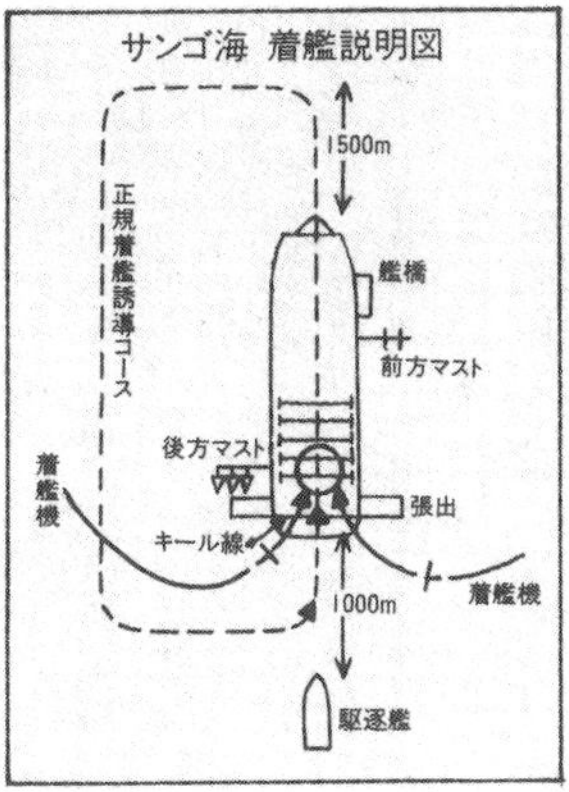

まごまごすると着艦ができなくなる。急いで列機に着艦せよと命じたのだが、まごまごしたために、スコール突入前に着艦できたのは一機だけであった。母艦は、そのままスコールの中につっこみ、私たち三機は取り残されてしまった。

燃料はあといくばくもないので、ぐずぐずしていると燃料不足で不時着水になってしまう。

海上はうねりも高く、敵来襲のために輪型陣も乱れて、二、三隻ずつはなればなれになっている。

私は、危険を覚悟してスコールの中で着艦しようと、豪雨のなかにつっこんだ。数十メートル先きも見えない猛烈な雨脚だ。それでも海面に白く泡立つ航跡をたどって母艦を追い、ついに発見した。

しかし、航跡から見ると、ジグザグ運動中らしく、母艦の中央に白くひかれた白線が左右に振れている。

後方マストには、「着艦よろし」の信号が出ているが、これでは着艦どころではない。下手をすると、艦尾激突になる。しかし、燃料はあと数分しかないし、どうせ自爆するなら、一か八か着艦してみようと決心した。

私は不時着の要領で慎重に操縦しながら、かろうじて着艦した。艦の動揺は上下左右にはげしく、着艦してみてびっくりした。

つづいて二番機も無事に着艦した。飛行甲板は雨のためにツルツルと滑り、きわめて危険な状態である。

隊長の話では、いま敵雷撃機十数機が攻撃していったところだとのことで、私たちの着艦直前の母艦は、敵魚雷回避のためにジグザグ運動中だったのである。幸い一発も命中しなかった。

艦長、飛行長はじめ、幹部や整備員たちは、本日の私たちの直衛空戦はじつにみごとだったと、喜んでくれた。

一服する間もなく、補給を終わった愛機に乗りこんで、発艦命令を待つ。そのとき、敵戦闘機一機が、スコールの中からわが母艦めがけて銃撃を加えると、さっと消えていった。幸いにも、甲板にあった八機の味方機には一発の被弾もなく、煙突に数十発の弾痕を残しただけだった。

戦意なき敵機

まもなく、艦橋から敵の第二群が接近中と通報してきた。私たちはただちにスコールの中を発艦する。雨脚がはげしく翼をたたくのを感じながら、ひたすら急速上昇、雲上に達してみると、そこはうそのような青空だ。

第一群の攻撃で乱れたわが輪型陣も、ほぼ隊形をととのえ、「瑞鶴」だけがまだスコールの中に離れている。

列機もつぎつぎと集合したので、あたりを警戒しながら、高度六千メートルに達した。視界中にいまだ敵機はない。母艦から、とくに低高度で接近してくる雷撃機の攻撃を警戒するよう注意してくる。

第二中隊も補給が終わって、スコール雲から一機、二機と飛び出してくる。「翔鶴」隊も母艦上空高度四千メートル付近を旋回している。

やがて母艦から敵らしき大群が見えたと、その方向もあわせて知らせてきたので、ただちに変針する。

前方高度五千メートルくらいのところに黒点の群れを発見する。高度を七千メートルにとりながら接敵した。黒点の数は、前回よりやや少ないようだ。

母艦から約四十~五十キロの付近で敵機群を捕捉し、上方優位より攻撃に入る。敵は第一群より技量が劣っているのがすぐにわかった。そのうえ、護衛戦闘機の数も少なく、われわれは前回よりはるかに楽な攻撃ができた。

敵は突入前に二群に別れ、その一群はスコール横を航進中の「翔鶴」に向かい、他の一群はスコールの中にはいっている「瑞鶴」に向かうのであろう。

「瑞鶴」の姿は上空よりは見えず、敵攻撃隊も目標を発見できなかったのだろう、とまどった形で、スピードを落として無駄な旋回をした。すかさず私たちは、この一群に襲いかかった。一方では敵戦闘機の掩護を排除しつつ、一方ではこのＳＢＤ急降下爆撃機群に攻撃を加えた。

列機も先刻の空戦で自信を得たらしく、攻撃動作は満点で、敵機はわれわれの肉薄射撃の前につぎつぎと落ちていった。最初は四十機ぐらいの敵攻撃隊も、またたくまに三分の一を撃墜され、ついに目標をかえ、左下にいる巡洋艦に向かった。しかし、すでに戦意を失っていたのか、急降下も乱れた隊形になった。

列機は、この突入中の敵機を葬ろうと追尾に入ったが、私は電話で中止を命じ、スコール上空の指揮官機に集まるよう信号した。

数分後に一、二中隊あわせて、十二機が集まってきた。私はこの機数で、新たな敵機の来襲にそなえて、警戒飛行をつづけた。

ふと下方の「翔鶴」を見ると、飛行甲板に被弾したらしく、艦首と艦尾から黒と白の煙が吹き上がっている。しかし、戦闘航海にはさしつかえないらしく、依然として高速で航走している。あれだけの敵機が来襲したのだから、わが空母二隻とも撃沈されたとしても不思議ではないが、「翔鶴」だけが軽い損傷ですんだのは、なんといっても幸運であった。輪型陣もいまの攻撃でかなり乱れており、巡洋艦、駆逐艦にも被害が出たようである。

下方のはるかかなたに、攻撃を終了した敵機が、金魚の糞のようにつらなって、単縦陣で避退していくのがよく見える。これに対し味方戦闘機が数機攻撃中で、上になり下になり、さかんに空戦している。

私もこの敵機を攻撃しようと思ったが、まだ敵の雷撃機があらわれないところから、味方艦隊上空の直衛の方が大切だと思いなおし、高度を四千メートルにとりながら、哨戒飛行をつづけた。

そのうちSBDの来襲方向とは正反対の方向で、しかも高度千メートルぐらいに数十機の編隊が、接近してくるのを発見した。急いで接近してみると、ずんぐりした胴体の雷撃機である。最初、艦爆で直衛戦闘機を引きつけておいて、その留守のあいだに雷撃しようという魂胆らしい。

幸い、私たちの中隊が、艦隊上空から敵雷撃隊を発見したときは、わが空母との距離は十数キロもあった。敵は千メートルから五百メートルに高度を下げて侵入してきた。私が反航接敵で攻撃を開始したときも、味方艦隊までは七、八キロもあって、魚雷投下までに、数回の反復攻撃ができ、その大半を撃墜しえたのである。

敵はわれわれの攻撃がはげしいため、魚雷投下を千メートル付近で行なったので、一発の命中もえられなかった。これが味方雷撃機であったとすれば、たとえ何百機の戦闘機に包囲されようとも、あくまで必中の射距離まで肉薄したであろう。それにしても、あまりにも戦意の乏しい攻撃ぶりであった。

敵は魚雷を投下するや、九十度方向に変針し、低高度のまま全速離脱をはかった。これをあくまでも深追いしようとする列機を押さえて、高度を四千メートルにもどし、警戒を続行した。

十分もたったであろうか。こんどは高度二千メートルくらいに、敵戦闘機十六機の一群を発見した。列機がはやりたつのを、もう一度押さえ、大きく旋回しながら、敵の後方上空を注視する。

敵戦闘機は、左前方高度千五百メートル付近を上昇中の味方戦闘機七機をねらっているらしい。十六対七で、しかも味方は高度が低く、上昇中で速力もない。速度のつかない空戦は最悪の条件である。おそらくこの味方機は、さっき離脱中のＳＢＤ艦爆を攻撃していた連中であろう。

味方機は、右上方から接近してくる敵機に気がつかぬらしく、依然として同針路で上昇をつづけている。まごまごすると、敵機の奇襲で全滅させられるところだ。ただちに二中隊に救援攻撃を命じ、私の中隊はそのままの高度で敵戦闘機の上空に位置した。

敵が味方機に攻撃をかける一歩前で、二中隊の救援がまにあった。味方機も危ないところで気がついたらしく、急反転して味方上空に避退して難をのがれた。

空母「瑞鶴」の上空をゆく哨戒機。一発の被弾で戦闘能力を失う空母を護るため、直衛任務は熟練の搭乗員があてられた。

敵戦闘機も、上空からのわが攻撃に反撃せず、そのまま全速で雷撃機の去った方向に避退していった。

私は、なおも哨戒を続行したが、燃料もあと三十分か四十分くらいとなり、それに空戦で残弾も数十発になったので、着艦しようと母艦に連絡した。しかし、母艦からは、燃料のあるかぎり直衛を続行せよとのことで、ふたたび高度を五千メートルにとる。

被弾した「翔鶴」は、甲板に大穴をあけたため着艦不可能となり、駆逐艦数隻にともなわれて戦場を離脱した。そして「瑞鶴」が、いまはスコールから出て堂々と航進している。

高度を四千メートルに下げて、哨戒を続行していると、あちこちから二機、三機と集合してくる。ふりかえって数えてみると、二十三機もいる。わが中隊は、十六機が一機も欠けずそろっている。あとの七機はＥＩのマークをつけた「翔鶴」の戦闘機であった。

列機に燃料残量を調べさせたところ、いずれも二、三十リットルしかなく、また二中隊の一小隊三番機、二小隊の三、四番機は、全弾を使い果たしたとのことである。

母艦に現在判明している敵情を知らせてくれるよう連絡したら、いまのところ接近してくる敵はいないとのことで、折り返し上空直衛機の燃料の現状を隊長に知らせた。いまのうちに着艦補給すべきであると力説した。

数分後に、母艦からただちに着艦せよと連絡があり、「翔鶴」戦闘機隊の二小隊、一小隊の順で着艦するよう指示し、私の中隊だけは、高度を五千メートルにあげて哨戒をつづけ、「翔鶴」の全機が着艦するのを見とどけてから着艦した。

最初の空戦中に敵四機、味方三機で苦戦し、白煙を吐いていたのは、かつて中支戦線で体当たり生還した旧友の南義美一飛曹だったそうで、私たちが二度目に発艦したのと入れちがいに着艦したとのことである。南機は、敵弾が燃料タンクに命中し、すんでのところで自爆するところを、私たちの応援で危地を脱したのだそうだ。

わが「瑞鶴」の上空直衛機は、一機も損失はなかったが、戦果は、第一次、第二次あわせて戦闘機、爆撃機、雷撃機、合計四十八機確実、二十四機不確実撃墜という大戦果だった。

「翔鶴」戦闘機隊は、敵第一群が来襲したとき、高度四千メートルで哨戒を実施していたため、上空から敵戦闘機にかぶられ、苦戦して、三機の犠牲を出し、第二群来襲のときは、補給しないまま空戦をつづけたため、高度もとれず、また燃料、弾薬の不足で、力足らず、敵艦爆に「翔鶴」大破を許したという。

私たち「瑞鶴」隊は、第一次、第二次を通じて、思う存分の空戦ができた。しかも味方の損害は一機もなく、勝運に恵まれていたというほかはない。

しかし搭乗員は、連続の空中戦で相当疲労したらしく、飛行服は水でもかけたようにびっしょりと汗で濡れていて、顔色も疲労の影が濃い。ともかく、経験のあさい若年の搭乗員がよくここまで戦ったものである。

全員疲労してはいたが、戦いは終わったのではいない。いつ敵機が来襲するかわからぬ。予備搭乗員のない現在、私たちは疲労をのりこえて、再度、上空直衛につかねばならない。

サンゴ海の華と散る

私たちが敵の第一群と交戦して、補給のために着艦し、ふたたび哨戒についた数分後に、わが攻撃隊指揮官の無電がはいった。

「全軍突撃せよ」

そして十分ぐらいたって、

「敵大型空母二隻を攻撃、サラトガ型大傾斜、撃沈確実、ヨークタウン型大破炎上」

との報がはいったという。

その後も刻々に入電、戦艦大破、巡洋艦、駆逐艦などに体当たり自爆した機もあるとのことで、大戦果ではあるが、味方の犠牲も少なくないもようである。

いつでも発艦できるように、私たち直衛隊は飛行甲板に待機していたが、そろそろ攻撃隊が帰る時刻だ。搭乗員の一部は、コクリコクリと居眠りしている。起こすのは気の毒だが、私たち直衛機は、攻撃隊が無事に帰艦するまでは責任がある。

さしあたり一個中隊だけが上空哨戒にあたることになり、私が指揮官となり、元気な者七名を選び、三たび母艦を飛び立った。

高度四千メートルまで上昇して哨戒にあたる。

発進後二十分もすぎたであろうか。水平線のかなた、高度約千メートルで味方艦隊に向かってくる飛行機群を発見した。

ただちに警戒接近してみると、果たして味方攻撃隊の帰還である。出撃のときは戦闘機、艦爆、艦攻あわせて百機に近い大編隊であったが、いま見ると、戦闘機だけはほとんどそのままだが、艦攻は十数機、艦爆は二十機足らずの機数である。攻撃兵力の半分近くが、自爆未帰還となったのであろうか。立派な戦果をあげたとはいえ、なんとも言えぬさびしい気持だ。思わず目頭が熱くなる。

しかし、これが戦争なのだ。私たちは第一線の空の戦士なのだ。日ごろから、このことあるを覚悟はしている。そして今回は、かがやかしい大戦果をあげての戦死である。自爆していった人たちもきっと、満足して散っていったにちがいない。

たとえ五十機でも、無事に帰ってくれたことは心強い。敵の来襲機は帰っても着艦する空母はないのだ。味方は、「翔鶴」が損傷したとはいえ、戦闘航海にはさしつかえなく、「瑞鶴」は無傷で、攻撃隊が帰るのを待っている。また来襲した敵機は、われわれの手で四十八機、「翔鶴」戦闘機が約三十機を撃墜した。サンゴ海の華と散った戦友たちも、喜んでくれることであろう。

攻撃隊は、「翔鶴」隊もともに、わが母艦「瑞鶴」につぎつぎとみごとな操作で着艦を終わった。

私たちはさらに哨戒飛行を続行すること約一時間、着艦せよとの信号で、着艦コースにはいった。

着艦後、直衛機、甲板暫時待機となり、艦攻が艦隊の周囲を対潜哨戒のため飛び立ち、艦はやがて戦場を離脱した。

帰還した攻撃隊の多くは、なかでも雷撃機は、ほとんどの機が多数の被弾を受け、修理可能機はわずかに五、六機にすぎないという。

サンゴ海に沈む米空母レキシントン。敵の大型空母撃沈の戦果よりも、優秀な搭乗員を数多く失った痛手が大きかった。

攻撃隊が進撃途中で、反航してくる一機をみとめ、掩護戦闘機が接近したところ、これは、いままで敵機動部隊に触接し、細部にいたるまで敵状を報告していた「翔鶴」の菅野飛曹長機であった。いま予定任務を終了して帰投中であったが、味方の攻撃隊に会うや、

「われ敵機動部隊まで誘導す」と、無電を発して反転し、攻撃隊の前程に出た。

敵部隊まで反転誘導すれば、燃料が不足するのはわかりきっていたが、自爆を覚悟したうえでの行動なのである。菅野機の行動は、攻撃隊の戦意

をいやがうえにも高めた。

艦爆隊は高度五千、艦攻隊は高度三千から攻撃を開始したが、敵輪型陣はじつに堂々たるもので、空母二隻を中心に、そのまわりに十数隻の防空巡洋艦、駆逐艦を配置していた。

まず艦爆の突入と同時に、艦攻隊は高度三千より、横陣に並んで航行中の敵空母に突入した。敵の対空砲火はすさまじく、雨霰（あられ）のことばそのままであった。そのため、輪型陣突破前に被害を受け、火を発したまま、よろめきながらも、近くの敵艦に自爆体当たりした機もあった。

輪型陣を突破したわが飛行機は、敵弾幕のなかを、ゆうゆうと突撃を敢行して、艦攻隊二十六機の放った魚雷は、もののみごとに、その大部分が空母に命中し、大水柱を上げ、ついに傾斜させた。不幸にも、その間に敵弾の命中で火炎につつまれた機は、火の玉となって敵空母の甲板に体当たりして散った。敵の攻撃部隊に比し、なんという雲泥の差であろう。

しかし、開戦以来、労苦をともにした戦友の大部分は、本日の攻撃で、永遠に帰らない友となったのである。

艦隊は大戦果をあげ、一路、トラックに向かって帰投中である。その晩から、搭乗員室のひっそりとしたさまは、たとえようもなくやるせなかった。昨日までここで笑いながら話していた戦友がありありと浮かんできて、いまにも生きていて話しかけてきそうな気がする。

だが、彼らはすでにこの世にいないのだ。さびしい。涙がにじむ。太平洋戦争、いや、日支事変以来、何回となく戦闘に参加したが、このように、一度に多数の戦友を失ったのははじめてだ。なにかしら割り切れぬ気持である。

たしかに多くの生命を犠牲にして敵空母を沈めた。亡き戦友たちも、満足して死んでいったことだろう。しかし、これでいいのだろうか。

一回の戦闘で、このように優秀な搭乗員を多数なくして、これからさき、いかにして戦ってゆくつもりだろう。一人前の搭乗員となるには、二年、三年、いやそれ以上の経験が必要である。

私たちは、昭和九年に飛行学校に入学して、昭和十一年に卒業した。入学当時は相当の人数があったのだが、卒業したのはなんと二十六名である。

なるほど現在の一、二、五航戦の搭乗員は、世界のどこに出しても優るとも劣ってはいないだろう。しかし、この搭乗員がみな戦死したとしたら、その穴をうめるだけの技量をもつ搭乗員が何人いるだろうか。じつにさびしい状態である。

母艦は、サンゴ海をあとに一路、故国に向かっている。大戦果に内地は湧き立っているであろうが、多数の戦友をなくした艦内のさびしさは話にならない。私たちはさびしさとともに、なにか一種の腹立たしさを感じていた。

傷ついた「翔鶴」は、二隻の駆逐艦とともに、ひと足さきに内地に帰った。

攻撃兵力の大部分をなくした「瑞鶴」は、戦闘機だけが三十機以上もあり、いままで、艦攻、艦爆の任務であった対潜哨戒も、戦闘機が、翼下に六十キロ爆弾二個をさげて、その代役をつとめるのであった。

北方戦線異状なし

サンゴ海海戦で無事だった「瑞鶴」は一路、内地に向かった。途中異状なく、飛行機隊は五月二十一日、四国沖より発艦して、鹿屋に着陸した。

次期作戦のため、まず何よりも緊急に人員機材の補充が必要である。どうやら、内地の各部隊から定員だけの搭乗員は補充されたが、いままでより質技の低下はまぬかれなかった。

私たち戦闘機隊は、新機材受け入れのため、鈴鹿の三菱製作所に出張した。そして、つぎつぎにテスト飛行を行なっては空輸し、五月二十六日にはほとんど完備状態となった。

次期作戦までに、大急ぎで若年搭乗員のひととおりの訓練を実施する必要があった。訓練をはじめてからまだ半月しかたたぬ、六月中旬、私たち五航戦飛行機隊は、突然、内海で母艦に収容され、柱島の艦隊泊地に向かった。

艦内には上級士官たちのただならぬ動きが見え、なにごとか突発の事件がおこったらしいようすである。どこからともなく口から口へ、一航戦、二航戦の四空母が、ミッドウェー沖で、米機動部隊に撃沈されたという噂が流れた。

「まさか」と、だれしも一応はそう疑う。四空母全滅というのは、あまりにも話が誇張されていて、多分にデマのにおいもするからである。しかし、将校連中のあわただしい動きからみて、あるいはデマではないかもしれない。もしそれが真実だとすれば、大型空母は五航戦の「瑞鶴」に、修理中の「翔鶴」の二隻のみになり、容易ならぬ事態である。

六月十四日、戦艦「大和」「武蔵」をはじめ、連合艦隊が柱島に入港してきた。しかし、かつての一、二航戦空母の勇姿は見えず、艦隊直属の旧式小型空母「鳳翔」一隻しか見当たらない。四隻の味方空母が一度にやられるとは、サンゴ海で敵空母と戦ったばかりの私たちには信じ難いことであり、一抹の疑問を抱いていたが、現に四空母の姿のないのを見ては、もはや疑う余地がなかった。

空母「龍驤」と「隼鷹」を基幹とする第四航空戦隊は、「高雄」「摩耶」の重巡二隻と第七駆逐隊三隻からなる護衛部隊をともなって、ミッドウェー攻略に呼応し、ダッチハーバーを攻撃した。

わが機動部隊に壊滅的打撃をあたえた敵機動部隊は、ダッチハーバー急襲部隊を攻撃するため北方に急転したという情報がはいった。母艦「龍驤」と「隼鷹」を基幹とする第四航空戦隊以下の兵力は少なく弱い。

「瑞鶴」は、六月十五日、アリューシャン攻略部隊支援のため柱島を出撃し、大湊に入港した。現在、戦闘可能の大型空母はいまのところ、この「瑞鶴」一隻となってしまっている。

六月二十八日、「瑞鶴」は「妙高」「羽黒」の二重巡と、数隻の駆逐艦をともなってキスカ島南西約千キロの海面に進出した。敵機動部隊北上の情報があるので「瑞鶴」は終始、警戒航行を行なった。その間、アリューシャン方面独特の凶暴な怒濤に翻弄され、さしもの大型空母も、艦体をふるわせ、きしみ、少なからず不安を感じさせられた。

また、からりと晴れわたったかと思うと、数分後には濃霧が来襲して、一寸さきも見えぬ状態となる。これではたとえ敵と遭遇しても、どうにもならない。

七月に入り、敵潜水艦がこの水域に侵入したらしい、という情報があったが、濃霧のため対潜哨戒もできない状況なので、搭乗員は艦上での対潜見張りの応援についた。

毎日毎日、狂い立つ怒濤と寒気と単調な毎日の勤務のため、少々いや気がさしてきたが、七月上旬、この方面の作戦も一段落したらしく、アリューシャンの待機海面から内地に向かった。

途中、「羽黒」は敵潜水艦を発見、一時緊張したが、爆雷投下で制圧し、わが方には異状なく、七月十二日、夏の内海柱島に帰投した。

内地に帰ると、飛行機隊は佐伯基地に移動し、途中で打ち切っていた訓練を再開して、搭乗員の技量向上に専心した。一、二航戦空母の全滅によって、五航戦の責任は重大となり、訓練にも身がはいった。

佐伯基地で編成替えが行なわれ、連日、黎明から夜間までの猛訓練を重ね、技量の向上につとめた。しかし、なんといっても経験不足はまぬかれない。昔なら二、三年の訓練期間をかけているところだが、内地には現在この程度の搭乗員しかいないので

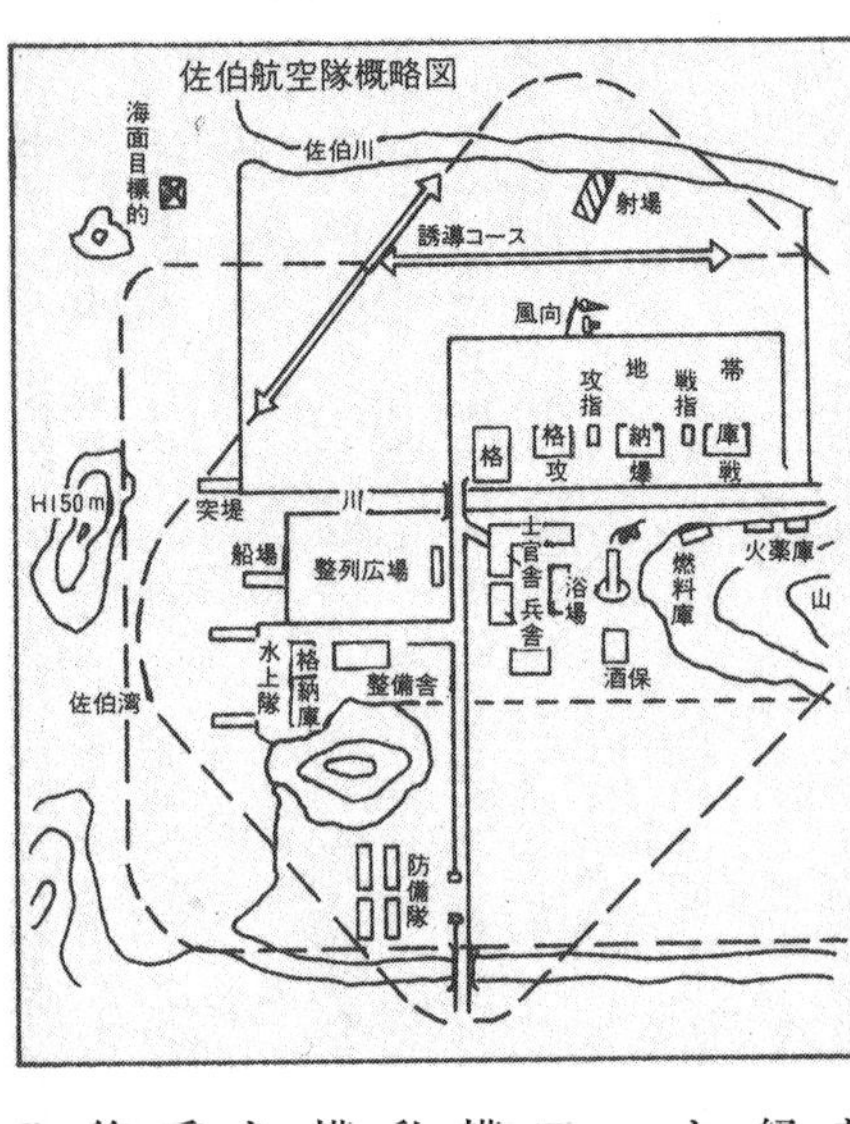

佐伯航空隊概略図

ある。搭乗員養成の指導者も、古い経験者は少なく、指導者をまず指導しなければならない状態である。

七月三十日、岡嶋大尉から呼ばれて行ってみると、大村空に転勤して搭乗員の教育をやってくれという。私は再三、固辞した。前述のように、搭乗員養成の急務はわかっている。むしろ、それこそが戦局を左右する重大事であるとさえいえる。しかし、第一線には未練が残り、そこを離れることはさびしかった。私自身、日支事変以来、つねに第一線の搭乗員として、実戦場で戦いつづけたという誇りをもっていた。

しかし結局、私は岡嶋大尉に説得された。私もまた決心した。戦争は勝たねばならぬ。勝つためには、急速に技量のすぐれた搭乗員を養成しなければならない。私はそのためには個人的な名誉心などすてるべきだと、当然といえば当然の決心をした。各艦より一、二名の古参搭乗員が大村空に転勤することになった。「翔鶴」の南兵曹長、私の列機の中田一飛曹も、やはり大村空行きである。

私たち転勤組は、ともに戦ってきた隊員たちに別れを告げ、輸送機に便乗して大村空に向かった。

行ってみると、訓練機材も古く、機数も少なく、搭乗員の方は私たちの時代の一クラス六名などという悠長なものではなく、五十名、六十名というクラスが何組もあり、教員の苦労は予想以上のものであった。

訓練は、午前と午後にわかれて行なわれ、朝から同乗飛行に乗りっぱなしで、昼食時間も訓練が続行され、交代で食事をした。午後もまた同じ状態だったから、前線で鍛えたはずの私たちも、さすがにぐったりと疲れ、ある者は、ついに目まいを訴えるほどであった。しかし、一人でも多く、そして一刻も早く、役に立つ搭乗員を前線に送りたいという一心から頑張った。

私たちが大村空で搭乗員の養成訓練をはじめてまもなく、八月七日、米軍はツラギに上陸した。それよりガダルカナルの陸に海に空に激闘がくりひろげられた。そして八月二十日、米軍は占領した飛行場に早くも戦闘機約三十機を集結させた。

この飛行場を米空軍に利用されることは、わが方にとって、非常に不利な戦闘を強いられることになる。米軍がガダルカナル飛行場を使用できぬ場合は、攻撃は機動部隊艦上機だけとなるので、わが方に有利となる。しかし、結局はガダルカナルの飛行場は完全に敵の基地となり、そのためラバウル航空隊がいかに苦闘し、大きな犠牲を払わねばならなかったことか……。

敵部隊のガダル、ツラギ両島に上陸の報が内地にはいっても、ミッドウェーの敗戦を知らぬ一般の人々は、またわが空軍が敵機をことごとく海中にたたき落としてしまうだろうぐらいに思っていて、戦勝気分はいまだにつづいていた。

しかし、内情を知っている私たちは楽観するわけにはいかない。半年前ならいざ知らず、四隻の空母と、その搭乗員の大半を失ってしまった現在では、いま内地で訓練中の残存空母部隊が出動したとしても、はたして互格の戦闘ができるかどうか。苦戦となることはまぬかれないであろう。

大村空では、私たち古参の教員がはいり、応急ではあったが、一応、仕上がった若い搭乗員を前線におくった。そして、経験豊富なベテランを教員として各隊より一、二名ずつ迎えたので、指導力はずっと強化され、訓練成績は予期以上にあがった。

当時の編成は、つぎのようであった。

飛行長　八木勝利中佐（私たちが実習部隊当時の分隊長）
飛行隊長　横山保少佐（前台南空飛行隊長）
分隊長　大宅中尉（練習生当時の先任教員）
教員　南、松本、児島、藤原、奥村、岩本、中田、黒木

私は昭和十七年十一月二日、大村航空隊から横須賀航空隊に転勤を命じられ、ついで追浜海軍航空隊教員として、翌年三月二日まで内地部隊で休養期間をえた。

昭和十八年、年が改まると、戦局は悪化の道をたどった。ソロモン方面では海軍航空兵力の全力をあげて、敵の進攻をくいとめてはいるが、ガダルカナルの形勢はますます暗いものになった。

敵潜への投弾

昭和十八年三月二日、私は新設の二八一空に転勤を命じられた。ソロモンの鍔（つば）ぜり合いの情報を聞きながらも、長い間、内地で休養させてもらったいま、体力、気力ともじゅうぶんで、いかなる困難な作戦にでもついてゆける自信があった。

二八一空の任務は、北方アリューシャンのアッツ島方面の敵航空部隊にたいする反撃である。前年の六月七日、アッツ、キスカ両島を占領して以来、着々と戦備を充実しているが、ウムナック島飛行場から飛来する敵の爆撃機、P38戦闘機に対して、わが方は水上機母艦君川丸搭載の水上戦闘機わずか五、六機程度で応戦している。それでも相当の戦果を上げているという。

しかし、数においても性能においても、敵機に劣っているため、このキスカ島に急速に飛行場を設営して、ここに二八一空を派遣する計画なのである。

すでに述べたように、技量の充実した搭乗員不足のため、編成されても、ただちに作戦に出撃することは不可能で、少なくとも三、四ヵ月の訓練が必要である。

三月三日、私は館山航空隊に着いた。二八一空は、まだ数名の整備員しかいない状態である。さっそく館空の一兵舎を借りて、設立準備にかかる。

それから約一週間、ひととおりの各科員が補充された。

司令は日支事変当時の飛行隊長であった所茂八郎中佐である。飛行隊長兼分隊長蓮尾大尉は、私より二、三年後に飛行学生を卒業した人だ。分隊長の望月勇中尉、この人は私たちの大先輩で、勇名は全海軍にとどろいている戦闘機の古豪であった。分隊士菊地兵曹長、岩本兵曹長（私）、そのほかに飛行学生を卒業したばかりの春田、田村両中尉、搭乗員はみな若年者ばかりで、大岩、荻谷、清水、浜、芝田、嶽部、西兼、香山、熊田、村田、小林の面々がいた。

大急ぎで飛行機を受け入れ、兵装を完備して基礎訓練を開始した。着陸、編隊、空戦、射撃と、仕上げを急ぐ猛訓練であったが、所定の技量に達する前に、出動準備体勢をとるよう命じられた。

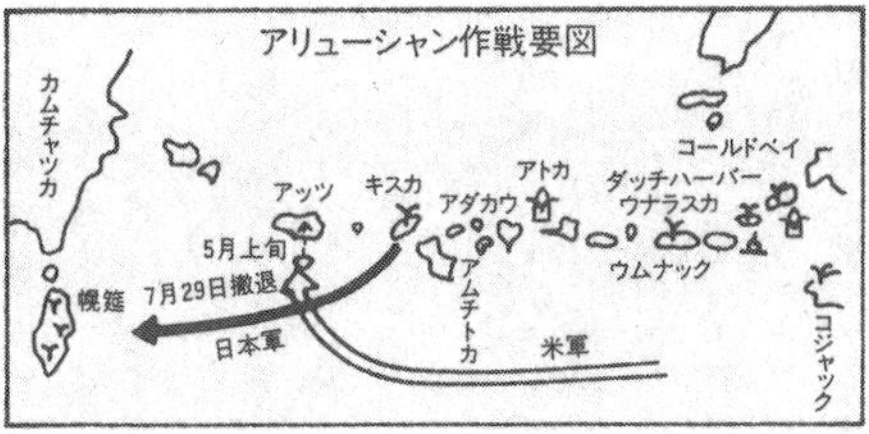

アリューシャン作戦要図

敵は北方アッツ、キスカ方面に対し、大々的な攻勢をかけ、一刻も猶予ならぬ状況となった。私たちは訓練を中止し、飛行機、人員は特設空母により輸送することになり、基地物件の移動準備にとりかかった。準備は完成されたが、予定期日になっても特設空母は到着せず、のびのびになった。

私たち二八一空の、キスカ島進出の予定がのびのびになっている間に、敵は遂にアッツ、キスカ両島に対して奪回作戦を敢行した。これに対しわが方は、航空兵力のない地上部隊のみの応戦で、敵は空と海よりはげしい攻撃を加え、ついにアッツ島に上陸してきた。

もし、私たちが予定どおり、キスカ島に前進していたら、この敵上陸部隊に一矢をむくいえたであろうに、予定がおくれたばかりに、ガダルカナル同様、またも敵の進撃を許してしまったのである。

その後、二八一空の派遣隊は、五月二十一日、二個中隊の兵力をもって、悪天候をおかして、北千島の北端幌筵（ホロムシロ）武蔵基地に進出した。七〇一空の一式陸攻も同時に前進した。

私たちが進出したときは、七〇一空の陸攻一個中隊は先着していて、すでに作戦行動に移っていた。アッツ島はついに玉砕の運命をたどり、現在、敵はキスカ島をねらっているらしく、この方面に対して、七〇一空は、空からの協力を果たしている。

私たちが着いたときには、すでに一本の滑走路が完成しており、もう一本の滑走路は工事中であった。滑走路以外の地面は軟弱のため着陸不可能である。輸送船でひと足さきに来ていた整備員たちの協力で、一機の損失もなく、ぶじ移動は完了した。

武蔵湾内には、数隻の輸送船が碇泊荷揚げ中である。

偵察機によると、米軍はアッツ島の橋頭堡に港湾をつくり、飛行場が完成すれば、当然、幌筵島を空襲してくるであろう。

私たちは待機割による搭乗員の編成をきめ、上空哨戒をほどこした。しかし、濃霧におおわれることが多く、飛行機の行動ははなはだしくさまたげられた。

ひととおり幌筵全島の偵察も終わり、いつ敵が来襲しても、おくれをとらぬよう気をくばる。飛行場には戦闘指揮所、防空壕などもでき、設備もひととおりととのった。この飛行場より十キロほど離れたところに、設営隊によって第二飛行場も建設中である。

七月二十九日、荒天日を利用して、在キスカ部隊の撤収が成功し、全員、幌筵島に到着、この島の守備に当たることになった。

八月十二日、突然の空襲警報である。待機搭乗員はただちに発進し、飛行場上空の警戒についた。しかし、敵機はついに現われず、なおも哨戒続行中、北方の占守(しゅむしゅ)島付近に黒煙の上がるのを認めた。私たちはその方向に向かって警戒し、一個小隊は状況偵察のため、占守島方面に移動哨戒した。

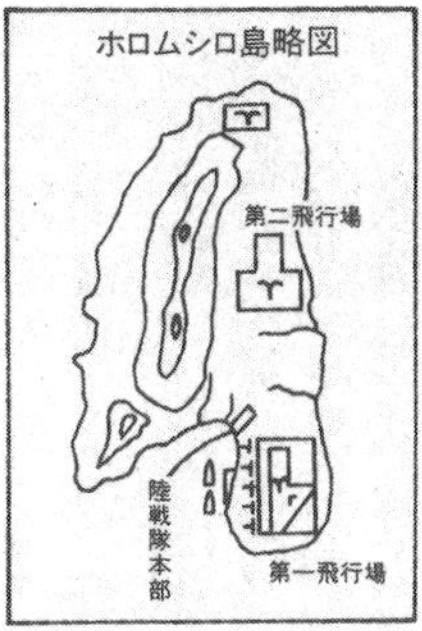

ホロムシロ島略図

第二飛行場
陸戦隊本部
第一飛行場

帰着後の報告によれば、占守湾内で輸送船が炎上中であり、陸軍の飛行場も爆撃されたらしいということである。占守島には、陸軍の隼戦闘機隊が配備についている。

その後の情報によれば、B26爆撃機による爆撃をうけたが、大した被害はなく、隼戦闘機は、この来襲機を二機撃墜したという。のちに、Ｐ38による高々度の偵察飛行が数回行なわれたが、大々的な攻撃はなかった。

日付がはっきりしないが、たしか、八月の中旬であったと思う。当日はとくにひどい濃霧が、地面から十メートルくらいまで垂れ下がり、視界はほとんどゼロで、これではどうしようもなく、待機とりやめとなり、搭乗員は全員休養していた。

昼すぎであったか、武蔵湾の方から砲声が聞こえてくる。私たちはひとまず飛行場に集まった。なおも砲声はいんいんとつづいている。

司令の話では、陸軍部隊の輸送船団が本日の午後、武蔵湾に入港する予定になっていて、あるいはそれが敵潜水艦にやられているのではないか、とのことである。

天候さえよければただちに発進できるが、この悪天候ではどうにもならない。砲声はなおもつづき、司令も心配そうな顔をしている。

そのうち電報箱を持った電信員が、あわただしく司令のところにかけこんできた。それは輸送船団指揮官からで、果たして武蔵湾から二百十度十キロの地点で、敵潜水艦の攻撃をうけたので救援たのむ、という電文である。

司令は、私に単機で船団付近を偵察するように命じた。私は翼下に六十キロ爆弾二個をつけ、濃霧のなかを発進した。離陸してそのまま、海面すれすれに飛び、約十分くらいで船団を発見した。見れば、甲板よりさかんに砲撃中である。「あそこだ」私の機影を発見した船上の人たちは、しきりに海上の一点を指さしている。

機首をその方向に向け、海上を注意しながら蛇行し、前方海面に白波の線を認めた。なおもよく見ると、潜航しようとする潜水艦の潜望鏡である。即刻、銃撃しながら、同時に旋回、緩降下爆撃で投弾した。その結果は、はっきりしないが、損害をあたえたことはまちがいないと信じている。

その後も、船団を掩護すること二時間、霧は依然としてたれこめ、海上哨戒も困難となった。船団が異状なく武蔵湾にはいったのを見て、私は哨戒をやめ、飛行場に向かった。

最後の航空兵力

それ以後、天気がよければ対潜水艦哨戒を実施したが、一隻の敵潜をも発見できなかった。

八月も下旬になると、この地方は毎日、北方特有の強風が吹き、荒海がつづき、敵機の来襲もない。

私たちが幌筵に来てからは、新聞もなく、南方戦線のくわしい戦況はわからないが、それでも司令からの話により、また直接電信員から得る情報によって、ソロモン、ニューギニア方面の苦闘のほどがしのばれた。それとくらべ、私たちは敵襲もない平穏な毎日を、すまないと思うのである。

北千島に鮭、鱒の豊富なことは知られているが、その実況をはじめて見て驚いた。幌筵島には商店は一軒もなく、なんの慰安設備もないので、当直非番の者は、よく付近の川に釣りに出かけた。

八月の下旬、例によって、私たち四、五人の搭乗員は、飛行場から五キロほどはなれた小川に釣りに出かけた。いつものように川口付近に達して、ふと水面を見ると、尺以上の魚が群れをなしているではないか。私たちはこの不思議な現象をすぐ理解できた。秋ともなれば鮭や鱒は産卵のために川に上る。この無人島にひとしい幌筵の小川は、魚たちにとっては安全な産卵場所であろう。

この川は、文字どおりの小川で、幅はわずかに一メートル半程度、深さも、浅いところで十五センチ、深いところでも一メートルそこそこだが、両岸は石ころが連なっており、やはりここは溝ではなく小川である。この川には山女（やまめ）や岩魚（いわな）が多く、私たちはそれを釣りに来たのである。

大きな魚は鮭であったが、波を立てて浅い川口に群れ泳いでいる。私たちは釣具をすて、この大魚の捕獲にかかった。しかし、手づかみでは、小さな川でもそうやすやすと私たちの手にはかからなかった。

なにかよい工夫はないかと思案したが、川口より少し上流に行ったところに、幅一メートル、長さ二メートルくらいの枝が出ていて、そこが行きどまりになっている。私たちはそれに目をつけ、本流の方を石で区切りをつけ通行止めにした。

これはみごとに成功し、つぎつぎに上ってくる鮭が、この袋小路であわてるところを手づかみにした。数にして七、八十匹もとったろうが、せいぜい一人で五、六匹しか持てない。まだ生きているのはふたたび川に放ち、あとは腹をさいてすずこだけを取り、十匹ばかり棒にぶらさげて、夕暮れ前に引き揚げてきた。

その晩は、さっそく搭乗員の手で料理され、焼き魚になったり、吸いものになったり、またすずこはホルモン源として珍重され、久しぶりににぎやかな楽しい食事をした。

翌日は工作科に行き、矛を十数本とタモをつくり、非番搭乗員全員で、〝自給自足〟の名のもとに、私の指揮で魚取りに出発した。途中二キロまでは小型自動車を使えるので、主計科より醤油の空き樽四、五個をもらい、とった魚は川で塩づけにし、すずこは別の樽に入れる用意をし、弁当持ちで出発した。

大部分の搭乗員は内地出身で、鮭、鱒が川に上ってくる話は聞いていても、見た者はなく楽しみにしてついてきた。

川に着いてみると、昨日よりはさらに多くの鮭の大群である。一同、声をあげて感嘆したり、子供のようにはしゃいだりしている。

霧の影響をうける北辺の幌筵島に赴任した頃の著者(当時、上飛曹)

用意した矛でつき、タモですくい、つぎつぎに河原にあげ、みるみるうちに鮭の山となった。手わけをして、一部の搭乗員は魚の腹をひらいてすずこを取り、一部のものは大ものを持って帰るように準備する。あまり取れすぎて処置にこまったが、面白くてやめられない。しまいにはすずこだけでも一斗樽に二つとれた。私たちの捕獲した鮭は五百匹以上にのぼったろう。

八月下旬から九月中旬まで、ほとんど毎日のように魚とり作業で、たいくつなはずの毎日を面白くすごした。アッツ島玉砕後、八月十二日に一回の空襲があっただけで、その後は空襲もなく、のんきな戦線生活をすごした。

九月十日ごろになると、あれほど川に上がった鮭も、一匹も姿を見せぬようになった。鮭の産卵期も終わったのであろう。いまさらながら、大自然の営みの妙に感動する。

鮭の姿が見えなくなると同時に、気候は急に寒くなった。降る雨も白いものを交え、山々も白に衣がえした。荒れ海の日がつづき、岸にぶつかる波の音はまるで百雷のようである。

冬をこの地ですごすかどうかが問題になった。現在の私たちの飛行機では、厳寒にたえるだけの装備もなく、また月にせいぜい二、三日の晴天しかない状態では、作戦もできないので、来春、飛行の可能になるまでの間、内地へ帰隊することとなった。

十月二十五日、約五ヵ月ぶりでなつかしい館山基地へ帰った。すでに内地の戦闘機部隊はつぎつぎと南方戦線に補充され、いますぐ戦闘に使える隊といえば、私たち二八一空だけという心細い状態である。その二八一空の戦力もかつての開戦当時の戦力に比すれば半分の力もない。

十月上旬、偵察機の情報によると、ガダルカナル方面には、いままでにない多数の航空兵力が集中している。連合艦隊はこれに対抗するために、最後の航空兵力をラバウル地区に集結した。

十月中旬、わが二八一空からも二個中隊を編成してラバウル方面に派遣することになり、私もその人選のなかにはいっていた。春田中尉、岩本、大岩、荻谷、清水、西兼、小林、村田、芝田、嶽部、香山、熊田ほか計十六名である。

二八一空派遣隊は、十一月三日出発と発表された。コースは硫黄島―テニアン島―トラック島―ラバウルと、二千八百カイリの長距離飛行で、しかも洋上ばかりである。もしエンジンの故障でもあれば、島付近以外では、まず助からないだろう。その点で非常に危険な飛行である。

機材は零戦二一型で、古い型だ。この機材で敵新鋭機と、しかも多勢に無勢で戦わなければならない。死にに行くようなものかもしれない。

しかし、命令は至上である。派遣隊は、いままでにない真剣な整備にかかる。整備員、電信員、兵器員の協力で、入念な手入れも、案外早く完了して、あとは出発日を持つばかりとなった。まだ一週間の余裕があった。

天候の関係で、出発したのは十一月十日であった。

誘導機の一式陸攻一機と、戦闘機十六機は、全隊員の見送るなかをつぎつぎに離陸した。このときふたたび生きて内地に帰れると思ったものがあったろうか。十六人の搭乗員は一人残らず、これが最後だと覚悟して、内地の陸を眺めたにちがいない。

第四章　ラバウル航空隊

気迫のつら魂

昭和十八年十一月十四日午前七時、私たち二八一空派遣隊の十六機は、トラック島の竹島飛行場を飛び立った。誘導の一式陸攻一機は、すでに上空を旋回中である。十一月十日に館山基地を出発し、硫黄島―テニアンをへて、今日はラバウルまで最終のコースである。昨日のテニアン―トラック間と同じように、このコースも洋上ばかりで、距離はおよそ千二百キロ、約三時間の飛行である。

昨日までは、安全に飛行しさえすればそれでよかった。が、今日はちがう。ここ一週間ばかり連日、ラバウル地区は、午前八時から十時までの間、戦爆連合の大編隊による空襲をうけているとのことである。

七時に出発すれば、ラバウルに着くのは十二時前後で、だいたい敵襲の終わったころになる。しかし、敵襲がかならず十時に終わるとはきまっていない。今日のコースでは、いつ敵機に遭遇するかもしれない。その覚悟と用意は少なくとも必要である。

花吹山を間近にのぞむラバウル飛行場で列線に並ぶ零戦21型。日米の死力を尽くしたソロモンの航空決戦に著者は参加した。

移動中の私たちの飛行機は全弾装備のうえ、座席後方に、ひととおりの身の回り品を積んである。この状態で、もし空戦ということになれば、相当の低性能状態で戦うことになって味方は目に見えて不利になる。おまけに実戦の経験者は私一人ときている。

私は竹島を出発する前、乗員に集まってもらって、そういう状態になった場合はこれこれと注意をあたえた。私の注意を聞く若い搭乗員たちの態度も、訓練のときとは、うって変わってひどく真剣であった。

天気は上々、いっぱいに太陽の光を受けて、海ははてしなく広がっている。空も青々と澄みわたり、雲は遠く水平線のかなたにわずかに見えるばかりである。

列機のエンジンはすべて快調のようだ。予定どおり正午少し前、前方はるかに島影が見える。二年近く前に、空母「瑞鶴」から飛び立って、上空哨戒についたときの見覚えのある山々が視界にはいる。まぎれもなく、ニューブリテン島である。

ラバウル進入前に大きく旋回し、視界に敵機のないことを確かめておいて、春田中尉の一中隊からまず着陸体勢をとる。その間、私の二中隊は上空警戒をつづける。一中隊の着陸終了後、急速着陸に入る。

心配された移動途中の敵機との遭遇はなかった。任地ラバウルに、全機ぶじ安着し、整備員の手で、飛行機は、それぞれ掩体壕の中に引きこまれる。各自、荷物をおろしてから、指揮所前に整列し、到着の報告をする。

指揮所には柴田大佐、伊藤少佐、磯崎少尉がいた。

「おお岩本、来たか」と、元気な声で迎えてくれたのは柴田大佐である。

当時、ラバウルにいた戦闘隊は、二〇四空、二〇一空、二五三空であった。そこへ、私たち二八一空派遣隊が加わったのである。

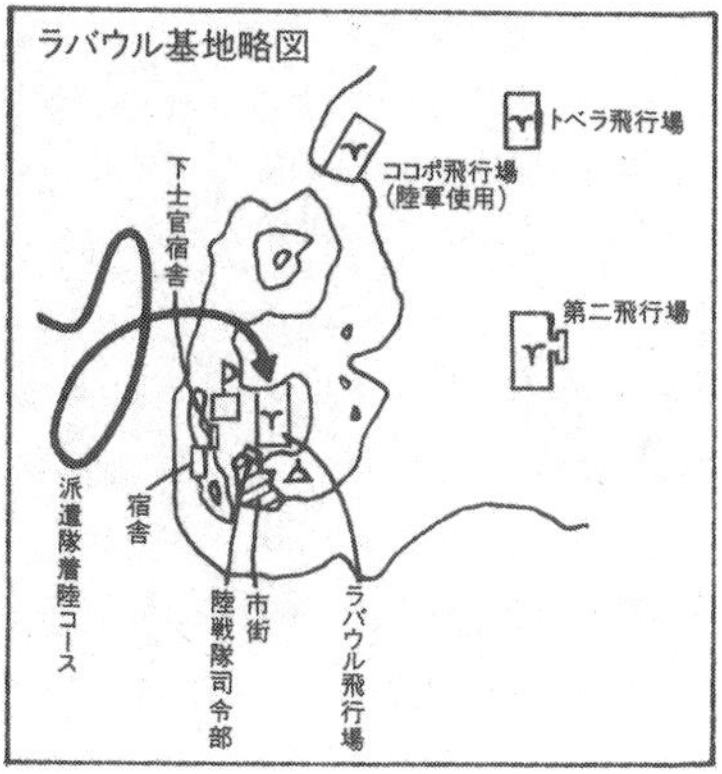

整列後、炎熱下の静けさの中で一服していると、まもなく、
「敵編隊ラバウルに向かう」の警報が流れる。
待機していた搭乗員は、いっせいに愛機に向かって走り、機上の人となる。
やがて指揮所に発進旗が上がると、最初の一機が飛び立ってゆく。敵の爆撃で、穴をあけられては、そのつど埋めたてた滑走路は、地面がしまっていない。一機発進すると、一寸先も見えない、もうもうたる土煙である。舞い上がる土煙の中を、一機また一機と発進してゆく。慣れっことはいえ、危険きわまりない悪条件を、練度不足の若い搭乗員が、よくも乗り切っている。ぼやぼやしてはいられない。

警報から発進まで、搭乗員も、整備員もみんなじつに動作がきびきびとしていて、一点の無駄もない。このみごとさは内地の訓練ではとうてい見られない。
飛行機は、一機また一機と発進して、高度二千メートルくらいに達すると、一編隊群となって戦闘隊形をととのえる。その時間が、これがまた短い。見る目にもこころよい、立派な邀撃ぶりである。

幸い、敵機はこの日姿を見せず、三十分後に空襲警報は解除され、各機はつぎつぎと着陸してきた。

帰ってきた搭乗員たちを迎えて、すぐ私が気がついたのは、その顔つきだ。内地では見られない、いやここラバウルでなければ見られない目つきである。目ばかりがギョロッと光って、その奥に底知れぬなにかがある。顔は笑っても、目だけは笑わない。連日、敵機と命のやりとりをし、戦友がつぎつぎと消えてゆくなかを生き残り、明日はわが身かもしれない、そういう状況にあるもののつら魂である。敵機はおれたちが落とすのだという自負と気迫のつら魂である。

二八一空、初陣を飾る

この日は、その後、敵襲もなくて、私たち派遣隊員は戦局の概略などを聞いてから、夕刻、搭乗員宿舎にはいった。宿舎は、市街のはずれ、以前外人の住んでいた建物である。飛行場から十キロ以上はなれた山の頂上にあり、なかなか立派なものである。

とくに庭園はすばらしい。外人の植民地生活がどんなに豪勢なものであったかよくわかった。

士官室の一同にあいさつして、一緒に夕食をとる。

翌十三日朝、空輪の疲れもとれて、南国とは思われない朝の涼しさのなかを飛行場に向かう。

今日の参加飛行機は整備完了して、昨日と同じようにいつでも飛び出せるように滑走路の両側に並んでいる。この日は、正午ごろP38の高々度偵察があっただけで、いつもの定期便はなかった。

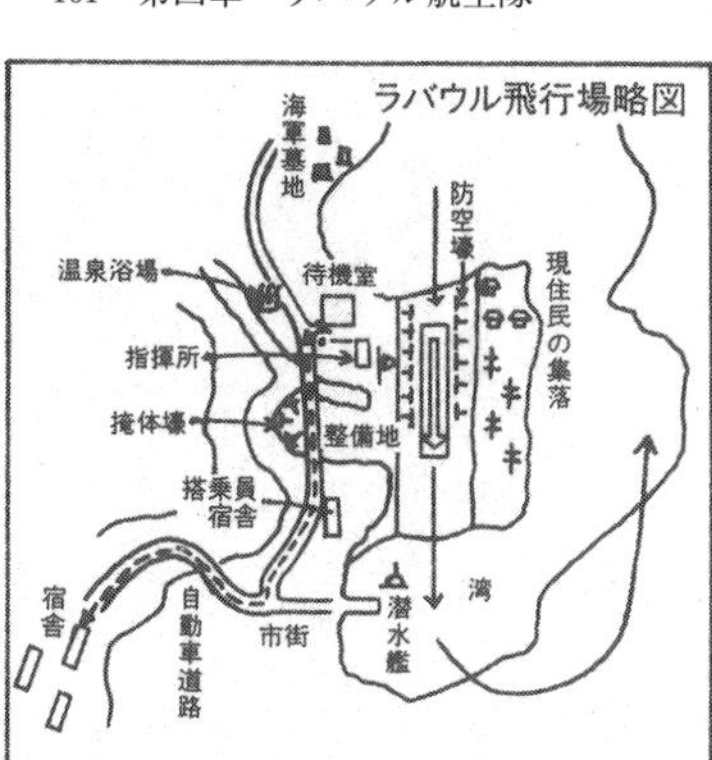

十六日、私たち二八一空派遣隊に、セントジョージ岬からブーゲンビル島までの間の移動哨戒の任務があたえられたが、敵機を見ず、全機ぶじに帰る。

この月の初めにブーゲンビル島西岸のトロキナ岬に上陸した敵は、たちまち三本の滑走路をもつ飛行場を設営した。海岸に近い一本の滑走路には、

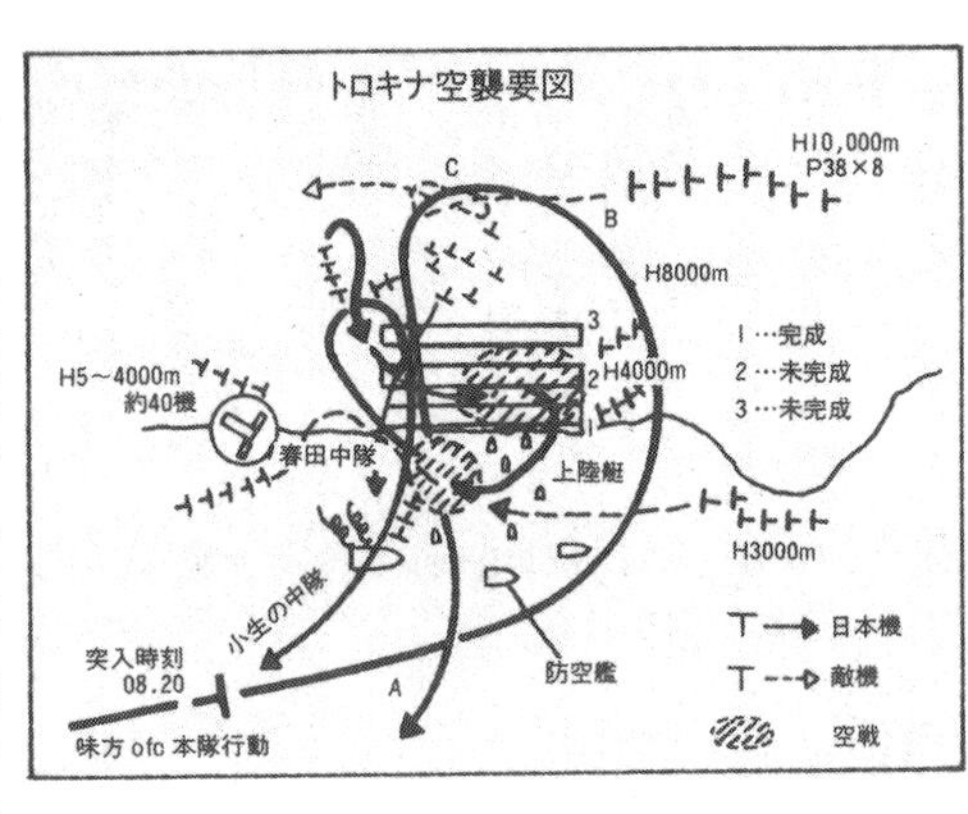

小型機、およそ二百機が集結しているという。

翌十七日、戦爆連合の大編隊で、これに攻撃をかけることになり、零戦六十機、陸攻二十機がラバウルの各飛行場を飛び立った。二〇一空、二〇四空、二五三空、二八一空派遣隊、七〇一空と、いわゆるラバウル航空隊の全力をあげた大編隊であった。

トロキナはラバウルから飛行時間で、一時間あまりの地点にある。二八一空の若い派遣隊搭乗員にとっては、初めての実戦なので、予想される状況について、いろいろこまかい注意をあたえた。腹はきまっていても、落ちつきを失っているようすである。

今日も上天気で、視界は良好である。攻撃隊は高度八千メートルまで上って、敵地上空に突入し、大きく左旋回した。この日の指揮官は、経験が浅いらしく、敵地上空にかかってからのスピードが大きすぎる。そのため、いちばんしんがりにいる私たちの中隊は、ともすればおくれがちになる。

もっとも後方の位置にあるものとして、後方から来る敵機を十分警戒しながら、B点（右図参照）で、C点に向かって旋回中、上空一万メートル付近にチラリと、目をかすめる黒点をみとめた。

列機に後方の警戒をさせながら、なおも目をこらしていると、P38八機が単縦陣で旋回しているものとわかったが、一万メートル付近の視界はあまりよくなくて、正確な敵機の動きはつかみにくい。

〝敵上空〟を指揮官に知らせても、指揮官機は依然として0ブースト以上の馬力で飛行をつづけているので、編隊は帯のように長くのびきってしまった。敵にとっては絶好のチャンスである。

私たちが乗っている飛行機は、零戦二一型の古い型式で、高々度性能は非常にわるい。とくに八千メートル以上ともなると、レバーを全開にしても馬力がでない。これに反して、P38の高々度性能は優秀である。

後方見張り中、ピカッと光るものを見たが、それがP38の第一撃だった。上方からこれをもろに受けた春田中隊の小林機は、たちまち火だるまとなって墜落していく。

私の中隊はすぐ機首を下げて、中高度で空戦を挑む。敵を誘いこむ作戦である。敵は優位からズーミング攻撃をかけてくる。春田中隊に、私の中隊の下方に避退するように連絡しておいて、高度六千メートルで、私はこの敵に対して反撃体勢をとった。

そのとき、敵機の大部分はすでに上空に姿を消そうとしていたのだが、どうしたわけか、二機だけが残っている。おそらく前方機を見失ったのであろう。

右後方にいるこの二機に、攻撃をかける。敵機は反撃しようとする意思はないらしく、下方の基地に逃げこもうとしている。これを追って側後方から射弾をあびせると、手ごたえがあった。さらに第二撃にはいろうとするそのとき、スーッと横に流れたP38は、途中でぐいと頭を下げて、そのまま地上へ墜落していく。

見ると、二番機清水二飛曹の攻撃した一機も、私の撃墜した一機を追うようにして、はるか海上に、あいついで落ちていった。

春田中尉は、そのまま本隊コースに向かった。そのため、わが中隊の八機だけが取り残された。本隊はもちろん、影も形も見えないのである。私は上空を注意しながら、本隊コースを追った。

新設された第一飛行場上空に近い、高度四千メートルくらいのところで、味方機と敵十数機が入り乱れて空戦を展開しているのが見えた。

私たちは、この空戦に加わって上空から下方の敵機に突入した。敵機は、新型のF

4Uシコルスキーである。列機は初陣ながら、日ごろの訓練を生かしてよく各機と連係をとりながら、チャンスをつかんでは、後上方から攻撃を行なった。

わが零戦二一型は、高度四千メートルくらいでの空戦性能は非常に優秀である。敵機は最初反撃してきたものの、一機また一機と撃墜されて、戦意をなくしたらしく、下方の飛行場の方向に向かって逃げていった。

高々度性能の優れた米陸軍のロッキードP38。著者は同機と遭遇し、零戦の性能が充分発揮される中高度に誘いこんだ。

F4U一機を最初の一撃で撃墜した私は、いったん引きあげてから、その後方についていた機を攻撃したが、こんどはなかなか簡単にいかない。ねばりにねばる。双方秘術をつくしてついに撃墜した。

敵はしだいに高度を下げてゆく。このあたりでひとまずと、高度をとりながら避退しようとしているそのとき、敵飛行場の沖合いで、敵機と味方機が入り乱れて乱舞しているのが目に入る。

高度三千くらい、味方は戦闘機四機、敵機はと見ると、十六機、味方は苦戦しているようだ。見殺しにするわけにはいかない。

「よし、行くぞ！」と、私は叫んで、敵機群のまっただ中に突入していった。

まず一機、下方に避退しようとする敵を捕捉し、真うしろから、距離約五十メートルくらいまで追っていって射撃にはいる。敵はぐらっとよろめく、と見る間に、そのままの姿勢で降下していくが、それを見とどけるひまはない。さらに、つぎの敵機に向かって機首をめぐらす。

このときの敵機群は、なかなか旺盛な戦闘精神で、下方にいた機がつぎつぎに上昇してくる。列機は有利な位置に立って、この上昇してくる敵機に片っぱしから攻撃をくわえる。私が目撃しただけでも、四機を確実に海中に突入させた。

あとで、列機のいうところでは、私が最初に攻撃した敵機は、そのまま飛行場方向に向かっていって、海岸線のところで地面に激突、炎上したという。

私たちが、敵機をたてつづけに撃墜している間に、味方の戦闘機は、低高度のまま海面すれすれに帰投方向に向かうのを認めた。

私は身近に危険のせまるのを感じたので、列機に空戦終了を告げ、高度をとりながら避退しようとした。そのとき、海岸上空高度五千から四千メートルくらいのところに、約四十機の敵戦闘機群を発見した。現在の高度のまま避退すれば、当然この敵に発見されるおれがある。
とっさの判断で私は、沖合いを遊弋（ゆうよく）している敵艦に銃撃を加えることにして、機首を転じた。

砂塵を舞い上げ、ラバウル飛行場を飛び立つ零戦。ニューブリテン島は赤道にちかく、南国特有のヤシの木が生い繁る。

敵艦の反撃を受けながら、急降下して機銃掃射を加えながら、九十度旋回して海上をつっ走った。約十分間くらい逃げ、後方に敵機のいないのを見定めて、ようやくホッと息をつく。列機はと見れば、いずれも私の後方を単縦陣につらなって追ってくる。

その後は予定の帰投コースに沿って飛び、全機ぶじラバウル飛行場に着陸した。

列機から、それぞれの空戦状況を聞いて、だいたいつぎのような戦果を私は確認した。

撃墜＝P38二機、F4U八機、不確実五機、敵艦（防空巡洋艦）火災（偵察機の報告による）である。

また、私たちが帰投しようとしていたときにみとめた苦戦していた味方の四機というのは磯崎小隊であった。二八一空派遣隊としてはラバウル方面での最初の空戦であったが、よく戦い、みごとな戦果をあげたといえよう。

無能なる指揮官機

本日の戦闘に参加した戦闘機六十機のうちで、あれだけの敵機がいながら、実際に空戦したのは、わずかに私たちの中隊と、磯崎小隊の四機だけであった。連日の死闘をくぐり抜けてきた搭乗員にしては、あまりにも腑甲斐ない行動と思われた。

とくに本日の指揮官機の行動は、話にならない。私たちとしては、着任早々のことで、ただ一回の攻撃の失敗をとやかくいうわけではないが、かりにも列機を率いて出撃する指揮官たるものは、その判断と行動が、戦闘の勝敗を決し、列機の生死を左右することを心得ておくべきだろう。

本日の攻撃で、参加機六十機全部が戦闘に参加したとしたら、敵機の大半を撃墜できたはずで、そうなれば、敵はこれからの行動に支障をきたすのみならず、味方搭乗員の士気は大いにあがったことであろう。

夕刻、宿舎で、これまで苦労をともにした小林二飛曹の霊を弔った。

私たち二八一空派遣隊は、しっかりやろう、今後いかなる場合に遭遇しても、他部隊からうしろ指をさされるようなことのないように、と話し合った。

明けて十八日、昨日の疲れもすっかり回復した私たちは、みんな元気いっぱいで飛行場に出た。

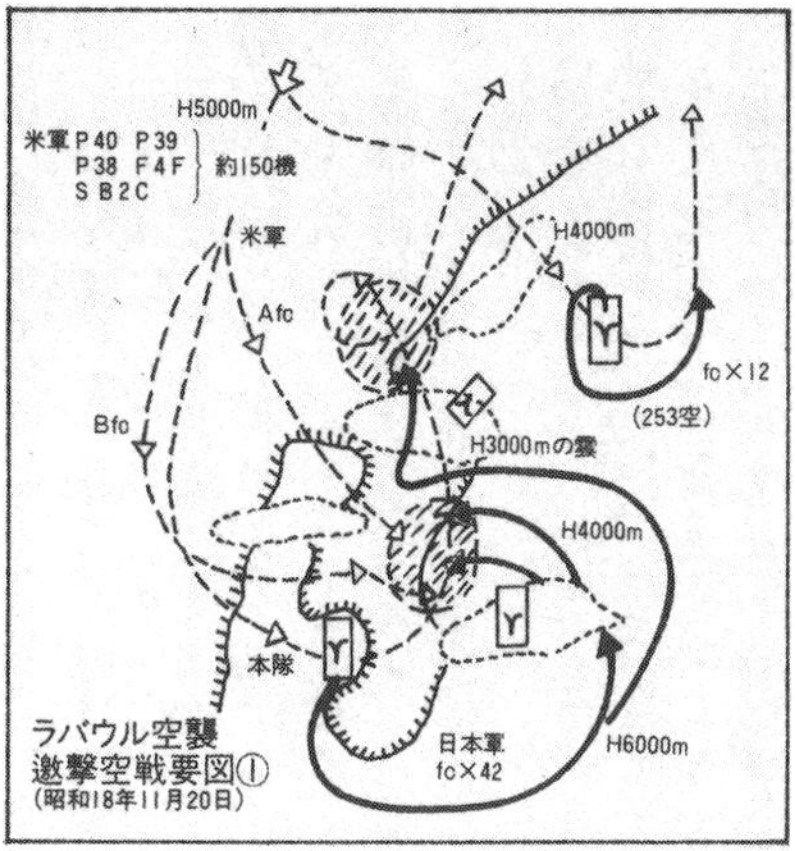

ラバウル空襲
邀撃空戦要図①
(昭和18年11月20日)

本日の編成割による勤務につく。今日も天気はよく、青く澄みきった大空には雲一つない。

朝のうちはいくぶんしのぎよいが、午前十時ごろともなると、炎熱焼くが如しという言葉のとおりになる。

一歩建物から外に出たら、小鳥も飛ばぬ暑さである。列線にある飛行機の胴体にさわると、火傷しそうなほどの熱さで、愛機もどこかがとけてしまわないかと心配になる。

各機付の整備員は、この暑さのなかで整備を怠らず、翼の下で休みながら待機している。翼の陰といっても、直射日光を防ぐだけのことで、ストーブのそばにいるようなものである。戦闘そのものもきついが、この炎熱の気候はそれ以上身体にこたえる。

二八一空も、本日から邀撃編成にはいり、午前中は待機を命じられた。初めての勤務のことで、まごつくようなことがなければよいがと、それればかり気にかかる。いつもの定期便も今日はあらわれず、正午すぎ、高々度によるP38の偵察があっただけで終わった。

夜間十一時ごろ、空襲警報のサイレンが鳴る。ほとんど同時に、高空から無気味な爆音が聞こえてきた。目に見えない敵機である。どこに爆弾が投下されるかわからない。みな防空壕に避退する。

防空壕から出てみると、何十本ものサーチライトが敵機をとらえようと懸命である。一本が敵影を捕捉すると、他のサーチライトが、いっせいにその一点に集中して、敵の機影がはっきり浮かび上がる。大型機B24である。高角砲は、いっせいに火蓋をきった。赤い光の筋が夜闇に向かって吸い込まれるように流れる。

かなり遠いところで、雷が鳴るような音が、つづけざまに聞こえる。敵もあわてて爆弾を投下したのだろう。

やがて、高角砲の音もおさまって、またもとの静けさにかえった。

その日を境にして、以後、昼間の定期便がなければ、夜の定期便がやってくるようになった。夜の定期便は、私たち戦闘機搭乗員は、知らぬ顔で、その間はゆっくりと英気を養うことにした。

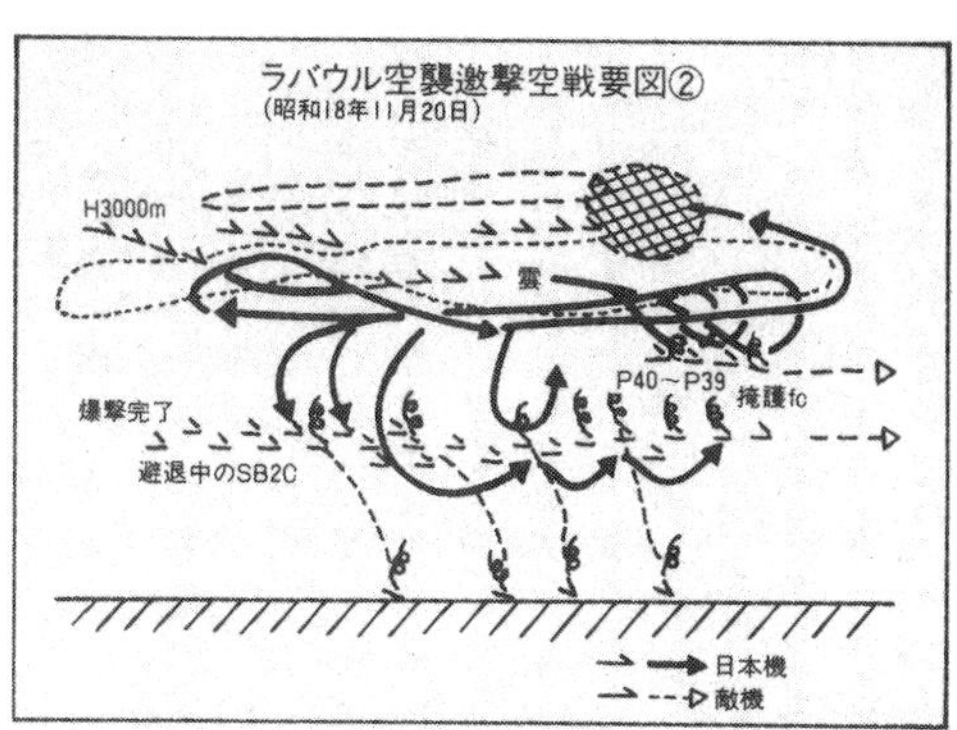

山頂の宿舎は、夕方になると涼しくなる。昼間の地獄の暑さが嘘のように、うってかわって極楽の快適さに変わる。この夜の涼しさが、搭乗員の体力を、昼間の消耗から回復させてくれた。

十一月二十日は、高度三千から四千メートルくらいのところに断雲があり、視界は不良、どんよりした空模様であった。

午前の待機番中、八時ごろ、セントジョージ岬の見張りから、戦爆連合の敵大編隊ラバウルに向かうとの警報がはいる。報告からおよそ二十分か二十五分くらいすれば、ラバウル上空に達するはずである。一刻の猶予もならない。

二八一空にとっては初めての邀撃戦である。私たちは他隊の搭乗員よりも一足さきに配置についた。私は飛行機に飛び乗って、バンドをしめる間もなく、指揮所の方向を注視すると、伝令が発進旗を上げようとしているところだった。ただちに全速試運転をしてチョークをはずさせ、まっ先に発進した。

離陸してから、飛行場をふり返ると、もうもうと砂煙が立って、その砂の中からつぎつぎに飛行機が飛び出してくる。

高度二千をとって、大きく左旋回しながら、各隊とも編隊を組む。おくれて発進したらしい二、三機が、高度五百あたりを上昇してくる。

私の列機十二機は、高度をとりながら、他の部隊よりやや後方に占位した。

ようやく砂煙のひいた飛行場を見下ろすと、地上布板が敵侵入の方向を矢印でしめしている。矢印の方向、水平線のかなたに、無数の黒点が見える。敵の高度は五千メートルくらいで、その上方五百メートルのところに見える一群の黒点は、掩護戦闘機であろう。

敵は二つの群れにわかれていて、主隊は母山と妹山の間から攻撃するらしく、私たちの位置より相当左側に寄って進んでいる。ラバウルを前にして、敵戦闘機は主隊からはなれ、私たちの方に向かってくる。

前方の味方指揮官機は、高度六千のところから、爆撃隊の上空にいる戦闘機隊に対して攻撃をかけるらしく、三方向から敵中に突入していった。

私は、高度約七千メートルで敵戦闘機の別の一群にぶつけようと、味方主隊より右側を飛ぶ。ところが、この一群は味方主隊の方に突入したため、私たちの中隊は、最高度で空戦中の区域の外側になった。

私は敵の退路に向かった。果たして爆撃を終えた敵機は、海面五百メートルで一列の単縦陣となって、湾外に避退中である。その上空三千メートルくらいのところに敵戦闘機P40、P39約十二機が掩護している。私は下方を避退中の敵機群に突入した。下方の雲を利用して奇襲をかけることができ、数回の反復攻撃で、その六機を撃墜破した。

さらに下方には、いま爆撃を終了したばかりの敵SB2Cヘルダイバーが、われ先にと避退中である。

敵戦闘機は私たちの雲間からの奇襲攻撃にあわてふためき、そのまま直線で湾外に逃げていく。状況はこれで、ますますわが方に有利になった。

私はなおも雲下を利用して、高度約七百メートルのSB2Cに対して、あらゆる角度からの肉薄攻撃を続行して、そのほとんど全機を海中にたたきこんだ。

ソロモン赴任後、初めての邀撃戦で撃墜した米海軍のカーチスSB2C。護衛機のいない戦闘では零戦の餌食となった。

断雲を利用したおかげで、上空からの敵戦闘機の心配もなく、スピードのおそい敵機を、列機は反復攻撃して、二小隊の二番機荻野兵曹などは、低高度の敵爆撃機の下方からするきわどい攻撃で、単機よく十機近くを撃墜する戦果をあげた。

味方本隊とわかれた別働隊は、私たちよりさらに先方の集合地点で空戦を展開して、ここでも相当の戦果を上げていた。

暴風一過、あれだけいた敵機の影は一機も見えず、いま戦いを展開した海面には、青い海の色のあちこちに、紫がかった波紋が点々と見えるだけである。

飛行場上空には、味方機らしい戦闘機が見える。本隊の空戦も終わったのであろう。私はまず雲下で隊形をととのえ、しばらく周囲の状況をうかがっていたが、敵影を認めなかったので、上昇して雲上に出てみることにした。

すると雲中にはいったところで、雲の薄い部分をとおして、双胴の機影を数機発見した。

ただちに高度を雲下に下げ、雲の外側から上昇してみると、P38八機が単縦陣で、凧のような姿で飛んでいるのをみとめ、反航同高度で空戦にはいる。高度四千メートルの零戦二一型は同高度のP38を楽に追尾することができる。また双胴だから、目標が大きく照準もしやすい。

私は第一撃で、一機を血祭りにあげ、つづいて列機とともに六機を、みるみるうちに撃墜した。あとの二機は雲中に隠れて、なかなか捕まえることができない。

しばらく雲上で警戒していたが、ひょっこり雲外に出たかと思えば、またすぐ反転して雲中にはいるので、ついにこの攻撃は断念して、飛行場上空に引き上げた。

滑走路には、無数の爆弾のあとが見え、いま設営隊が総動員で復旧作業に懸命だ。すでに片側五十メートルくらいは着陸可能になっていて、味方機が砂塵を上げて一機一機、着陸中である。

上空を警戒しながら、後方小隊から順次、着陸するように命じた。発進後約一時間十分で全機着陸し、これで今回の邀撃戦は終わった。

敵の来襲はまたいつあるかもしれないので、着陸した飛行機は各部の補給、点検、調整と休む間もない目のまわるようないそがしさである。

味方の被害は、本隊の方が三機自爆、二機被弾（修理可能）、途中で本隊とわかれて空戦した別働隊は、落下傘降下一機で、私の中隊には別に異状はなかった。

戦果は、本隊P40、P39、F4F、十三機撃墜、八機不確実。別働隊P40、P39、四機撃墜、一機不確実。SB2C、六機撃墜、二機不確実。岩本中隊P40、P39、五機撃墜、一機不確実。P38、六機撃墜、SB2C、十六機撃墜、四機不確実。総計、撃墜五十二機、不確実十七機であり、この日の私の個人の撃墜は、P39二機、P38二機、SB2C三機、計七機であった。

送り狼を待ち伏せて

私たち二八一空派遣隊は、十一月十四日付で、二〇一空所属になり、ついに本隊とは別れ別れになることになった。当時二〇一空は、搭乗員も少なく、また指揮官も、春田中尉と同期で、その技量の程度も知れたもので、名だけの航空隊といってもよかった。そこへ私たちの転入で十五名の搭乗員がふえ、二〇四空に匹敵する戦力になった。

十一月二十一日、私たちの中隊は、午前は非番直で、のんびり休んでいた。そこへ七時ごろ、いつもより約一時間早く空襲警報が鳴り、大急ぎで防空壕に飛びこんだ。ほとんど同時に敵の爆撃がはじまった。

地上で爆撃を受ける身になってみると、なんと気持のわるいことか。ダイブ独特のうなりとともに、付近に落下する爆弾のため、まるで地震のようにグラグラと揺れる。

やがて敵機も去って、ヤレヤレと防空壕から出て見ると、なんと飛行場は砂礫の山になっていて、目もあてられない状態だ。どこに隠れていたのか、設営隊の人たちが、スコップと鍬をつかって、はやくも地ならしをはじめている。

毎回のことで慣れているとはいえ、午前中には復旧はほぼ完了した。

このときの邀撃(ようげき)隊の戦果は撃墜十五機で、味方は五機の犠牲を出した。それで実動機数も四十機から三十機に減り、私たちの中隊が待機となった。

午後二時ごろ、またもセントジョージ岬から、敵大型機の編隊ラバウルに向かう、という警報があった。私たちは大急ぎで発進した。

湾内の守備隊は高角砲を撃ち上げ、在泊中の潜水艦は急速潜航で水面下に隠れる。来襲機が大型機であれば、当然高度も高いはずである。私は急速上昇で八千メートルの高度をとった。そして飛行場上空にもどって来たときには、敵大型機はもう第二

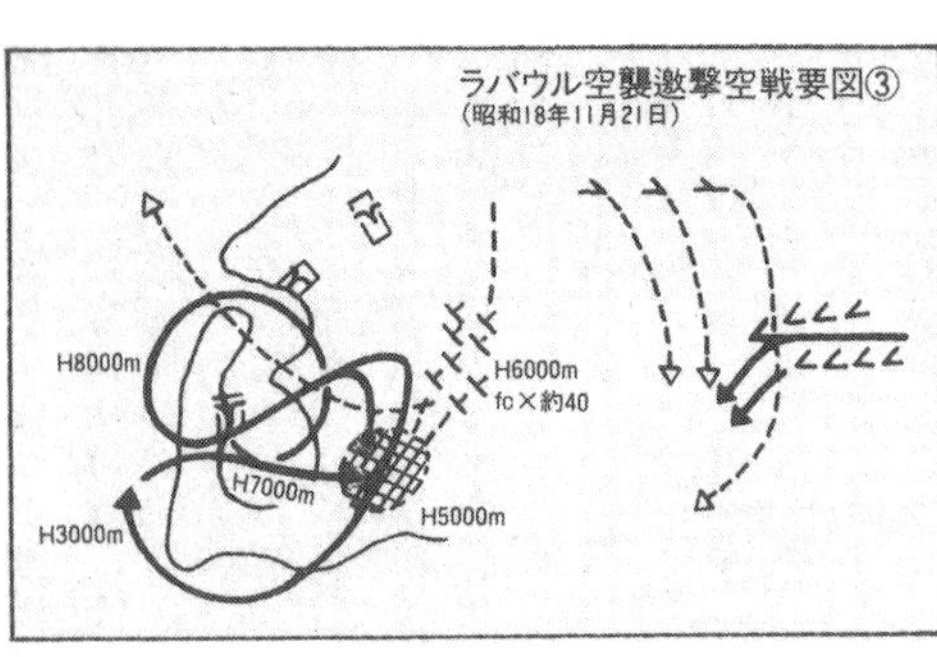

飛行場に向かって爆撃進路にはいっている。その高度は六千、上下に約四十機ばかりの掩護戦闘機Ｆ４Ｕが飛んでいる。

大型機だけの攻撃であれば、邀撃戦はわりあい容易だが、戦闘機が直掩している場合は厄介だ。

すでに敵は爆撃進路にはいっている。わが方は、高度が千五百メートルほど優位にあるので、一中隊は大型機を攻撃し、敵戦闘機には二中隊と三中隊が向かった。

一中隊は、爆撃前のＢ24一番機に対し垂直攻撃をかけ、そのまま左下方に避退した。つづく列機も、それぞれの目標に対して攻撃を加えた。

Ｂ24は防御装置も堅固で、火砲も優秀である。私の一撃は命中はしたが、致命弾とはならず、右方外側エンジンを破損したにすぎなかった。そこへ、つづく三番機、四番機の射撃で、きりもみ状態となって墜落していった。

このような状況では、大型機に対して、反復攻撃はまず不可能なので、一撃後、左下方に避退して、後方を見ると、やはり大型機の下方にあった敵戦闘機が追躡してくる。

列機も横陣のような隊形で私の後方についてくるので、急降下の体勢で離脱した。幸い上空にあった二中隊と三中隊は機を逸せず、上空からこの敵戦闘機に攻撃を加えたので、危機一髪のところで脱出できた。

ラバウルの外側の海上で高度をとりながら、いま二、三中隊が攻撃をかけた空戦個所に引き返した。大型機は進路を右に転じ、密集隊形で離脱中である。見ると、大型機より少しはなれた上空で、敵味方入り乱れて空戦の最中である。私たちは、すでに高度六千にのぼっていたので、上空から機を逸せず突入し、交戦中のＦ４Ｕに突撃して、優位を生かし、三機を撃墜した。

敵は私たち新手の攻撃をうけたためか、いっせいに帰投方向に避退した。味方数機はこの敵に追い打ちをかけたが、残念ながら、敵は私たちよりも優速で追いつけず、あきらめて反転した。

ひとまず飛行場上空に集結、味方機を数えてみると、三機足りない。そのとき、飛行場から着陸せよの信号があったので、三機不足のまま着陸した。

着陸後すぐ調べてみると、二中隊三番機、三中隊四番機は大型機の上空にあった敵戦の攻撃をうけて、空中火災をおこし、二機とも墜落したが、その中の一機は落下傘降下し、一機はジャングル中に消えたという。二中隊の二番機は敵弾のためエンジンをやられたらしく、第二飛行場に着陸していた。

結局、搭乗員一名戦死、機材三機の損害をこうむったわけで、戦果も左記のように、あまりかんばしくなかった。

撃墜　B24一機、撃破　B24一機

撃墜　F4U六機、不確実　二機

昨日まで一人の戦死もなかったわが隊も、今日はついに一名の同僚を失ったのである。落下傘降下をした搭乗員にたいしては、いま救助隊が出ているが、多分、火傷はまぬかれないだろう。

十一月二十八日、私が指揮官で待機中、指揮所前の見張りから、突然、敵大編隊が見えますという警報があった。指揮所はたちまち大さわぎとなり、私たちは、飛行帽も手袋も持たずにかけだした。まだ整備員が発動をかけないうちに、飛行機に飛び乗り、発動ももどかしく、おっとり刀で飛び立った。

指揮所前の見張りから見えるとすると、四、五分で飛行場上空に達するはずで、まったくの奇襲である。

昭和18年11月14日、著者たち281空派遣隊は着任早々、201空所属となった。写真は当時の201空搭乗員（中央で軍刀を抱く中野司令、左へ３人目が著者）

ブーストコントロールを引いて、全開で上昇、高度を二千メートルにとった。つづく列機も、二、三機は私につづいたが、あとは離陸中である。飛行場上空に引き返したときには、敵機は早くも投弾しようとしている。

私は高度の余裕もないまま、前方からいっぱいの無理な操作で、敵の一番機の腹部をねらって、捨て身の攻撃をかけた。ところが、みごとに手ごたえあって、投弾寸前のＢ25爆撃機は、パッと火を吹き、火だるまになって左方の海面に墜落していった。

スピードのないところを、むりやり垂直に引き上げての攻撃だったので、第二撃目は、スピード不足でむずかしい。つづく二、三番機も、同じ要領で攻撃をかけたが、二番機は、ついに射撃するまでに接近できず、三番機は垂直の姿勢で、スピード不足のため舵がきかず、そのまま敵機の尾部に衝突した。

「あっ！」と、私は思わず声をあげたが、敵味方二機とも、互いにもつれ合うような一瞬から、つぎの瞬間には、両方ともスピン状態で墜落していった。

この三番機の搭乗員は墜落する機から脱出し、落下傘降下によって生命は助かった。敵の襲撃機数は約二十機であったが、投弾はいずれもオーバーで、ほとんど飛行場横の海に落ちて地上の被害はなかった。

敵機は投弾すると、全速で離脱したため、攻撃できたのは三機だけで、戦果も二機撃墜はしたものの、一機は体当たりによるものである。敵のこの攻撃は、戦闘機の掩護なしであったので、この程度の軽微の損害ですんだが、もし戦闘機がついていたとしたら、最悪の条件であっただけに、味方は相当の犠牲を出したことであろう。また、見張りの発見がもう三、四分おくれたら、列線にあった三十機以上のわが飛行機は爆破されていたことだろう。

中野司令は、本日の空襲で完全に敵の先制攻撃をうけ、味方戦闘機の邀撃はとうてい間に合わないと思っていたところ、防空壕入口で、私が捨て身の一撃で敵一番機に火を吹かせたのを見て、飛び上がって喜んだそうである。

十一月下旬、内地からの大輸送船団が、ラバウルに入港することになり、兵力の一部をさいて、カビエン基地に移動、約二日間ほど船団の上空ならびに対潜警戒の任務につくことになった。

これまでは主としてトベラ基地の二五三空が専門的にやっていた仕事だが、連日の邀撃戦で、兵力の消耗をきたし、任務の遂行も困難になったのであろう。

その船団は内地から送られてくる慰問袋、酒、煙草などを積んでいるというので、私たちはなんとかしてぶじ入港させたいものだと、二時間というもの、目を皿のようにして警戒にあたった。おかげでぶじ入港。さっそく、その晩は内地の人々のこころざしに充分ありついた。

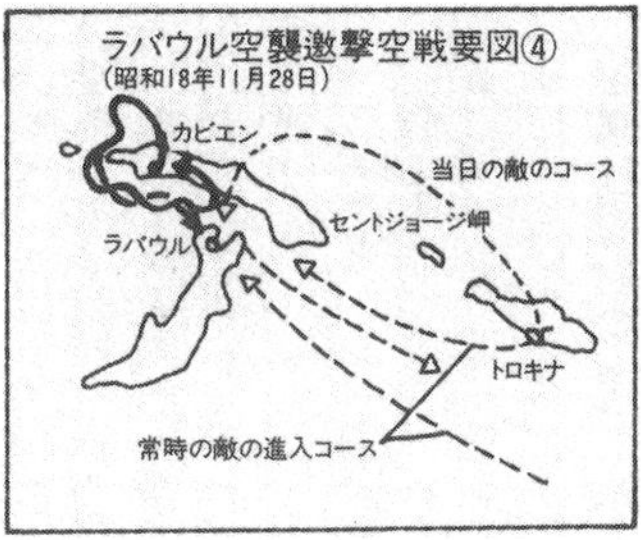

ラバウル空襲邀撃空戦要図④
（昭和18年11月28日）

二日間の任務を終えて、ラバウルに帰ったが、ここではやはり毎日のように邀撃戦がくり返されていた。

最近、敵は爆撃だけでなく、空中戦の勝利に力を入れるようになったらしく、戦闘機の数も、以前から見ると、はるかに多くなってきた。当然、わが方の消耗もはげしく、補充される搭乗員の数よりも、損耗する搭乗員の方が多くなった。

とくにこのごろ味方の犠牲が多くなったというのは、敵の戦法の一つにうまくかかっているからであることに私は気づいた。

空戦の終了直後、味方機がばらばらになって飛んでいるときに、それまで上空にひそんでいた敵機に襲われ、一撃で撃墜される場合の多いことだ。敵は直接の戦闘部隊とは別の一隊を高々度に配置しておいて、空戦終了時の、ホッと一息ついたその時期をねらって、高空から不意をついてくるのである。

十二月四日、この日、私はとくに古参搭乗員をつれ、いつものように敵襲で発進し、本隊は飛行場上空で警戒、私たち四機は本隊とはなれ、カビエン寄りに高度を約九千メートルまでとって、敵の送り狼をやっつけてやろうと待ちかまえていた。

敵機は、いつものように、高度六千メートルくらいを戦爆の大編隊で飛行場に来襲し、味方本隊はこの敵と入り乱れて戦いにはいった。

いま、この下方の敵に攻撃を加えれば、私たち四機は非常に有利な攻撃ができるのだが、今日はどこかに潜んでいる別の一隊を捕らえてやろうという作戦だから、下方の空中戦は眺めているだけにした。

なるべく飛行場をはなれないようにしながら、さらに高度一万メートルにあげて警戒中、第二飛行場のある山の手の方、約七千メートルくらいに、かすかに六つの黒点が見えた。私はこの飛行機群に対して後方から接近し、なるべく外側をまわって接近してみると、まちがいなく、いつも空戦終了時を狙って上空から突如、降ってきて味方を食う例の敵機である。

すでに下方の戦場では、敵爆撃機の攻撃も終わって避退中で、その上空高度三千あたりでは、彼我戦闘機が入り乱れて空戦中である。

上空の六機の敵はＦ４Ｕで、しだいに高度を下げて、下方の戦場の上空に向かおうとしている。このところ味方の十数機がこいつらに食われている。私の今日のねらいは当たった。列機は、古強者ぞろいである。味方戦闘機をねらって忍び寄る送り狼の、そのまたうしろから送り狼となって追ってゆく。一番うしろの敵にたいして肉薄し、距離十メートルまで接近する。もはや照準も不要だ。一撃必墜の覚悟で引き金を引いた。

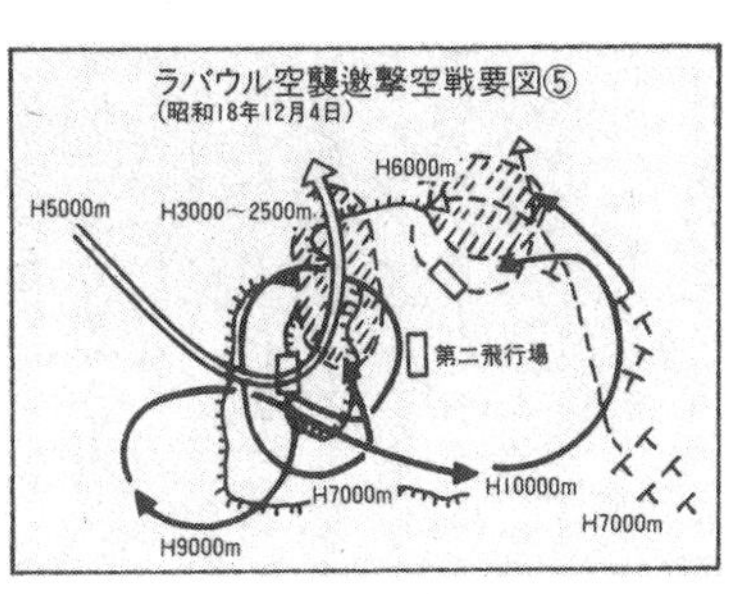

翼から飛び出す二十ミリ弾の威力！　数発も発射したであろうか、敵機の胴体中部にあたったらしく、胴は二つに折れた。

敵の一番機は、私たちの攻撃に気づいたらしく、急反転で反撃してきた。そのときにはつづく列機が、敵の四番機に食いつき、曳光を引きながら射撃中であった。

敵のふり切って逃げようとするところをよく追尾して、ついにこの敵も白煙を引き、つづいて空中火災を起こし、そのまま高々度から、はるか下の地上に向かって落ちていった。

反航してきた敵の一番機にたいしては、私が対抗して攻め合った。つづく列機もみな一機ずつ食うか食われるかの巴戦を展開している。高度六千メートルから、海面までの間を互角の体勢でもつれあった。

敵も制空隊にえらばれているだけに、なかなかの名手である。もちろん敵機と同じ性能の飛行機での空戦であれば、二、三回まわったころには敵を完全に制圧しているであろうが、残念ながら、性能の劣っているわが機だ。

それでも、二、三回は射撃のチャンスがあったが、馬力不足のため、射撃する時間がなくなって、ついに海面すれすれまで下がってしまい、勝負なしで別れてしまった。

四番機は高度千メートルになったところで、優速の敵機をうまく捕らえることに成功し、ねらい撃って、これを撃墜した。結局、六機対四機の巴戦で、敵三機を血祭りにあげ、同僚の仇討ちを果たしたわけである。

この日のことがあってから、それ以後、敵はしばらく送り狼の戦術を中止した。

着陸後、敵信を傍受した電信員の話では、私たちが空戦を終了したころ、「ニッキー、ニッキー」とか、「ミッキー、ミッキー」とか、無線でさかんに呼んでいたそうである。

指揮官はベル少佐という名で、トロキナ基地に帰りつくまで呼んでいたが、応答はなかったということであった。私たちが落とした三機のなかに、指揮官最愛の列機ニッキーがいたのであろう。

撮影実戦ショー

十二月七日の夕刻であったか、内地から空輸機で、横須賀航空技術廠の係員が新兵器三号爆弾なるものを運んできた。

これは大型機の編隊向けに使用する爆弾で、空中から投下して、敵機の頭上で爆発させ、何千何万の破片が広く飛び散って、敵機をその威力内に捕らえて落とすというものである。

問題は、肉薄のうえ照準してもなかなか命中しない機銃よりも、はるかにむずかしい操作が必要で、しかも照準器もないのだから、実際に使用してみなければ、その効果も不明という点である。

地上での計算では、敵よりも上空高度差千メートルで接敵し、垂直にダイブして、敵の前進方向千メートルのところ、高度差六百メートルで投下し、そのまま下方に避退することになる。爆弾を投下してから、敵機は千メートルくらい前進するので、その上空五十メートル付近で、爆弾は炸裂することになる。

直径約二百メートル、厚さ五十から七十メートルまでは有効ということだが、実際には相当の技量が必要で、ともかく古参搭乗員が試験的に使ってみることにした。左右の翼下に三十キロの三号爆弾投下器を装置した。一機で二発装備するのである。敵の現在の戦法は、爆撃後、ココポ沖付近で集合隊形をとって、それから約十キロ先の海面で一旋回後、集合して帰投するのである。

まず使ってみるとすれば、敵のこの集合地点を狙うよりほかない。問題は、敵の高度が低いために、ダイブ後の避退操作を上手にやらなければ、海中にそのまま突入するおそれがあることだ。

九日の邀撃戦にさっそく試してみることになったが、まずその試験台になったのが、私の小隊である。

私には空戦なら相当の自信があるが、こういう実験には経験がない。

この日も、定時に敵のお目見えである。発進後、私の小隊は、二小隊をつれて本隊から別れ、第二飛行場の山の手の方向に移動し、できるだけ敵に発見されないように、トベラ基地の外側をまわって、そのまま山の手付近で警戒していた。

敵はいつものように戦爆の大編隊で、瀑布の落下するような勢いで突入してきた。爆撃の終わった敵機は、すれすれに避退してゆく。味方戦闘機は、その上空で敵戦闘機と交戦中である。

真下を見ると、敵大型十数機が一群となって飛んで行く。

「ころはよし！」私は心の中でつぶやくと、高度四千から全速で敵の進路前程を扼（やく）するように接敵した。ちょうどタイミングよく、敵は陸からかなりはなれたところを高度八百メートルくらいで、三群、四群と旋回集合中で、その上空千五百メートル付近に約十二機の敵戦闘機が上空警戒にあたっている。

私は高度約二千メートルで、旋回中の敵機に、前方から緩ダイブで接近し、距離千メートルと判断した地点で、運を天にまかせて突入し、頭の中でイチ、ニイ、サン、シイと四つ数えたところで、投下レバーを引いた。同時に左急旋回で、陸地の方向に全速で避退する。

ふり返ってみると、敵の上空付近にタコの足のような煙が数群のこっているだけである。私につづいて、二、三、四番機も投弾して、ぶじ避退した。

私はいったんトベラ基地の奥の方まで避退した後、高度をとって反転し、いまの攻撃地点までもどってみたが、海面のところどころにやや色が変わっている個所はあるが、別に敵機の墜落したようすもなく、これは完全な失敗だなと思って、そのまま飛行場へ帰った。

二小隊は、私たちの突入前、F4F、P47と交戦していて、私たちの攻撃を見ることができなかった。戦果は不明であり、攻撃が成功であったか不成功であったかの判断もつかず、また改めて次回に使ってみることになった。飛行場からは、空中にピカッと光った閃光と爆煙が見えたそうである。

柴田司令は、陸軍守備隊の各見張所に連絡して、状況をたしかめようという。

それから三十分後にココポ守備隊の前線見張所から、詳細な報告がはいった。

――敵の大編隊が旋回中、陸地方向から友軍機らしい飛行機八機がその上空に飛んで、うち四機はものすごい速力で下方の編隊群に突入したので、見張員全員が手をたたいて喜んでいると、編隊群の中央付近で稲妻のような閃光が見えた、と同時に、一度に十六機の飛行機が、まるで木の葉のように舞い落ちた。

つづいて数発ピカピカ光って、また十機以上の敵機が、いずれも海中に落ちて、白波の上がったのがよく見えた——。

見張所では、何がなんだかさっぱりわけがわからなかったが、敵機が三十機近く墜落したのはまちがいない、という報告である。

この報告どおりなら、大した戦果だ。試験の結果は大成功となるが、話があまりうますぎる気がして、実感が湧かない。ところが司令と飛行長は、この実験の成功を少しも疑わず、大よろこびで、三号爆弾使用テストの実験報告のために、精細な攻撃要領を聞きただすのである。

本日の攻撃はこれまでの経験によるカンで行なったので、口や言葉では説明できないところがあり、その要領を述べるのに私は苦労した。

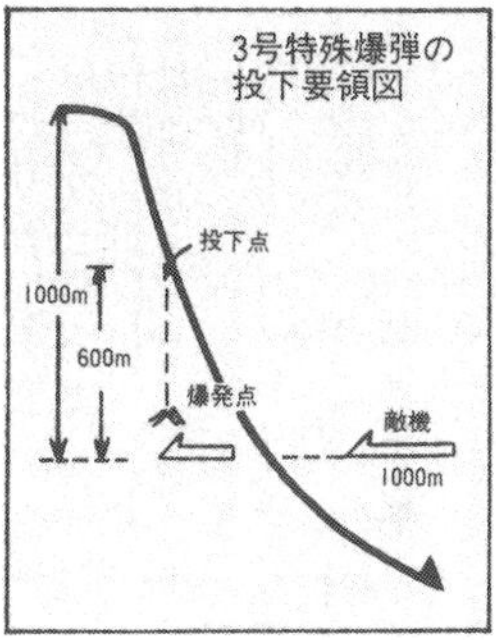

3号特殊爆弾の投下要領図

そのころ、内地からきた海軍報道班のニュース映画撮影組の一行が、撮影機、録音器具などを持参して飛行場に滞在していた。司令の話では、私たち航空隊の活躍状況、できれば空戦の実況、あるいは敵機の墜落場面などを撮って、内地国民に見せるのだという。

自分たちの出撃、戦闘の場面などがニュース映画になるというので、みんなたいへんな張りきり方である。

それについて司令から、ニュース映画班に協力する意味で、だれか一機、翼の二十ミリを一梃はずして、写真銃を取りつけ、空戦で敵を捕捉攻撃している場面をとってくれという。それればかりは、と、若年搭乗員はもちろん、古参の連中もだれ一人、引き受け手がない。

それというのも現在、F6FというF4Fの改良型戦闘機が出現し、P47とともに新鋭をほこる敵機と、喰うか喰われるかの命がけの戦いをやっている現状だけに、ことわるのも無理はない。

司令と飛行長は、相談の結果、私をとくに名指しして、ぜひやってくれというが、私とて、力いっぱいの空戦をしているいま、悪くいえば遊び半分のことに、一命をかける気にはならないので固辞した。

その結果、二人ともとうとうあきらめて、この計画はとりやめとなった。そのかわり明日の敵襲には、できるだけ飛行場上空付近で交戦するようにして、付近の山々から実戦場面をとってもらうことになった。

明くる十日、ニュース班は未明から飛行場に来て、各所に機械を取りつけ、数組にわかれて、裏手の山々に望遠レンズを据えて配置についた。

とくに本日は、司令、飛行長の指揮のもとに特別編成をつくり、本日の上空指揮は私で、列機も古い搭乗員ばかり一直配置編成として、実動機数は昨夕から徹夜の整備で三十六機となった。

警報前に、指揮所前で待機し、搭乗員整列、司令から命令をうける場面を皮切りに、ニュース班は撮影を開始し、いったん解散して待機中、午前八時ごろ、

「戦爆大、中型連合の大編隊二百ないし百五十機、高度六千メートルでラバウルに向かう」という情報がはいった。

いつものように大急ぎで発進、飛行場上空高度二千メートルで集合後、高度八千メートルをめざして上昇する。

ラバウル飛行場からカビエン寄りに高度をとって警戒中、敵の戦爆連合はいつものコースで、山の手からラバウル飛行場に突入してきた。別の進路からは大型機と中型機が侵入し、ふた手に分かれ、一部は第二飛行場に突入、一部は高々度で近

来襲する敵大型機に対する三号爆弾の実験結果は、著者がみごとな成果を示した。写真は本土上空、B29攻撃時のもの。

づいてくる。

私は、敵機の三分の二が飛行場上空にさしかかったところを見はからって、残りの敵に対し、第一中隊の全機をあげて突入した。

上空は、いまや敵味方入り乱れての大接戦となった。

第一中隊の搭乗員は、いずれも四、五十機以上を撃墜した猛者連である。最初の一撃で、敵の数機は、煙を引いて落ちて行く。

つづいて各中隊は、爆撃機群に突入した。

空戦約十分、撃墜をまぬかれた敵機は、高度を下げて避退していった。

その後も高度五千を保ちながら警戒をつづけたが、やがて敵影のないのをたしかめ、高度を下げながら、飛行場に着陸した。すでに十機以上が着陸していた。

飛行場には大した被害はなく、着陸に支障はなかったが、指揮所のとなりの搭乗員室は、直撃弾をうけて見るも無残に爆破されていた。

飛行場には、つぎつぎに二機、三機と、帰ってきた。今日のあの激しい空戦では、少なくとも四、五機の犠牲はあるだろうと思っていたが、なんと一機残らず着陸したのである。

戦果も上々で、六十八機という大量の撃墜である。ニュース映画班は、飛行場上空の猛烈な空戦を目の前にして、はじめは髪の毛が立ちそうになったそうだが、雨のように降りそそぐ爆弾、機銃弾のなかで、墜ちてゆく敵機をカメラにおさめられたと満足していた。

地上員から、目撃しただけでも、敵の墜落機は五十機以上あったという。そのうちの相当数は落下傘で海中に降りたので、守備隊のランチが出動して救助に向かっている。

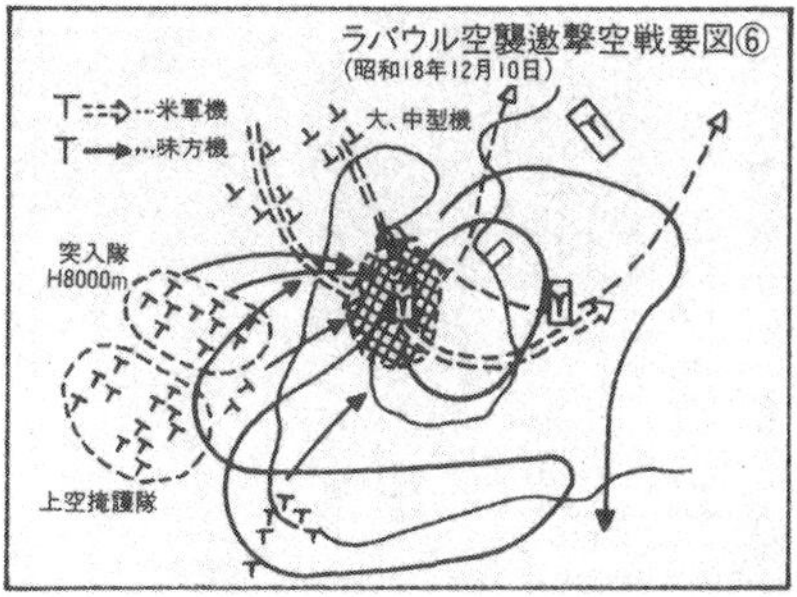
ラバウル空襲邀撃空戦要図⑥
(昭和18年12月10日)
米軍機
味方機
大、中型機
突入隊
H8000m
上空掩護隊

本日の戦闘で、とくにみごとな戦果をあげたのは第四中隊で、敵B24が飛行場上空を通過時に、その二機を一撃で落とした。地上のカメラマンは、火を吹きながら墜落するその光景を思う存分、撮影できたと喜んでいる。

この日、山上に登っていたカメラマンも、激烈な空戦を目前に眺めて、あるだけのフィルムに撮影したそうである。

今日の大戦果に対し、さっそく航戦司令部からお祝いの酒がとどき、また司令、飛行長からも数本の酒が運ばれてきて、その晩は総員、久しぶりの飲み明かしになった。

傷だらけの一匹狼

ラバウル航空隊では各自の飛行機の胴体尾部寄りに、個人撃墜マークを記入し、小型機一機は桜のマーク一つ、大型機の場合は八重桜のマークを記入していた。いまのところ、私の愛機がもっとも多く、すでに六十個以上が書きこまれ、遠くから見ると、なかなかはなやかである。

昨日の戦闘に引きつづき、本日もいつものように邀撃戦に発進したが、私の愛機はエンジン不調で馬力が出ず、本隊からおくれてしまい、敵が来襲したときには、ようやく高度六百メートルに達した状態であった。

「これはいけない」私は単機の危険を感じて、ラバウルの外側の海上に出て、前方の上下を警戒したが、敵機のないのをたしかめ、いま本隊の交戦している戦場に進入しようとした。そのときふと気になって、後方をふり向いた。

「しまった」ときすでにおそく、敵F４U四機が、ぴったりとついていて、まさに射撃開始の寸前である。ガガンと命中する音を体に感じながら、反転急ダイブにはいった。まるで水鉄砲でもかけられるような集中射撃である。

「やられた」これで最後だという思いが、頭のなかを走り抜けた。

全速ダイブしながらうしろをふり向くと、敵の一機が射撃しながら追尾している。片足いっぱいにラダーを踏んで機をすべらせ、飛行機を回転させながら海面すれすれまで突っこんだ。

敵はてっきり私が墜落したものと思ったらしく、高度二千メートルあたりから追尾をやめて引き上げていった。どうやら助かったのである。

海面すれすれに引き起こしてみると、左側の主槽がやられたらしく、さかんにガソリンを吹いている。火災に注意しながら、さらによく見ると、座席後方は、蜂の巣のように無数の穴だらけ。座席わきの電話器にも四、五発あたったらしく、手のはいるような大きな穴があいている。両翼にも数十個の穴があいている。

体だけに弾が一発もあたっていないのが不思議でならない。よくよく悪運がつよいというほかない。

エンジン不調のときにかぎって、うっかりヘマをやり、よく敵のえじきになるもので、今日もその例にもれず、後方の見張りを怠ったのが被弾の原因だった。撃墜をまぬがれたところをみると、まだまだ武運に見はなされてはいないのだと、一命をひろったうれしさが、腹の底からこみあげてきた。

幸い火災はおこらず、飛行にはさしつかえない状態なので、いったん戦場から離れて高度をとった。高度約九千メートル、エンジンの不調は、さっき全速を使ったせいか、いつの間にかよくなっている。

こうなると、私の胸はおさまらなくなった。怒りがむらむらと湧き上がってきた。

「ひどい目にあわせやがった」

まだ空戦はつづいている。このままおめおめと、やられっぱなしで後退する気になれなくなった。

「よし、たとえ一機でもたたき落としてやるぞ」

私は高度九千で、敵の帰投進路に向かった。

ココポ沖で、敵機は集合を終わり、低高度で帰投中である。その後方高度四千のところでは、少数の敵味方が入り乱れて空戦している。ただちに急降下接敵する。

「おちつけ、おちつけ」いささかカッとなった頭に冷静さをとりもどそうと、言葉に出して己れをたしなめた。

よく見れば、両翼はものすごい振動で、翼がちぎれる心配があった。途中でいったん引き起こした。そしてこんどは緩ダイブで、いま空戦場から避退しようとしている

F4U二機をねらった。優位から、私は今日はじめての引き金を引いた。私はそのまま機をねらった一機は私の猛射撃に、ひとたまりもなく墜落していった。私はそのまま機を引き上げ、つぎの一機をねらった。

航空糧食を作る主計兵。長距離攻撃を余儀なくされた最前線の搭乗員にとって、整備と給養は最も大切な後ろ楯だった。

残った一機もあわててダイブにはいり、脱出しようとする瞬間をとらえた。第一撃と同じように肉薄射撃を浴びせた。この機も、案外、簡単に、ダイブの頭をさらにガクンと下げ、垂直に近く海上めがけて落ちていった。

私の胸はスウッと晴れて、これでよしと陸地の方に避退、高度四千で飛行中、トベラ飛行場を爆撃した敵機であろう、胴体のずんぐりした爆撃機が、単縦陣で引き上げてくるのに出合った。「あまりいい気になってはいけないぞ」と反省はしたが、みすみすこの敵を見逃す気にもなれなかった。ままよ、と、私はこの編隊に攻撃をかけることにした。

先頭の一機をまず攻撃、型どおり上方からの後ダイブ攻撃である。敵機はさかんに反撃してくるが、戦闘機の掩護のない小型爆撃機の反撃力は知れたものだ。つぎからつぎと私は単機で攻撃をくりかえし、ついに四機を、トベラ飛行場周辺にたたき落とした。

ところが、飛行場上空高度二千メートルで、突然、エンジンが停止した。びっくりして燃圧計を見ると、ゼロを指している。さきほど左翼タンクをやられ、右タンクだけを使用していたので、どうやら燃料がつきたらしい。幸い飛行場上空だったので、滑空でトベラ飛行場に不時着した。

トベラ基地も連日の爆撃で、滑走路以外は大きな穴だらけである。整備員の誘導で機を掩体壕に入れ、燃料補給をたのみ、ひととおり被害状況を調べた。ざっと、百四、五十発くらい穴があいている。翼の上面は小さな穴でも、下面のジュラルミン板は大穴で、よくもいままで空中分解もせずに飛べたものだと感心した。

整備員も機体の大被害にびっくりしている。しかし、幸いにもエンジンの致命部に命中していなかったので、命びろいをしたわけである。

整備員とともに一応、機体の損傷個所を調べてから、二五三空指揮所に行き、だいたいの経過概要を報告する。

隊長岡本少佐も、私の飛行機を見て、これでよく戦いをやったものだと驚いている。そういわれてみると、いまさらながら、今日の戦闘の無鉄砲さにあらためてぞっとした。

補給完了の知らせで、ラバウル飛行場に帰ろうと、出発準備中のところへ、前線見張所から、大型機の来襲警報が出た。ひとまず出発をやめる。

二五三空の兵力も、いまは二十機足らずで、戦果も上がらず、したがって士気もあまりあがっていないように見えた。それでも十二機が発進していった。

隊長と雑談しているうちに、キンキンという特有のエンジン音が上空から聞こえてきた。指揮所の防空壕の入口で上空を見ると、約四十機のB24が高度六千メートルくらいで第二飛行場爆撃に向かうらしく、トベラ飛行場と海岸との中間のあたりを堂々と飛行している。

やがて、遠方で重苦しい爆発音が聞こえる。第二飛行場が爆撃されているのであろう。

約十分くらいたって空襲警報解除となり、発進した当基地の飛行機全機が降着した。指揮者は若い中尉で、戦果なく、味方被害なしという報告であった。

時刻ははや正午である。隊長のすすめで昼食をよばれ、一服後、ボロボロの愛機でラバウル基地に向かう。発進後、偵察をかねて、第二飛行場の方へまわり道をしたが、いまの爆撃で、三つある滑走路のうちの山の手寄りの一本が被弾したらしく、いたるところにあいている大きな穴に赤旗を立ててある。

それからラバウルに向かい、飛行場上空を一旋回後、着陸する。他の飛行機はさきほどの出撃から帰って、いま補給中である。

着陸後、指揮所前に飛行機をもってきて、エンジンをとめ、降りたったところ、指揮所から司令、飛行長が飛び出してきて、

「おお、生きとったか、よかった、よかった」と大よろこびである。ご両人につき添われるようにして指揮所にはいった。

「いやァ、今日はもう君もだめだと思っていた」と飛行長もいう。

というのは、飛行場見張員から、味方一機が、敵四機の包囲攻撃を受けて苦戦のすえ、ついに山かげに墜落したと報告が入り、その後、第一回目の戦闘で出撃した飛行機は、私を除いて全機帰ったので、当然、墜落した飛行機は岩本機と推測したのであった。

それでも念のため、一個小隊を墜落したという方面に出して捜索させたが、海上に浮遊物なしとの報告で、飛行機もろとも海中に突入したものと推定し、飛行記録係は、

すでに私の戦果などを調べ、特進の手続きをしているところだったとのことで、みんなで大笑いした。

整備分隊士の調査によると、わが機の弾痕は百六十七発で、座席内に六発の弾があったという。持ってきた弾を見るといずれも十二・七ミリ弾で、そのうちの二発は背の座席鋼板にとまっていたということである。自分の装帯をしらべてみると、なるほど装帯金具に二つの傷あとがある。この金具が私の生命を助けてくれたのである。

飛行機は修理不可能で、六十数個の撃墜マークをつけた愛機とも、遂にお別れとなった。司令部の話では、内地行きの船便で私の愛機を送り、一般国民に見せるということだった。

このように毎日の邀撃戦で、敵の機数は日一日と多くなり、毎回五百機を下らぬほどになった。したがって、味方の犠牲も多くなり、来た当時の搭乗員の顔ぶれで残っているのはほんのわずかで、あとはつぎつぎに補充されてきた若年搭乗員となっていた。

機材も思うように補給されず、しだいに機数も少なくなり、トベラの二五三空と合わせても総数わずか三十機そこそことなった。

無電傍受員がキャッチしたところによると、敵の本国への報告に、在ラバウル日本航空隊はその兵力約千機で、われわれは毎回大きな犠牲を払わされている。米国民は一日も早く日本航空隊に匹敵するだけの飛行機を前線に送るよう努力してほしい――という希望を述べていたという。

だからこそ、敵は五百機の大編隊をもって、日に二回も三回も来襲するのであろう。ところが、千機どころか、実数はわずか三十機にすぎないのである。そうだとすると、わが三十機は、敵にとっては千機分の働きをしているということにもなる。

病みあがりの無謀出撃

昼間の攻撃は被害の多いためか、敵はこのごろでは夜間空襲にきりかえたらしく、はじめは単機または少数機だったのが、しだいに機数も十機、十五機とふえ、それも波状攻撃で、ひと晩に三回も四回も来襲するようになった。

飛行場近くにあった搭乗員宿舎も、危険になってきたので、私たちの宿舎付近に移転し、そのわきに大きな防空壕をつくって、壕内でも眠れるようにした。搭乗員は安眠が第一で、どんなに栄養をとっても、安眠しなければ、たった一日の空戦で参ってしまう。

私は危うく敵にやられそこなった晩から、どうも体調が思わしくないので、軍医にみてもらったところ、マラリアとデング熱にやられているという。そして当分、宿舎で静養するよう申し渡されたので、山の上の宿舎で、毎日、のんびりと寝ていた。

搭乗員たちは、もちろん毎日朝早く、自動車で飛行場に出かけるのだが、そのなかの何名かは夕刻にはもう帰らないのかと思えば、じっと寝ている気にもなれない。

空襲警報で飛び上がった友軍機が、やがて上空でそれぞれ一騎討ちの空中戦にはいった状況が、この山の上の宿舎から手にとるように見える。

ゴゴゴーッと、雷でも鳴るような音は敵の射撃音で、バババという音は味方のである。双方が入り乱れて聞こえてくるたびに、味方機がやられたのではないかと気が気でない。

休んで二日目から腰の骨が痛みだし、食事もすすまなくなった。おまけに日中の暑さに加え蚊群の来襲である。しまいには動くのも大儀になり、空襲があっても防空壕に行く元気もなく、敵機が頭上に来ても、どうにでもなれといった捨て鉢な気持になってしまった。熱のために精神的にもすっかりまいってしまったのである。

軍医も心配して、毎日注射してくれるが、マラリア、デング熱は、一定の日数がたたないとどうにもならない病気である。

私が休んでから三日目の十二月十五日、敵はついにマーカス岬に上陸を強行した。味方の爆撃機は連続攻撃を加えたが、敵船団は何百隻にものぼり、少数の味方攻撃機ではどうにもならず、ついに戦闘機が六十キロ爆弾二個をかかえて白昼攻撃を決行し、相当の戦果をあげた。が、殲滅的打撃をあたえるところまではいかず、ついに敵はマーカス地区に上陸して陣地をつくったという。

この戦闘で戦闘機隊は大きな損害を出して、ついに保有機十数機となり、二〇一空は解散してしまい、十二月十五日、全員が二〇四空に編入された。

一週間も私は寝ていたであろうか。どうやら熱も下がり、軍医がまだ早いからと止めるのを、無理に頼んで、久方ぶりにみんなといっしょに飛行場に出てみた。なんといっても健康ほどありがたいものはない。いままで滅入ってしまっていた気持も青空のようにからっと晴れ、朝から温泉にとびこんで、熱と汗でねっとりした体を洗いながし、さっぱりとして指揮所内で休んだ。

ところが、休んだというほどの時間もたたないうちに、いつものように敵襲である。

一時は十数機という兵力に落ちたが、その後、後方からの空輸と修理班の徹夜の作業で二十四、五機の実動機数となり、かろうじて邀撃戦闘ができるようになっていた。

午前八時、激撃機が列線からつぎつぎに飛び立つ。どうしたことか一機が発動せず、さかんに地上員がエナーシャをまわしているが、二、三回ペラがまわるだけで、うまくエンジンがかからない。すでに発進した飛行隊は、高度三千メートルに達し、飛行場上空を旋回中である。まもなく敵が見える時刻だ。

噴煙を上げるラバウル名物の花吹山。活火山のある周辺は温泉が湧き出し、疲れた搭乗員たちの憩いの場となっていた。

おくれた飛行機は、ついに発進停止となり、すぐ掩体壕に入れろという命令で、搭乗員も指揮所にもどってきた。

そのとき、見張員から、敵機見えます、との警報がはいり、即刻、全員待避の信号が出た。まごまごしていると、いま掩体壕に入れようとしている飛行機もろとも、地上員まで爆撃でやられるおそれがある。

私はとっさに列線へ走り、その飛行機にとび乗った。もう一回、エナーシャをまわすようにいって発動にかかる。南方の暑いところでは一回の発動でミスすれば、燃料が多量にエンジンにはいり、なかなかかからないのである。

コンタクと同時にレバー全開で空気を入れると、ペラの止まる一歩前でエンジンがかかった。すでに敵機は間近である。掩体に入れるのも間に合わぬ状態なので、私はまだシャンとしない体ではあるが、そのまま発進して直線コースをとった。

久しぶりの操縦で、なにか落ちつかない感じがしたが、単機まっしぐらに避退コースをとり、飛行場からはなれた。そして少しずつ高度を上げ九千メートルに達した。

ここは飛行場から遠くはなれた安全な位置だが、私の右下方にＢ25中型機約二十機が、高度六千メートルあたりをラバウル湾に向けて飛行しているのを認めた。これはおそらく第二群で、第一群はすでに爆撃を終了して帰投コースにはいっているはずである。

なおもよく見ると、その上空に八機の掩護戦闘機がついている。しかし、それは前方に出ていて、後方のＢ25の上空はがら空きだ。この絶好のチャンスを見逃すのはあまりにももったいない。意を決して攻撃をかけることにした。もちろんねらったのは最後尾の機だ。

Ｂ25は、すぐ私の攻撃に気づき、単機の私に防御砲火を集中した。かまわず砲火をくぐり抜け、五十メートル以内に突っこみ、心ゆくまでの照準で自信満々の射撃を加えた。敵機はたちまちガソリンの尾を引いたかと思うとパッと炎を吹き出し、弧線を描いてラバウル湾に落下していった。

返す刀で、後方から二番目のB25を下方から突き上げる。そして、しつこく食い下がり、ついにこれにも火を吹かせた。

そのときは私の攻撃に気がついた前方の戦闘機が反転して、すでに身近にせまっていた。私は第三撃と思ったが、今日は、予期していなかった出撃であり、これ以上の空戦を断念して、逃げるが勝ちと、全速でいち早くカビエンの方向につっ走った。

敵戦闘機は追尾してきたが、あまりに早い逃げ足に、あきらめて反転した。

危ないところを助かり、やれやれと思ったとき、頭がぼーッとなってきた。

「あッ、これはいかん……」私はとっさに酸素不足のせいと判断して、高度を三千メートルまで下げた。

しかし、目のさきにチラチラと星が飛ぶ。これは貧血状態だと思い、低速にして風防を開き、座席内に風を入れた。腰バンドもはずし、楽な姿勢をとった。どうやらいくらか気分もよくなり、いまのうちにと飛行場上空に急いだ。

出撃した飛行機はみな帰っているらしく、列線に並んでいる。着陸してホッとしたとき、またも貧血状態となり、目の前が真っ暗になり、気が遠くなった。

気がついてみると、指揮所内の寝台に横たわっていた。もし飛行中にこんなことがおこれば、墜落して、フカのえじきになるところだ。そばについていた軍医官も、私の無鉄砲にはあきれていた。

それでも、一週間ぶりに敵機を撃墜したのである。この撃墜の瞬間の気持は、なんともいえない。何百万円出しても買えない気持だ。命をまともに戦っている戦闘機乗りだけに許された至境であろう。

その夕刻、少し熱が出たが、翌朝は回復したので、今日もみんなといっしょに飛行場に出かける。司令は私の飛行服姿を見ると、また昨日のようなことをやられてはと思ったのか、とうとう飛行服をぬがされ、飛行帽も取り上げられる始末となった。これでは、今日は飛行は断念しなければならない。

翌朝からまた毎日のように邀撃戦がつづく。マーカス岬を占領されて、足元に火がついたかたちだ。内地からの輸送船による補給も思うにまかせず、わずかな潜水艦補給と、大型機による空輸だけで、私たちは孤立の状態となった。

邀撃戦法もこの一ヵ月で変わり、味方の犠牲を少なくして敵を墜(おと)す、という消極戦法をとることにした。

私たち搭乗員も、一種の変人になってしまった。毎日、日に何回となく、死闘をくり返せば、気が変になるのも当然であろう。私たちの生活は無我無心、敵の来るたびに機械的に飛び上がり、去れば降りてくる。ただそれをくり返すだけである。

もはや娯楽を求める気持もない。同僚の死もさして気にならない。ただ頭にあるのは、自分はいつ死ぬかということだけである。腹の底から笑うことなどはない。

しかし、まったく人間味がなくなってしまったわけではなかった。

ある夜のことである。私たちは夕食後、ベランダで涼んでいたが、突然、爆音が聞こえたと思うと、爆弾の洗礼を受けた。幸い命中弾はなかったが、私たちのあわて方はひととおりではなく、写真でも撮っておいたら、久しぶりに腹の底から笑いがこみあげて来たことであろう。

つぎの日の夜間爆撃は、前もって警報があって、私たちは防空壕入口に待避していた。敵機は、私たちの宿舎の方向から湾内に突入していった。

このとき海岸線、とくにラバウル市街地区の陣地は、待ち受け射撃で弾幕を張っていた。そこへ低空で突入してきた敵機は、面白いように火を吹いてつぎつぎに海中に突入した。一時は海面で燃えるガソリンの明るさで、付近一帯は昼間のようになった。

十二月二十五日、クリスマスの日である。敵も今日は定期便を休むだろうと思っていたところ、正午ごろ大型機だけが来襲して、第二飛行場に投弾した。その爆弾の破片に、クリスマスプレゼントと書いた文字が残っていたという。

あと数日で、昭和十八年も終わりだ。内地からいっしょに来た搭乗員も、いまは荻野、清水、西兼と三人だけになってしまった。正月までわずかの日数だが、それでも果たして餅を食べられるかどうか。クリスマス後も毎日一日も欠かさず来襲はつづき、そのたびごとに、味方は五機、六機と消えてゆくのである。

もちろん味方の邀撃は少数とはいえ、敵の被害も少なくはなかった。撃墜され、落下傘降下して捕虜になる搭乗員だけでも、一週間に十名から二十名を数えると、陸戦隊本部で話していた。

空のつばぜり合いは、いよいよ最後の段階を迎えたようだ。最近は型の古いＰ39、Ｐ40はほとんどその姿を見せなくなって、そのかわり、主力は海軍の新鋭機Ｆ４Ｕ、グラマンＦ６Ｆ、ときたま旧型のＦ４Ｆが、また偵察にはＰ38が現われ、Ｐ47も見かけるようになった。

昭和十九年の元旦を迎えた。

どういうわけか、三ヵ日は、敵の空襲はとだえ、偵察だけである。あるいは日本人の休みの習慣を尊重してくれたのかもしれない。

年が明けて内地から数名の若年搭乗員が補充されて来たが、その練度は低く、まるで死にに来たようなものだとひそかに思った。事実、着任後数日を出ない間に、ぞくぞくと戦死してしまった。

彼ら新着搭乗員の話によると、いま南九州地区に第一航空艦隊という新部隊が編成され、次期作戦で敵機動部隊を撃破しようと、千機以上をそろえて猛訓練にあたっているという。

しかし、補充されてきた若年搭乗員と同じ程度の練度で、実戦の経験はまったくないが、われこそはと、士気だけは大いに上がっているということである。

私たちは、これを聞いても、心を明るくすることはできなかった。負け戦さの前線にいる私たちは、未来にかけようとする上層部の作戦を、なかなか信じられなくなっているのだ。しょせんは、軍首脳部が、敵の弾の来ないところで立てた作戦である。たとえ千機の兵力があっても、内容しだいでは、百機の精鋭にも劣るだろう。

もし彼らを、いまわれわれが戦っているこのラバウルに連れてきたらどうだろう。果たして一週間持ちこたえられるかどうか。私たちは三十機そこそこの兵力で毎日数百機という敵機と対決しつつ、ラバウルの空を死守しているのであるが。

廃棄した愛機に代わった現在の愛機には、早くも四十近い撃墜マークが描かれている。

内地は正月気分で、まだまだのんびりしているというが、私たちは四日からまた連日の邀撃戦にかりだされ、十二日までに十七回の空戦に参加した。この間の私の戦果は、F4U六機、SBD八機、F6F二機であった。

第五章　蒼空の戦士たち

尽きた敵機の運命

一月十三日ごろ、二〇四空は、後方のトラック島に転進するとの噂を聞く。ラバウルに航空隊の主力がいなくなれば、敵は制空権を完全に奪取してしまうだろうと心配する。

しかし、案ずることはなかった。引き揚げるのは戦傷の搭乗員と、司令、飛行長および若干の要員だけで、私たち戦える搭乗員はみな残って、トベラ基地の二五三空に転じるとのことである。

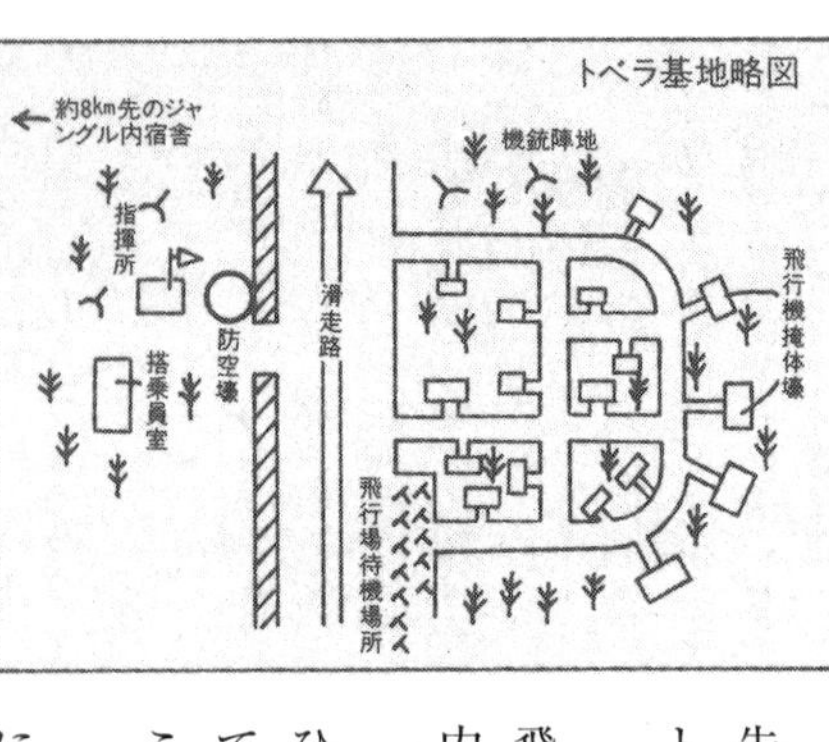

数日後の朝、長らくお世話になった基地員に別れを告げて、私たちは身の回り品を積んだ各自の飛行機でトベラ基地に移った。

二〇四空の総兵力二十六機はトベラ基地に到着する。飛行機は整備員の手で、それぞれジャングル内の掩体内に格納され、さっそく整備にかかる。

私たちは指揮所で着任報告をしたのち、飛行長からひととおりの説明を聞く。この日はたとえ敵襲があっても、出撃中止ということで、身の回りをととのえることで過ごした。

トベラ飛行場はラバウル飛行場よりもせまく、とくに両側は少し高くなっていて、同時発進は非常に危険だと感じられた。

午前十時ごろ、今日も定期の空襲があって、二五三空からは十二機が発進した。見ていると、その動作になにかもの足りぬものがある。

三十分くらいたって、空襲警報解除となり、出撃機は全機が帰ってきた。いずれも戦果なく、また空戦もやっていないようすである。司令から、いままでほとんど戦果をあげていないと聞いていたが、そのとおりであろう。

司令は福田大佐、飛行隊長は岡本少佐、士官搭乗員は城下中尉で、春田中尉と同期だが、指揮官としての経験はほとんどない。搭乗員も若年者ばかりで、顔見知りの者は一人もいない。

司令、飛行長も、私たち二〇四空からの移動組にもっぱら期待をかけていて、二五三空の若い搭乗員たちを、ひっぱってくれるようぜひたのむということである。

待機終了ののち、飛行機を掩体に入れてから、私は総員を集めて、自分の考えを伝えた。

「これからの戦闘には、全員一致協力して戦果をあげようではないか。戦果をあげてこそ搭乗員のほこりを持てるのではないか」

ただそれだけのことである。

「ハリキリ屋がやってきたな」と、うす笑いを浮かべたものもあっただろう。

宿舎は飛行場から八キロもはなれたジャングルの中にあるという。みんなといっしょに、自動車でうす暗くなった道を宿舎に向かう。思ったより大きな宿舎で、各科別々になっている。ラバウルでは搭乗員と整備員だけであったのに、トベラでは、そのほかに、機関科、兵科など航空隊員以外の兵もいた。こうした地上部隊の方が、威張っているように見えるのである。

「これではいかんな」

「うん、戦果が上がらないのも無理はないな」

私たち移転組は、そんなふうに話し合った。その晩はさっそく搭乗員室で、総員大いに飲み、大いに歌い、大いにやろうと活を入れた。

夜のうちに新しい編成表がつくられた。明日は二五三空に編入されて最初の邀撃戦待機である。

なにごともそうであろうが、戦闘は何よりも第一歩が大切である。第一日に勝ち戦さをやれれば、その後の戦闘もうまくゆくのだ。私は以前からそういう考えをもっていて、空戦の場合でも第一日に全心全力を集中することにしていた。

翌朝、飛行場に出てみると、昨日、私たちが乗ってきた飛行機も列線にならび、総機数三十八機という、二五三空はじまって以来の大兵力になっている。それに本日はとくに優秀者ばかりを集めた編成である。

ラバウルのときとは、かなりやり方がちがってくる。ラバウルでは一斉発進ができるが、ここでは無理だ。少し時間はかかっても単機ずつ発進するよりほかない。それに指揮所と列線は百五十メートルもはなれているので、敵の定期の来襲時刻には、警報のはいる前に列線の待機所に行っていることにした。

午前八時、指揮所からの警報信号で、列線で待機していた三十数機のうち、私たちは、少し早めに発進する。

トベラ基地上空邀撃戦略図①
（昭和19年1月16日）

ラバウル地区に向かう敵機は、だいたい湾の入口からはいり、ラバウル上空を通過し、Uターンしてふたたび湾口から海上に出るのだが、トベラ地区を爆撃するときは、Aの方向から進入し、投弾後、B方向（上図参照）から海上に避退して、海上で旋回集合のうえ帰投する。

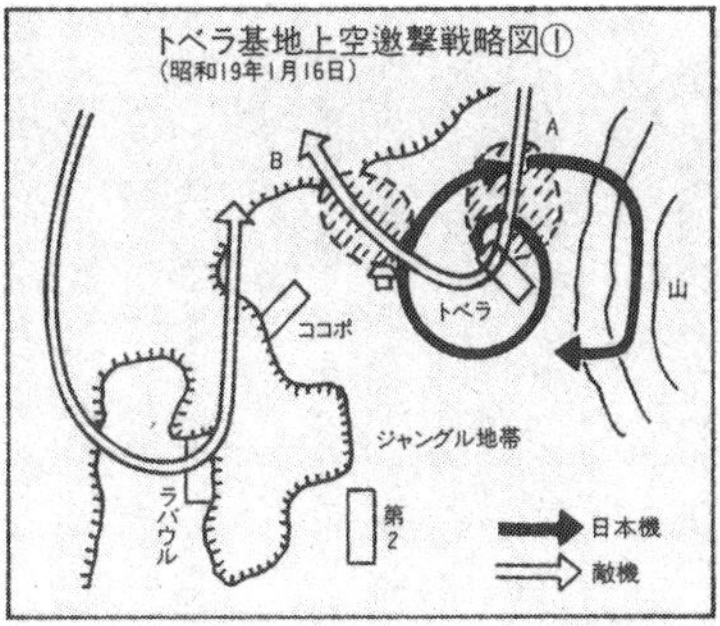

私はこのコースの敵を邀撃するのは今日が最初であり、万全の構えをとるために、性能ギリギリの高度一万メートルまで上昇し、飛行場を一旋回した後、山の手の方で警戒していた。

発進後二十分もたったであろうか。海のかなたに無数の黒点が見えはじめた。ラバウル地区に向かう敵編隊であろう。相当の大兵力である。

やがて高度四千から五千くらいで、約五、六十機の戦爆連合が、A方向から進入するのを発見した。昨日までは邀撃戦はラバウルが主だったので、敵の大部隊はラバウルに向かい、途中からわかれた小部隊がトベラ地区に来襲するのが例であった。今日もその通りである。

敵機は今日、ラバウルには一機の戦闘機もいないことを知る由もなかった。今日は全戦闘機がトベラ地区に集結しているのである。

六十対四十、これは久しぶりに面白い空戦ができそうだ。絶好のチャンス到来である。しかも掩護戦闘機は十六機で、あとはみなSBD艦爆である。

私は、敵機がトベラに進入する一歩手前まで攻撃をかけず、山の手の方でチャンスをねらっていた。

敵は私たちの存在に気づかず、戦闘機はいないとでも思ったのだろう。掩護の戦闘機は爆撃機の前方に出て、飛行場に銃撃でも加えようというのか、高度を下げて行く。まさに絶好のチャンスである。一中隊だけが上空支援に残り、あとの三十機は全速力で突入した。

敵機の一部は、すでにダイブにはいっていた。われわれの攻撃にびっくり仰天し、あわてふためいたが、もはやどうにもならない。敵機は面白いように、つぎからつぎに墜落していった。飛行場の中に、あるいはジャングルに、敵艦爆の残骸が燃えている。

敵戦闘機もあわてて反撃に転じたが、もはや手おくれであった。彼らは昨日までのトベラ飛行場の戦闘機が、問題にするに足りないものであることを知っていた。

ところが、今日は何十機という多数である。しかも、腕がちがう。士気もちがう。加えて彼らの体勢も不利である。それでも彼らは勇敢に反撃してきたが、やはり艦爆のあとを追って、つぎからつぎと飛行場付近のジャングルに急カーブを描いて落ちていった。

なかには逃げ足の早いのもいて、海上へと一目散に逃走してゆくが、逃げるものは追わなかった。逃げおくれてまごまごしている敵機に、味方機が群がる。いつもの激撃戦とは反対の現象がおこったのだ。

四機対一機の戦闘でも、私たちは敵をやっつけて生き残って来たが、これが反対の立場になっては、敵機の運命はもはや決定的であった。最後の一機が、地上にすーッと落ちていって、空戦は終わった。

まさに完勝であり、しかも楽勝であった。二日前までラバウルで文字どおりの死闘を強いられていた私たちは、胸がすっとする思いだ。

飛行場には、それでもあちこちに大穴があいていた。しかし、着陸にはさし支えはなく、着陸せよとの布板信号によって、私たちは着陸コースにはいった。

味方の被害は、四、五発の敵弾を胴体に受けた機が一機あるだけで、全機ぶじだった。

戦果は大きかった。敵戦闘機はさすがに新鋭機F6Fで逃げ足も早く、撃墜は三機にすぎなかったが、SBDは三十六機という大量の撃墜である。二五三空はじまって以来の大戦果だという。司令、飛行長はもちろん大喜びだ。

この日の私の戦果は、F6F一機、SBD二機、不確実SBD二機であった。

艦隊に負けるな

待機交代で、私たちは非番になって、新手とかわった。新手の搭乗員には、古参者が少なく、邀撃戦闘には無理があるので、飛行長に乞われて、私の小隊だけがひきつづき待機組に加わった。

搭乗員室で一服中、午前十一時、敵の第三波が来襲中という通報で、待機全機がつぎつぎに発進した。今回の指揮官は城下中尉で、私は掩護の位置につく。

飛行場上空で高度七千をとって、やや海寄りの位置で哨戒中、敵機は例のように、堂々とした編隊で接近してくる。

見ると、今回は第一波よりずっと機数も多く、大型機Ｂ24が三十機、戦闘機十八機の一群と、中型機Ｂ25が十八機、戦闘機十八機の第二群、その後方に艦爆ＳＢＤと戦闘機合わせて約百機がつづいている。

第一群と第二群は第二飛行場に向かった。第三群は、初めラバウルを目指しているかのようだったが、途中変針して、トベラ飛行場に向かってきた。おそらく戦闘機のトベラ移動の情報をつかんだのであろう。こんどは、第一波のときのような楽な戦闘はできそうもない。百機の敵大編隊に正面から突っこんだのでは、味方の相当の犠牲を覚悟しなければならない。それではどうするか。城下中尉には、それまでの判断をするのは無理であろう。

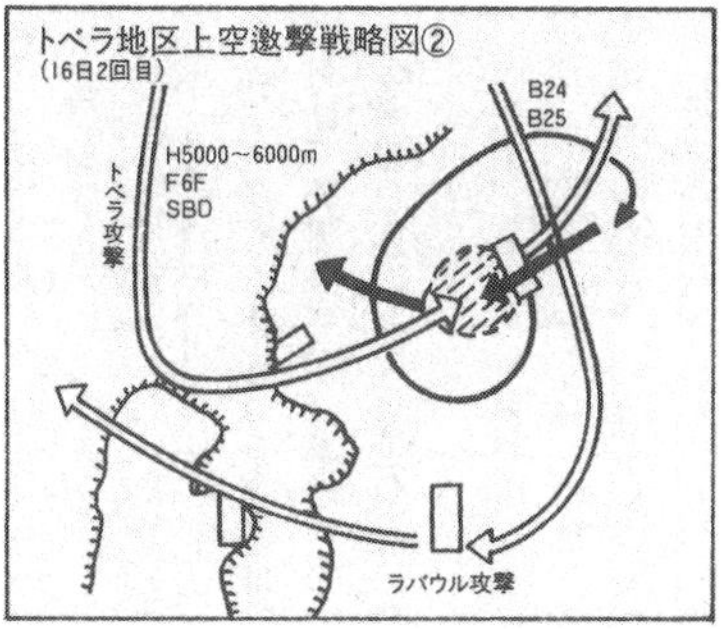

トベラ地区上空邀撃戦略図②
（16日2回目）

果たして私の思ったとおり、中尉は、敵の進入方向に対して真っ向から接敵した。まかりまちがえば味方は全滅である。

わが中隊は、即刻、城下中隊の上空に進入した。数においてぜったい優勢の敵である。たちまち混戦状態におちいってしまった。

しかし、私はなるべく空戦を避け、下方の味方機の救援に努力した。幸いにも城下中隊は敵に突入して、そのまま反対方向に突っ走ったため、被害はなくてすんだ。敵も反航して城下中尉を追撃することはせず、ゆうゆうとトベラ飛行場に投弾し、ほとんど全機、ぶじに帰路についた。

わずかに私の中隊が上空哨戒の敵戦闘機と空戦を演じ、F6F三機を撃墜しただけである。

城下中尉の中隊は、ばらばらの状態になったが、敵の追蹤がなかったので、全機ぶじ降着した。発進後、約一時間だった。

指揮所でも本日の上空の戦闘ぶりを見ていて、その無鉄砲さにびっくりしていたそうだ。

待機解除後、みんなといっしょに宿舎に帰る。途中の道はジャングルにかこまれていて、昼間でもうす暗いのに、いまは夕刻に近く、空に明るさは残っているが、ジャングルの中はすでに暗闇であった。

宿舎で風呂にはいって、昼間の汗を流してから服中、搭乗員室から呼びに来た。

「本日の戦闘のお祝いをやるので、ぜひ来て下さいとのことです」という。

分隊長といっしょに兵員室に行って、久しぶりにラム酒を飲んだ。私はいける方で、酒は口あたりもよく、体のコンディションもよかったので、つい飲みすごしてしまった。

酒宴中、兵科の特務中尉がなにか文句をつけにきたので、私がこの中尉をなぐったそうである。そうであるというのは、このときすでに私は大虎になっていたらしく、記憶がまったくないのである。おそらく、着任当時、兵科の者が威張っていて、搭乗員の方が小さくなっているのを見て心中憤慨したが、そのうっぷんが爆発してしまったのだろう。

なぐられた中尉は、内務班の特務大尉にその件を報告したため、今度は大尉が大いに憤慨して、搭乗員室に乗りこんできた。以前の二五三空搭乗員なら、この大尉の一喝で小さくなったのかもしれないが、われわれはちがう。

私は、この老特務大尉をもなぐりつけたらしい。もちろん酒の勢いでやったことで、感心したことでないことはいうまでもない。

この老大尉はさっそく司令のもとに行き、上官反抗として報告したが、取り上げられなかったばかりか、今後、非戦闘員、とくに内務関係者は、司令、飛行長の許可なしに、搭乗員の行動に対してとやかくいうべからずと、反対にたしなめられて、彼はすごすごと引きさがった。

私たち搭乗員が、毎日毎日、今日こそ最後と覚悟して飛び上がっていることを、司令、飛行長はよく知っている。ラバウルの空を守るためには、私たち搭乗員の捨て身の出撃が必要なのである。

事実、つぎの日も、またそのつぎの日も

名パイロットの誉れ高い281空以来の著者の僚友、荻谷信男兵曹もソロモンに果てた。

邀撃戦の連続である。その間に、私についで撃墜数の多い萩谷兵曹と、清水兵曹が、あいついでラバウル上空の華と散った。優秀な戦闘技量をもつ彼らにも、ついにわが身を守りきれなかったのである。

二八一空当時からの僚友は、ついに私と西兼上飛曹の二人だけになってしまった。私もいつ死ぬか、いつ死ぬかと思いながら、今日まで生きのびてきた。

そしてこのごろでは、めったに死んでたまるものかと思うようになった。いかなる大兵力の敵に対しても、かならず二、三機は落としてみせるという自信を得たからである。事実、本日の戦闘でも、私は四機の敵戦闘機と単機で追いつ追われつの空戦を展開して、そのことごとくを撃墜した。

列機も、立ちおくれの体勢からよく状況判断して、それぞれ二機以上を落とすという戦果をあげている。

偵察機の報告によると、敵はトロキナに航空基地を完成、三本の滑走路を持つ飛行場には常時五百機から七百機の小型機がいるという。

味方攻撃機はときどき夜間攻撃をかける程度である。敵も大きな被害を受けたときは、やはり補充に限度があって、つぎの日は大型機と一部の戦闘機だけの出撃ということになる。

私たちがトベラ基地に移ってから三日目くらいのちに、航空母艦の艦上戦闘機が八十機ほどラバウルに進出してきた。

指揮官はS少佐で、搭乗員たちもみな張り切っていて、敵の二百機や三百機は何ほどのことがあろうと、ものすごい鼻息であるという。われわれもわずか三十機足らずの兵力で心細く思っていたところである。突然、八十機の戦闘機隊が来たという話を聞いて、夢のような気がした。

ラバウル基地に行ってみると、指揮所は、艦隊搭乗員でいっぱいで、列線にはいままで見たこともないほどの零戦がずらりと並んでいる。

たしかに現在、艦隊戦闘機隊八十機といえば、たいした兵力である。しかし、私にはなにか手ばなしでは喜べないひっかかるものがあった。

いま、敵は勝ちに乗じている。敵機の戦法、性能を熟知していて、それに対する戦術を立ててかからなければ、たとえ艦隊戦闘機隊という誇りをもっていても、一回の邀撃戦で大敗を喫してしまう可能性がある。

それに私は、S少佐という人物を買っていなかった。いまは八十機から成る大兵力の指揮官だが、私たちの隊の岡本少佐に比べると、統率力においても、空戦度胸においても、格段の差があった。

彼らに艦隊戦闘機隊の誇りがあれば、われわれには、来る日も来る日も一日も欠かさず大兵力を邀撃して、多くの犠牲を出しながらも、その何十倍もの敵機を撃墜し、ラバウルの空を守りとおしてきた〝基地航空隊〟の誇りがあった。

私は心中、猛烈な競争心にかられた。

多数の艦隊搭乗員のなかには、「瑞鶴」当時、いっしょにいた顔がある。清水兵曹、黒木兵曹は先任搭乗員、一飛兵だった前も中堅下士官になっている。開戦当時の若手搭乗員は、いまは押しも押されもしない中堅搭乗員になっているのである。

岡本飛行隊長は、私を呼んで聞く。

「これからの邀撃戦に、ラバウル基地の飛行機といっしょになって戦闘するか、それともいままでどおり二五三空だけで別に戦闘するか、どちらの方がよいか、君はどう思う？」

「それは二五三空のみで、独自の立場でやるべきだと思います」

私は即座に答えた。そして、その理由をつけ加えた。

「われわれのいまやっている戦法は、長い間の実戦の経験から体得されたもので、いま来たばかりの部隊には、とうてい理解できないところがあります。もちろん、時と場合によってはいっしょに協力してやることも必要でしょうが、われわれだけで自由に戦闘すべきだと思います」

司令、飛行長も、私と同じように考えたのか、私たち二五三空はいままでどおり、単独で戦闘をつづけることにきまった。

つぎの日から、ラバウル邀撃戦は、艦隊航空隊と基地航空隊と二群にわかれて行なうことになった。

私は列機を集めてハッパをかけた。

「おれたちは、基地航空隊の名にかけて、立派な戦いをして、艦隊戦闘機隊に負けぬように戦果をあげなければ、戦死した戦友に申しわけないぞ」

みんな口々にいう。

「艦隊戦闘機隊などに負けてたまりますか」

まことに心強いかぎりである。

本日はいつものとおり、待機員は飛行機のそばで、非番直搭乗員は休憩室で休んでいた。

午前八時、敵の定期便が来襲する。

「戦爆連合の大編隊約二百機ラバウルに向かう」

セントジョージ岬見張所からの通報である。

私はまっ先に発進し、高度三千メートルで飛行場上空に集合した。ラバウル飛行場の方を見ると、艦隊戦闘機隊も発進中である。

私たちはなおも高度をとり、八千メートルに達した。ところが、艦隊の方はまだ集合も終わらず、高度も十分にとれていないようすである。

敵はすでに二群にわかれ、一群は早くもラバウル地区に侵入しつつある。

私たちはトベラ地区に向かってくる別の一群に対して、山の手の方で旋回して正面攻撃を避けた。

その間に侵入した敵は、基地に向け、爆撃を開始した。

爆撃を終わった敵機は、つぎつぎに引き起こして海上方面に離脱していく。ねらうのはそこである。私たちは敵機と同航で接敵し、海面の手前で第一撃を開始した。

列機もいつものやり方に慣れているので、無理な攻撃はしない。短時間の攻撃で、すでに敵の数機がジャングルの中に、あるいは海面に落ちていった。

しかし、いつもの攻撃より今日は力がはいり、ともすれば深追いの状態になる。私はこれを見て、敵機はなおも離脱飛行中だが、攻撃を中止させ、山の手の方に引きあげ、高度をとりながら警戒をつづけた。

ラバウル方面を眺めると、低空で敵味方が入り乱れて混戦状態だ。よく見ると、敵戦闘機の方が上方に多く、味方は苦戦の気配である。

私たちは高度六千で、この戦場上空に突入して、下方の敵機に対して攻撃を開始した。上方優位からの不意打ちに、敵機はあわてふためき、一機また一機と海中に落ちていった。下方の味方機は、私たちの支援攻撃で、かろうじて難をまぬかれ、戦場を離脱して飛行場方向に避退した。

私もそれを確認したので攻撃を中止し、高度をとりながら第二飛行場方向に避退し、列機を集めてトベラ基地上空に帰った。

飛行場は爆弾の穴だらけで、一時着陸が不能となったので、しばらく上空警戒をつづけたが、一時間後、ようやく飛行場から修理完了の信号があった。

本日の敵は、従来と異なり、なかなかみごとな爆撃であった。指揮所は完全に破壊され、また滑走路も穴だらけになった。

しかし、戦果は思ったより多く、F4U八機、SBD十六機撃墜で、味方は一機の被害もなかった。飛行長は本日の戦闘概要を聞くと、すぐつぎの邀撃待機編成にかかった。今日はもう一回、次直の指揮官をやってくれないかということで、私の小隊だけ引きつづき待機にはいった。

私の愛機は、また桜の花の撃墜マークがふえ、遠くから眺めると、胴体尾部は桃色に塗りかえたように見える。

午後二時ごろ、第二波が来襲、いつものとおりの邀撃戦である。このときも敵八機を撃墜したが、わが方も、四中隊の列機が、敵を深追いしてついに落とされてしまった。

私はこの日、あまり張り切りすぎたせいか、二度目の邀撃戦から帰ってくると、ひどく疲れを覚えた。報告をすませて、休憩所で横になると、夕刻までぐっすり眠ってしまった。飛行長が、私になにか聞きたいことがあったらしいが、あまりよく眠っているので、起こさずに帰ったそうである。

私が眠っている間に、飛行長は本日の当隊の戦闘経過をまとめて、ラバウル地区司令部へ報告に行ったらしい。艦隊戦闘機隊では、本日の空戦で十四機の犠牲者を出したのに、戦果は二五三空の三分の一にも達せず、早くも来たときの鼻息はどこへやらという状態になっていたという。

実戦では、机上の空論は役に立たない。なんといっても経験がものをいう。

翌日は、トベラ基地には空襲はなく、敵の主力はラバウル地区に向かった。二五三空はトベラ上空を警戒中だったため、離脱してきた敵二十機を捕捉し、空戦でSBD六機を撃墜したという。

三号爆弾の威力

敵は、毎日、入れかわり立ちかわり攻撃に来る。そのたびに相当機数が撃墜されるのに、よくも補充がつづくものだと思う。

一月中に敵襲のなかったのは、一、二、三の三日間と、天候不良の二、三日だけだった。

ラバウル地区の搭乗員は、来たときの元気はどこへやら、精神的にまいってしまったらしい。私の母艦当時の戦友だった清水、黒木、前の三人も、はやくもラバウルの空に散って、もういない。

それにくらべて、二五三空の連中はなんというタフな神経の持ち主であろう。あい変わらず連日、邀撃に飛び立ち、戦果をあげては一ぱいやるという毎日である。

私の愛機の桜のマークも六十個に達し、前の飛行機のときに負けぬ数となった。ところが、整備員の点検でエンジンを取り替えるということになって、253―102号機とは当分の間、別れて、新しく253―104号機を使用することになった。

年が明けて、月がかわり、早くも二月である。一月もどうやら生きのびた。

現在、敵は数群からなる機動部隊の編成を終わって、すでに出動中であり、大作戦を企図している気配濃厚である。

それに対しわが方はどうかというと、大型空母「瑞鶴」「翔鶴」は健在であるとはいえ、それに乗り組む搭乗員の大部分が若手で、かつてのような戦力はなく、現にいまラバウル地区に来ている戦闘機隊は母艦の搭乗員である。

海軍の主力というべき空母搭乗員がこのような状態では、数においても、性能においても優勢をほこる敵機動部隊飛行隊と、はたして互格の戦いができるであろうか。はなはだ心細いといわなければならない。

二月にはいってから、どうしたことか敵の来襲もない。その間、ゆっくり休養をとることになる。休養といっても、飛行服にバンドをつけたままの待機休養だ。それでも二、三日、敵が来ないとなると、搭乗員室も、なんとなく明るい感じがただよってくる。みんなほがらかになるのである。死の心配がなくなると、人間ははじめて楽しくなるものらしい。

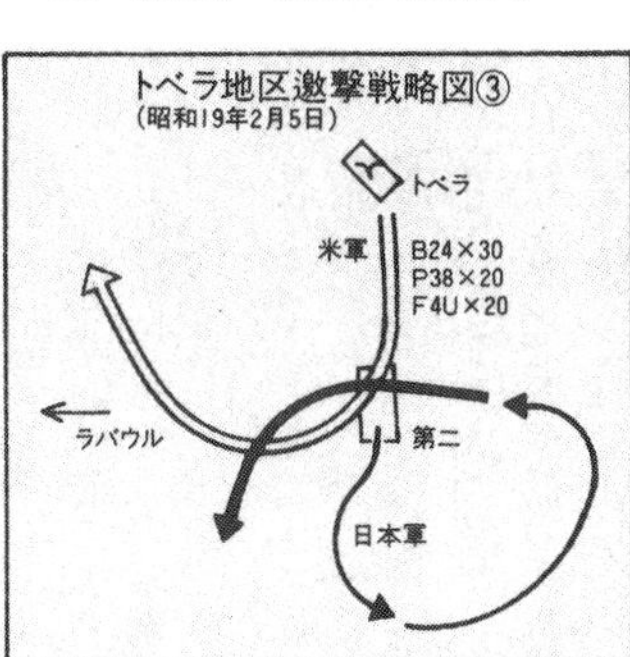

しかし、敵はいつまでも私たちを休養させてはくれなかった。二月五日、久しぶりの敵襲があった。大型機、小型機連合による大編隊爆撃で、小型機はトベラ、ラバウル、大型機は第二飛行場と、いままでにない大規模な空襲である。掩護戦闘機も二百機を数える強力なもので、これでは相当の苦戦が予想される。

本日の私の中隊は、敵戦爆連合の約百五十機からなる大編隊にたいし、三号爆弾をもって攻撃をかけることになった。爆撃機の上空には多数の掩護戦闘機がいるので、三号爆弾を落とすにはどうしてもこの戦闘機群の中に突入する必要があり、そのためには味方の犠牲を覚悟しなければならない。

私はまず味方制空隊を先に突撃させ、その間隙をぬって突入しようと思い、一旋回したところ、何を思ったか、私の二番機はそのまま敵中に突入していった。つづいて四番機も突入した。これを見て、私はただちに反転し、同じく突入体勢をとった。

さきに突入した列機は、敵掩護戦闘機群に三号爆弾攻撃をかけた。これは命中はしなかったが、敵戦闘機は異様な空中爆発にびっくり仰天したらしく、全速で前方に四散してしまった。おかげで、私たちの攻撃は容易になった。

私はSBD編隊の上空、約千メートル前方、高度差六百メートルの地点に達してから投弾した。列機も、私にならってつぎつぎに投弾した。

これは後でわかったことだが、私たち六機の投下した三号爆弾の炸裂によって、敵SBDが一度に十四機墜落したという。どの機の爆弾が命中したのか不明のため、これは六機の共同戦果ということになった。

私の二番機と四番機の敵戦闘機隊への投弾で、敵は編隊を乱してバラバラになったため、味方制空隊の攻撃は非常にやりやすくなった。これで苦戦を予想していたのに、予想外の戦果十八機をあげ得たのである。

ところが、つぎつぎに来襲する敵の投弾で、飛行場は徹底的にやられたらしく、滑走路は形もわからないほど破壊されている。

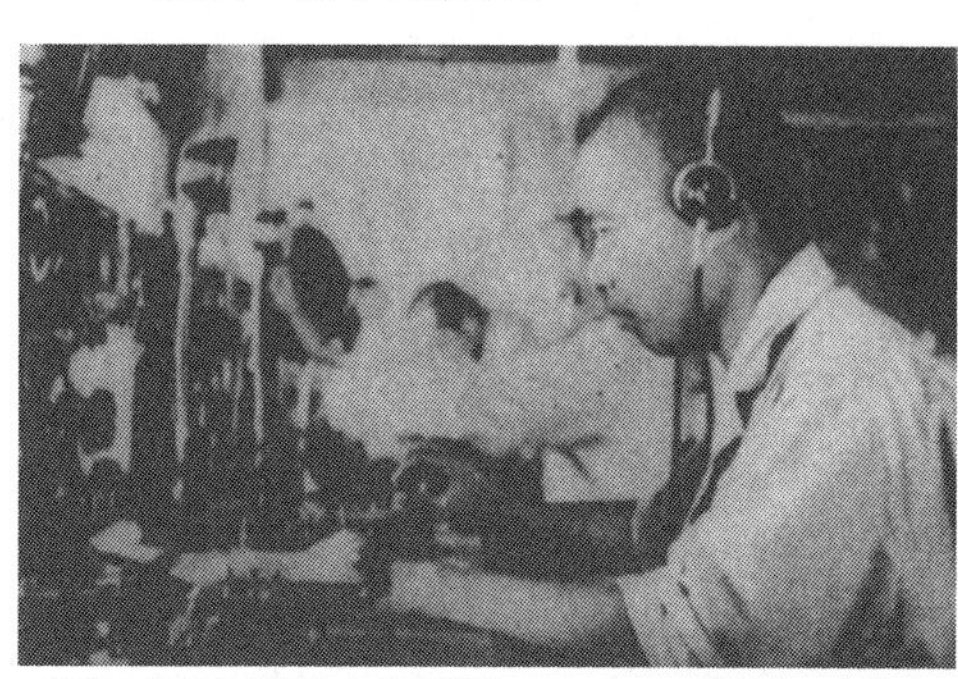
部隊の目であり耳となる電信兵。ソロモンの消耗戦の主役は航空部隊であるが、確実、迅速な情報の伝達も重要だった。

空戦時間も相当経過していて、燃料、弾薬の補給をしなければならないので、ラバウルの混雑を思い、第二飛行場に着陸することにきめて列機を集合させた。

第二飛行場の三本の滑走路もところどころに大穴があいていて、赤旗が立っていたが、広い飛行場なので、赤旗を避けながらの着陸も、どうにかできそうである。列機を解散し、着陸コースにはいった。

着陸した列機は十八機で、八機不足している。これは空戦でバラバラになったとき、あるいはラバウル地区にでも行ったものであろうと判断した。

補給の後、急いで指揮所に行き、戦闘概要を報告した。そして、トベラ飛行場の修理が完了するまで、第二飛行場で待機させてもらうことになった。

少し早めではあるが昼食をたのんで、十時ごろ、食事をはじめる。ところが、食事が終わらないうちに指揮所から敵大編隊来襲の報があり、お茶を一ぱい口にふくみ、急いで列線に走った。

ラバウル飛行場は第二飛行場の真下にあたり、発進して一旋回すれば目の下だ。見れば、ラバウル地区はまだ一機も発進していない。

私たちは高度六千メートルで一応の邀撃体勢をととのえて警戒中、ラバウル地区にも、もうもうと砂煙が舞い上がりはじめた。

私たちは、さらに高度を上げ、八千メートルに達した。見ると、トベラ方向から大型B24三十機の来襲である。高度は六千、上空にめずらしくP38が二十機、掩護につき、さらにその後方に、F4Uがやはり二十機、単縦陣でつづいている。

この大型機に掩護戦闘機がついているというのが、私たちにとっていちばん苦手である。ヘマをやれば味方の犠牲は多くなって、逆に戦果はあがらない。私は消極的ではあるが、一応、避退行動をとって、敵の後方に回った。

敵は第二飛行場に投弾、飛行場からは、もくもくと黒煙があがりはじめた。しかし、爆弾は大部分は滑走路からはずれて指揮所寄りに落ちている。

敵機は投弾後、右旋回で帰投コースに向かった。すかさず一部は上空の戦闘機に、私の中隊は、さか落としでB24に襲いかかった。敵編隊群からの防御砲火はすさまじく、前後左右は火の雨だ。肉薄して射撃距離にはいるまでの気持悪さといったらない。

ようやく距離百五十メートルに追いすがる。少し遠いが、敵の砲火のあまりの激しさにたまりかねて射撃を開始した。避退するまでの時間、あるかぎりの弾を撃ちつづけた。

私のねらった敵機は、翼からガソリンを吹きはじめはしたが、視界内では落ちず、帰投コースの方向に見えなくなった。

何中隊の何番機か、味方の一機は、あまり急角度で攻撃をかけたので、そのまま敵機の主翼にぶつかり、瞬時に空中分解して、ジャングルの中に散っていった。

敵機は大きく旋回しながら、高度を下げて海上に出たが、あとからつづく味方機の集中攻撃を受け、高度二千メートルあたりで、ついに錐もみ状態になって、巨体は海面に突っこんで姿を没した。

戦果は結局、大型機一機撃墜、私の攻撃した一機は撃破、P38一機撃墜である。

ラバウル地区から飛び立った戦闘機群は、空中戦は行なわず、ラバウル側の山の手上空を編隊のまま飛行中である。味方は一機欠けて、十七機となる。

トベラ飛行場上空に行ってみたが、まだ修理が完了しないので、やむを得ずまた第二飛行場に着陸し、指揮所と反対側に列線をとって、補給後、待機にはいった。

敵爆弾のなかには時限爆弾もまじっていて、大部分は飛行場外に落ちたが、一部は飛行場の地面に大穴をあけたまま、地中にめりこんでいるという。

万一の危険を考えて、私たちの飛行機は掩体近くの遮蔽物のあるところにおいて、搭乗員も格好な場所を探し出して待機した。

そこは以前、大型機の掩体壕につくったものであろう。上部に網が張ってあって、それに草木をかぶせてあり、待機場所としては、もってこいの場所である。ひとときの話がはずんだが、一人寝、二人寝して、ついに全員が横になって眠りこんでしまった。

ふと目をさますと、はや太陽は山の端に近く、時計を見ると午後五時である。出された搭乗員特別食も手をつけないままになっている。二回の邀撃戦でみんな疲れ切って、食欲もなく、まず横になりたい一心で眠りつづけたのであろう。

敵機は、あれからついに来なかったらしく、トベラ基地に連絡をとったところ、あと三十分もすれば着陸可能になるという。横になっている搭乗員を起こして、それぞれ出発準備にかからせる。

　二回目に投下された爆弾はまだ爆発せず、見ると兵器員が処理中である。長時間の時限爆弾か、あるいは不良爆弾か、ともかく危険な作業だ。

　午後六時ごろ、トベラから飛行場復旧の知らせがあった。基地員にお礼の挨拶を述べて、一個小隊ずつ発進した。

　私の小隊が着陸したときは、あたりはかなり暗くなっていたが、いたるところに今日の爆撃のすさまじさを思わせる被弾のあとが見える。とくに掩体壕付近には大穴がいくつもあいていて、そこにはもう水がたまっている。幸い、指揮所と搭乗員室はそのままの姿でぶじであった。

　第一回戦で見えなくなった八機はぶじで、すでに飛行場に着陸していた。話を聞くと、彼らはココポに着陸してから、陸軍部隊に手伝ってもらい、飛行機を掩体壕に入れ、第四回目には飛び上がらずに、そのまま休んでいて、帰ってから飛行長に大目玉を食ったらしい。

　私は、ひととおりの戦闘状況報告をおわって、宿舎に帰った。初めての敵戦の銃撃に、宿舎にいた兵隊たちは大さわぎで、なかには腰を抜かした者もいたらしい。

　私たちの宿舎も銃撃を受けた。天井を見ると、あちこちから星が見える。当然、このジャングル内の隠密宿舎もついに敵機に見つけられてしまったらしい。

明日からは敵襲を予想しなければならない。そこで私たちは、片手でさげられる程度の身の回り品を防空壕の中に運びこんだ。

落下傘時限爆弾

明けて二月六日、空はどんよりとした一面の雲で、いまにも雨が降り出しそうな天候である。しかし、黎明には予定どおり飛行場に行って、いったん編成のうえ、搭乗員室で夜の明けるのを待つ。

目が覚めた。なんと、大雨である。このぶんでは、今日は定期便も来ないだろうというので、いくぶん落ちついた気持で、また横になった。

雨は夕方まで降りつづいた。やはり敵の来襲はない。おかげさまで、今日はゆっくり休ませてもらう。月にせめて四、五日もこのような休みがあれば助かるのだが、この付近は、一日じゅう雨が降りつづくことはめったにない。見ると、飛行場は泥田のような水びたしで、田植えでもできそうである。

夕方になると、一日じゅう降りつづいた雨も小止みになって、そのうちどうやら上がったらしい。宿舎に帰った搭乗員は、もうみんな休んだらしく、ひっそりと静かだった。

ところが突然、海岸線の方向で大砲でも撃っているような轟音が連続して聞こえる。十一時ごろだったが、みんな何ごとだろうと、宿舎の外に出て音の方向を眺めながら、あれこれと推測してはみるが、結局、敵潜水艦の艦砲射撃であろうということになる。砲声はいつまでもつづいていた。

約一時間ぐらいたってから、ようやく海岸警備の陸軍守備隊から報告がとどいた。ココポ沖に敵駆逐艦が四隻、縦陣で艦砲射撃中、というのである。大胆にも敵は、私たちの陣地のふところ深く侵入してきたのだ。味方の被害も相当あるらしくて、守備隊から、航空部隊の援助たのむという通信があったが、かなしいかな、わずか四隻の駆逐艦を攻撃する夜間攻撃部隊さえ、味方にはないのである。

それを知っているのであろう、傍若無人な砲撃の音は、なおもいんいんと轟いている。これが一年前だったら、いまごろは、とっくに敵艦四隻ともに海の藻屑となっていたであろうに……。

それにしても、ラバウルにいるのは艦隊航空隊である。その中に一機も夜間攻撃に出撃する攻撃機はいないのか。まったくあきれてものも言えない。わが航空部隊の出撃なしとみてか、敵艦はいよいよ図にのって、いたるところに撃ちこんでくる。

司令と飛行長は、どうしたものかという顔つきで、うろうろしているだけであった。私は、ラバウルの艦隊搭乗員があまり無気力なのには、むかむかと腹が立ってきたし、司令、飛行長の困惑も見るに見かねた。

「飛行長、私が攻撃に出ます」

司令、飛行長は、驚いたように立ちどまって、まじまじと私の顔を見ている。そして、どうしたものかと、お互いの顔を見合わせた。

「だけどキミ、明日も出撃せにゃならんしな、明日にさしつかえても困るがなあ」

飛行長はそういって、決断を仰ぐように司令を見た。

「飛行長、明日のことは明日のことだ。このまま知らぬ顔をしていては航空隊の名にかかわる。無理なことはわかっているが、いってもらおうよ」

司令のその一言で、私の単機出撃はきまった。いっときも早く敵艦に攻撃をかける必要がある。

飛行場待機の整備員は、即刻、六十キロ爆弾二個を装備して、試運転にかかる。

司令、飛行長、そして私と一部の搭乗員が飛行場に急いだ。

もう零時である。天候さえよければ、明日もまた昼間には大がかりな空襲があろう。

夜空には、雲の切れ目にチラチラと星がかがやいている。

飛行場に着いてみると、すべての準備は完了していた。飛行場はかなりよくなってはいるが、それでもまだ、ところどころに水たまりがあって、危険な個所もある。前方にカンテラで離陸灯一個をつけた。

「あまり無理はするなよ」

司令の目が、すまんな、といっている。

夜間飛行は久しぶりである。水たまりをはねとばしながら、機はぶじに離陸した。

飛行場上空を一旋回してから、高度を五百にとった。海岸方向を偵察したが、艦影は見えない。ただ発砲時の紫色の閃光が、瞬間、あたりを明るくしている。その光は一、二、三、四と順次に光る。位置はココポから海に相当出たところらしい。陸地のところどころに火の手が見える。

敵艦の位置を確認後、高度を千五百に上げた。敵の進行方向より反対の方向から攻撃しようと、敵の前程に向かう。

艦影ははっきりとは見えないが、相当の速力で航行しているらしく、四本の白波に夜光虫が光り、大よその位置はつかめる。

万に一つの探照灯の照射を受けたときの用意に、防照眼鏡をかけて緩降下、だいたい三十度くらいの角度で突入した。エンジンはいっぱいに絞った。暗夜のため、高度の判定が非常に難しい。

　スピードはすでに二百五十ノット（四百六十キロ）以上となる。高度約七百メートルくらいで、うすぼんやりと艦影が見えだした。

　敵は私の攻撃に気づいたらしく、進路を沖にとる。軸線はだいたい十度くらいの交角状態で、投弾不能となったため、投弾を断念、バンクをとって軸線を修正して、高度三百くらいから銃撃を開始し、一番艦、二番艦につづけて一連射をあびせた。

　そのまま避退して高度千メートルにし、後方から接敵ダイブにはいる。

　敵艦はサーチライトを照らさずに、いっせいに回頭して沖に出る。後方から二番目の艦に対して照準し、高度三百から二百五十くらいまで接近、六十キロ爆弾二発を投下した。

　二発とも、至近弾ながら命中しない。

　敵艦は一斉に高射機銃を撃ちはじめる。一応射程外に避退して、高度五百ぐらいで遠距離から敵の行動を偵察した。

　敵艦四隻は一斉回頭して、横陣で避退中である。これを確認して、私は一番艦に向けて全速突入し、艦橋すれすれまで降下して銃撃をあびせた。

　そのまま海面に出て前方に避退し、次第に高度をとりながら、反転してみると、一番艦が小火災をおこしている。銃撃の効果があったのだ。

　こんどは四番艦に反航で突っこんでいった。同じように低空銃撃を加え、海上に出て高度をとる。

　この型どおりの攻撃を、弾のあるかぎりくり返した。そして四隻中三隻に中、小火災の被害をあたえて、四隻とも外海に追っ払うことができた。

　午前一時すぎ、ぶじ飛行場に帰着した。司令、飛行長とも、指揮所で私の安否を気づかいながら待っていたが、私がぶじに着陸したのを見てから、宿舎に引き揚げたらしい。

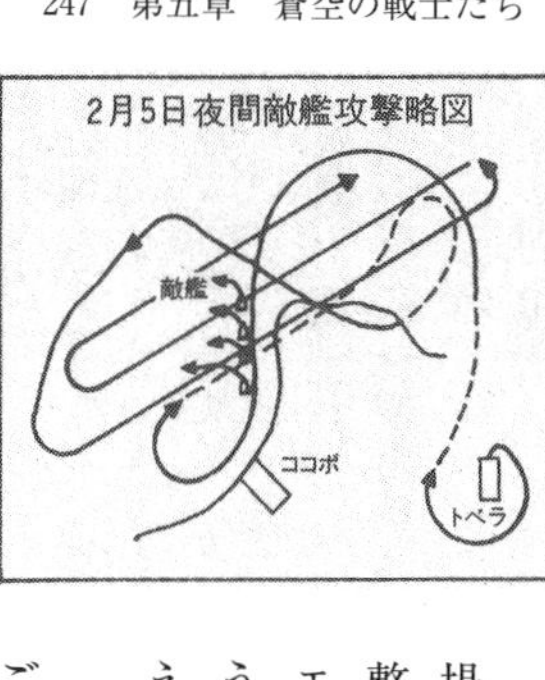

　私は宿舎には帰らずに、早番の搭乗員といっしょに飛行場の搭乗員室で寝る。うつらうつらしているうちに、もう整備員の待機準備がはじまり、静かな朝の空気を破って、エンジンの音が聞こえだす。それを夢うつつに聞いているうちに、試運転も終わったのか、また、もとの静けさにかえる。
　しばらくして、かすかに飛行機の爆音が聞こえる。いまごろおかしい。耳をすますと、どうも敵中型機の爆音である。起き上がってじっと耳をすますが、また聞こえなくなる。何かのまちがいかもしれない。敵機ならば、各見張所から警報が出るはずだ。そう思って、また横になる。

ところが、またも、かすかにこんどはしかし、はっきりと、敵中型機の爆音が聞こえる。まちがいない。私はとび起きて、

「敵襲、敵襲」と叫びながら、拳銃を空に向けて発射しておいて、裏の防空壕にとびこむ。そばに寝ていた搭乗員も、いっせいにとび起きて、一部のものはあわてて表にとび出していった。

私が防空壕にとびこむとすぐ、敵機は私たちのいる少し右手の上空を五十メートルくらいの超低空で投弾し、銃撃してサッと飛び去った。ホッとする間もなく二機目の襲撃である。つづけざまに、六機の投弾と銃撃をうけた。

暗夜の中で、敵機の撃つ弾はきれいな光になって見える。電波で送るモールス信号のような断線の連続である。飛行場のなか、とくに待避壕の方に相当投弾したようすだが、不思議なことに爆発音がない。

ひょっとすると、毒ガス弾ではないかなと思って、おそるおそる防空壕から出てみると、一人、二人とあっちこっちの壕からも、みんなが出てきて見ている。

待避壕にいる整備員を呼ぶと、あちこちから、

「異状なし」と叫びながら、こちらに走ってくる。

状況を聞くと、敵は落下傘爆弾を落としたらしい。それがあちらこちらの木にぶら下がっているのが相当あるという。これはいつ爆発するかわからない時限爆弾で、ぶっそうで近づくこともできない。掩体壕内には、試運転を完了した本日の邀撃機があるので、悪くすれば全滅になるかもしれない。

なお、よく整備員の話を聞くと、落下傘爆弾はあまり大きなものではなくて、数は四、五十発ぐらいのもので、そのうち数発が飛行場のなかのあちこちに、うっすらと白く見える。白く見えるのは落下傘であろう。

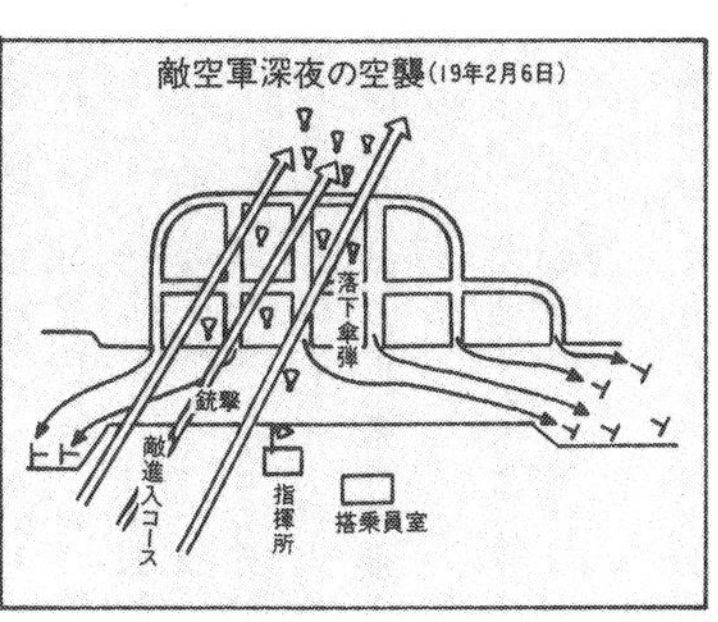

私はこの爆弾を見ようと思い、カンテラをさげて飛行場に出る。三十メートルくらいのところから見れば、たしかに時限爆弾である。もしそうだとすると、敵は今日の黎明攻撃をかけるためにしかけていった戦法だから、少なくとも三十分以上の時限をかけていることであろう。

時計を見ると、敵の投下から十分くらいたっているが、まだ一発も爆発はしない。一か八か、搭乗員と機付整備員全員を集めて、一機に対して搭乗員一、整備員二の割合で、ただちに各機を発動、最短コースで飛行場の両端に搬出するように命令を出した。

私は受け持ちの整備員二名をつれて、私の愛機のところに走る。各所に照明灯を点灯して、飛行場を明るくさせた。私の愛機は、爆弾のいちばん多く落ちている付近にある。いつ爆発するかもしれない爆弾は、幽霊のようにあっちこっちの木にぶらさがっていて、うす気味のわるいことおびただしい。

私が飛行機に乗るやいなや、整備員はエナーシャを起動し、コンタクと同時に発動、整備員は両翼にとび乗って掩体壕から飛行場へと搬出し、やっとのことで飛行場の端まできた。あちらこちらからもぞくぞくと搬出してきて、またたくまに安全地帯への避難は終わった。

整備員の話では、飛べる飛行機は全機出して、あとは破損機と整備機五、六機だけで、それもいま手のあいている者に搬出させているという。

もう三十分近くになる。そろそろ爆発する刻限だ。一応、搬出を中止して、避退するように命じて、自分も防空壕にはいる。ところが、三十分はすぎたのに、まだ爆弾は一発も爆発しない。

防空壕から出て、搭乗員室にみんなが集まって一服していると、投下後、約四十分経過してから、数発が爆発した。小型ではあるが、非常に爆発力が強いらしく、いちどきに椰子の木数本が空高く吹き飛んだ。これがもし搬出中であれば、人間、飛行機ともども空に飛び散ってしまったことであろう。

前後して、宿舎から司令、飛行長、各科分隊長が飛行場に着いた。そのころから、落下傘爆弾はつぎつぎに爆発、その爆発音は耳も裂けんばかりで、一時はおそれをなして防空壕に避退したくらいである。

三十分間ぐらい連続爆発すると、その後はうそのように静かになった。どうやら夜も明けてきたらしく、うす明かりをすかして飛行場を見ると、落ちている爆弾は、そのまままだ爆発しないでいる。これは危険で、近寄ることもできない。

飛行長の話によると、突然の爆音にとび起きたときは、もう頭上からの機銃掃射で避退するひまもなく、敵機はあっという間に飛行場の方に向かっていくのを見たが、宿舎には相当の被害があったという。

まもなく飛行場の方で、機銃音とともになにか重い音がつづけざまに聞こえたので、てっきり飛行場はやられたと思ったという。

幸い全員の勇気ある敏速な行動で、一機の飛行機も、一人の犠牲者も出さず、飛行機は全部、安全地帯に搬出した旨を報告した。

司令は、よくやってくれた、敵を十機、二十機落とした以上の働きであると、非常な喜びかたである。

本日の敵のねらいは、当然、私たちの出足をたたき、トベラ地区の戦闘機を全滅させる作戦であろう。敵空軍が、いかに私たちトベラ戦闘機隊をおそれているかがわかる。

陸軍基地に不時着

この日は、警報前に、とくに一個中隊を発進させて、敵の少数機による奇襲を警戒することになる。

わが中隊に、無理ではあろうが、ぜひ第一直哨戒をやってくれと飛行長にいわれて、列機とともに、明けそめた空に向かって飛びたった。

その間に地上兵器員は、飛行場の未発爆弾の処理にかかっている。

高度五千メートルに上昇して、飛行場を一旋回し、さらに上昇しようとしたとき、ココポ方向から、灰白色のB25爆撃機六機が低空でトベラへ侵入してくるのを発見した。

これは一大事である。掩体から出された飛行機は、全機約二十機が滑走路の安全地帯に出ている。その中に一発でも爆弾を落とされれば、これまでの苦労は水の泡になる。

距離にして一万五千メートルもあろうか。ただちに指揮所に電話で連絡しておいて、私は敵機の真正面に向かって突進した。

この私たちの攻撃に気がついて、敵は九十度変針したが、なおもこれに肉薄し、前方攻撃で、敵の一番機に必中弾を撃ちこむ。手ごたえはじゅうぶんにあって、切り返してさらに第二撃を撃ちこむ。ジャングル上空を、あるいは右に、あるいは左にと逃げる敵機を、とことんまで追尾する。

一番機は、すでに翼から大量のガソリンを吹き出している。これを射撃また射撃、ついに火災をおこして、燃えながらジャングルの中に突っこんでいった。

その間に、列機もそれぞれバラバラになった敵機を捕捉攻撃している。その中の一機は、すでに火炎の尾を引いている。もう一機の敵も、完全に味方列機がこれを捕捉して、機銃の乱射をあびて、もはや墜落直前だ。残る敵三機も、攻撃をあきらめていちもくさんの逃げ腰である。

私の撃墜した一機につづいて、列機の攻撃した二機も相ついで、ジャングルの中に

大型のB24爆撃機と共にソロモン方面で著者と銃火を交えた米陸軍のB25双発爆撃機。同機は東京初空襲に使用された。

突入していった。

私はここで分散した列機を集め、高度三千メートルでさらに哨戒を続行した。逃げていった敵三機は、おそらくトベラ基地戦闘機健在なることを、その基地に知らせたことであろう。

なおも高度五千メートルで哨戒を続行して、発進後一時間三十分もたったころであろう。昨夜からの寝不足で目ははっきりせず、居眠り一歩前の状態で、しかもおなかはペコペコときている。哨戒時間は二時間だから、あと二、三十分もすれば、つぎの直が上がってくる。

高度を三千メートルに下げて、つぎの飛行機が上がってくるのを待つ。見ると、一機また一機と、いま飛行場から発進しているのが見えるので、交代機発進と喜んだが、どうもようすがおかしい。さては、と付近を警戒、ただちに高度をとるが、燃料もあまりなくて、空戦にでもなれば、あと二十分くらいしかもたない。

しかし、まあなんとかなるだろう、と思って、あたりを警戒しながら、飛行場の方をもう一度見ると、全飛行機が発進して、高度二千メートルで集結中である。これは、まちがいなく敵襲である。

高度六千メートルで下方の飛行隊の上空に占位し、警戒にあたる。飛行場では矢印で敵方向を示している。後方を見ると、列機はさかんにバンクしている。

「これはいけない」

私は目を凝らして見るのだが、敵機が見えないのである。昨夜からの疲労で私の視力が弱くなっている。やむを得ず、私は列機に誘導させてそのあとからついていった。ようやく見えた。海上高度三千メートルあたりに、B25爆撃機二十機と、めずらしくもP38が十六機掩護についている。黎明の奇襲で、われわれを全滅させようとでも思ってやってきたのであろう。

私はただちに上空のP38に対して接敵し、先方の一機をねらって突入した。列機も同じく突入、十六対八の空中戦である。

敵機はあの凧のような双胴で、フワリフワリと飛びまわる。その中へ、私たちの戦闘機は突入する。私の前にいる二番機は、まず敵一機を撃墜した。私も一機、それから他の列機もつぎつぎに一機ずつ血祭りに上げて、空戦二分間ぐらいで計六機のP38

を撃墜した。残りの十機は、われわれから遠くはなれ、視界から消えていた。

B25はそのときトベラ飛行場を爆撃していた。私たちは急いで、このB25に突進した。

味方の他中隊の戦闘機もすでにこれを攻撃中で、そこへようやく私たちも、爆撃にはいる前のB25に追いついて、列機とともに一機のB25に群がりよって、一撃また一撃と反復攻撃を加える。その間もトベラ飛行場は、くり返し爆撃されているのである。敵もさるもの、敵弾はみごと飛行場のまん中と指揮所に命中した。投弾後、退避コースにはいったB25に私たちは襲いかかって、攻撃をくり返したが、ようやく撃墜することができたのはたった一機である。

このとき、逃げる敵機を追尾中の味方の一機が、敵編隊の他機の機銃弾が命中して、空中火災をおこし、そのままジャングルの中に突っこんでいった。

長くて五秒ぐらいの射撃で、いったん打ち切って退避してから、あらためて攻撃を加えるのでなければ、いくら攻撃しても敵爆撃機の優秀な旋回銃に反撃される率が多いのである。

味方の戦闘機はなお攻撃中だが、私たちの中隊は、いまにも燃料がなくなる状態である。まごまごすればジャングルに突入、不時着は目に見えている。私は、攻撃を断念してトベラ飛行場方向に反転した。列機もつづいている。

飛行場上空から見ると、着陸は不可能である。残る燃料はあと数分の量だ。機首をココポに向け、陸軍のココポ飛行場上空を、いつものとおり、一旋回してから着陸した。

地上員の誘導で機を掩体壕に入れ、エンジンを止めて燃料の補給をたのむ。見ると、海軍の整備員二十名ばかりがきている。万一の場合に備えて、基地司令部から派遣されているということである。

列機もみな着陸、そのときはトベラを発進してから、すでに三時間以上も過ぎていた。四番機などは、着陸滑走中エンジンがとまって、危ないところであった。

そのうちジャングルの中から、陸軍の兵隊さんが四、五十名出てきて、いろいろと手伝ってくれたりして、おかげで補給も早く終わった。

ここココポ飛行場は前に陸軍が使っていたので、さすがにその掩体壕はよくできている。飛行場も非常に整然としていて、一面に短い草が生えている。上空から見ると、飛行場とは思えないくらいで、敵の爆撃もまだ三回しかないという。

私たちは朝めし抜きの空戦で、それこそ目のまわるような腹のすきようである。そこで基地員に朝めしをたのんだところ、陸軍の人たちが、ぜひ自分たちの隊で食べて下さいというので、お世話になった。

飛行場から相当はなれたジャングルの中ではあったが、小川の流れている、なかなか住みここちのよい場所である。付近一帯は敵部隊がいつ上陸してきても、すぐ応戦できるような陣地になっていて、ここにはここの、私たちとはまた別種の厳しさがあった。

陸軍の兵隊さんたちは、私たちのために特別料理をつくってくれた。見ると、米はまばらで、ほとんど麦ばかりの食事を陸軍の人たちは取っている。

私たちに出してくれたのは白米のご飯である。カン詰めも、とっておきのものにちがいない。それに野性の鶏を飼いならして産ませた鶏卵など、大変なご馳走である。じつをいうと海軍航空隊の搭乗員の食事とはくらべものにならないものであったが、それでも、この守備隊としては最高のもてなしであるのがよくわかった。

食事中、この隊の隊長と思われる若い将校が私たちのところに来て、いっぱいあればいいのですが、われわれのところには配給がなくて……と、すまなさそうに言うので、私たちはかえって恐縮するやら、気の毒に思うやらであった。

付近にある椰子林の中の見張台から見ると、この付近から海上にかけて一望のもとに眺められるので、私たちの邀撃戦は毎日毎日見ていて、敵機の落ちるたびごとに、ばんざいを叫んで子供のように喜んでいるという。

敵機が何百機この上空に来ても、日の丸をつけた飛行機の飛ぶのを見れば勇気は百倍しますと、私たちの飛行機だけをたよりにしている。

昨夜の敵の艦砲射撃のときには、てっきり敵は上陸してくると思って、全員配置について玉砕覚悟の腹をかためていたという。

そのとき奥の方から爆音が聞こえてきて、味方の飛行機が来たぞといって、総員、木にのぼって見ていたら、敵艦の火災がはっきり見えたと口々にいう。

また、邀撃戦でこの付近に落ちた敵機は数知れずで、近ければかならず行って見てくるという。敵の搭乗員が、のこのこと歩いているのにぶっつかったことも珍しくなく、今日もP38が三機この付近に落ちて、一部の兵隊が、いま現場に行っているところという。話は尽きない。

腹いっぱいご馳走になったお礼に、持っていた煙草の「チェリー」と「光」を、五、六個あったのを差し出すと、こちらに来てから「ほまれ」以外のものを吸ったことがないと、喜んでくれた。この付近の部隊が、どんなに補給のない困難な生活をしているかがわかる。私など飛行服には、いつも「チェリー」と「光」を五、六個は入れている。

いのちを的に、毎日の邀撃戦に出撃しているとはいえ、食事その他になんの不自由もない私たちは、すまないような気がした。

一服後、元気も出たので、厚くお礼を述べて飛行場に出てみる。トベラ地区との連絡では飛行場復旧は夕刻までかかるらしく、今日のこれからの邀撃戦はやめて、飛行場修理が完了するまで休養することにする。

私たちはココポ基地のそばにある指揮所内でしばしの休養に時をすごした。

それから午後三時ごろまでに二回、大型機小型機の来襲があった。ここココポはまず安全地帯で、防空壕に避難することもなく、椰子林の見張台で見学した。主として第二飛行場とラバウルに向かったらしく、今回はトベラ上空には敵影を見なかった。

午後五時ごろ、基地から、飛行場一部の修理完了し、帰投すべし、という命令をうけた。

ただちに発進、トベラ飛行場に着陸した。

この日の爆撃には大型時限爆弾を混じえて投下したので、その処理のために意外の時間を食ったそうだが、指揮所も搭乗員室も、あとかたもなくもののみごとにふっ飛んでいた。

わが三度目の愛機２５３―１０４号機も、前日の十四機の協同撃墜で、早くも十八個の撃墜マークがはいっている。前の１０２号機も敵の爆撃下、整備員の目の回るいそがしいなかで、新しいエンジンを装備、明日テスト飛行の予定である。

二月八日、本日は非番直で地上勤務員である。

城下中尉も、このごろだいぶ空中戦闘に慣れてきたが、なんといっても学校卒業後、日が浅く、敵と取り組んで落とすだけの技量はまだついてない。搭乗員士官といっても、飛行長と私と、城下中尉の三人にすぎないので、困難な作戦となると、私の一手販売である。

定期便来襲で午前八時ごろ待機員発進後、私たちは防空壕に避退する。

トベラ基地に来て、はじめてはいる防空壕である。ラバウルのものに比べればだいぶ貧弱で、二百五十キロの直撃弾をうければ、天井が落ちるかもしれないとおどかされる。いままで至近弾は相当あったが、まだ直撃弾は一度もないという。

この防空壕にいつでもはいれるように入口近くに立って監視中、ココポ方面から侵入しようとする敵機をみとめた。総員退避の信号で、まっ暗な、かびくさい防空壕のなかに、カンテラの光をたよりにはいる。あまり気持のいいものではない。まもなく爆音が聞こえだし、いまにも爆弾が落ちるかと思えば気持が落ちつかず、いらいらする。

「空の勇士も地下ではさっぱりだな」

司令にひやかされる。まったくそのとおりだ。

私は両耳を押さえているのだが、爆音は次第に高くなり、「来たなッ」と思ったとき、地震のようにグラグラッと揺れる。

第一弾につづき、つづけざまに落ちる爆弾に、地面は揺れつづけ、爆音は耳をつんざくばかりである。おまけに敵機がダイブから機を引きおこして、上空を通過するときの一種特有のうなりの気色の悪さ。いまにも直撃弾をうけそうな気がして、心細いことおびただしい。

私たちが上空に飛び上がって敵機を邀撃している間に、司令、飛行長はじめ、地上勤務員は毎日こんな目に会っているのだ。いまさらのことではないが、地上勤務者も楽ではないなと痛感した。これなら空に飛び上がっている方が、どんなに気持が楽かしれない。

爆発音と地震はやんだ。どうやら敵機の爆撃は終わったらしい。遠くの方では、まだ撃ち合う機銃の音が聞こえる。

ホッとして外にとび出す。見ると、滑走路にはなんと手のつけようもないほどの大山、小山があちらこちらにある。飛行長の話では、これでも、昨日よりは被害は少ないというのである。

上空の味方の戦闘機群の位置を見きわめようとしたが、そのひまもなく、見張所から、敵の第二群近接中というので、またいやな防空壕かとうんざりしたが、若い搭乗員たちが、

「分隊士、ジャングルの方に行きましょう。自分たちは、いつもそこに行っていますが、安全です」という。

そこで防空壕にはいるのはよして、五、六人の搭乗員といっしょに約十分ぐらいもジャングルの中を走って退避する。これらの若い搭乗員は、空中勤務より地上勤務が多い関係で、安全退避場所をよく知っている。

そこは飛行場からだいぶはなれたところで、椰子林の間から上空の戦闘も見学できた。おかげで二回目の爆撃にはたいした不安も感じずに終わった。

飛行場に帰ってみると、いまの爆撃は、みな時限爆弾らしい。最初の攻撃で飛行場を破壊し、つぎの攻撃で修理時間をおくらせようとする作戦であろう。

そのためついにその日は飛行場の修理は完了せず、夜間作業で時限爆弾の処理をすすめ、ブルドーザーによって地ならしも同時に行なわれたが、いままでにない長時間を要した。

邀撃隊の大部分はラバウルに着陸しているということであったが、その後、城下中尉からの連絡によると、ラバウルに着陸しているのは十二機だけで、第二飛行場に六機、ココポに二機、計二十機は確認されたが、残り四機はどこからも連絡なく、その四名がだれであるかも判明していないという。

九日早朝、飛行場に行ってみると、飛行場は午前二時ごろまでかかって、どうやら発着可能な状態までこぎつけたようである。

夜明けになれば各地から帰ってくるので、四名の行方不明がだれであるかはっきりする。それまでいらいらしていても仕方がないと思って、搭乗員室に横になっていた。すると突然、ドカンという爆発音がした。すわ敵襲かと、飛び起きて飛行場を見ると、なんと昨夜一晩じゅうかかって地ならしした滑走路のまん中に、大きな山ができているではないか。昨日の未処理の時限爆弾が爆発したのであろう。なんとぶっそうなことだろう。またどこで、いつ爆発するかわかったものではない。

司令に報告するとともに、設営隊に連絡中、またもドカンドカンとあちらこちらで連続して爆発がおこり、飛行場はふたたび使用不能になってしまった。

その旨を城下中尉に連絡し、第二飛行場の六機、ココポ飛行場の二機にラバウルに集結、城下中尉の指揮下にはいるよう命じた。

一方、兵器員に時限爆弾処理をたのみ、設営隊の修理は一時中止となった。すでに夜は明け、まごまごすればいつもの定期便時間である。

ラバウルの城下中尉から、第二、ココポ両飛行場から八機集結、二十機でラバウル地区邀撃隊の指揮にて待機するという連絡がある。

予定どおり午前八時、敵小型機およそ二百機が来襲した。私は搭乗員といっしょに昨日の場所に避難したのだが、この日の敵の爆撃と銃撃は、長時間にわたる徹底したもので、味方機は一機も現われず、全機ゆうゆうと引き揚げていった。

それから二十分ぐらいして、城下中尉の二十機が飛行場上空高度千メートルくらいのところに帰ってきたが、着陸できず、しばらく上空を旋回して、やがて、ラバウル方向に引き返した。

今日の爆撃は爆弾のなかに時限を混じえたもので、始末のわるいしろものである。それでもいつ爆発するかもしれない危険のなかを、兵器員の勇敢な処理で夕刻までには復旧した。

本日は一回きりの攻撃で終わったので、私は完成した１０２号の試運転かたがた、ラバウルに連絡に行くことになった。久しぶりの１０２号で離陸し、飛行場上空を旋回、テストを行なったが、調子が良好なので、そのままラバウルに向かった。

ラバウル航空隊の潰滅を図る米軍は、落下傘爆弾や時限爆弾による効果的な爆撃を行なった。写真は、ラバウル飛行場。

ラバウルに着陸してみると、列線には約四十機ばかりの零戦が並んでいる。これははじめてラバウルに進出したときの半分の数だが、しかしその後、相当数が補充されて、この機数を維持しているのである。

指揮所もだいぶいためられており、以前と同じ場所に新しく形の変わったものが建っている。

その中にはいってみると、なかには役に立ちそうもない士官連中が大勢いる。それでいてなんとなく陰気くさく、そのまん中に進藤少佐が折り椅子にふんぞりかえっている。なにか負けおしみをしているようなようすが見える。ただし、私はこれらの連中には用はない。

二五三空搭乗員は、うしろ隣の室にたむろしていたが、いつもと変わらぬ元気な顔だ。聞いてみると、四名不足のなかの二名は海上に不時着して救助されているが、あとの二名は絶望だという。

本日の戦闘状況を城下中尉に聞いて、一応、司令部に報告して連絡を終わり、引きあげようとしたとき、艦隊搭乗員のなかに菊池兵曹のいるのを見てびっくりした。

彼はミッドウェー戦では「赤城」乗組で、当日の制空隊として活躍中、母艦を失い、燃料尽きて駆逐艦に救助されて助かった男である。それから一時内地勤務となり、昨年「瑞鶴」乗組となってここにきたそうである。

最初ラバウルに来たときには、八十機の零戦でやれば、敵の二百機や三百機ぐらいたかが知れていると、みんな自信満々だったが、いきなり目から火の出るような第一回の邀撃戦で度胆を抜かれ、それ以来、毎日つづく邀撃戦で、心身ともにすっかりまいってしまっていると、さも疲れきったようなようすで話した。

艦隊の整備員搭乗員たちは、１０２号の撃墜マークを見てびっくりしている。もう日没前である。城下中隊を先に出発させ、十分おくれて、残りの飛行機をつれてトベラ基地に向かった。

二十機ぶじ安着で、司令、飛行長もひと安心という顔である。さっそく明日の編成割をきめ、明日は隊長自身が指揮官で行くというのをとめて、私が明日の邀撃戦の指揮をとることになった。

今日のような敵の攻撃状況ならばと、腹のなかで作戦を考えながら宿舎に帰る。

食事が終わって一服中、司令に呼ばれて行ってみる。ラバウルから明日の邀撃戦について司令のところにいってきたらしく、明日の邀撃戦はラバウル地区には約三十機の実動兵力しかないため、いっしょになって作戦してくれということだがどうする、というお話である。

飛行長ともいろいろ相談したが、現在のような戦闘ではいくら機数ばかりあっても、その戦闘精神が旺盛でなければ、かえって戦闘行動が不自由となり、いままでのようなじゅうぶんな戦闘はできない、ということに話は一致した。それで、私たちの戦闘についてくるのなら、それは別に異存はないと返事する。

明日の二五三空の兵力は二十五機である。それに比すれば、三十機もあれば上々の兵力である。

第六章　非情の大空

チャンス到来！

二月十日、天候はあまり上々ではなく、高度二千メートル付近に、六から七くらいの雲量がある。

午前七時三十分、警報によって発進し、高度二千で集合、それから雲上に出る。高度三千ぐらいのところから下方を見ると、雲は相当多く、これでは雲下の哨戒の方が有利と考え、高度を下げ、雲いっぱいいっぱいのところを哨戒する。

見ると、ラバウル方向に約三十機の飛行機が飛行中である。もちろんラバウル地区の飛行機だ。

トベラ、第二飛行場の山の手の方は雲が垂れ下がり、スコールさえまじっている。私はその山の手の方に哨戒を実施中、ラバウル地区隊も私たちの哨戒位置を見つけたのか、大きく左旋回して、私たちの方に近づく。

電話で、敵はいま雲上からラバウル、トベラ地区に侵入しつつありという連絡があって、列機に戦闘隊形をとらせ、さらに山の手寄りに移動する。

ふとラバウル地区を見ると、雲の切れ間から突入したのであろう、黒点がつぎつぎと地面に吸いこまれるように降ってゆく。すでに敵は頭上に来ているのだ。

黒点は、つぎつぎと爆撃してはトベラ方向に離脱する。離脱状況はあるものは低空で、あるものは中高度で、バラバラである。すでに十数機が爆撃を終了したが、まだ爆撃前の爆撃機もつらなっている。

不思議なことに、一機の敵戦闘機も見えない。攻撃をかけるとすれば、いまが絶好のチャンスである。敵戦闘機が現われてからでは、前方のヨチヨチの爆撃機もみすみす見逃すことになる。すでに二十機以上が一列になって逃げてゆく。いつもの状態だと、あとまだ三十機や四十機はつづくはずである。

私は後続中隊に、敵戦闘機を警戒しつつ攻撃するように信号し、私の中隊はそのままの高度に残って、第二飛行場付近の雲の下で警戒にあたった。

攻撃を開始した味方機は、まるでヒヨコにおどりかかる犬のように、みるみるうちに敵機を捕捉、攻撃の火ぶたを切った。つぎつぎに落ちてゆく敵機は、ジャングルのあちこちに火災をおこしている。

やがて爆撃の終わるころとなった。とすれば、こんどあらわれるのは、敵戦闘機のはずである。

攻撃の絶好機は終わった。敵の爆撃機は、まだ十数機つながって避退中だが、私は攻撃を中止し、山の手に避退するように命じた。

味方の大部分は一編隊群となって、雲すれすれに引きあげてきた。見れば、いまだに空戦中の味方機がある。おそらくラバウル地区隊の一部であろう。

私の予想は当たった。つぎつぎに降ってくる敵機は、F４Uに変わった。彼らは味方爆撃機の大部分が撃墜されたとも知らずにいるのにちがいない。彼らが雲下に出たときには、すでにわが方の大部分は引き上げており、ほんの一部だけが残って空戦中である。

敵戦闘機指揮官はこれを見て、すわ一大事とでも思ったのか、全速で、この空戦場に突きこんでいった。あとから雲下に出てきた二個中隊ほどの敵戦闘機は、あたりの状況をうかがうように、そのあたりを旋回しはじめた。

絶好のチャンス到来である。雲下すれすれにいる私たちの中隊は、下方をうろついている少数の敵機の群れにたいして、すかさず奇襲攻撃をかけた。

不意をつかれた敵機は、もろくも火炎の尾をひきながら落ちていった。逃げる敵機は追わず、つぎつぎに雲下に降りてくる敵機をねらって一撃戦法に終始し、味方八機で、敵機Ｆ４Ｕを十五、六機、撃墜した。

その間、後続中隊も、私たちの後方で、敵戦四機撃墜の戦果をあげた。

一方、敵爆撃機を攻撃していた味方戦闘機は、敵の戦闘機指揮小隊の攻撃にあい、四機撃墜されたことが確認された。

山の手ちかくのスコールは、次第にひろがって第二飛行場付近一帯もおおい、その勢いはしだいしだいに大きくなってゆく。

敵機離脱後、電話で飛行場に連絡したところ、いまのところ、新しい情報はないということである。そこで、今日は敵爆撃機の攻撃をまぬかれたトベラ上空に集合し、まず後続中隊から着陸するよう命じた。

本日の戦果は最近にない好成績で、ＳＢＤ撃墜じつに二十一機、Ｆ４Ｕ撃墜十九機にのぼった。なお敵戦に撃墜された四機の戦闘機は、やはりラバウル地区隊の戦闘機であった。二五三空は全機帰還したのである。

その日はそれからあと終日雨で、とうとう待機解除になり、一日休養することになった。

その翌日の二月十一日も天候が非常に悪く、敵の大型機の来襲警報があって飛び上がったが、敵もついに投弾せず、何ごともなく終わった。

二月十二日、去る十日が敵の悪日であったとすれば、この日は味方の厄日であった。城下中尉指揮のもとに、二十六機の邀撃隊が発進し、敵の戦爆連合の大編隊と、ラバウル上空で空中戦を展開した。

この戦闘で味方戦闘機は五機の犠牲を出し、六機は被弾のためラバウル飛行場に不時着した。その間にトベラ基地も大被害を受け、出撃飛行隊は全機、ラバウルに着陸した。

翌日、飛行場の修理がなり、城下隊は帰還したが、いっぺんに実動兵力十四、五機になってしまった。いかに二五三空強しとはいえ、この小機数では邀撃戦どころではなく、避退運動がせいいっぱいというところである。

この最前線で、いまいちばん頼りにされている航空隊の兵力が、こんな状態になってはまことに心細いことである。

二月十四日、実際のところ、この日の邀撃戦は無理だった。しかし、いままでどんな困難な状況でも弱音一つ吐いたことはなく、敢然と戦ってきた「ラバウル航空隊」である。たとえ一機になっても、敵大編隊を向こうにまわす勇気を持っている隊員である。

本日も実動全機をもって、私の指揮のもとに敵の大編隊を邀撃することに決し、待機にはいる。

いつもの予定時刻になっても、警報がはいらない。じつのところ、いくぶんホッとした気持だが、敵はなにかいつもとは戦法をかえて来るのではあるまいかと、一抹の不安もわいてくる。

しかし、いくら先のことを気にかけても、なるようにしかなるまいと、搭乗員室で横になる。うつらうつらしていると、けたたましい電話のベルが鳴る。とび起きて指揮所に行ってみる。

カビエン方面に艦載機らしい敵小型機来襲中、さらに数群近接中、という情報である。

いよいよ敵の機動部隊からの攻撃である。空母部隊からの攻撃ともなれば、第一、第二、第三の波状攻撃をかけてくることは必定だ。

ラバウル上空邀撃戦（2月14日）

搭乗員の技量も、海兵隊よりは優秀なはずである。いまのところラバウルに向かう敵機群はないようだが、いつどこから侵入してくるかわからないので、搭乗員は機上で待機し、信号があれば、数秒を出でず発進できる体勢をとった。

午前十時二十分ごろ、敵情報告がはいる。

「敵の一群は四十機ないし五十機で、数群にわかれ反復来襲、カビエン湾内船舶の被害大、陸上施設も甚大な損害をこうむる。後続の敵数群は、ラバウル地区に向かう公算大なり、警戒を厳重にすべし。敵機種は、Ｆ６Ｆ、Ｆ４Ｕ、ＳＢＤ、ＴＢＦなどである」ということである。

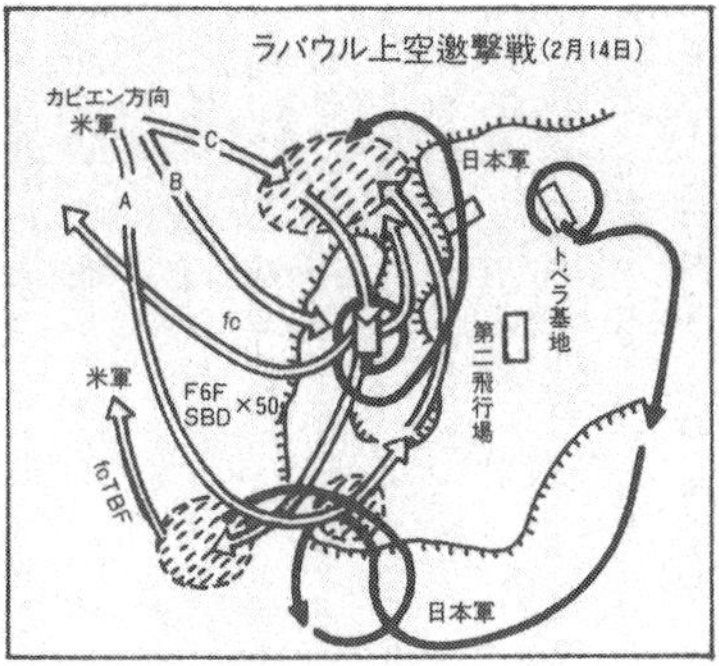

二五三空の実動全機十五機、二個中隊で発進し、高度二千メートルで飛行場と電話連絡をとり、その後の敵情を聞く。そのあとグングン高度をとって、トベラ基地上空を南に西に移動しながら上昇につとめ、高度一万メートルに達した。

地上から、敵数群高度不明、ラバウル地区に向かうとの情報がはいる。

本日は小機数のため、あまり無理な戦闘は避けるべきであると考え、ラバウルから数十キロ離れた海上で警戒中、ココポ付近高度六千くらいに約四十機の編隊群をみとめた。これはラバウル地区の邀撃隊のはずである。

やがてカビエン方向、高度四千から六千あたりに、三群の編隊を発見し、これぞまさしく敵空母航空部隊である。一群はココポ方向に、一群はラバウルに、一群は外側からラバウルにはいる予定であろう。いずれも四十機から五十機の編隊である。

私はいちばん近いA群に対して、海岸から陸地にはいる手前で、高度一万メートルから十五機全機の一航過一撃戦法で攻撃をかけることに決心した。

敵は高度五千メートル、F6F四個中隊三十機ばかりである。これに対し、一万メートルよりさか落としにズーミング攻撃をかけた。

作戦どおり一航過一撃戦法で、上方からねらいを定めて射撃し、そのまま外海に避退して安全海面に出る。

味方十五機の一航過攻撃で、F6F五機が海上に墜落するのを確認した。敵F6Fの一部八機は、僚機の仇を報ぜんと、私たちを追ってくる。

私たちは余勢をかって反転し、十五対八機の空戦となった。だが、性能に格段の差のあるF6Fでも、十五対八ではひけはとらなかった。八機の敵のうち二機を撃墜した。それを見た六機は反転し、ラバウル方向に向かった。

ただちに列機を集め、ラバウル上空の敵状況を見きわめながら哨戒した。

敵のA、B群はラバウル空襲後、そのままココポ方向に離脱し、C群は単縦陣の伸びた状態で高度をとりながら、私たちの哨戒方向に離脱してくる。

その直掩戦闘機の一部は、前に出すぎて掩護の役目を果たしておらず、TBF雷撃機約三十機に対して、直掩戦闘機は二十機足らずとなっている。これが、いずれも低高度で、私たちの下方に向かってくる。ふたたびチャンスがめぐってきたのだ。

私はこのC群に対して接敵を開始し、一部は敵戦闘機を攻撃する。私の小隊はTBFに対し、上空からの奇襲をかけ、短時間のうちにTBF六機、F4U四機を撃墜した。

これ以上時間をかけるのは禁物である。かならず味方の犠牲を出すにちがいない。ころはよしと攻撃中止を命じ、全速で南方方向に離脱し、安全地帯に出た。敵戦闘機は反撃してくるようすもなく、雷撃隊とともにそのまま海上に去った。

本日の空戦はいささか消極的で、なにかもの足りないあっけない戦闘であったが、それでも十数機の戦果を上げたのだから、味方の機数から考えても、まず上々の成績というべきだろう。もう少し兵力さえあれば非常に有利な戦闘ができ、戦果も多かったにちがいないが、この日の機数ではそこまでは無理だった。

一機の損失もなく、高度四千メートルで安全地帯を飛行し、飛行場と連絡をとって、敵状をきく。

離脱中の敵以外に新たな目標物なし、カビエン地区空襲警報解除になったが、警戒を厳にせよ、ということである。

山の手寄りにトベラ飛行場に帰る。敵はトベラには来襲しなかったと見え、爆撃のあとはない。

あと一時間くらいの哨戒燃料はあるが、もし敵機との空戦にでもなれば戦闘途中で燃料、弾の不足をきたす恐れがある。敵情がなければ補給しようと考え、飛行場と連絡をとって情報を聞くと、新しい目標二群あり、いまのところ進行方向不明という。補給は断念して、高度をとりながら山の手方向に向かう。

約三十分もたったであろうか、地上から、さきの目標がカビエンに向かったとの連絡があった。燃料は次第に心細くなったが、十分くらいでカビエン地区空襲警報解除となる。

やれやれと思ったのもつかの間で、新たなる目標数群海上にあり、進行方向不明という。もしラバウルに来るにしても二十分くらいかかるはずである。やむを得ず、急速行動で着陸し、その旨指揮所に報告するとともに、ただちに燃料を補給し、弾は時間内にできるだけ補給し、約二十分後に、ふたたび全機発進して、搭乗員は交代する時間もなく、前の者が引きつづき任務についた。

高度二千メートルにとったところ、地上から数群の目標は見えなくなった、という電話がある。そのまま高度を四千メートルまでとって哨戒をつづけた。

十二時四十分ごろ、ラバウル岬見張りから、海上低空にて敵数群近接、という報告があって、同時に空襲警報発令となる。

私は上空を警戒しながら、敵の攻撃目標がはっきりするまで、高度六千メートルをとり、山の手寄りに哨戒した。

地上から、数群はラバウル地区に侵入、残りは第二飛行場に向かいつつあり、高度五百メートルと連絡があった。

見るとなるほど、四、五十機の小型機編隊が第二飛行場に侵入しつつある。攻撃にはチャンスだが、どうせ爆撃はまぬがれないのであるから、無理な攻撃は避け、やはり爆撃終了後の、隊形の乱れたところを攻撃すべく、敵の退路に向かった。

敵は低空で爆撃後、海上に離脱コースをとる。私たちはこの敵に同航して、後上方より攻撃を開始した。

ラバウル飛行場周辺に据えられた海軍の高角砲陣地。昼夜を問わず来襲する敵大型機に対して、幾許かの効果はあげた。

上空の敵戦闘機は反転して向かってきたが、私たちは高度の優位を利用して、各方向からズーミング攻撃で反撃して、ＴＢＦを四機血祭りに上げた。

Ｆ６Ｆも一機、二機、三機と撃墜してゆき、ついに六機を数えたところで攻撃を止め、山の手方向に全機離脱した。敵戦闘機は私たちを追尾してきたが、途中であきらめ、反転して海上に姿を消した。

私たちは、トベラ地区から相当はなれたところで哨戒、やれやれと思うまもなく、こんどはトロキナ方面から来襲するいつもの敵大編隊、Ｂ24戦爆連合がラバウルに向かうという情報がはいった。

時刻はすでに午後一時三十分を過ぎている。それでもさきほど燃料補給をしたので、あと二時間くらいはだいじょうぶで、その点は心強く、高度を九千メートルに上げる。

朝から数回の空戦で列機もだいぶ疲れたらしく、戦闘飛行も、ともすればバラバラになりがちである。こんなときに無理な戦闘をすれば、戦果はあがらず、味方の犠牲は多くなる。まず敵状によって行動すべく、一応、安全地帯に避退する。

約三十分ぐらいたってから、上空に高角砲弾のはじける煙が見えた。敵が来襲したのであろう。敵機の見えるところまで接近し、状況をさぐる。

大型機は第二飛行場に投弾したらしく、飛行場からはもくもくと黒煙が上がっている。その上空には投弾を終わったばかりのＢ24約三十機が、Ｐ38約二十機に掩護されて、離脱中である。

一方、ラバウル地区では、敵機がいまさかんに攻撃中である。

トベラ地区には敵機は見えず、攻撃のチャンスなく、やむを得ず攻撃を断念して、山の手に避退した。

すでに時刻は午後の二時三十分になったが、まだ空襲警報解除にならない。燃料はあと一時間くらいしか飛べない量だが、弾の方はまだだいぶ残っている。戦闘にはさし支えない。しかし、午前十時から飛びつづけ、しかも昼食抜きで、疲れがひどく、高度をとると視力がきかず、頭がぼんやりしてくる。酸素もだいぶへったのであろう。

地上から、さらに「後続敵編隊ラバウル地区侵入中、高度六千」の情報がはいる。

私は依然、退避行動をつづけた。

敵は戦爆連合の約百機で、二群にわかれ、その一群はトベラ地区に向かい、他の一群はラバウル地区に向かっている。

高度六千から、つぎつぎとトベラ基地に侵入してきたが、その爆撃目標は掩体壕であったようである。

幸い、掩体壕には一機の飛行機もいなくて、整備中の飛行機は、反対側の椰子林の中に入れてあるので、別に心配することもなかった。敵側としては、飛行機は、前の攻撃から着陸して、いま掩体壕で補給中とでも思ったのであろう。おかげで、滑走路はなんの損害も受けなかった。

爆撃機隊の引き揚げたあとで、敵の戦闘機は、約二十機くらい、低空に下りて銃撃をはじめた。基地戦闘機は上空にいないと思ったのであろう。攻撃するとすれば、いまがチャンスである。

ただちに行動を開始する。まず二中隊を上空支援の位置において、私の中隊は、いまさかんに銃撃中の敵戦闘機に攻撃を開始した。

突如、上空から降ってきた私たちの戦闘機に、敵機は不意をつかれてあわて、反撃する飛行機は一機もなく、われ先にと遁走した。そのために、私たちの攻撃は非常に容易になり、疲れている搭乗員も、最後の頑張りで攻撃を加え、F4F、F4U、合わせて五機を飛行場付近に撃墜した。

敵機の完全に引き揚げたのを確認して、警報はまだ解除にならないが、あといくばくもない燃料のために全機着陸した。着陸して指揮所に行ったところ、いま空襲警報解除になったというのを聞いてホッとした。

午後三時二十分、ようやく地上の人間となる。疲労と空腹のため、身体がフラフラして自分の体のような気がしない。着陸機はすでに補給も終わり、列線に待機、三機が発動機不調のために、実動機数は十五機となっている。

待機搭乗員交代で、指揮を城下中尉に渡し、主計科の特別料理の昼食になる。しかし、やはり疲労と空腹の度がすぎて、食欲がない。眠気の方が先に立って、ろくに食べずに、そのまま横になって眠ってしまった。目が覚めると、もう夕刻で、太陽はいま水平線に隠れようとしていた。あれから敵の来襲はなかった模様だ。

本日の敵襲のような連続的な戦法には、飛行隊指揮官はじゅうぶんな判断のもとに行動しなければ、着陸中に敵襲に会ったり、また空戦中に燃料や、弾がなくなったりして、全滅の悲運を招くおそれがある。

それにしても、今日のような連続的波状攻撃を、二、三日もくり返されたら、私たちは肉体的にも、精神的にも、完全にまいってしまうだろう。

地上から眺める空戦

昭和十九年も二月半ばとなって、戦局は峠を越した。わが方は転進あるいは後退と、一歩一歩、敗戦へと近づいてゆくのである。

それでも軍首脳部は、新聞に、ラジオに、肉を切らして骨を切るのだとか、近づけておいて一挙に敵を殲滅するのだとか、国民ばかりか、一般の兵隊にも偽報を流して士気の維持をはかっていたのである。

しかし、その偽報は、私たち最前線の者には通用しない。戦争の勝敗をいちばんよく知っているのは、軍首脳部でもなければ、司令官でもない。毎日毎日、食うか食われるかの戦闘をしている私たちである。

昨年、すなわち十八年初頭までは、まだ希望のある、やり甲斐のある戦いであった。しかし、いまはただ武人として卑怯者になりたくないためにやっているといってもよかった。

何百人という空の戦友が散っていったラバウル航空隊である。それらの散っていった戦友たちの残したものは、ラバウル魂であった。ラバウル航空隊には尊い伝統があり、誇りがある。私たちはいまは、その誇りのために戦っているのだ。

搭乗員のだれ一人として、もう戦局の勝敗などは考えてはいない。私たちはおそかれ早かれ、空の消耗品として戦死する運命にある。千に一つ、あるいは万に一つ、生存する道があったとしても、だれ一人としてその道に望みをかけている者はいなかった。

二月十六日、整備員の徹夜の修理で、実動機数もどうやら二十四機となった。

昨日は朝からの敵の連続波状攻撃に、ぐったりと疲れはてた身体も、一夜の休養で元気を回復した。

「よし、今日もやるぞ」と、自分で自分を励まし、昨日は機数の少ないこともあって、はじめから消極的な気持になったが、今日は来襲する敵を徹底的に攻撃しようと、張り切って指揮所に行った。見ると、本日の待機割は城下中隊となっており、昨日出撃した者は、非番である。

戦争は毎日あるのだ。まだまだ先も長い。無理することもない。張り切っていた私は、いささか拍子抜けしたが、編成どおりに休養することにした。

同じく非番となったわが中隊の搭乗員たちに誘われて、久しぶりに近くのジャングルの中に散歩に出た。搭乗員たちはたびたび来ているらしく、モンキーバナナのあるところに連れて行かれ、木の上でうれたバナナを腹いっぱい食べ、木陰で休む。

時刻は六時になったが、まだいつもの定期便は見えないらしく、空襲のサイレンも鳴らない。もしかしたら、敵は昨日のような波状攻撃をかけるつもりかもしれない。やはり飛行場の方が気になるので、ひととき休んでひきあげた。

飛行場ではなんの情報もはいってこないので、しごくのんびりしている。午前十時を回ったが、やはり敵情なしである。十一時になると、待機搭乗員は早目に食事をとる。私たちも昼めし時に来襲されてはたまらないと、いっしょに食事をする。

十二時すぎになって、カビエン地区空襲警報発令、ラバウル地区警戒配備、飛行機隊は暫時待機となる。二十分ほど過ぎてからカビエン地区空襲警報は解除された。その後、敵情なく、飛行隊の暫時待機取り止め、第一待機となる。

午後一時になって、セントジョージ岬から、「敵大型機大編隊ラバウルに向かう」の警報がはいる。

飛行隊はただちに発進し、飛行場上空で集結後、昨日の私と同じように、山の手方向に姿を消す。昨日の私のとった行動を参考にするようにと、司令が城下中尉にいったので、彼はさっそくそれに従ったのである。

待つほどもなく、高度六千メートルくらいのところを敵大型機編隊は、大空せましとばかり、ごうごうたる爆音とともに、コースを第二飛行場に向けている。その大編隊の上下に見える小粒の機影は、いうまでもなく掩護戦闘機で、さらにその後方、高度八千メートルくらいのところに、P38約二十機がついてゆく。

ラバウル側から四十機の味方戦闘機が、高度九千メートルで、敵に反航で向かっている。わが二五三空戦闘機隊は、まだ視界に現われない。敵は進路をいくぶん右にかえたようである。遠くの方で、ドドドというにぶい爆発音が聞こえてくる。敵の第二飛行場爆撃の音であろう。

味方の戦闘機隊は、下方のB24に対し、垂直攻撃をかけはじめた。そしてダイブの姿勢のまま下方に避退する。高度五千から六千メートルあたりで、二つ、いや三つ、パッと火を吹く。

「あッやられた」思わず声を出す。味方戦闘機が敵戦にやられたのだ。だが、B24も一機、二機、三機、あの大きな巨体を、象があばれるような格好で落ちてゆく。さらに四機、五機と、白いガソリンの尾をながく引いている。ラバウル地区戦闘機隊の、近ごろにない勇猛果敢な攻撃である。

これにたいし敵の戦闘機は、下方に避退する味方を追撃している。敵が徹底的に追求するならば、味方の大部分は危険である。優速をほこる敵戦闘機は、次第にその距離をちぢめてゆく。だが、敵機はあくまで追尾するかどうか。

味方戦闘機に攻撃をかけられたB24の傷ついた編隊は、帰投コースに向かっているが、いまはその上空にP38だけが掩護についている。

ちょうどそのとき、わが二五三空戦闘機隊二十機があらわれ、このB24の編隊に向かって突進している。まさにチャンスである。

P38の運動が活発になった。そのときはすでに味方の一番機は突入している。そして、さらにその後、つぎつぎに攻撃を続行している。前の攻撃で傷ついたB24、おくれがちのB24が目標になり、たちまちそれらの四機が火を吹き、巨大な火のかたまりとなって海中に突っこんでいった。

一番機はB24を攻撃して、そのまま下方に避退しながら、いま味方機を追尾中の敵戦に向かった。みごとな指揮ぶりだが、後はジャングルにさえぎられて見えなくなった。

まもなく、ダダダ……という機銃の音と、空気を切るものすごいうなりが聞こえる。明らかに味方機の攻撃の音である。敵の機銃の音は、ゴゴゴ……と雷のような音がするので、はっきり区別できる。

味方の機銃の音が、相ついで聞こえてくる。まちがいなく、わが二五三空飛行隊の攻撃である。だが、その機銃の音も、やがて聞こえなくなった。空戦が終わったのであろう。遠くにゴーゴーという爆音が残っているだけである。地上にいる私たちも、ホッと一息ついた。見張りから、

ソロモン方面など大戦中の主な戦場に登場した米陸軍のB24爆撃機。著者を悩ませた〝定期便〟にも、同機が使用された。

「爆音近づきます」の声に、見ると味方零戦が単縦陣で飛行場上空に大きくお腹を見せながら帰ってきた。数えてみると二十機、一機の損失もない。

指揮所に帰った指揮官の話を聞くと、ラバウル地区隊を追った敵戦闘機は一機も撃墜することができず、反対に城下隊に上空から攻撃をかけられて六機を撃墜され、反撃を断念して引き揚げていったそうである。

この日の敵の来襲は大型機の一回きりで終わった。小型爆撃機の来襲のないところを見ると、昨日の攻撃でだいぶ損害をうけたものとみえる。しかし、敵は明日はたちまち補充して、また大編隊でやってくることだろう。

翌二月十七日、この日は私たちの中隊が待機する。朝からどんよりした空模様で、いまにも雨が降り出しそうで、山は垂れ下がった雲でおおわれている。この天候のためか、敵の来襲なく一日平穏ぶじに終わった。

二月十八日、情報によると、敵の有力な空母をふくむ機動部隊が、マーシャル方面で補給を終わり、その後いずこへか出動したというので、とくに内南洋諸島は警戒を厳にするようにと、十一航艦より発令があった。

この日は晴天とまではいえないが、半晴で、ところどころに大きな中層雲がある。本日の待機は城下中隊である。午前八時、セントジョージ岬から、「敵戦爆大編隊、ラバウルに向かう」の警報がはいる。

ただちに飛行隊は発進した。昨日の空戦で、作戦みごとに的中した城下指揮官は、今日も自信満々である。事実、このごろだいぶ腕を上げたらしく、被害もない。戦果も少しずつよくなっている。

飛行場上空七千メートルに上がり、その辺りを哨戒する。その飛行隊から、「敵群見ゆ、高度六千にてラバウルに向かいつつあり」と連絡がある。雲のために地上からは敵状は見えない。そのうち飛行場上空の味方機も見えなくなる。

いつもの爆撃の音が聞こえてくる。私たちはいつ敵機が来襲するかもしれないので、防空壕の入口であたりを注意している。今日はトベラ基地には来ないようすである。遠くの方でゴゴゴ……ダダダ……と、敵味方の機銃の音が入り乱れて聞こえてくる。空戦のまっ最中である。味方機が落とされねばよいがと、地上にいると心配になる。

やがて、空戦の音も聞こえなくなる。敵は引き揚げたのであろう。上空の雲から一機、二機と零戦が飛行場に向かって降りてくる。

二十四機上がったはずだが、十九機しか見えない。飛行隊はそのまま着陸コースにはいって、つぎつぎと着陸する。

指揮所で、指揮官の報告を聞くと、四機、ラバウル飛行場に不時着、一機が敵を長追いして撃墜されたという。

戦果は撃墜F４U六機、TBF十一機で、うち落下傘降下数機である。

ただちに待機交代をする。この一日二日、私の待機番には不思議と敵機が来ない。この日もついに敵の来襲はなく、ぶじに終わった。

久しぶりに愛機の手入れをする。胴体の撃墜マークも六十いくつになっている。われながらよくも落としたと思う。わが撃墜マークに悔いなしである。

夕刻、ラバウルから三機帰投した。発動機不調のためだった。

二五三空健在なり

二月十九日、待機中、いつもより早く、午前七時、セントジョージ岬から、「戦爆編隊、ラバウルに向かう」との警報があって、私は待機中の二十六機を指揮して発進した。

二日ほど敵に会っていないだけなのに、一週間もごぶさたしているような気がする。高度六千メートルで、いったんカビエン方向の海上に出る。

水平線のかなたに、点々と敵編隊が見える。第二飛行場西側の高度八千メートルにはラバウル地区隊の三十機が哨戒中である。私はさらに沖に出て高度を九千に上げた。敵の進路はどうやら第二飛行場方面に向かっているらしい。私はセントジョージ岬の方向に移動して、敵の侵入コースの背後に出る。

敵は爆撃機だけでも約二百機から二百五十機ぐらいで、掩護戦闘機はその上空にうようよしている。

敵編隊はココポ付近から急に進路を左にとり、トベラ上空に向かう。そして、見る見るうちに、トベラ飛行場一帯は爆煙におおわれる。

投弾後の敵機は、そのまま高度二千くらいで帰投方向に進んでいる。それにたいしてラバウル地区隊はすでに、敵の掩護戦闘機と空戦を展開している。爆撃隊はその隙に海上に逃れようと、全速で帰投コース上を飛んでいる。

いまがチャンスである。高度九千から緩降下して、一部を上空のＦ４Ｕに向け、主力は爆撃隊に向かって攻撃をかけた。

優位からの攻撃は手応えじゅうぶんである。ＳＢＤは一機、二機と落ちてゆき、時間にしてわずか五分あまりの攻撃で、列機とともにＳＢＤ十機を撃墜したのである。まだ爆撃終了後のＳＢＤはつづいているが、長追いは禁物だ。私はいったん山の手の方に避退して、低くなっている高度を六千メートルに上げた。

飛行場の方を見ると、滑走路付近に相当被害をうけたようすである。地上から新しい敵来襲中の報告があり、高度をさらに九千メートルに上げた。

第二群はおよそ百機で、海上上空を進航中である。こんどはラバウルに向かうらしい。

私は、高度九千メートルのままココポ沖に出る。

果たして敵は、ラバウルに投弾した。投弾後の爆撃機は高度五百くらいで、海面を避退する。その上方三千メートルに、少数ながら戦闘機が掩護している。この下方の

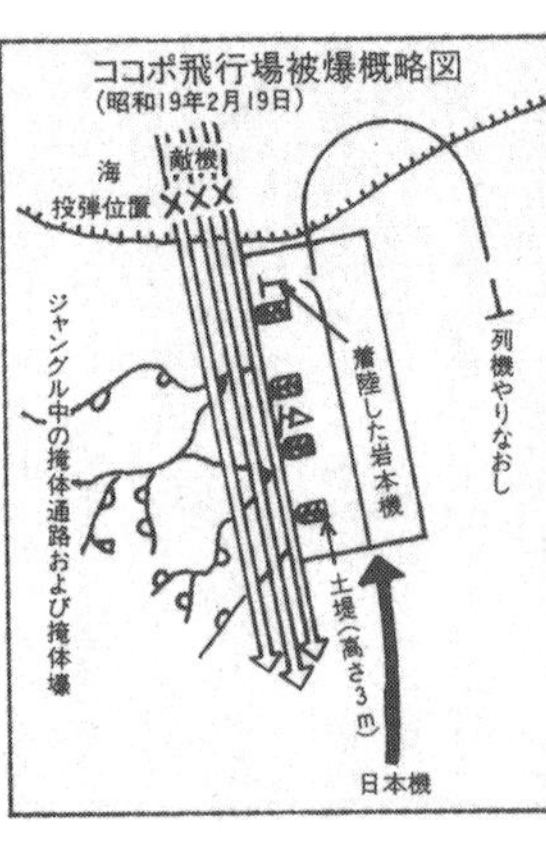

敵機群にたいし、一中隊はＳＢＤに、二中隊は戦闘機に、二手にわかれて攻撃をかける。

　つぎからつぎと流れるように出てくる敵艦爆に、一機、一機ねらい撃ちの攻撃を加えた。優速のつづくかぎり攻撃して、ＳＢＤ十二機を撃墜した。

　掩護戦闘機は少数ではあったが、最新鋭のＰ51だった。味方は、この優速の新鋭機を六機撃墜した。

　深追いは危険と、ころを見て空戦をやめ、上昇した。その途中で、ふと後方をふり返ると、最後尾の味方一機に、いままさに攻撃を加えようとする敵機がある。見るとＦ４Ｕ四機である。

　私は即時、急上昇反転して、この敵に向かった。しかし、ときはすでにおそく、敵の一連射によって最後尾の味方機は火を吹きながら、そのまま前方のジャングルの中へと自爆していった。

「しまった」と叫んだが、もうどうすることもできない。

敵は、そのまま優速を利用して下方に避退していった。追尾したが、敵の足には追いつけず、目の前の敵をみすみす逃がしてしまった。私の不注意から、ついに味方一機の犠牲を出してしまったのである。

私の急激な運動でばらばらになった列機を集め、トベラ飛行場の方に向かう。高度三千メートルで哨戒中、ふと上空を見ると、高度六千メートルあたりをいつ来たのか、B24とP38の編隊二十機あまりが、第二飛行場方向に向かっている。一目散に山の手の方に避退する。

敵機が第二飛行場に投弾しているあいだに、私は高度を八千メートルにとった。

地上からまた戦爆連合の大編隊接近中の知らせがある。まごまごしていると、今日はぶじに地面に降りられないかもしれない。

新たな編隊はB25とF4U合わせて二百機ばかりで、こんどはラバウルに向かうらしい。ラバウル上空に達した敵編隊は、つぎつぎに爆弾を降りそそぐ。弾着の瞬間、ピカピカと鋭く光る。そのあとに爆煙が立ちのぼって、やがて飛行場は、その煙のために見えなくなる。

敵編隊の一部は、高度五千くらいを第二飛行場の方に向かってくる。私たちにとっては反航体勢である。

昭和19年２月、機材などの補給が絶えてのちも、ラバウル邀撃戦に奮闘したトベラの253空搭乗員（２列目防暑帽が福田司令、右へ春田中尉、著者）

高度八千から前上方攻撃で、この編隊群に攻撃を加える。Ｂ25は、その間に第二飛行場に投弾した。

私たちの攻撃でＢ25三機が傷ついたらしく、主隊からはなれて、高度を下げながら海の方に逃れてゆく。私たちも一撃しただけで、ラバウルの方向に離脱しながら、一応、高度を四千にとる。

海面に逃れようとする傷ついたＢ25を撃墜しようと、右旋回してみると、三機はすでになく、空中にクラゲのような落下傘数個が、上下左右に散らばって、ふわりふわりと降りてゆく。海面には、捨てられた機が突っこんだあとの波紋が三つはっきり残っている。

燃料計を見ると、残量はわずかだ。どこかに着陸して補給しなければならないが、ラバウル飛行場は見るも無残な状態である。やむを得ず第二飛行場に向かう。

三本目の滑走路はどうやらぶじである。上空に敵機のないのを確かめて全機着陸する。

基地員全員が手伝ってくれて掩体壕に入れ、燃料と弾の補給を行なった。

指揮所に敵情をきいてもらうと、いまのところ、離脱中の敵機群以外の敵はない。ようやく一服できる。時計は九時三十分を示していた。

基地員の出してくれた冷たいカルピスでのどをうるおしていると、なにか指揮所でどなっている声がする。敵襲である。すでに敵は視界内にあるという。

私たちはカルピスを一息にぐっと飲みほすと、手袋もバンドもつけず飛行機にとび乗り、全機発動、方射状態で飛行機の向いている方向に向けて飛び立つ。

高度をとらず、そのまま低空で山の手に飛ぶ。敵はすでにトベラ飛行場に侵入中である。ラバウル方向は、と見ると、この方向から、大型、中型連合の一群が向かってくる。

おっとり刀でとび出したので、まだ心臓の動悸がおさまらない。この状態ではとても空戦はできない。低高度のまま山の中に避退して、高度をとる。

第二飛行場上空に引き返してみると、さきほどまでいた場所は、いまの攻撃で大穴だらけになっている。もしあのとき飛び立っていなければ、いまごろは飛行機もろともふっとばされていたであろう。

トベラ飛行場は、再三の爆撃で、大山、小山が並び立っていて、そのあとには指揮所だけが残っている。

敵はすでに去った。私たちは二五三空飛行隊の無事健在を知らそうと、高度を下げてトベラ飛行場上空を旋回した。見ると、司令、飛行長、搭乗員、その他、地上員がみんな手を振っている。

そのあとふたたび高度をとって、九千メートルまでのぼってから、ココポ沖の海面上空に出る。

下方をよく見ると約十五、六機、敵らしい飛行機が飛んでいる。降下接近してみると、双発マーチン飛行艇二機と戦闘機十二機である。上空戦闘機はＦ４Ｆらしい。一地点を中心に旋回しながら、なにかさがしているようすだ。おそらく落下傘降下の搭乗員救助であろう。私たちは容赦せず、この敵に対して上空から情け無用の攻撃を開始した。

敵が反撃に出ようとしたときには、すでに味方第二中隊はこれを捕捉していた。二中隊が機を引き上げると、かわって三中隊が突撃し、つづいて四中隊、一中隊と、間髪を入れぬ攻撃で、Ｆ４Ｆ十二機のうち八機までを撃墜した。

さらに逃げようとする飛行艇に対して、その下方にもぐって下から攻撃した。この飛行艇は側方と上方に強力な防御機銃があるので、一ばん弱い腹から攻撃して、これを不時着水させ、なおだめ押しの銃撃を加えて、ついに炎上させた。

撃墜をまぬがれた戦闘機は、ほうほうのていで逃げ去った。

列機を集めて、高度をとり、なおも警戒していると、トベラ基地から、「敵の来襲状況なし」の知らせがあった。

着陸を決意して、トベラ、第二、ラバウルと回ってみたが、みな着陸不能の状態なので、多分まだ、ぶじのはずであるココポに行こうと反転した。すると、山の手の方から約四十機からなる戦闘機ばかりの編隊が来襲するのを発見したが、今回は、君子危きに近よらず、カビエン方向に向かって避退した。

いったん回避後、約三十分ののち、ラバウル地区近くまで引き返してようすを見ると、敵らしい影も見えないので、さらに念のため地上連絡で状況を聞くと、いま撤退したという。安心してラバウル上空にはいったが、いまのところ燃料の心配はないので、着陸はやめて、さらに高度を八千メートルにとって哨戒を続行した。

午前十時四十分、地上から敵大型機編隊来襲しつつありという情報で、さらに高度う。九千に上げ、トベラ上空を飛行中、敵編隊はラバウル飛行場に向かった。ラバウル飛行場が一部まだ使用可能と見て、さきほどの戦闘機が、その状況を知らせたのであろう。

この爆撃で、ラバウル飛行場は完全に使用不能となった。

私は、敵の攻撃はさらにつづいてあるものと見て、この敵を攻撃するのはやめて哨戒をつづける。

午前十一時十分、予想どおり敵機が来襲する。SBD、TBFを主隊とする百五十機からなる大群で、直掩戦闘機はわずか八機だけである。おそらく、これは私たちラバウル航空隊は完全に制圧したと判断したうえでの作戦であろう。

ラバウル地区隊の飛行機はどこに行ったか、依然として一機も見えず、私たちの隊の二十五機だけである。

敵編隊は数群にわかれて、そのうちの二群が、戦闘機の掩護なしで、高度千メートルをココポ付近からトベラ飛行場に向かっている。まさにチャンス到来である。

私はそのとき九千メートルの上空から逆落としに二百五十ノット以上のスピードで接敵していた。そして狙いをTBF一番機に定め、前上方から徹底的に肉薄、射撃を浴びせた。

私の座席内は、連続攻撃のため、機銃の焼けるにおいがただよっている。

切りかえし、切りかえしの反復攻撃に、敵はあわてふためいて飛行場外に投弾、反転して逃げ腰になるところを、なおもくり返し攻撃をくわえ、列機とともについに四十機近い敵機のほとんど全機を撃墜しつくした。

空戦の終わったときには、列機はみんな全弾を撃ちつくしていた。燃料も残り少ないが、トベラ飛行場はまだ復旧していない。着陸可能なのは、ココポ飛行場だけである。私は列機を集めてココポ飛行場上空に向かい、最後中隊から着陸するよう指示した。

ようやく私たち四機の番がきて、まず私から着陸した。

着陸後、基地員の誘導で掩体壕に行こうとして機首を回したとき、指揮所付近にいた整備員が、なにか叫びながら掩体の方に走ってゆく。

不審に思って上空を見ると、なんと、いつのまに来たのか、Ｂ24約三十機が頭上にいるではないか。エンジン停止と同時にとびおりて、そばにいた基地員に知らせながら、飛行場のそばの穴にとびこんだ。すでにそのとき敵は爆弾を投下していた。

地面に頭をつける。まもなく、シュシュシュシュシュとうなりを発しながら、敵弾がせまってくる。これはやられたかと思うひまもなく、目の先に、ドドドドドと地震以上のゆさぶりで爆弾が炸裂した。背中にバサバサバサバサバサと土砂がふりかかってくる。一時、気がぼおッとなる。はッとわれにかえってみると、頭から背中にかけて土だらけである。

目の前五十メートルほどのところに落ちたのだが、穴の中にはいっていたおかげで助かった。その爆風はものすごく、かぶっていた飛行帽は、飛行場の中央あたりまで吹き飛んでいった。

私の飛行機はと見ると、泥をかぶってはいるが、どこといって損傷を受けているようすはない。何十発という爆弾に、よくも被害を受けなかったものだと不思議に思う。

上空を見ると、敵編隊はゆうゆうと海上はるかかなたへととび去ってゆく。それまでどこにかくれていたのか、基地員があちらこちらから飛行場にとび出してくる。私たちの飛行機の爆音に邪魔されて、上空の敵機の爆音が聞こえなかったのである。

私の中隊は、このときまだ編隊で飛行場上空を飛んでいた。すぐに布板で、着陸待ての信号を出しておいて、指揮所に行って、トベラ基地に連絡、敵の状況をきく。現在のところ、近づく敵機なしということなので、上空の飛行機に「着陸せよ」を信号した。

ジャングル内の被弾の状態は、調査の結果、幸いにも飛行機は奥部に入れてあったので、一機の被害もなかった。ただ気の毒なことに、このとき防空壕に直撃弾を受けた陸軍の兵隊が六名ほど戦死した。

上空の列機も全機着陸したので、一応ジャングルの奥に入れて補給作業を終わり、トベラ基地にその結果を報告した。

司令は、トベラ飛行場の復旧は夕方までかかる予定だが、重大な作戦があるので、本日中に全機飛行場にかえるようにという。

時刻はもう十二時を二十分も過ぎていた。基地員宿舎に行って昼食をとる。

食事後、整備の必要な飛行機が五、六機あることをトベラ基地に連絡した。基地から、トラックで整備員を派遣すると返事があった。午後の邀撃戦は中止することにきめ、各自の飛行機を一応、点検するように搭乗員に指示した。

私はさきほどのジャングル内の爆撃状況を調査に行く。幅五十メートル、長さ五百メートルほどの範囲で、二坪に一発の割合の爆撃である。穴の大きさから見ると、百キロから二百五十キロ程度の爆弾らしい。

誘導路がほとんど被害を受けているので、基地隊に連絡、一、二本の路を修理するようにたのむ。搭乗員は、なにぶんの指令のあるまで、指揮所付近で休養させることにして、交代で飛行機の電話につかせ、基地からの発信にそなえた。

午後三時ごろ、敵大型機の来襲警報があった。第二飛行場を爆撃したらしい。

さらばラバウルよ

午後四時ごろ、基地整備員がトラックで到着し、すぐ整備にかかる。太陽はだいぶ傾いている。すでに五時を過ぎている。まごまごしていれば、夜間飛行で帰らねばならないようなことになる。

基地に連絡してみると、あと三十分ほどで幅五十メートル、長さ千メートルくらい復旧するという。出来しだい発進しなければ夜間になる。

時計とにらみ合わせて、復旧予定時刻二十分前に、まず第二中隊から飛行場に出るよう指令し、八機が列線に並ぶ。

中隊長にトベラ飛行場の状態を説明して、飛行場をよく偵察のうえで着陸するように注意する。八機はただちに発進した。やがてトベラ基地から、いま上空八機旋回中、あと二、三分で完成という電話がある。

つぎの中隊が発動して列線に出たとき、ただいま八機着陸中の知らせがあった。私の小隊以外は全部、発進した。もうあたりはうす暗かった。三、四番機が発進して、最後に私と二番機が離陸した。

飛び立ってみると、空はわりあい明るいのであるが、下方は暗く、ジャングルにかこまれたトベラ飛行場は、やっと滑走路がうっすらと見える程度である。

二番機に着陸を指令する。飛行場の滑走可能の幅五十メートルのわきは大山小山の波である。一歩誤れば、重大な結果となる。三、四回やりなおしをして、二番機はようやく着陸した。私の番になったときは、滑走路はほとんど暗くて見えない状態になった。

指揮所で赤ランプを振っている。着陸待ての信号である。電話で聞いてみると、着陸危険につきココポにかえれという。

いまさらココポに引き返す気にはなれず、なんとか着陸しようと思って、電話で「着陸地帯の真ん中の両端にカンテラ一コずつ点けられたし、着陸自信あり」と返信した。いま配置するからというので、しばらく誘導コース内を飛ぶ。

やがて地上から、準備できた、着陸自信ありやという。なんとかなると思って、心配いらぬと返事をした。

とはいうものの、太陽はすでに没して、空には星がキラキラとかがやいている。目を下に向けると、なんとただ一面の底知れぬ暗黒である。

それでも以前、夜間着艦で幅二十五メートルの甲板に向かって何回となく着艦した経験があるから、なんとか着陸できるであろうと、あまり自信のないままに第四コースから飛行場に向かう。

見えるものはカンテラ二コの光と、その手前のところで横から自動車のライトで地面を照らしてくれているだけである。高度を判定しながら、井戸の中にでもはいるような気持で下がっていった。

カンテラの灯が近づいたと思ったころ、両側の椰子林がかすかに目にはいる。ライトで照らしているところを目がけてエンジンを増減して近づき、もうよいという六感でエンジンを絞って機首を起こすと、同時に軽く車輪が地面をたたき、そのまま滑走する。前方の二個の光のまん中を通過、ブレーキをかけながらゆき足をとめる。

どうやらぶじに着陸できたらしい。ゆき足がとまってからわきを見ると、すぐそばに大穴があるではないか。

エンジンを止め、整備員に押してもらって列線に飛行機をもってゆく。地面に降りてみて初めて知ったのだが、復旧とは名ばかり、その両側は穴だらけで身のたけ以上の山もあり、知らぬが仏、よくもぶじに帰れたものであると、われながら感心した。

もちろん司令、飛行長ほか搭乗員も神技以上と感心しているが、本人は他人が感心するほどの自信はなく、運を天にまかせたまでのことである。

いずれにしても、朝早く飛び立って、ようやくのことで全機、いや朝のうちに一機失ったが、そのほかはぶじに帰ってきたのである。

指揮所でやれやれと一服ののち、司令、飛行長、整備長、城下中尉と私が一室に集まり、これは軍極秘であるから、搭乗員にも他の者にもいっさい秘密という前おきがあって、司令の話を聞く。

昨二月十八、十九の両日、トラック島が敵の有力なる機動部隊の攻撃にあい、停泊中の船舶と、陸上施設に大損害を受け、竹島にあった二〇四空の搭乗員は大半戦死し、私たちの前線に補充する予定の零戦約二百機は完全に爆破炎上した。

今夕、十一航艦司令部から、「二五三空全力とラバウル地区隊全力をもって、明二十日黎明、当地を極秘発進して、トラック島の警戒の任にあたるべし」という命令が来た。いま整備員は増槽取り付け中で、未整備機の完備に全力をあげている。

だいたい以上のような司令の話である。私は近いうちに、サイパン方面か、トラック方面に敵機動部隊の来襲があるだろうとは思っていたが、現実にそうなってみると、腹の底からしみじみと心さびしさが湧き上がってくる。

昭和19年２月、トラック集結中の海軍航空隊は、敵機動部隊の奇襲で潰滅的打撃をうけた。写真手前が夏島、先が竹島。

ほんの一時の転進で、トラック島の戦闘配備のなり次第、またここに帰るので、だいたい一週間くらいであろうという。

身の回り品はさしあたり必要なものばかりにして、できるだけ少なくし、搭乗員には行く先、任務などを告げずに事を運ぶようにとの注意があった。

トラック島に帰る——ついに後退の第一歩を踏みだしたのだ。一週間と司令はいう。われわれが一時的にでも姿を消したら、ラバウルの制空権は完全に敵のものになる。いったん制空権を失ったところに、ふたたび帰ってこられるはずがないのだ。

私たちはわずか三十機足らずの機数で、連日、来襲する敵の数百機を、このラバウル地区で食いとめていたのである。

〃さらばラバウルよ〃である。そして、おそらくはふたたび来ることはないであろう。

何百人という同僚たちが散っていったこのラバウルの空とも、永久にお別れだ。明日からはもう、〝ラバウル航空隊〟ではなくなるのである。

私は司令にいわれたとおりに、行く先も任務も話さず、あたりさわりのないひととおりのことだけを指示して宿舎に帰った。そして身の回り品の整理にかかる。持ち物といっても、みんな持っていっても知れている。小さなトランク一個だけである。

明日の朝は早い。すぐ寝台にもぐりこむ。

翌朝、従兵に起こされて、起きてみると、午前三時である。みんなといっしょに飛行場に行く。

私たち五人のほかは、隊内ではだれも事の真相を知っている者はいない。隊内は平常どおりである。遠くの方でエンジンの音がする。はや整備員は試運転にかかっている。

搭乗員には、各自の持ち物を飛行機に積ませる。

司令、整備長、予備搭乗員と一部の整備員は、自動車で第二飛行場に行き、そこで一式陸攻機に乗る。

編隊は、第一中隊飛行長、第二中隊は私、第三中隊城下中尉となる。

五時前である。整備員は飛行隊が後方に転進すると気がついたらしく、みんな心配そうな顔をしている。

「おれたちはほんの一週間ほどトラックに行き、すぐ帰る」と話はするが、整備員たちの顔はなにか割り切れないものを感じている。

予定の出発時刻は刻々とせまる。

整列を終えてから、はじめて飛行長から一般搭乗員にもその真相が告げられる。搭乗員の一部はびっくりしたようすだったが、多くは、もっと安全なところに行けるという気持か、明るい顔をしている。

いまここを去るのは私たちとしても、感情的につらいが、反面、後方に下がれば、ここよりはいくらかでも安全率はよくなると思えば、明るい気持にもなる。

やがて第一中隊の発動である。つぎに私たちの二中隊も発動、整備員の見送りの中を、うす暗いトベラの基地を飛び立った。

トラック島を攻撃した敵機動部隊は十八、十九の二日間にわたって攻撃後、一応、撤退した。しかし、その後の位置は不明で、あるいは、トラック、ソロモン間を行動している公算もある。私たちは空戦覚悟の長距離移動で、もちろん全弾装備である。

ラバウル地区隊も、二機の陸攻誘導で、私たちと同時刻に発進したはずである。

私たちは予定集合地点で誘導機の一式と会合し、それから一路、トラック島に向けて定針した。

つい飲めば、隊歌が口に浮かぶ。

〽さらばラバウルよ　また来るまでは
しばし別れの涙をながし
こんど来るときゃ紫電に乗って
来るぞ　見てくれ　この愛機

私たちは、ビスマルク諸島最後の島カビエンを通過し、いよいよ大海原へと、高度三千メートルで前進する。海原は強烈な太陽光線を吸いこんで、どこまでも群青にひろがる。

昨年十八年の暮れから今日十九年二月二十一日まで、日数にすればわずかな期間でしかなかったが、その精神的に受けた重圧は、二年や三年の比ではない。

予定時刻どおりだと、はや赤道通過である。敵がいるとすれば、これから先、警戒する必要がある。

出発後三時間、あと一時間三十分もすればトラックに着く。しばらく飛ぶと、行く手に断崖のようなものすごい密雲が横たわっている。はるか右手の方に見える飛行機群は、ラバウル地区隊であろう。

雲は海面から五千メートルもある厚い層で、私たちにとってはいちばん苦手の雲である。雲の手前で一旋回後、誘導機はそのまま密雲に突入する。つづく第一中隊はちょっと考えたようすだが、これもつづいて突入し、さらに右側にいた第三中隊もつづいた。

私は雲の一歩手前で急旋回した。万一、雲の中で列機がバラバラにでもなれば、若い搭乗員は十中八、九までトラック島にかえることはできずに行方不明になってしまう。安全コースを最良策と考えて、私の中隊だけは高度を八千メートルにとり、酸素マスクをつけて雲上に出た。

翼下の雲は巨大な塀のように海を南北に仕切っている。雲中にはいった飛行機は、ぶじであってくれればよいがと念じながら、予定針路を飛行すること約十五分くらいで、この雲の上を通過、高度四千メートルに下げて酸素マスクをはずす。

予定どおりに飛ぶと、あと一時間あまりで、トラック島に着くはずだ。風速、風向をとってみて、偏流修正後、さらに飛行中、右方向かすかに白波の立つのをみとめる。

チャートを照合してみると、予定コース上より百キロくらいはなれたところに、モートロック諸島がある。すると、私たちのいまのコースはだいぶ右に流されていることとになる。さっきの雲上飛行のとき、流されたのであろう。ただちに針路を修正する。ここから二十五分か三十分くらいで、トラック島が見えるはずである。列機に前方左右の見張りをするよう注意して、スピードを増し、実速二百ノットとした。

それから約二十分くらいたって、前方にかすかに黒点が見える。近づくにしたがって、はっきりと春島の山が見えだす。これで一安心だ。燃料はまだ二時間あまりもある。

単縦陣となり、味方信号をしながらトラック島にはいる。湾内を見ると、なんと想像以上で、大きな船が赤い船腹をさらしているのや、マストだけ海面に出して沈んでいるのや、何十という船の残骸があちこちに散らばって、あたかも船の墓場といった有様である。

竹島はと見ると、この小さな島に、爆弾のあとが無数にある。滑走路わきには焼けただれた飛行機の残骸が、これも何十という数である。

対岸の夏島の連合艦隊用の補給用重油貯蔵庫の十数のタンクは、見るも無残に赤く焼けただれて、そのいくつかはいまだにくすぶりつづけている。

どこに着陸するか、ひととおり偵察のうえ、春島の大型機専用の飛行場に着陸することにきめた。出発後、四時間二十分で、ぶじ春島飛行場に降り立ったのである。

この飛行場もものすごくやられたらしく、修理したとはいえ、無数の爆弾のあとが残っている。

ここには今日、後方から進出して来たばかりの、一式陸攻約二十機がいる。いま敵部隊の索敵攻撃に一部出動しているという。

竹島には前の二〇四空の司令柴田大佐がいるはずで、電話で連絡したところ、ラバウルからは、ほかにはまだ一機も着いていないが、都合つき次第、竹島に全機来るようにということである。ただちに燃料補給の終わった機から離陸、竹島基地に移動した。

竹島は、私たちが昨年、ラバウルに進出するとき一泊したときとはすっかりかわって、見るものすべてが敗戦の姿である。急ごしらえの、バラック建ての小さな指揮所が一つできているだけである。岩山には無数の横穴の防空壕が見える。先日の爆撃で、この島の千名からの基地隊員は、この防空壕のおかげで助かったのだそうだ。

敵の爆撃で、飛行機は一機残らずやられた。そのときのくやしさ、心細さといったらなかったと基地員は語る。この有様を見ては、さもあらんという言葉しかない。

私たちの八機の到着で、基地員全員に元気がよみがえるのが目に見え、ラバウル航空隊の者が来たからには、もうぜったいにだいじょうぶと、司令も大喜びである。

三十分ほどたって、ようやく他の中隊が到着した。それから十分おくれて艦隊航空隊も到着し、ここにラバウル方面の飛行隊の移動は終わった。

ただちに交代制の上空哨戒配備となる。

トラック島の各島々の陸海軍の駐留部隊にも、私たちの到着は大きな安心感をもたらしたらしく、いまトラック島は不安におびえる落胆消沈から、ふたたび士気をとりもどしはじめたのである。

第七章　雲の墓標

至急、救援たのむ

ラバウルで大半の兵力を失った艦隊の飛行機隊は、飛行機を全部、トラック島防空の私たちに残し、搭乗員だけ引き揚げることになった。

渡された飛行機を見ると、撃墜マークを、十二、三つけているのが最高で、二つか三つという飛行機ばかりである。私の飛行機は、このとき七十の撃墜マークをつけていたが、もちろん、そんな飛行機は艦隊には一機もない。

私に言わせれば、艦隊の連中がいたところで、たいして手伝いになるわけでもなく、かえって足手まといにさえなるくらいで、むしろ一日も早く、引き揚げてもらいたいところであった。

聞くところによると、第一航空艦隊は、日本海軍の精鋭を集め、千五百機という膨大な飛行機をもち、戦局の挽回はこの部隊のほかにはないと期待されているそうである。そうなればまことにうれしいことだ。しかし、私は残念ながらそれを信じられなくなっている。いくら練度の高い部隊でも、敵と一回も交戦していないこの部隊に、それだけの希望をかけられるであろうか。

すでに、マーシャル諸島の大部を敵に占領されてしまった現在、私たちのいるトラック島は、また最前線となったのである。

内地から若い補充搭乗員と、二〇四空の若手をもらい、人員もひととおりそろったので、戦闘の合い間を見ては、実戦の経験を入れた猛訓練を課する。

大急ぎの速成訓練ではあるが、ひととおりの錬成を終わった。その後も若手搭乗員を、毎日の待機割に入れて、少しでも戦闘飛行に慣熟するようつとめた。

破壊された施設も少しずつ修理され、どうやら基地らしい形をととのえた。

一方、ラバウル方面は、私たちが引き揚げてからは、敵は朝から晩まで哨戒に来ていて、道をぶらぶら歩いていたり、煙でも出そうものなら、たちまち銃撃の雨に合うそうで、手も足も出ない状態だという。とくにラバウル、トベラの両飛行場は破壊されたまま、修理もせずほったらかしてあって、第二飛行場の一部だけが、どうやら使用できる状態という。

私たちのラバウル復帰も、いまの戦局ではまず起こりそうもない。

その後、敵は二月二十九日、カビエンの西北のアドミラルティー諸島に上陸し、飛行場をつくっているとのことである。

二月十八日に占領したマーシャル諸島のブラウン島にも、はやくも飛行場ができ、大型機の発着準備もほぼ完了したとのことで、トラック島もどうやら第二のラバウルになりそうである。

内地からニュース班がやってきて、私たちをラバウルで撮影したフィルムを持ってきた。夜になってさっそく見学する。題は〝ラバウル戦線記〟となっており、なかなかよくできている。最後に私が一人、スクリーンいっぱいに大写しになっているのにはびっくりした。

私たちのこれからの空戦は大型機攻撃になる可能性が高いので、三号爆弾の使用法を重点的に研究訓練することになった。

当地に来てから二週間ほどたった夕方、ドラム罐の露天風呂に入って、風呂あがりでのんびりしていたところ、久しぶりに空襲警報のサイレンを聞く。なにか忘れかけていたものを思い出したような気がする。

情報は、「敵大型機三機、トラック島に向かう」とのことで、ひとまず身の回りのものを防空壕にはこんだ。

竹島待機の夜間戦闘機二機は、ただちに発進し、受け持ち区域の配置につく。味方機の爆音にまじって、B24特有の金属音が聞こえてくる。

各島から探照灯がいっせいに照射され、光芒は一本の棒となって敵影を求める。何十本の光の棒が夜空にいり乱れて、平時の艦隊入港時の探照灯照射を思い出させる。

その中の一本が敵機を捕捉した。たちまち数十本の照射は、この敵機に集中する。高度約二千メートル、たしかにB24爆撃機である。

哨戒中の味方夜戦は、この敵に対して、二十ミリ砲で攻撃、見る見るうちに敵機は火を吹き、月曜島方向に墜落していった。まことにあっけない戦闘である。

敵はマーシャルの一角、ブラウン島に大型機発着の基地をつくっている。この夜、落下傘降下した敵捕虜は、ブラウン島から発進してきたと自白した。

またアドミラルティー諸島にも、大型機の基地が完成された。近いうちにトラック

夜間、来襲する敵の大型爆撃機に対抗するため生み出された夜間戦闘機月光。のちに本土上空で対B29戦に用いられた。

島は、敵大型機の集中爆撃を受けるようになるのは必定である。

若手の搭乗員も、ひととおり、われわれラバウル航空隊の気風もわかったらしく、隊内は近ごろにないなごやかな状態である。

三月にはいって、内地から、新しく平野大尉（分隊長）と中尉・予備少尉各三名が補充された。いずれも飛行時間百時間前後の未熟者である。

私も霞ヶ浦を卒業したのは、つい先日のような気がするのに、数えてみると、はや航空生活十年である。いつのまにか古参となっている。飛行時間も八千時間を越え、離着陸回数は一万三千四百回に達している。

毎晩のように夜間空襲がつづき、安眠がとれないので、防空壕の一部を改造して寝室をつくった。

味方攻撃機も夜間爆撃に、ブラウン島、タラワ島、あるいはアドミラルティー諸島と、各方面に出動している。

二五三空も編成替えとなり、私たちは戦闘三〇七飛行隊に移った。

毎晩来襲する敵B24に対し、防空隊の探照灯は捕捉が上手になり、月光隊は捕捉さえすれば、もののみごとに一撃で撃墜する。

私たち戦闘機隊の任務は、敵機の来襲がないので、トラック島付近の潜水艦の掃蕩に、あるいは入港する船の対潜哨戒にと、毎日時刻をきめて出てゆく。

また、トラック島から三百キロくらい離れたモートロック、オロール両島方面にも戦闘機ばかりの移動哨戒を実施して、敵機来襲にたいし、じゅうぶんな警戒にあたった。

モートロック島は、サンゴでできた周囲八キロ足らずの小島で、大波が来ると、全島波で洗われはしないか、と思われるような低い島である。島の中央に白っぽい一本の滑走路があり、着陸してみると、地面は一面の白サンゴだった。原住民が数十人いて、みな軍夫として働いている。

オロール島もやはり周囲八キロ足らずの小島であるが、この島は一面の椰子林で、中央部に一本の滑走路がある。ここには約五十名の守備隊がいて、トラック島から三百トンくらいの小型船で物資の補給を行なっている。

この航路によく敵の潜水艦が現われて、味方の小型船を襲撃する。駆潜艇一隻がついて行くのだが、敵潜水艦は強力で、反対に駆潜艇がやられるのである。

私たちはこの補給船の出入りのときには、とくに厳重に哨戒していた。トラック島付近は一日少なくとも一回、多くて三、四回ものスコールが来襲して、そのたびに視界がまったくきかなくなるので、哨戒飛行は一苦労である。

この日は私の中隊が待機割で、若い中尉の指揮のもとに、トラック島からオロール島に向けて航行中の船の対潜哨戒に一個中隊を出した。

出発して一時間たったころ、相当大きなスコールが来襲して視界ゼロとなった。飛行はきわめて危険な状態で、基地では、みなぶじに任務を果たして帰ってくれればよいがと案じていた。

ところが、小型船二隻、駆潜艇一隻からなる船団から、「トラック島より約百キロはなれた地点に敵潜水艦が浮上して砲撃中なり、すみやかに救援たのむ、なおトラック島より六十キロ付近まで相当のスコール雲あり」という入電である。

わが哨戒隊は、いったいどうしたのであろうか。時間的には当然、船団上空を哨戒中のはずだが、いまだに船団を発見していないのである。経験の浅い指揮官であるため、航法を誤ったのか、それともスコールの中で機位を失したのか、そのどちらかであろう。

そのうち、司令部から哨戒隊はどうしているかとの詰問的な問い合わせがきた。まかりまちがえば、八機は大洋のまっただ中に不時着である。また船団の安否も気づかわれる。

電信室ではしきりに哨戒隊を呼ぶが応答はなく、船団からは重ねて、至急救援たのむの入電である。

私の中隊に出撃命令が出た。兵器員は翼下に六十キロ爆弾二発を搭載し、整備員は増槽を取りつけ、私たちは大急ぎで発進した。

やはり行く手にはスコール雲がある。列機に梯陣隊形をとらせ、予定進路を海面すれすれにスコール中にはいる。ものすごい雨だ。スピードを増し、ゼロブースト二百四十ノットにして約十五分くらい飛行すると、前方が急に明るくなる。スコールの切れ目が近づいたのであろう。

そのうちスコールから抜け出した。高度を千メートルにとり、八機を横陣隊形として、海面に注意しながらゆくこと五分足らずで、前方に黒い小さな船三隻を発見した。

「よかった」まだやられてはいない。

スピードを二百八十キロに下げて接近すると、船の右側方に白く波をたてているうず巻きを発見し、そのまま緩降下で高度を下げれば、まさしく敵潜水艦の艦橋である。高度千メートルまで下げて、二発同時に投弾、つづく列機も私の投弾位置より百メートル以内に投弾する。

引き上げて見たときには、すでに敵潜水艦の影は見えず、戦果は不明である。投下した爆弾は、二、三秒後に海面をもり上げて水中で爆発した。

なおも上空を二、三回旋回してみたが、やはり戦果は不明なので、高度を三百メートルにとり、船の上空に行って被害のないのを確かめて、改めて哨戒につく。

いま爆撃した付近をふり返ってみると、いつのまに来たのか、水上機一機がダイブして爆撃中である。

それから二時間あまり哨戒して基地に連絡をとると、約三十分前に交替の哨戒機が出発したから、現場上空で交替のうえ帰投するようにという。

まもなく後方より高度五百メートルで八機の零戦が到着した。船の上空で交替、私たちは帰投コースにつく。

ぼんやりした航法をすると、トラック島に帰れないようなことになる。慎重に、風向をとり、修正コースで飛行する。

前方には、来るときよりはだいぶ小さくはなったが、まだスコール雲が行く手をはばんでいる。スコールの中にはいるのはよいが、もしこのスコール雲がトラック島までつづいていたら、海面すれすれの飛行で、島にぶつかるおそれがある。

基地に連絡をとって天候を聞いてみる。いまのところトラック島はスコールなしとのことで、隊形を梯陣にして高度を下げ、スコールの中にはいろうとした。

そのとき、左方相当はなれたところに飛行機が飛んでいるのをみとめた。旋回のうえ高度をとって、その方向に接近してみると、なんと第一直に出た哨戒隊である。すでに五時間以上も飛んでいる。燃料もあまりないはずだ。私たちにつづくよう信号して、その位置からスコールの中にはいる。

十分足らずでスコールを抜け出た。見ると、目の前にトラックの島々がある。スピードをやや増して竹島上空に到着する。あとにつづく中隊を着陸させてから、私たちがこれにつづいた。船団からは、無電で救援感謝を言ってきたそうだ。

一直の中隊長は司令に大目玉で、当分、指揮官配置なしとのことである。その列機も、私たちに会ったときは座席内でおどり上がって喜んだそうで、みんな不時着を覚悟していたという。

事実、もしわたしの目にとまらなかったら、この八人は、多分いまごろは鱶の餌食にでもなっていることだろう。

戦闘機のみの洋上飛行は、相当古い者でも失敗する。まして練度の低い者であれば、航法を誤ることは無理もないことなのである。

大戦果に湧く

春島、冬島、金曜島の三ヵ所に設置されている電探も、しだいに性能が向上して、二百五十キロから二百八十キロくらいまでは完全に目標をつかむようになり、敵の攻撃も、二十分から三十分前に探知したので、私たち邀撃戦闘機隊にとっては非常に有利となった。

三月六日、午前十時すぎ、冬島電探から、南方二百四十キロ付近に相当大きな目標物ありとの報告で、訓練を中止して、全機待機となった。

三号爆弾を装着した私の中隊は早めに発進して、高度八千メートルをとり、秋島と日曜島間を哨戒、主隊は飛行場上空より東方面を哨戒する。

電話で敵情をきくと、まだ目標は確認できないが、西方に回りながら近づいているとのことである。おそらく土曜島方面から、春島と秋島間に向かって来ると予想して、高度を九千メートルに上げた。

列機に、土曜島方向をとくに注意させながら警戒中、火曜島方向の水平線はるかに、近づいてきたのは、まさしく敵の大編隊である。

ただちに地上へ「敵大型機編隊発見す」を知らせる。

敵は予想どおり、土曜島と火曜島のほぼ中間のところからこちらに向かって侵入してくる。太陽光線で、翼がときどきキラキラと光る。どうやら夏島に向かっているらしい進路である。

3月6日特爆邀撃図

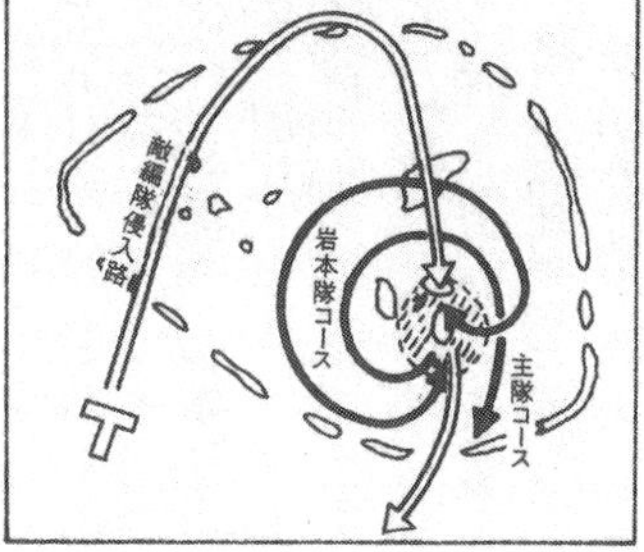

三号爆弾による攻撃は、できるだけ敵の進路上より接近すれば確率を増すので、その点を考え、早めに列機を単縦陣として、各機間約百五十メートルの間隔をとり、反航体勢で接敵する。
堂々たるB24四十八機の大編隊で、一機の掩護戦闘機もついていない。大胆な白昼の来襲である。われわれ戦闘機隊をみくびったのか。
私たちは満を持して待機した。反航態勢なので、彼我の距離は急速にちぢまる。高度差、距離の判定を誤れば、ぜったいに成功しない攻撃法である。はやる心をおさえ、慎重に距離とスピードを判定し、時期到来の瞬間、背面に切りかえして、敵大編隊の千メートル前に垂直に突っこむ。

敵の前方千メートル、高度六百メートルのところで、投弾するのである。心の中で数を数え、四つと同時に、

「テッ！」と叫んで投下把柄を引き、そのまま右足いっぱいにバンクをとって、敵編隊の右側方をさか落としに突破する。

つぎの瞬間には、力いっぱい操縦桿を引き、結果いかにと上空を見る。目はちらつき、はっきり見えない。ただ上空に敵の後続編隊が、うすぼんやりと見えるだけだ。

操縦桿をややゆるめて、上昇姿勢をとり、あらためて同航にしながら眺めると、タコの足のような煙が、いま通りすぎた敵編隊の後方に見える。

「しまった！」失敗したと気がつき、それなら機銃攻撃で行こうと、全速で敵を追尾する。

B24は、すでに夏島に爆撃を終わったようすだが、なにかさっきの編隊とはちがっているようである。

私の後方の列機は一機だけがついていて、あとの六機がいない。不審に思って、な

おもよく後方を見ると、なんと敵のＢ24六機が、白煙を引いて土曜島方向に高度を下げながら遁走して行くではないか。その上下に小さな黒点が動いている。

「あっ！　命中したのだ」しかも六機という大型機が、いっぺんに至近弾をうけたらしい。

　私は目前の敵編隊にせまり、その最後尾の一機に側方より、さらに前方の機へとくり返し攻撃を加えた。攻撃しながら敵の編隊を観察すると、そのうちの十機以上は白煙を引いている。この編隊の頭上にも、誤りなく三号爆弾が炸裂したらしいのである。敵が外礁を通過するころには、さらに六機が編隊からはなれぎみになり、邀撃隊はこの敵に対して集中攻撃をかけている。

　私は攻撃をやめて、さきに土曜島方向に高度を下げた敵機の、その後の状況を偵察すべく反転した。

　土曜島の左側の外礁の内側に、大きな油紋が二つと、外側に大きく油の流れたあとが一つある。慎重に偵察したが、それ以上は見当たらない。味方機もいないので、反転して飛行場上空に向かう。

　見ると、すでに列機の六機は着陸している。指揮所前に、着陸せよの布板が出ていたのでそのまま着陸した。

指揮所前で列機の六人が笑顔で迎えた。投弾直後、失敗だと舌打ちした攻撃が、じつは大成功であったのだ。私もさすがに顔がほころぶ。

指揮所にはいると、柴田大佐が私に向かって両手を上げて、「バンザイ」をして迎えてくれた。伊藤司令、岡本飛行長も、今日のような胸のすく攻撃を見たのははじめてだと大喜びである。

私は爆弾が敵機に命中した瞬間は見ていないので、列機にその状況を聞くと、三番機が攻撃にはいったとき、私の爆弾は、上から見ると、敵の先頭中隊のあたりで爆発したとのことである。

指揮所の連中は、敵編隊の上空約五十メートルくらいのところで、ピカッと光って爆発したのを見たそうである。それと同時に爆煙の下の方でB24の大きな翼が急旋回して、そのまま反転、高度を下げながら土曜島方向に見えなくなったという。

列機の話では、三機は内礁に、二機は外礁に突っこみ、一機は海面すれすれに外海に逃がれたが、不時着はまちがいないとのことである。

さらに四番機の放った爆弾は、編隊の上空百五十メートルくらいのところで破裂して、これも相当の被害をあたえたらしいが、私が敵機を追いかけたとき、ガソリンの尾を引いていたのがそれであろう。

そのうち邀撃隊もつぎつぎ帰ってきて、その報告によると、さらに六機が外礁三百キロぐらいのところで不時着水したという。

そのほか機銃で撃破したものもかなりあるので、十二機撃墜のほかに、五、六機は撃破されたわけである。

掩護戦闘機がついていないため、攻撃は容易なのであるが、そのかわり編隊からの集中防御火網は相当なもので、とくに後上方攻撃でもすれば、味方はまちがいなくやられるおそれがある。

見張所から、「夏島方向より、将旗をつけた高速艇がこちらに向かって来ます」とのことで、司令、飛行長は波止場に行く。

私たちは今日の貴重な戦訓を検討し、だれでもできるようにと、搭乗員を集めて、今日の攻撃要領を説明した。忘れぬうちにと思ったのである。

いま着いた艇から降りたのは、第四根拠地隊司令官ほか幕僚たちで、今日の攻撃ぶりに感激して、お祝いに来たとのことであった。引出物として酒一ダースとウイスキー半ダースをもらい、搭乗員は大喜びだ。

二月中旬、敵の機動部隊に手も足も出ないほどやられて以来、はじめての大戦果で、四根麾下の各隊はもちろんのこと、陸軍部隊将兵の士気も大いに上がったという。

午後五時ごろ、司令部電信室からの知らせによると、トラックを攻撃した大編隊は、赤道付近で、基地に対してSOSを発し、「多数機不時着状態にあり、救援たのむ」を発進していたとのことで、本日の戦果はさらに増したわけである。

夜は司令、飛行長はじめ、全搭乗員で久方ぶりの酒宴である。こころゆくまでお祝いの酒を飲んでさわいだ。

二度目の三号爆弾

敵は一回の爆撃で、あまりにも大きな被害をうけたためか、その後しばらく来襲する気配もなく、至極平穏な日がつづいた。

一週間後くらいであったか、十二時ごろレーダー（電探）が、ブラウン島方向より接近する目標捕捉を報じた。

ただちに待機中の全機が発進した。その日、私は非番で、地上避退組である。

十二時三十分すぎ、B24約三十機が高度六千で竹島上空に来襲した。

この日の三号爆弾組の攻撃は、要領がわるく、敵に被害をあたえることができなかった。邀撃隊によって二機撃墜したが、このうちの一機は味方の体当たりによるもので、味方機もそのまま海中に突入、戦死した。

竹島基地には二発命中、その他はすべて海中に落ちた。爆弾は一トン爆弾らしく、落下地点から七、八十メートルにわたって、待避壕が落盤するというものすごいものであった。

飛行場付近の海中に落ちた爆弾のため、何千という魚が岸に打ち寄せられ、その日は、思わぬご馳走にありつく。もし敵の爆弾が全部島に命中したとしたら、島の半分は海中に没したかもしれない。

それから三日めの三月十七日、こんどはアドミラルティー諸島からの来襲である。前回で他の中隊が三号爆弾を失敗したため、その日はとくに司令の指名で、わが中隊が特爆隊に参加することになった。

準備完了後、早めに発進する。私としては、ラバウル以来すでに数回、三号爆弾による攻撃は体験して、幸い成功はしているが、まだ確信はもてない。

いままでの経験にもとづき、この辺りでこのくらいの操作をすれば、なんとかなるだろうという、漠然としたカンによるもので、それがうまく命中してくれたものの、柳の下には泥鰌は二匹いないとか、そうたびたびうまくゆくとは限らない。しかし、できるだけのことはやってみようと心にきめて高度をとった。

地上からの刻々の通報により、だいたい敵は前回と同じ要領で侵入するものと判断した。報じられる目標の移動状況は前回とよく似ている。

この日は前回よりもう少し早めに解散し、単縦陣となって、春島と冬島間を、侵入コースにたいして九十度となるよう哨戒する。

十一時すぎ、外礁見張所から情報がはいる。

「高度六千メートル、約四十機の大型機見ゆ」

つづいて三番機から敵発見の信号があったので、見れば、前回よりやや西寄りぎみに旋回している。

敵の定針コースを見ると、目標は春島のようである。一小隊はだいたい敵の侵入コース線上に乗っているが、二小隊はすこし斜め気味である。

日曜島付近で敵の先頭機に対面し、少しおくれ気味で、背面垂直攻撃に突入した。前回の経験で、わりあい攻撃操作は容易にできた。前回より少し早め気味に投下し、そのまま側方に避退した。前回は側下方だった。

投下爆弾の効果を確認するため、避退しながら敵編隊の上空を注視する。

ピカッと光ったのが目にはいった。敵編隊よりかなり上空のようであったが、前列五、六機目のところから八機、水平飛行の姿勢のまま急に高度が下がりはじめた。

つづいてピカッと光ったのは、二番機の爆弾である。私のものよりやや低目であったが、さらに追い撃ちをかけることになった模様で、四機は空中火災をおこし、残りの四機はそのまま機首を下げながら、緩ダイブの状態で西方に向かった。

「命中だっ、よかった」地上だったら、とび上がって喜んだろう。さっきまで肩にのしかかっていた圧迫感もとれて浮き浮きしてくる。しかし、油断は禁物だ。

私と二番機の二機が三号爆弾攻撃で、まず私の攻撃で敵機編隊はばらばらになり、さらにつづいた二番機の攻撃は最後部に命中したらしく、春島通過のときは、二、三機ずつばらばらになって、東南方面にわれがちに避退していった。

もちろん、そのとき敵機はすでに邀撃隊に捕捉されており、内礁で十二機、外礁で四機を撃墜、または不時着せしめたのである。

このときの捕虜の言葉によると、前に来襲した部隊とは異なり、新しく後方から転進してきた部隊で、前回の被害状態はなにも聞いていないとのことである。敵は一回の攻撃で大きな被害をうけると、その部隊は後方に帰して、ほかからぜんぜんなにも知らぬ新しい部隊をくり出してくる。物量の豊富な国らしいやり方である。

その日も司令はじめ、竹島基地の全員が大喜びである。司令は私の三号爆弾攻撃の要領をパンフレットにして、全海軍に配布すると言った。

それから何日目であったか、飛行長から、搭乗員みんなで向かいの夏島に行ってみようということになった。私も大賛成で、ランチで日没前、夏島に渡った。

なるほど、竹島とは異なり、商店は営業していないが、町も昔のままである。

私たちはさっそく司令部に寄って酒をもらい、久々に見る日本の女性には感激した。持参した酒で宴を開き心ゆくまで遊んで、夜の十二時過ぎに引き揚げる。このような遊び場のあるのを知ったおかげで、それからは、ちょくちょく無断で島渡りということになった。

それにしても、ラバウルの整備員たちはどうしているのか気にかかる。すぐ帰ってくるからといっても釈然としなかった、あのさびしそうな顔を思い出す。いまも私たちの帰るのを心待ちにしているであろうか。

敵は昼間の攻撃があまりにも被害が大きいためか、夜間空襲に切りかえたらしい。これには睡眠がとれないので弱った。やむを得ず、非番直は昼間寝ることになった。

指揮官の不覚

三月二十四日、久しぶりにレーダーはブラウン島よりの来襲目標を捕らえた。

平野大尉が三号特爆隊を指揮し、城下中尉は邀撃指揮で発進した。

今日の敵機はB24二十四機、高度六千メートルで夏島と秋島をねらった。この日、敵の投下した親子焼夷弾が、秋島にあった艦隊の補給弾薬庫の一部に命中したため、つぎつぎに誘爆する音は夕刻から夜おそくまで、トラック島全土をゆすぶった。

この日の三号爆弾の攻撃は成功しなかった。邀撃隊のみB24三機を撃墜して、戦闘は終了した。

三月二十六日、サイパンから発進した「彩雲」偵察機は、単機でマーシャル方面を偵察したが、その報告によると、メジュロ泊地には数隻の空母をふくむ約六十隻以上の艦艇が待機中である。

わが方はこの敵機動部隊の来襲を予期して、とくに索敵機を倍加し、邀撃隊は全機戦闘完備状態で第一待機とした。

索敵機の報告によると、トラック島から千キロ付近に敵艦載機が飛行しているという。この敵が、サイパン島方面に向かうのか、トラック島に来るのか、いまのところは不明であるが、全機警戒配備となる。

三月二十八日、この日、天候はよくなく、高度二千メートル付近に層雲がある。

平野大尉指揮のもとに、邀撃隊は早朝より暫時待機となり、私たちは午後より待機の予定である。

午前六時、冬島レーダーから、数群よりなる目標が近接してくるとの警報で、三十六機が発進し、私たちはいっさいのものを防空壕に入れる。

上空を見ると、発進した味方機は、上空の雲の下で哨戒中である。このとき外礁見張員より、敵小型機侵入中の報がある。電話で空中と連絡する。

すると、なにを思ったか雲下哨戒中の指揮官は、雲の切れ間から上空に出ようとするようすである。私は飛行長に電話し、邀撃隊は雲下で哨戒するようたのんだ。しかし、そのときには早くも半数以上が雲の中にはいっていた。

いままで雲下に姿を隠していたのに敵が近づくと同時に、雲の上にわれここにあり、と出ていったのだが、何を思いちがいしたのであろうか。

敵は高度五千から六千くらいではいってくるであろう。そうなれば雲がバックとなって、上昇中の味方は、よい目標となり、上空より殴り込みをかけられ、ひとたまりもなくやられることは、火を見るより明らかである。

三分の二も雲の中に見えなくなったころ、雲の上でゴゴゴ、ゴゴゴと、忘れようとしても忘れえない敵の機銃が轟いた。地上にいる者はいっせいに私の方を向く。

「味方は全滅だっ」

私はこらえきれぬままに大声でどなった。つづいて聞こえる機銃音は、みんな敵の攻撃の音である。

上空の雲が赤く染まったと思うと、火だるまとなった味方機が一機、また一機、つづいて雲中から落ちてくる。敵と一度も空戦したことのない指揮官とはいえ、大尉の戦闘機操縦者として何たるざまであるか。

雲の上の惨状は見なくてもわかる。つづけて聞こえるのはゴゴゴのうなりばかりだ。そのうち、あちこちの雲の中から一機一機と撃墜をまぬかれた味方機が逃げてくる。代わって雲の切れ目より突っこんでくるのは、敵のＳＢＤ艦爆で、ゆうゆうたる攻撃である。

地上の機銃はいっせいに火ぶたを切ったが、勝ち誇った敵は、味方の陣地に対し反対に攻撃をかけてくる。そのうち私たちの頭上にもごうごうたる爆音が迫った。みんな防空壕にとびこむ。

敵は落とす、撃つの猛攻撃で、竹島基地は地震のようにゆさぶられる。優秀な搭乗員をもちながら敵を一機も落としえず、思うがままあばれさせ、このように悲惨な状況に陥れるとは！　いかにせん、いまは地上には一機もない。上空の味方機は果たして何機、帰ってくることであろう。

敵の攻撃は、およそ二十分もつづいたろう。冬島レーダーより、「敵目標遠ざかる」の報があり、同時に急に静かになる。

防空壕から出てみると、指揮所、宿舎は見るもあわれな姿にかわり、飛行場は大穴だらけである。全員スコップを持ってかろうじて発着できる程度にしようと懸命に働く。

いままでどこに行っていたのか、あちこちの島影から二機、三機と味方機が帰ってくる。結局、十七機が着陸した。そのなかに平野大尉もいる。てっきりやられたと思っていただけに、意外に思った。

三十六機上がったうち、着陸した十七機以外の、あとの十九機はどうしたのだろうか。司令、飛行長の深刻な顔、くやしさと腹立たしさで私の顔も見られたものではなかったろう。

着陸機は、ただちに燃料と弾薬の補給にかかる。兵器員の話によると、平野大尉は一発も使用していないとのことである。

待機交代で、わが中隊が配備につく。

私は整備分隊長に、増槽を取りつけるようたのみ、搭乗員を集めて注意をあたえる。

「わずか十七機で多数の敵と交戦するには、正攻法をもってしては味方は不利である。

本日は中隊長の攻撃命令がなければ、勝手に戦闘にはいってはいけない。また、ぜったいに中隊長より離れてはならない。以上くれぐれも注意するように」

準備なって待機中、冬島レーダーより、新たな目標数群が近づくとの報で、ただちに発進し、全機増槽使用を命ずる。だいたい巡航速度で二時間ぐらい使えるのである。

雲下高度二千で地上と連絡をとる。敵はさきほどと同じ方向から侵入するらしい。私はその反対方向に向かい、島の外礁より外に大きく迂回し、約六十キロくらいはなれ、高度を上げながら、敵の侵入してきたコース上に向かう。高度八千メートルで敵の帰路を待ち伏せる作戦である。

飛行場より離れすぎ、電話感度不良のため、電信で状況を聞く。敵戦爆連合約二百機、いま夏島、竹島を攻撃中の報がはいる。内礁方向の上空に黒煙が見えるのは、味方の高角砲であろう。

すでに発進して四十分以上も経過している。時間からいえば、敵はそろそろ引き揚げるころである。

高度八千メートルで、敵侵入コース上をトラック島環礁内にはいる。雲が多く下方がよく見えぬので、高度を六千メートルに下げる。

雲の切れ間から海上を索敵していると、ふと雲下を飛行中の敵機群を発見した。雲上には敵影は見えない。

「よし攻撃だ」全機、一斉攻撃を命令する。

敵機の側後方にあたる付近をねらって、急降下で雲下に出る。敵は高度千メートルで、爆撃機を先頭に、左右に戦闘機がついてゆうゆうと引き揚げ中である。

いったん雲の下辺すれすれにはいり、敵の上空に接近した。すでに増槽は捨ててあった。敵機の頭上にせまると、十七機いっせいに反航して一撃をくわえ、スピードを利用してそのまま雲の上に引き上げ、さらにつづけて第二撃に入る。

敵はあわてふためき、SBD隊はそのまま全速で高度を下げつつ逃げ、一部のF6Fは身をかわして反撃に出ようとしたが、立ちなおる直前に攻撃を加え、上空の雲を利用して攻撃をくり返す。

敵は帰投に要する燃料の関係からか、積極的に反撃せず、むしろ急いで引き揚げようとするようすである。

これに後方より追尾をつづけ、内礁でSBD四機、F6F六機を撃墜し、外礁でおくれ気味のSBDの一群を捕捉して六機を海中に落とし、ようやく列機に戦闘中止を命じた。

外礁沿いに高度を取りながら、オロール島方向に避退し、高度六千メートルで警戒しながら飛行場と連絡をとる。いまのところ敵の新しい目標はないとのことで、雲下すれすれに竹島上空に帰り、急速着陸し、全機ぶじを確認した。

整備員に増槽取りつけを命じ、指揮所で戦闘経過の概要を報告した。

外礁見張所より「見張所付近に敵機多数墜落、搭乗員数名泳ぎつつあり」と報じてくる。

水平線のかなたに

飛行長より城下中隊と交代するように言われたが、もう一度、私が指揮をとるからと、引きつづいて待機する。

平野中隊の搭乗員は、さいぜんの仇をとるからぜひ連れていってくれとせがむ。その気持はよくわかるが、本日は、味方の損害を出さぬようにしながら、しかも敵をなるべく多数落とすようにしなければならぬので、つぎの機会につれてゆくからと、なだめすかして断念させた。

主計科は先の敵襲で炊事用具をすっかりやられたので、かん詰めの赤飯で食事をすませ、つぎの作戦を考えながら待機中、冬島レーダーより三たび敵の来襲警報がはいった。

午後三時すぎ離陸し、飛行場上空で集合する。雲は島より右方に流れて、各島ともだいたい上空より見わたせる。

視界いっぱいいっぱいのところ、高度六千メートルで警戒していると、三時四十分ごろ、春島方向、高度五千あたりに無数の黒点が見え、見るまにはっきりと姿をあらわした。

私はいったん外礁沖に出て、高度を八千メートルに上げ、春島、竹島に来襲中の敵の状況を見ながら、高度三千から五千の間には敵がいないのを確かめ、竹島上空に侵入する。

よく見ると、敵機は海面すれすれに飛びまわっている。いずれも高度は五百メートル以下である。竹島の右方高度二千メートルくらいに雲があるのを認め、攻撃後の避退場所に考えて、秋島の上空付近から急降下で接敵する。

戦闘機はあまり見えず、ＳＢＤが大部分で、大胆にも地上に銃撃をくわえている。優速を利用して、捕捉したＳＢＤに肉薄射撃し、衝突の一歩前で急上昇しながら見ると、敵機は一撃で、あっけなく海中にしぶきを上げて姿を没する。

さらに二撃、三撃と反復攻撃を加えた。なかにはＦ６Ｆと巴戦に入る列機もある。

味方の戦闘慣れした技はみごとで、つぎつぎと敵機は海面に落下してゆく。

敵は集合もせず、ばらばらの状態で引き揚げてゆく。それを追いかけようとする列機もあるが、わたしはつぎの作戦を考えて追撃中止を命じた。

そのまま冬島方向に避退する。約二十分ほど哨戒して、地上より新しい目標なしとの知らせがあり、哨戒を中止して、全機飛行場に帰る。すでに四時三十分をすぎている。

夕方までにもう一回、敵襲があるかもしれない。さらに待機を続行したが、ついにその日は来襲せず、夜となった。

第一回の攻撃で、十九名の搭乗員を失ったが、無人島や外礁の小さな島付近に不時着した搭乗員も、かなりあるらしい。

守備隊にたのみ、夕刻より捜索に出てもらった。翌朝までに六名帰り、うち二名が火傷を負っていた。

春島からは、攻撃機が単機ずつの夜間攻撃をめざして、夕空を水平線のかなたに没してゆく。

明けると三月二十九日、敵の機動部隊はいまだに近くにいるもようである。早朝より待機中、オロール島守備隊から敵艦三隻近接砲撃中、また敵小型機数機上空にあり

昭和19年４月、トラック飛行場を爆撃する米海軍のカーチスSBD。同機は大戦中期以降、米軍艦爆機の主力であった。

との報告がある。

これにたいし、司令部から、どうするか、という問い合わせがあって、結局、十七機全機に六十キロ爆弾二発ずつを爆装して攻撃することにきまった。

オロール島まで約四十分で行ける距離だが、途中には島一つない海上コースなので、またわが中隊が行くことになった。

午前五時、いまだ明けやらぬ海上を、高度二千メートルで定針し、三十分ぐらいたってから、高度をとりながら飛行し、高度四千メートルで前方に島が見えた。オロール島である。まず第一の難関は突破したわけである。

私は高度を六千メートルに上げ、島の上空を一周した。オロール島の周囲を探索したが、敵らしいものは見えない。六、七十キロのところまで出てみたが、やはり何も見えず、すでに一時間も探したので、あきらめて島の上空にもどり警戒をつづける。

島の反対側の海岸線に大型機一機を認め、これに接近してみれば、敵のマーチン双発飛行艇である。

列機に合図して攻撃を開始する。四機目の攻撃についに発火、そのまま海面に激突し、大爆発をおこして、機影はあとかたもなく消え、海面に浮いているガソリンが燃えているだけである。

竹島発進後、すでに三時間を経過している。いったん基地に帰ろうと連絡してみると、いま敵艦載機が攻撃中とのことで、基地に帰るのをやめ、オロール島飛行場に着陸することにした。

この飛行場には整備員もおり、零戦の増槽もあり、じゅうぶんな補給ができて一服する。艦砲射撃は、浮上潜水艦の誤りだったらしい。

午前十一時、基地との連絡によると、敵の来襲はだいたい十二時すぎになるとのことで、早めに昼食をとり出発する。

十二時前、トラック島上空に到着する。基地の連絡ではいまのところ情報はない。列機にＡＣ（燃料調節装置）使用を命じて、土曜島寄りに哨戒し、一時間ばかりたって、敵機来襲の警報がはいった。

高度を八千メートルにとって、昨日と同じ要領で接敵する。

敵は朝からの攻撃で、一機の戦闘機も出てこなかったので安心したものか、掩護戦闘機はわずかにＦ６Ｆ八機だけで、あとは全部爆撃機である。

敵の投弾前に、この八機のＦ６Ｆに対して攻撃をかけることにし、高度を五千にとり、味方の全力をもって襲いかかった。十七対八の優勢で、しかもわが方は、連日の戦闘で鍛え上げられた腕ききぞろいである。たちまち、Ｆ６Ｆ八機を一機残らず撃墜した。

こうなればあとは楽なもので、投弾後、大急ぎで引き揚げようと、ばらばらに逃げてゆくＳＢＤの艦爆をつぎつぎに捕捉して、春島、竹島間で十二機を撃墜した。

この戦闘の連続射撃で、私の機は一発の弾もなくなった。列機も同様のはずだ。やむを得ず戦闘中止を命じて集結し、基地に連絡をとって、安全な補給のできるオロール島基地に向かった。

午後二時二十分ごろ、全機オロール島に着陸し、整備員に協力して、大急ぎで補給作業を終わる。一服しているうちに、トラック島から連絡があった。

「敵戦闘機のみ約六十機、上空にあり」

敵はわれわれ戦闘機隊を全滅させようと、戦闘機を大挙くり出して来たのであろう。

私が補給をオロール島に選んだことは大成功で、みごとに敵に肩すかしをくわせた結果となった。

トラック島の敵戦闘機は、三十分間も各島を偵察銃撃したらしいが、めざす戦闘機を一機も発見できず、ついにあきらめて引き揚げた。

搭乗員も昨日からの立てつづけの戦闘で、かなり疲労したらしく、みな横になって眠っている。今日はこれ以上無理をしない方がよいと考え、竹島の司令あてに、本日の邀撃戦は中止し、夕刻基地にかえる旨連絡する。

午後四時ごろ、敵はまた戦爆連合でトラック島に来襲した。それを最後に、ようやくこの日の敵襲は終わった。

いま私たちのいるオロール島は、全島密林でおおわれており、椰子の実、マンゴーなどの果物も豊富だった。

しばらく昼寝をして果物をごちそうになり、どうやら元気も回復したので、夕刻、出発することにした。

守備隊員の感謝の言葉におくられて飛行場を離陸、一路トラック島に向かった。今朝は、水平線の朝日をうしろにして飛んだが、いまは夕日を背にして飛んでいる。

しばらくトラック島上空を哨戒して、日没とともに全機着陸した。

平野大尉は、いつもの元気はなくしょんぼりしている。気の毒には思うが、三十六機という機数を、一発の弾も撃たずに、半分以下にしてしまったのだから、隊員の反感をかってもしかたのないことである。

私たちは昨日からわずか十七機で、一機の損失もなく、味方の何倍もの数の敵機を落とした。指揮官の判断一つで空の勝敗はきまるのである。

明けて三月三十日、早朝から警戒を厳にしていたが、ぱったりと敵襲はやんだ。二日間にわたる連続攻撃で、敵機動部隊はいずこへか去った。

夕刻、パラオ諸島が敵の有力な空母部隊の攻撃をうけたとの報がはいる。敵機動部隊は西に向かい、パラオ島に鋒先を向けた。

たしかペリリュー島に海軍の戦闘機隊がいるはずである。どんな空戦が行なわれたか、くわしいことは不明である。

それにしても、サイパンを基地に、総機数千五百機よりなる一航艦は、二日間にわたる敵機動部隊来襲に、一機の応援もしなかった。戦わざる部隊、これも見かけだおしの部隊でなければ幸いである。

わが部隊は、何よりも機材の補充が必要である。一航艦の配下であるわが部隊は、速やかな機材の補給をたのむが、司令部はこころよい返事をせず、直属のテニアン部隊に、内地からの機材をつぎつぎに補給している。

聞くところによると、テニアンにいる戦闘機部隊は、毎日の訓練に新機材を二機、三機とこわしているという。この機材不足の逼迫した戦局に、そのようなだらしのないことがあってよいものだろうか。私たちの飛行機といえば、ラバウル時代からのものばかりで、あちこちに弾痕をふさいだパッチだらけのものである。

柴田大佐は四月上旬に内地の三二二航空隊司令として転任の命をうけ、長い前線生活からようやく内地へ帰ることになった。また、春田中尉もダバオ部隊に転勤となり、二八一空以来いっしょに進出してきた者は、私と西兼の二人だけになった。

岡本少佐も、まる三年からの前線勤務である。その飛行長の発案で、いま建設中の春島不時着場に休養室をつくり、四名ずつ飛行機で行き、飛行機は山の中に入れておいて、二日間自由な生活をして休養しては、との話である。みな大賛成で、さっそくその準備にかかることにした。

また、単なる哨戒には、できるだけ飛行時間の少ない若手搭乗員を割りあて、古参搭乗員は確実な敵来襲の報がはいったときだけ乗ることにして、もっぱら休養を心がけることになった。

四月中旬には不時着用飛行場もでき、さっそく交代で春島行きを実行する。日中は原住民を連れて近くの海にはいり、魚をとったり、山にはいってマンゴーをとったりしての休養である。

一航艦からは依然として一機の補給もなく、私たちはついにあきらめて、できるだけ手持ち飛行機の温存につとめる。

四月十四日、久しぶりに敵大型機が来襲した。主に若手搭乗員を出撃させたため、戦果はなかったが、味方の損害もなくすんだ。

夕刻になってからの情報では、サイパン、テニアンにも大型機約六十機が来襲して、味方も約百機が邀撃に飛び立ったが、一機も撃墜できず、逆に味方六機を失い、地上にも相当の被害を受けたとのことである。味方とはいえ、〝ざま見ろ〟という気持がしたが、口には出さなかった。

翌朝、サイパン司令部より、

「特爆攻撃要領いまだテニアン部隊知らず、貴隊の経験者一名を派遣せよ」との入電があった。司令官は意外の立腹で、

「一名の搭乗員も派遣する余裕なし」と返電した。

四月十九日、ブラウン島より大型機編隊来襲の報があり、八機のベストメンバーで、三号爆弾攻撃を行なうことになった。他の飛行機は全部避退飛行を行なう。八機のメンバーは、ほとんど私の中隊である。

この日は司令官が所用で竹島に来ていて、整列の私たち八機に、しっかりたのむとはげましの言葉をかけてくれた。私たちは三号爆弾を装着し、必中を期して飛び立つ。

三号爆弾攻撃も、数度の実戦によってだいたいの要領を会得し、どうやら自信をもてるようになった。現状ではかえって邀撃隊の攻撃の方が苦しくなってきていた。

敵はB24三十機で、夏島に向かって侵入してきた。

この日も以前のように、敵編隊の進路を推定して、じゅうぶんの高度をとり、列機を単縦陣として、敵進路と一直線になるようにもっていった。そして、敵機の千メートル前方、同じく六百メートル上空の投下点をめざして急降下に移った。

八個の三号爆弾攻撃は、みごとに敵編隊の頭上に炸裂して、B24三十機のうち、一挙に十六機を撃墜破した。

三号爆弾攻撃は、このように攻撃のたびごとに自信を得て、余裕のある接敵さえすれば、まずまちがいなく命中できるようになった。

着陸後、司令官も非常に喜び、くれぐれも体を大切にして、後輩の指導にがんばってくれとのことであった。

四月二十日に、またもサイパン方面にB24の来襲があり、先日の汚名をすすがんものと、だいぶ奮戦したらしいが、今回も前回と同じく、一機も撃墜できず、しかも八機の犠牲を出したという。

トラック島では、少機数で戦果をあげているので面子（メンツ）がたたないらしく、またも三号爆弾攻撃の熟練搭乗員をぜひ派遣してくれるよう言って来たが、司令官は頑として聞きいれず、さかねじを食わせたとのことである。

四月二十二日、敵の大部隊は、ニューギニア北岸のホーランジアに上陸した。それに対応して、一航艦は急に航空兵力の大部を、テニアン基地からパラオ島方面に移動させた。B24を落とせぬような部隊がいくら機数をもっていたところで、敵空母部隊との決戦にでもなれば結果はあまりにもはっきりしている。

飛べない飛行機

五月二十七日、敵は大部隊をもってさらにビアク島に上陸し、いよいよその攻撃のテンポを早める。

一航艦の全機は、ペリリュー島方面に進出し、敵の比島方面への進撃を防ぐべく配備された。サイパン、テニアンはわずかの整備機を残すだけで、がら空きの状態となる。

私たちの部隊はラバウルより転進以来、一機の補給も受けずに、破損機を修理に修理をかさねて使用してきたが、ついに搭乗員の三分の一にも足らぬ状態となった。司令部は機材の補充のために搭乗員を内地に派遣することになり、司令は城下、岩本、西兼ほか四名を指名した。すべてラバウル時代からの搭乗員である。

私たち空輸派遣員はさしあたりの身の回り品をもって、六月十四日、春島発の内地行き一式陸攻に便乗して出発した。

昨年十月、館山を出てラバウルへ進出するときに、これが内地の見納めかと覚悟したが、いま生きてふたたび帰れると思うと、うそのような気がする。白波一つ見えないおだやかな海上を、一路、テニアンに飛び、夕刻、ぶじ安着する。

広いテニアン飛行場はがら空きで、隅の方に破損した飛行機十五、六機が、捨てられているが、これがすべて真新しいもので、修理すればまだ使用できそうなものばかりである。ペリリューに移動した〝虎〟〝豹〟部隊が訓練中に壊したものであろうが、ラバウル、トラックの整備員なら、二日もかからぬうちに立派に修理してしまうのであろう。

　飛行場には五、六機の零戦の整備機と、一個中隊くらいの攻撃機と、空輸用のダグラス部隊がいるだけである。


　私たちが便乗した一式陸攻の操縦員は、まだ若い下士官である。本日はテニアンで一泊して、明朝、木更津に向けて出発するというが、私はテニアンで一泊する必要はない、夜間飛行で一路、内地に帰ることを主張した。

　聞いてみると、夜間飛行に自信がないと言う。自信のないところは、私が操縦してやるからと、一泊を中止して出発することになった。

　補給が終わって一服し、午後十一時、星のかがやくテニアンをあとにする。偵察員に航法をやらせて、おもに私が操縦する。木更津まで直航で約七時間ほどかかる。

　予定安全コースをとり、マリアナ諸島沿いにアナタハン、パガン、ウラカス島と、機位を確認しつつ硫黄島に向かう。かすかに硫黄島を左に見ながら、父島を通過するころ、東方がうっすらと明るくなる。

　あとは一式の操縦員にたのみ、中座席でひと眠りする。高度二千、双発エンジンの同調した軽いここちよい振動にうとうとする。

「おお富士山だ」

搭乗員の声に目をさます。

あたりはすでに明るく、海面は昨日までの色とは異なり、どす黒い。相当に風があるらしく、一面に白波が見える。陸上に立ちこめた靄の上に富士山は、私たちを迎えてくれるかのように白一色にくっきりとそびえている。しばらくみんな、富士山に見とれていた。

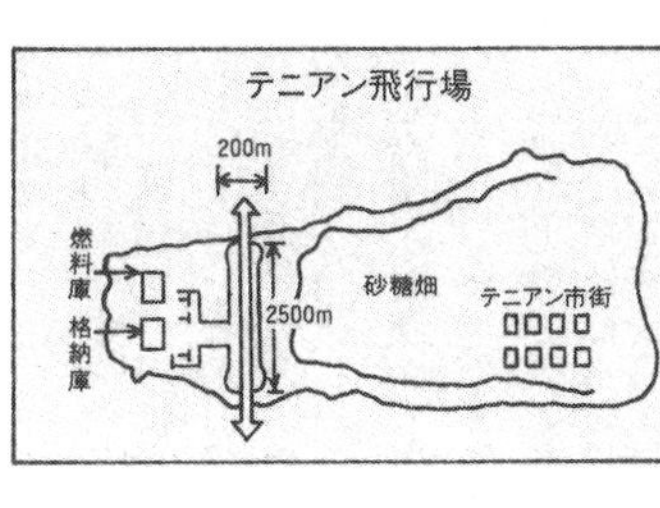

「生きて内地に帰った」という実感をかみしめる。

大きく左回りして東京湾にはいる。湾内のものすごい靄の中で、少しずつ高度を下げながら午前七時すぎ、ぶじ木更津に着く。

木更津には、あちこちの航空部隊が進出しており、飛行機の種類も多く、なべて数百機にものぼると思われるほどである。内地の補給基地だけあって、やはりたのもしい情景である。しかし、なにか飛行場全体がざわざわしていて、あわただしい感じだ。

一式陸攻から降りた私たち一行は、基地本部に到着報告に行く。

まず一服。城下中尉は、今後の手配を定めるため、海軍省へ連絡に行ってくるという。私たち七名は、いちおう、宿舎に落ちつくことになった。

私は小川中尉を見かけたので、ひとまず飛行場にいってみる。中尉はもと艦爆の操縦員だったが、体の故障で輸送機に転じていた。

小川中尉に聞くと、今朝早く敵の艦載機がサイパン、テニアン島に来襲中であるという。いま一式陸攻四十機が爆弾を積みこんでいるのはそのためらしい。

一式部隊を見ると、七〇一空である。かつて二八一空のときに、いっしょに北千島に行っていた部隊だ。指揮官は野中中佐、腕と度胸で海軍随一といわれる人である。

私たちは、その日は外泊ときめた。基地隊の酒保から数本の酒をもらい、その晩は、なにもかも忘れて飲みあかす。久しぶりに内地の料理屋と芸者、やはり生きていてこそ楽しみがある。

ただ気がかりなのは、サイパン、テニアンである。一航艦の航空兵力は大部分南方に進出していて、その空巣(あきす)をやられたわけで、よくよくここ一番の会戦に縁のない部隊である。

夜の空に爆音が高く聞こえるのは、夜間攻撃に出てゆく中攻隊であろうか。

翌朝、早めに飛行場に帰ってみると、昨日、敵機動部隊は全力をもって終日、サイパン島に攻撃をくわえ、戦艦、巡洋艦は接岸して艦砲射撃を行ない、午後には大上陸船団をもって上陸を強行したとのことである。

パラオ方面を攻めるとみせ、わが方の裏をかいた、敵ながらみごとな作戦であった。いま、サイパン島守備隊は必死に応戦しているそうだが、制空権のない戦さでは、遅かれ早かれ、敵に占領されると思わなければならない。

サイパンが落ちたら、テニアンのあの広い基地は、ただちに敵の大型機の基地となり、日本本土全部は、その行動半径内にはいるだろう。

決戦部隊はなにをしているのだろうか。われは決戦部隊でござると豪語していて、いまとなってこの有様はなんたることであろうか。

一昨日、もし私たちがテニアンで一泊していたら、どういうことになっていただろうか。幸いにも、危機一髪というところで難をのがれたのである。

しかし、私たちがたとえ飛行機を受け入れても、いまは空輸路はとざされてしまい、強行するとすれば、台湾より、比島、ペリリューと大回りするより道がなくなったのである。司令、飛行長はじめ、搭乗員は、いまごろどうしていることだろう。

城下中尉と相談して、一応トラック島に問い合わせる。返電があり、「予定どおり新機材を受け入れ、当分のあいだ木更津で待機せよ」とのことである。

さっそく私たち一行は、太田の中島飛行機工場に向かう。夕刻、太田に着き、迎えの自動車で工場に行き、ひととおりの打ち合わせをして、その日は会社の案内で桐生の一流旅館に泊まる。

翌日から、さっそく新機材のテストにかかる。未整備の飛行機から選び出して、つぎつぎとテスト飛行を行なったが、そのほとんどが不完全なもので、七機を選ぶのに一週間もかかった。前線から一機でも多くとせき立てられるためか、出来上がった飛行機は飛べぬ飛行機なのである。

自分のつくった飛行機で、自分が飛ぶのだったら、こんな粗製濫造ともいうべき飛行機は出来ないはずである。

木更津に帰ってからただちに兵装、電信、航法関係と、整備をつづけ、最後に時間飛行を行なう。

テニアン、サイパンの状況は刻々と悪化し、はや時間の問題となった。

比島からI少佐が来て、私たちにたいして、いままでここで何をしていたとか、なぜ早く前線に行かぬかとか、貴様らは国賊だとまで言ったそうだ。ちょうど私は所用で横須賀に行っていたが、帰ってきて城下中尉にその話を聞き、どうにも腹にすえかねたので、指揮所に行ってみた。

椅子にふんぞりかえっているのが、I少佐であろう。私は少佐の前に進み、自己紹介をした後、むらむらする胸をおさえて、できるだけ言葉をやわらげ、つぎのように聞いた。

「われわれは司令の命令に従って行動しているもので、他所轄部隊より作戦上のことでとやかく言われることはいっさいないはずでありますが……」

すると、彼は言う。

「おれは一航艦虎部隊の隊長で、今日、当基地に飛行機をとりに来てみたところ、君ら八人は、この重大なときにぶらぶらしているようだが、それでよいと言うのか」

私もなるべくおさえようと思っていたが、この言葉で爆発してしまった。

「われわれは本年二月中旬までラバウルにいて、三十機の小兵力で毎日数百機の敵と戦い、その後、後方の航空部隊の失敗でトラック島に転進し、いままで二十機あまりの機数で、泣きごと一つ言わず、堂々と戦ってきたのであります。決戦部隊のように、訓練でこわしたりしたことは一回もなく、敵と交戦の結果、ついに補給の要にせまられ、機材受け入れのため司令の命令で行動しているので、久しぶりに内地に帰っているのに、だれ一人休暇もとらずにいる現状です。トラック基地司令の命令以外に、他所轄の者よりとやかく言われることはないと思います」

わたしの言葉は喧嘩腰だったろうが、そう言ってこの場を辞した。

城下中尉と相談して、基地のランチを借りて横須賀軍港前線部酒保に行き、タバコ、酒、ウイスキーから菓子、タオルにいたるまで相当量を受け取る。

私たち部隊のラバウル以来、現在までの事情を話したところ、酒保係は非常に好意をもってくれ、量も他部隊以上にもらえたのである。これだけあれば、七名で半年はだいじょうぶだろう。

軍資金の方も、横須賀経理部より借り入れて、まず当分は心配ない。いままでの苦労の汗を洗い落とすため、搭乗員とともに大いに飲み、発散した。

ある日、私は館山に二八一空時代のおもかげをしのぶために行ってみる。駅前、航空隊、見るものは一つも変わっていない。ただ変わっているのは、かつての戦友は一人もいないことだけである。

「喜楽」という行きつけの料理屋に出かけた。「喜楽」のマダムはわが子が帰ったようにに喜び、大もてなしで話はつきず、一晩じゅう飲みあかした。顔見知りの芸者連中もほとんど集まり、久方ぶりに二八一空当時の昔にかえって、楽しかった。

そのうちに、テニアン、サイパン玉砕の悲報がはいり、連合艦隊の主力空母「翔鶴」および新しく戦列に加わった大型空母「大鳳」がサイパン沖に沈み、陸上基地からの攻撃も見るべき戦果をあげ得ず、一方的敗北でマリアナ諸島は敵の手中に落ちたのである。

テニアンは内南洋では最大の飛行場で、敵の完全占領とともに新鋭大型爆撃機Ｂ29が進出して、本土空襲に出てくることは目に見えている。

そうなれば、兵器生産工場はつぎつぎと破壊され、とくに一機でも多くと叫ばれている航空機の補充も絶え、急転直下、敗戦へと追い込まれるおそれがある。

私たちは、ひととおりの時間飛行も終わり、いまは命令しだいどこにでも出撃できる態勢になっているが、戦局の急転のためか、前線復帰の命令はなかなか来なかった。

第八章　暁の奇襲攻撃

猛訓練の日々

六月の下旬、私たち七名の搭乗員は、内地勤務を発令された。城下中尉は谷田部航空隊の教育部隊へ、私は三三二空へ、西兼兵曹は戦闘三〇八飛行隊へとはなればなれになることになった。

身の回り品の大部分は、トラック基地においたままだが、この戦局では、二度とトラックの地を踏むことはあるまい。

香取基地（一航艦司令部）に行き、ひととおりの手続きをすませ、再会を期してみんなと別れた。

私は汽車に乗り、単独で三三二空の所在地、岩国に向かった。

岩国基地に着いてみると、飛行場つづきに兵学校分校があり、また予科練もいて、基地内は色とりどりである。

三三二空は、兵学校本部の裏手にある建物の中にあった。何十と並んでいる小部屋には、兵学校の教官連もいて、寄り合い世帯の仮住居のようだった。

本部の室にはいってゆくと、なんと司令は柴田大佐である。司令のニコニコ顔に迎えられ各士官に着任の挨拶をすませ、飛行場の方に行ってみる。飛行長はラバウルで二〇四空の隊長だった伊藤少佐である。分隊士に同期の桑原少尉もいる。彼は艦爆専修だったが、十八年に戦闘機へ転科したのである。

三三二空の任務は、主として若年搭乗員の訓練だが、あわせて、基幹搭乗員による呉軍港地区の防空を割りあてられていた。

司令、飛行長とも、私の着任を非常に喜んで、若年搭乗員の錬成はもちろん、とくに少尉連中の指導を一任された。

いずれは食うか食われるかの空戦にぶつかるであろうが、当分の間は安全地帯岩国で、いのちの心配だけはしないですむ。しかし、のんびり休養というわけにはいかず、大へんないそがしさになりそうである。

その晩は、士官、搭乗員、共同の歓迎の宴が料亭「半月」で開かれた。

つぎの夜は夜間飛行訓練で、搭乗員の技量をひととおり見る。

訓練を終わって、午後九時ごろ、指揮所で雑談中、突然、警戒警報発令となる。

「B29大型機、九州地区より侵入中」という情報である。

柴田司令は夜間邀撃隊をみずから編成したが、指揮官にはさっそく私が指名された。

司令は、整列した隊員に向かって訓示した。

「お前たちは敵の飛行機が来襲すれば、まず落とされる方で、三三二空としては現在のところ、敵機を落とす腕をもっているのは、岩本分隊士一人しかいない。お前たちは分隊士の実戦のやり方をよく見習うように……」

過分の言葉ではずかしい。

その晩は飛行場待機のままで、ついに敵は呉地区には来襲しなかった。午前一時すぎ解除となり、ベッドにとび込む。翌日から、私も飛行服を着て訓練に出る。

昨晩の司令の言葉につづき、今日の飛行始めには、飛行長から、私のいままでの戦闘経歴をくわしく話して、今後は実戦の貴重な体験にもとづく実戦向きの訓練が行なわれるであろうが、それをよく体得し、一日も早く、一人前の搭乗員となるよう努力せよ、との訓示である。訓練の状況を見ていても、現在の敵の技量にくらべて、相当の差があるのがわかる。

司令もみずから作業指揮所で指導にあたっていたが、私に搭乗員の技量の程度を聞く。私は見たままを率直に答えた。実戦にはまだ無理で、とくに気概が足りないように見えると。

司令はさびしそうな顔をしたが、「前線の搭乗員はたしかによくやるなァ」と、ラバウル当時を思い出しているようである。

当時、兵学校分校教官をしておられた高松宮は、司令とは同期生で、ほとんど毎日のように飛行場にお見えになった。

ここではじめて、私は雷電に乗った。スピードはたしかに出るが、重い飛行機で、とくに運動性が悪く、たいしたものではないなと思った。大型機を攻撃するのなら、いまの零戦よりはよいかもしれないが、敵の戦闘機相手では零戦に劣る。

教育部隊勤務は三ヵ月ばかり大村空でやっただけで、あとはほとんど前線勤務ばかりだった関係から、どうも訓練指導は苦手である。しかも、訓練生は練習生とほとんど変わりのない五十～百時間程度の技量の者ばかりである。

戦闘ばかりして来ている関係で、私の操作はそれだけ荒っぽくて、けっして〝お手本〃といったものにはならない。また編隊で飛んでいても、列機にぶっつけられそうになって、始終ひやひやさせられている。これでは立派な指導者とは言えない。しかし、やがて前線に出てゆく搭乗員たちだ。私もいのちがけで訓練に当たるべきである。

ある日の空戦指導で、一対四の空戦を行なった。列機四機を優位から攻撃させてみたが、まるで子供だましで、二、三回まわっただけで、後につかれてしまう。これが実戦であったら、みんなあっさり落とされているだろう。

もとより、搭乗員を非難するのは当たらないが、それにしてもたよりにならないことおびただしい。せめてラバウル時代の搭乗員でもいたらと、いまにしてトラックで別れた同僚の顔を思う。

私たちの内地出発のときは飛行機も五、六機しかなかった。その後、グアム島に応援に行ったとは聞いているが、いまは、どこでどうしていることやら。選ばれて内地に飛行機を取りにきたばかりに、思いもよらぬ内地勤務になった私などは、かれらにくらべれば、まったく運がよかったのだ。

ほとんど毎日のように桑原少尉といっしょに料亭通いである。これまで人の何十倍、何百倍働いてきたのだから、そのぶん飲んでもほかの者に気がねはいるまい。ときには司令も加わって、ラバウルの話に花を咲かせて、したたかに痛飲することもあった。

　こんな生活はしかし、いつまでもつづくわけがない。いずれ半年もすれば、また前線にやられる。ぜったいに他部隊には出さないと司令はいうが、前線では、いま実戦経験のある指揮官がほしいのである。おそかれはやかれ、私は前線に出されるにちがいない。

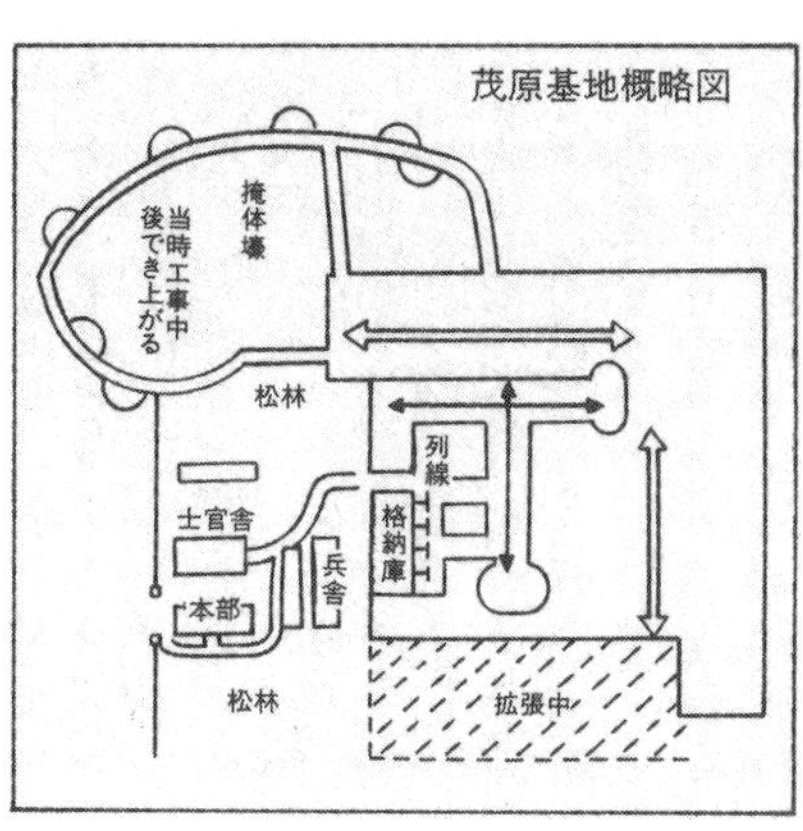

　八月半ば転勤命令が出た。転勤先は茂原の戦闘三一六飛行隊である。三三二空に来てまだ二ヵ月、あまりに早すぎる転勤だ。司令は、人事部に取り止めにしてもらうよう電話で交渉したが、人事部の話では、いま二五二空を新設訓練中で、古参の熟練搭乗員がいなくて困っている、ぜひ出してほしいという。

　司令は、そんなわけで気の毒だが、ひとつしっかりやってくれ、とすまなそうな顔をした。

　送別会でみんなにお礼を述べて、岩国発羽田行きのダグラス便で空路東京に向かった。

その日は東京で一泊し、翌日、千葉県茂原基地に向かう。どうも私は千葉県に縁があるらしい。それに館山には二八一空当時の馴染みもいるはずである。それを楽しみに転勤したのである。

茂原基地ははじめてなので、駅を降りて、隊に電話して迎えの自動車を頼む。なるほど山一つ越えると九十九里浜まで見とおしの平地で、飛行場は松林の中にある。本部宿舎などみな松林の中にあって、なかなか景色がよい。

本部に着任の挨拶をして、一分隊士を拝命し、飛行場に行ってみる。

「あっ、春田大尉ではありませんか」

「やあっ、岩本少尉、待っていたよ」

なんと、分隊長は、二八一空当時の春田大尉で、副長は大村空時代の分隊長八木中佐である。なるほど、三三二空に私のいることを知って無理にひっぱられたわけがわかった。二人とも過ぎし日の思い出を共にするなつかしい人たちである。

八木中佐は、私の霞ヶ浦卒業当時の失敗談を披露して大笑いである。春田大尉もラバウルでは相当きたえられたと、当時の思い出を語る。

当基地には戦闘三一六と三一七がいて戦闘三〇四、三〇六が館山基地に派遣されており、どの隊もいま猛訓練中ということであった。

分隊長の話では、搭乗員はみんな若く、毎日の訓練に二機、三機と故障機を出すありさまで、まったくお手上げのまま、ずいぶん前から私が転勤してくるのを待っていたという。

一刻も早く二五二空の戦力を養成しなければ、当隊以外には、つぎの作戦に出撃できる部隊はいない。短時日のうちに、なんとかものになるようにやってもらいたいと、八木中佐はいう。

私には苦手の仕事だが、なんとしてもやり遂げねばならない立場である。

「承知いたしました。できるだけのことをやってみましょう」私はきっぱりとそう答えた。

これからの空戦は、こまれでよりいっそう苦戦となることはわかりきっている。もし私がふたたび前線に出てゆくとすれば、当然これらの若い搭乗員の中から列機を編成することになる。実戦で、私と生死をともにする列機を教育して鍛え上げるのである。

さっそくつぎの日から、いままでの訓練とは異なった、技量と精神を結びつけた厳しい訓練を開始した。ときには、心を鬼にしてやらねばならないこともある。

その甲斐あって、訓練成績は目に見えて上がり、とくに私の第一分隊は、第二分隊に比べて格段のひらきができた。不注意による機の破損はまったくなくなり、機材の整備も、搭整一体となっての整備で、故障機もなくなった。三ヵ月の短期間中に、難しい危険な編隊空戦の課程もひととおり終了した。

その間、四、五回ほど館山基地に出かけた。二八一空当時と外見はすこしも変わっていないが、戦局が次第に切迫してきているいまは、二八一空当時のような明るい雰囲気はなかった。房総半島にできた守備隊の兵隊たちが多く、なんとなくごたごたしているなと思う。

それでも、昔行きつけの「おた福」「柳屋」「喜楽」などの料理店に顔を出すと、楽しかった思い出話がはずむ。

戦局は目に見えて敗戦の相を帯びてくる。サイパン、テニアン陥落後、米軍は予定どおりB29による本土爆撃を開始した。

高々度からの帝都爆撃は、銃後の国民生活の混乱をはかるもので、京浜地区の軍需工場にたいしても、しらみつぶしの破壊戦術に出てきた。

これにたいしわが方は、旧型戦闘機によって邀撃するだけで、敵B29の優秀な高々度性能と火力に真正面から刃向かうことは無理であった。陸軍帝都防空航空隊はついに、三式戦飛燕をもって震天制空隊と称する特攻隊を編成して、体当たり戦法をとるにいたった。

帝都周辺の高角砲陣地からの砲撃も、たまには一機、二機の撃墜はあったが、大部分はあの大きな図体で、爆撃後に無傷でゆうゆうと帰ってゆくのであった。

スパイ情報によるものか、重要工場は片っぱしから破壊されて、このまま半年もつづけばただの一機の飛行機も生産されなくなるだろう。

そういういらだたしい状況のなかで、私たちは連日、ただ猛訓練を重ねていった。

断雲を縫って

昭和十九年十月、二五二空戦闘飛行隊に、南方出撃暫時待機の命令が下った。およその準備はできているのだが、いよいよ出動となると、なにやかや処理しなければならないことが出てくる。貸与の衣服類も必要以外のものはすべて返却して、ほんの身の回り品だけ残し、できるだけ荷物を軽くした。行く先はまだ不明である。

十月十日、数群からなる敵の有力な機動部隊は台湾、石垣島、沖縄方面に来襲、ついにわれわれの部隊に鹿児島県国分基地進出の令が下った。

国分基地に着いて、その翌日、各所から混成部隊が集まってきた。これは、練習部隊にいて病気になり、その後、回復した者たちで編成した部隊で、機種はすべて、古い型の九九艦爆、九七艦攻などである。なかには、私たちと同じように、急速訓練を終わって出動してきた彗星艦爆、天山艦攻などの隊もあり、総機数は六百機に達した。

前々日から、海陸協同による中攻機の攻撃を行なったにもかかわらず、依然として敵の機動部隊は、台湾、石垣島付近を去らないもようである。

十月十二日早朝、私たちは、沖縄伊江島の飛行場に進出し、燃料補給のうえ、食事をすまして待機にはいった。

六百機といえば、数では相当のものだが、一回の連合演習もしていない、いわば寄せ集めの部隊である。果たして敵に大打撃を与えることができるだろうか。

早めの昼食をすまして一服中、春田大尉から攻撃要領の概略の説明がある。

私たちはどこの部隊を掩護するというはっきりした部署はなく、上空に上がってから適当に掩護することになった。

午前十一時、出撃命令が出て各隊は、それぞれ発進し、上空一旋回後、敵機動部隊の方向に向かう。寄せ集めの部隊ではあるが、編隊を組んで飛んでいるのを見ると、堂々たる偉容である。

出発後三十分、高度二千メートルあたりに断雲が多くなる。

一時間たつと、この雲は層雲となって海面が見えなくなった。さらに三千メートルから五千メートルの間に密雲があり、前方はまったく雲に閉ざされ、それまでみごとな編隊を組んでいた大編隊も、ついにその雲のためにバラバラの状態となった。

私の中隊は、彗星二個中隊の直掩につくことにして雲中を飛行する。ときたま雲の切れ間から、あちらこちらに味方機が見える。

出発後一時間三十分くらいで石垣島を通過し、この付近だけは雲量も少なく、島全体がはっきり見えるが、飛行場は爆撃で見るも無惨なありさまである。

石垣島から左に四十五度方向をかえたが、行く手にはまたも雲が多くなり、ついに完全な蜜雲となった。彗星以外には友軍機は見えない。

私の中隊八機は、依然として彗星の上空を飛行する。約一時間くらい飛ぶと、蜜雲は断雲となって、ところによっては海面ものぞいて見える。しかし、高度二千メートル以上はあまり変わらず層雲である。

発進後約二時間三十分、列機も増槽燃料を完全に使用したらしく、私が主槽に切りかえて増槽を投下すると、列機も見習う。

そろそろ警戒位置である。列機にとくに上空見張りを注意させ、隊形も運動性のある単縦陣に変換した。

旧式化した九九式艦爆にかわる新たな爆撃機彗星。その性能を発揮すべき舞台となる機動部隊はすでに存在しなかった。

ゆくことしばし、雲は一ヵ所、大きく穴をあけていて、そこだけ海面が見える。その雲と雲の間に天山艦攻らしい編隊が飛んでいるが、直掩戦闘隊はいないようだ。

　その左側の雲すれすれに、ポッポッと黒点が散らばっている。味方編隊の進行方向とは異なっている。おかしい。目をこらすと、たしかに敵戦闘機群ではないか。

　下方の味方機が危険である。レバーを全開して、黒点群に向かって突進した。だが、間に合わない。敵機はすでに下方の天山部隊に攻撃を開始していた。私が追いついたときには、天山三機ははや火だるまとなって、あっけなく海面に落下していった。

　天山部隊も、はじめて敵機に気がついたらしく、全速で下方に突っこむ。

　敵は八機からなるF６Fである。F６Fは私たちの上空からの攻撃を知って、そのまま前方の雲中に姿を消した。

戦闘を断念して、警戒しながら反対側の雲の中にはいる。

そのとき、上空の彗星は、どこにいったのか影も形も見えない。やむを得ず私たちは八機だけで、付近を警戒しながら飛行をつづける。

すでに午後三時前である。まごまごすれば、台湾まで帰る燃料がなくなるおそれがある。三十分もたったであろうか、右手の雲が欠けたあたりに黒点らしいものがかすかに見えたと感じた。列機に合図して反転、その上空に行って索敵したが、雲が多くて視界がきかない。あきらめて機首をふたたび予定コースに向けた。

そのとき、右下方の雲の切れ間に、ハッキリと星マークをつけた爆撃機編隊を発見した。雲と雲の間を、相当数のＳＢＤが帰投中である。

そのまま接敵し、前方の敵機にいきなり攻撃を加えると、一機は雲をこがすような火を吹きながら、雲下に消えていった。

突然の攻撃に敵はびっくりして、各機争って上下の雲中に突入する。それでも私につづく列機の攻撃で、さらに二機が火炎をひいて雲下に落ちてゆく。この雲の上下におそらく、敵の戦闘機がいる。私は逆に奇襲される危険を感じて、雲の中へと逃げこむ。

それからしばらくして台湾方向に向かったが、いったい自分の機位は台湾からどのくらいはなれているのか、さっぱり見当がつかない。燃料の残量は少なく、その方が心配になってくる。

それから三十分くらいたつと、雲量も少なくなり見とおしもきくようになった。日はかなり西に傾いている。

そのとき前方かすかに、山らしい影を発見、近づいてみると、これがはっきり台湾の山とわかってほっとする。少しスピードをまして陸岸に到達する。

私も台湾ははじめてなので、ここがどの辺りか見当がつかない。一旋回後、南下することにきめた。高度を二千メートルにとり、沿岸ぞいに飛行して、五分くらいで海岸の町を認める。その町はずれに飛行場がある。チャートで判断すると花蓮港らしい。

燃料はあと約三十分しか残っていないし、日も暮れかけているので、そこに不時着する手もあるが、高雄までの距離をはかってみると、二十分足らずで行けそうだ。ふたたび高度をとりながら、山を越えて高雄に向かった。

針路を北方にとって行くと、前方に、黒煙とともに火の手が見える。なにごとだろうと近寄ってみると、相当大きな鉄筋建築物とその一帯が炎上中である。海岸寄りに大きく広場の見えるのが高雄飛行場であろう。

国分～高雄間進撃要図

すると、いま炎上中の建物は高雄の航空廠で、さっきの敵ＳＢＤ編隊が攻撃したのであろうか。

低空に下がって飛行場を見ると、いたるところ爆弾の穴だらけで、しかも、あちこちに焼けたり、転覆したりした味方機が見え、目もあてられぬ惨状である。

地面の良好なところを選んで、なんとか全機、ぶじに着陸した。

時計は五時をすぎている。発進後六時間あまりの長時間飛行である。飛行機に乗っていたときにはそう思わなかったが、着陸して地面に降り立つと、からだがフラフラしてやっと歩ける状態である。格納庫付近はたいした被害もないようすなので、八機ともその前の広場にもってゆく。

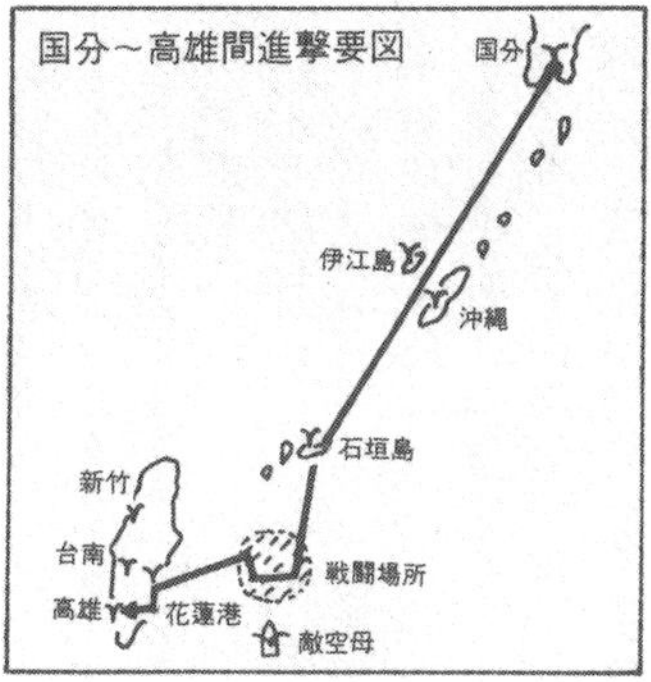

高雄の整備員が、すぐ燃料と弾を補給してくれる。私たちのほかに艦攻と艦爆が十機着陸していた。戦闘機は私たちの八機だけで、本隊はどこの基地に行ったものやら、さっぱりようすがわからない。

ひととおり明日の準備をすませて、列機搭乗員に夜間空襲を注意するようにいって、宿舎の方に向かって行こうとしたときに、赤いキレでライトをおおった自動車一台が、私の前に来てとまり、ボロ縄参謀が二名降りてきた。そして、本日の戦闘状況を報告せよという。参謀の話では、明朝、全力をもって敵機動部隊を攻撃することになり、私の中隊は、本日から高雄基地の指揮下に入るから、そのつもりでいてくれという。

この二名の参謀も、敵の初めての爆撃で、少し頭がおかしくなっているのであろう。無断で他部隊の飛行機が、簡単に部隊変更されてはたまったものではない。

こんな馬鹿者は相手にしてもはじまらないと思って、そのまま黙って宿舎に行く。一足さきに搭乗員は宿舎についていた。

明日は黎明に出発して、台南新竹方面の基地を偵察し、本隊をさがしてみよう。昼間のつかれで、飛行服のままでぐっすり眠る。

エンジン不調

搭乗員におこされて、飛行場へ行く。あたりはまだうす暗い。台湾とはいっても、朝は寒いくらいである。

発動機試運転、各機とも異状なく、そのまま出発する。高度五百メートルで海岸ぞいに台南へ向かう。約三十分くらいで大きな飛行場のあるのを認め、上空に行ってみると、なんと昨日出発した零戦は、ほとんどこの飛行場にいる。

飛行場ではもう試運転も終わって、大きな滑走路に一列に待機姿勢で並んでいる。内地では見られない広い飛行場である。

着陸して指揮所に行ってみると、春田大尉ほか一同、みな元気で、私たちのことを心配していたところだという。昨日は一機の敵も見ずに、午後四時ごろ、ここに着いたというから私たちよりも二時間も早く到着していたわけである。

こちらの状況を話すと、敵がいるとはついぞ思わなかったといって、みんなびっくりしていた。天候不良のため昨日は、せっかくの多数の飛行機が出撃しながら、ついに敵部隊を攻撃することはできずに終わってしまったことになる。

今日は、朝の索敵機による敵部隊発見の報で、午前八時から全力で攻撃に向かうという。春田大尉は私の中隊は休むようにというが、今日は戦闘三一六部隊の事実上の初陣である。台湾から約二時間足らずのところに敵部隊がいるのだから、戦闘はまちがいなく起こる。

勝ちに乗じている敵に対して、下手な攻撃でもしようものなら、最悪の場合は全滅ということになりかねない。まして初陣の搭乗員ばかりである。それが気になるので、わが中隊も率先参加を申し出て、さっそく整備員に準備にかかってもらう。

午前八時、台南出発、花蓮港上空の集合地点で攻撃隊と合同し、ついで洋上に向かう。前方に雲があって、天候は今日も良好でない。

私たちの前方には艦攻、艦爆の編隊が、その左右に直掩隊をひかえて飛んでいる。私はその最後尾の位置についていた。

左右には点々と雲がある。ふと前下方に機影らしいものを発見した。警戒しながら近づいてみると、敵F6Fで、左下方の雲からつぎつぎに出て上昇してくる。ただちに指揮官機に信号する。敵の一番機は、すでにそのとき前方の戦闘機中隊の下方に向かっている。

「あぶない！」私はまだ気のつかない味方機に機銃発射で信号しながら、この敵を追う。

前方の艦攻、艦爆は全速で右前方の雲の中に飛びこもうとしている。

下方から上昇してくる先頭の敵一機に、まず私の機銃が火ぶたを切る。味方戦闘隊主力はそのまま空戦に入らず、艦爆のあとを追う。わが中隊だけがそのために取り残された形となった。

幸い、優位の高度を占めていたので、矢つぎばやに攻撃をかけて私の一機と列機の三機を合わせて四機のＦ６Ｆを撃墜した。

それでもなお執拗に前方の味方攻撃隊を追尾しようとしている敵機を、そうはさせじと攻撃続行中、突然、愛機の爆音が妙な音に変わった。エンジン不調らしい。空戦どころか、飛行自体があやしくなったのだ。

敵の五機や十機、さほどこわいとは思わないが、エンジンの故障だけは手のつけようがない。あたり一面は海で、いまここに不時着でもしようものなら、救助の方法はないし，敵に捕らわれるか、さもないと鱶のえじきである。機首を下げ反転して、できるだけ海岸に近づこうと、あらゆる操作をやってみる。

幸い、敵は追尾してくるようすもなく、その方は一安心だが、高度はしだいに下がって行く。列機は心配そうについてくる。

ところが、高度千メートルまで下がると、突然、エンジンの調子がもとにもどった。全身汗びっしょりである。いままでこれに似た状況に会ったことがないので、いささかあわてたが、やれやれと胸を撫でおろす。

しばらくようすをみていたが、その後も異状がないので、ふたたび高度をとりながら反転して、敵攻撃コース上に味方機を追う。

高度五千メートルに達したころ、またもや爆音不調になった。前よりまだ悪い。

やむを得ずもう一度反転して、高度を下げながらエンジンの調子を調べてみた。すると、同じように千メートルまで下がると普通の状態にもどる。これでは、戦闘は無理だと判断して、わが中隊八機は、私について引き揚げることにする。万一を考えて、花蓮港の陸軍飛行場に不時着した。

陸軍機は、旧式の九四式偵察機が二、三機残っているだけである。着陸後、整備員に、私の飛行機を見てもらったが、故障の個所はわからない。やむを得ず、列機の一人をおろし待機する。

ここの建物は、南方式のなかなかモダンなもので、私たちのサービスに、陸軍の兵隊が、わざわざバナナやザボンを取りに行ってくれた。

午後一時半ごろ、爆音を響かせて味方の戦闘機が帰ってきた。空戦をしたと見え、つぎつぎに、当飛行場に着陸してくる。

聞いてみると、敵戦闘機の攻撃をうけて、戦闘三一七飛行隊指揮官が撃墜され、艦攻、艦爆とはなれて、雲中飛行で帰ってきたという。士気のほど、なんとももの足りない。

敵はレーダーを使用して、わが方の来襲を事前に探知しているらしい。少なくとも百キロ以上前方で待ち伏せして攻撃してくるのである。

敵にたいする攻撃も天候がよければ、事前に視認することはできるが、雲のあるときは、視界がきかないので、敵の奇襲攻撃をうけて、撃墜される可能性も少なくない。

着陸した戦闘機隊の補給も終わって、午後二時すぎ、そろって台南基地に帰る。

初陣を中国大陸で華々しく飾った零式戦闘機は、太平洋戦争の進展とともに、しだいに老朽化していった。写真は11型。

基地隊主計科の用意で、指揮所にはいろいろ冷たい飲みものが出ていて、全身の汗も一度に引っこむ。それから夕刻まで、全機邀撃待機となる。

午後四時ごろ、空襲のサイレンが鳴りわたる。すわ敵と、いっせいに飛行機のところに走る。私が発進して、二分くらいのちに残りの飛行機が飛び上がった。ラバウルで鍛えた早技は、ちょっとやそっとではまねはできない。

情報によると中国奥地からのB29らしい。

高度七千メートルくらいに達したときには、もう敵は飛行場上空にせまって、一斉投弾後、海上方向に離脱した。

とても追いつけない敵を追っても、仕方がないので、私は追撃を断念して高度九千メートルまで上がって飛行場上空を警戒する。

一部の搭乗員はB29を追いかけていく。馬鹿げたことである。飛行場の布板での着陸せよの信号を見て、哨戒をやめて降着する。

敵は遠く重慶方面から攻撃をかけてくるらしく、敵情は中国沿岸の見張りでは、かなり前からわかっていたことだが、まさか台湾に行くとは思いもよらず、情報を出さなかったものらしい。おかげでわれわれは、不意打ちを食ったわけである。

当分、台南にとどまることになったので、宿舎を飛行場から相当離れたところにとる。

当航空隊の建物は、予科練の教育部隊にふさわしい堂々たるものである。しかも広い場所をとっているので、飛行場に出るまで、歩いて十分以上もかかる。

翌日も邀撃待機で、各隊交代制となる。

午前十時ごろ、中国沿岸から敵大型機の来襲情報がはいる。昨日のようなことのないようにと、じゅうぶん余裕をとって発進し、飛行場上空、高度九千メートルで警戒していると、海上からB29の大編隊が近づいてきた。

ただちにこれに接敵したが、敵はどうしたことか、海上に投弾してそのまま反転、離脱していった。この戦意のないB29を、上空からようやく一機捕捉落伍させ、海上二十キロ付近でついに撃墜する。

全機降着後、待機交代で非番となる。荷物をとりに宿舎へぶらぶら帰りかけたとき、またもや空襲警報発令である。

同時に上空から爆音が聞こえた。空を仰ぐと、みごとなB29の編隊だ。私はとっさにそばにあった飛行機掩体壕にとびこんで、地面にしゃがんだ。

シュシュという特有の爆弾落下音。両手で目と耳をおさえる。ドドドド……。爆弾は地鳴りを生んで、私のいる付近から飛行場にかけて爆発した。

それにしても、どこから侵入してきたのだろう。何の情報もなく、突然来襲するようでは手の出しようもない。それ以後は、ほとんど毎日のように、午前、午後と数回にわたって来襲する。

あるときなどは、単機で新竹まで追いかけていって、ついに燃料がなくなり、新竹飛行場に不時着したこともあった。

そのとき戦闘機の一群が滞在していた。隊長はトラック島までいっしょだった岡本少佐である。久しぶりの再会を喜び、お互いに健闘を祈って別れた。

一週間くらいすぎてから、私は身体のふしぶしが痛みだして、そのうち熱が三十九度も出て下がらず、この暑い台湾で、寒気がきてガタガタふるえた。病気はマラリア、デング熱というので、やむなく宿舎で休養する。

みんながいなくなると、台湾人の子供たちがやってきて、手製であろう砂糖飴と、煙草を交換してくれという。内地の人に見せたら大喜びであろうが、辛党(からとう)の私には甘いものは苦手なので断わった。

比島の海に空に

戦局は台湾沖航空戦から比島へと移った。敵はレイテ島に上陸したらしい。台湾飛行隊は準備でき次第、マニラ北方のクラークフィールド飛行場に進出すべしという命令が出た。

私たちの飛行隊も十月二十二日、出発することになった。

私の身体はまだ熱が下がらず、ふらふらの状態なのでついに出発には間に合わず、なおり次第、追及することになる。私のほかに他戦闘隊の搭乗員も四名ほど、マラリアの高熱のため当地にとどまっている。

これから比島クラークフィールドに前進する部隊は、前線に出せる最後の部隊である。まだ内地には小兵力の部隊はあるが、本土防衛上移動はできない。

海上には航空母艦「瑞鶴」が残っており、改造小型空母数隻と、戦艦改造の、いわゆる航空戦艦「伊勢」「日向」、そして「山城」「扶桑」などがあって、一応機動部隊のていさいはととのっているが、開戦時にくらべたら問題にならない。搭乗員の技量も往年に比べること自体がむりである。

私の列機も当地で編成替えとなった。みんな最後の別れをして、お互いの健闘を祈りながら、一機、一機の発進を見送った。

夕刻、全機ぶじ、クラークフィールド安着の電報がはいる。

索敵機の情報によると、台湾に来襲した敵五十八機動部隊のほか、新手の空母群が、ルソン島東方海上にあるという。

十月二十五日、索敵機による敵発見の情報で、クラークフィールドに進出していったばかりの味方航空部隊五百機は、暁の闇をついて出撃していった。成功を祈りながら戦果の情報を待つ。しかし、とどいたのは吉報ではなかった。

日本最後の航空総兵力による総攻撃も、敵のレーダーによって事前にキャッチされ、敵母艦に到達する前に、直衛戦闘機群に阻止され、味方指揮官が一撃のもとに撃墜されたあと、列機の奮戦もむなしく、わが方は大敗を喫したという。

米軍のレイテ上陸後、連合艦隊の水上艦艇の進撃に伴い特攻作戦が発動された。写真はマバラカットを出撃する特攻機。

またもこの重大な戦局に際して、最後のたのみの綱の航空兵力は大半を失ったのである。その後、航空部隊の攻撃は、特攻一点張りとならざるを得なくなった。

この戦法が全軍に伝わると、わが軍の士気は目に見えて衰えてきた。神ならぬ身である。生きる道あってこそ兵の士気は上がる。表向きは、みんな、つくったような元気を装っているが、かげでは泣いている。こうまでして、下り坂の戦争をやる必要があるのだろうか。勝算のない上層部のやぶれかぶれの最後のあがきとしか思えなかった。

本隊が出発してから四日目、私は、体調もどうやら回復して、内地から空輸してきた爆装機で単機、比島に向けて出発した。

すでに敵は比島、台湾間のバシー海峡に戦闘機を配備して、補給路遮断作戦に出ているというので、油断はできない。それに私は単機である。

コースを中国沿岸寄りにとり、夕刻をねらって出発した。幸い途中、敵に会わず、ビガンを経由してルソン島上空に進入した。

クラークフィールドは、連日の敵襲で、一面の広い草原飛行場も、見るかげもなく荒らされていて、あちこちに味方の焼け残った飛行機の残骸が見える。

私が飛行場上空に着いたときも、いまさっきまで敵機が上空にいたらしく、私が緊急着陸すると、整備員たちは素早く飛行機をジャングルの中にひき入れた。

指揮所にはいってみると、台南当時の兵力は三分の一に減って、そのうえ飛行機はほとんどやられ、飛べる飛行機は一個中隊分もない。いまは、黎明、薄暮をねらってレイテの敵上陸地点に銃撃を加えている、という。

これでレイテ戦の勝敗はもう時間の問題で、玉砕は明らかとなった。神風特攻隊、陸軍特攻隊の必死の体当たり戦法も、大勢を変える見込みはなかった。

かつてのラバウル時代の搭乗員ならともかく、いまの搭乗員では、とてもこの戦局を支えられない、と春田大尉もこぼしているが、私も同感である。

私は、薄暮、夜間にかけて、単機、敵上陸地点飛行場の銃撃に連続出撃した。

第一回のときは、飛行場にある約二百機からの小型機に対し、猛烈な対空砲火をくぐって全弾銃撃を加え、相当数を破壊炎上させた。翌日、行ってみると、もうそれ以上の飛行機が補充されている。一日としてマニラをはじめ、ルソン島各基地に敵来襲のない日はない。

内地からの機材の補給を待っていたのでは間に合わず、わたしほか四名の搭乗員で空輸することになる。

夜間内地からくるダグラスに乗って夜半に出発、台南で病気回復の搭乗員四名を乗せて、一路、鹿屋に向かった。

鹿屋基地司令部に行ってみると、のんきなもので、ここには戦闘機部隊の補給機材はないという。参謀とやり合ってはみたが、どうにもならない。

あきらめてそこから約二十キロほどはなれた笠ノ原基地に行ってみる。ここでは戦闘飛行隊がいま訓練中で、司令とかけ合ってみたところ、同じ戦闘隊ということもあろう、たいへん好意的で、まだ補給機材は来ていないが、自分のところにある飛行機を持って行ってよいという。

さっそくテスト飛行を行なって、九機をもらい受け、翌日出発の予定で準備を完了した。ところが、鹿屋司令部からの電話で、出てみると、私たち九名の搭乗員で、二〇一空特攻隊に爆装機九機を空輸せよという。私たちとはまったく何の関係もない部隊のためにである。そのことをいうと、「部隊はどうでもよい、爆装機を空輸せよと命令する」と高圧的である。

腹立たしくなって、「指揮系統の異なる司令部の命令を聞くようにはなっていない、私たちは笠ノ原から受け入れた機材を空輸する」とつっぱねて電話を切った。

明けて翌日、私たち一行が準備完了して、出発寸前の時刻に、昨日電話をかけてきた中佐参謀が自動車でやって来た。自分の命令をきかねば命令違反になるぞ、とおどかす。

クラーク基地からの命令ならともかく、わけのわからぬ司令部の命令をいちいち聞いてはそれこそ大変なことになる。私はあくまでつっぱねた。すると、参謀は、この受け入れた九機はそっくり取り上げる、といきまく。

こんな馬鹿を相手にしてもはじまらない。受け入れた機材をかえして、館山二五二空司令あてに、今後の指示をあおいだ。

夕刻になって、明日ダグラスで迎えに行くから笠ノ原で待機するように、という心強い返電である。

笠ノ原の指揮官に、その旨を話した。指揮官は私たちに同情的である。明日、迎えのダグラスで、いちおう館山に帰る旨を伝え、厚意を謝して宿舎に帰った。ところが、その夕刻、またも鹿屋から電話があり、どうしても明日、爆装機を空輸しろという。

そこで私は策を弄して、なにやかにやと時間の引きのばしにかかった。明日、原隊のダグラスが来さえすればサヨナラだ。まあ、その間、なんとかあしらっておけばよい。搭乗員にも、ダグラスが来ることは他言しないように注意した。

つぎの日、空は晴れわたっている。ダグラスが来たらすぐ出発できるように準備して、飛行場に行くと、ダグラスは館山を今朝四時に出発したと連絡があって、予定着はだいたい午前十時すぎになる。

ところが、鹿屋からは八時ごろ迎えの自動車が来た。爆装機は鹿屋にあって、いま準備中で、おそくとも今日午前中に出発するようにという話である。運転者には正午ごろ迎えに来るようにいって、自動車をかえす。

ダグラスは予定より三十分早く着いた。大急ぎでとび乗って笠ノ原をはなれた。馬鹿な参謀よ、サヨウナラだ。

関東地区迎撃戦

ダグラス輸送機は一路、館山に向かい、午後ぶじに到着した。前の司令にかわって、旧知の八木中佐が司令として館山にいる。

司令に帰還報告をする。当分、館山にいて、いま編成訓練中の搭乗員の指導をやるようにとのことである。司令は私が大村空にいたときの分隊長だった関係で、数多い士官のなかでも、とくに私だけは別あつかいである。

さっそく翌日から、飛行場に出て訓練ぶりを見る。なるほど指導者はいないも同然で、司令みずからが指導にあたっており、そのため司令としての仕事ができない。補助指導者は兵学校出の若い中尉で、これがまた訓練を要する程度の技量ときている。

その日から司令は、たまに飛行場に出てくるだけで、訓練のすべてはほとんど私がやるようになった。

毎日、午前午後をとおしての猛訓練で、若年者の飛行機に同乗するのは、実戦以上に身体が疲れるが、夜ともなれば、二八一空以来、行きつけの料理屋で、毎晩のように命の洗濯である。ほかの搭乗員士官は三日に一度ぐらい、司令に届けてやっと外出するのだが、私は何も言われず、たまに外出しないで隊内にいると、司令の方から、どうした今夜はやめか、とからかわれる。

戦局はますます悪化して、国民の手前か、少佐以下は長髪を丸坊主にするようにという達しがあった。若い連中はみな丸坊主になったが、私はそのままである。司令も、岩本は特別といって、若い士官のなかで私だけが、ついに長髪でとおした。

比島では、敵はついにマニラ北方のリンガエン湾に上陸し、いまや全比島が完全に敵の制圧下におかれてしまった。数万の味方部隊が山中に逃げこんで、ついにゲリラ戦法をとるというように情報は変わってきた。

昭和十九年もあと数日という十二月二十五日であったか、八木司令は最前線の司令として転出することになった。私もついて行く心づもりにしていたところ、飛行長S少佐がはなさず、新しく編成された茂原基地三一一飛行隊の分隊士に発令された。

比島の航空部隊は、大多数が特攻その他の攻撃に出て消耗し、生き残ったものも乗る飛行機がなくなって、陸戦隊員となり、あるいは山の中にこもった。

春田大尉も、クラーク地区に来襲した敵と交戦して戦死した。S少佐も比島最後の一戦から、内地に引き揚げてきたばかりである。

S少佐は、われわれより古い戦闘機乗りの大先輩であるが、実戦の経験はあまりなく、命令一点張りで、無茶な作戦を一方的に押しつける癖がある。

茂原基地に移って、編成中の戦闘三一一飛行隊に着任する。

またもや訓練である。訓練しては前線に送り、一作戦で全滅させて、またもや訓練のくり返しである。飛行時間は四十時間から六十時間の若い者ばかりである。いくら速成とはいっても形ばかりの飛行隊であって、実戦に役立つ戦力に達するにはほど遠い。しかし、前線には搭乗員がいないのだ。

それでも茂原にいる若い搭乗員は、質においては優秀で、約三分の一が、学徒動員で入隊した十三期の予備少尉であった。それでも、指揮官として実戦にたえられるものはただの一人もいない。分隊長ですら、速成組の一人で心もとない。

連日、B29の空襲の合い間をぬっての速成猛訓練がつづいた。また、それだけ若い搭乗員は真剣であった。

その中の一部搭乗員によって編成された〝特攻銃撃隊〟は、サイパン、テニアンにあるB29基地に対する、奇襲銃撃を敢行するため、特別の訓練をほどこしている特攻隊であった。

館山252空司令の八木勝利中佐。ラバウル以来、強い信頼関係で著者と結ばれていた。

たしか年が改まった昭和二十年一月末、特攻銃撃隊は中尉を指揮官とする二個小隊を編成し、硫黄島をへて、勇躍サイパン島に出撃していった。

当日の傍受無電によると、少数の艦載機の来襲に日本の機動部隊の接近かと、敵は相当あわてたようすである。

この日の戦果は確認できなかったが、銃撃によって地上にあった大型機に、相当の被害をあたえたことはまちがいない。

ただ、その中の七機が敵戦闘機の包囲攻撃をあびて撃墜され、一機は囲みを破ってパカン島までたどりついて、ようやく不時着はしたが、地上員が走り寄ってみたときは、搭乗員はすでにこと切れていた。文字どおり、死の着陸である。

至上命令とはいえ、短期訓練の戦闘機八機だけで、あれだけ困難な任務をよくもやりとげたものだと、私は強い感動に打たれた。

陸軍重爆の昼間攻撃につづいて、一式陸攻の夜間攻撃が行なわれたが、敵の物量作戦には焼け石に水で、とうてい圧倒的な敵の本土爆撃を阻止するにはいたらなかったのである。

開戦以来、まる三年以上を大国アメリカ相手に戦ってきたわが国は、昭和十八年後半からは、作戦で何一つとして成功したためしがなかった。大きな犠牲をはらい、必死に食いとめようとしてはみても、日一日とただ後退につぐ後退に終始した。つぎは沖縄か本土か。いずれにしても出動はまちがいない。そして、こんどこそはいよいよ最後となりそうな気がしてならない。

茂原基地は、九十九里浜から太平洋の荒波を越えて吹き寄せてくる潮風で、一月はまたことのほか寒い。

わが三一一飛行隊は、寒い早暁訓練から夜間訓練まで、ひととおりの訓練は終わった。命令一下、どこにでも出動できる待機の状態にまで達しながら、なおも訓練を重ねていった。

二月の関東地方は、梅がまっ盛りの季節である。その日は天気がよかった。飛行場の端で定着訓練の指導中、零戦三十機からなる一部隊が到着した。

これは二八一空のマーシャル諸島進出のあとを埋めるために編成された戦闘三〇三飛行隊で、指揮官は艦隊当時の分隊長岡嶋少佐であった。これから南九州方面に行くという。

先日来、敵の機動部隊は、四国、中国方面に来襲した。沖縄方面にも来襲したが、どうやらつぎの攻撃目標は沖縄らしい。そのため、大湊を基地にして、これまで北方の守備についていたこの部隊を、南九州方面に増強することになったのであろう。どうやら私たちも近いうちに、九州か、沖縄か、台湾か、どこかそのあたりに移動することになるだろう。

もう二月も上旬を過ぎて、梅の花も散りかけたころ、急に寒さが加わって、とうとう一晩に二十五、六センチの積雪を見た。全隊員を動員して除雪作業に従事し、どうやら滑走路だけは使用可能の状態に確保した。

二月中旬、戦闘三一一飛行隊は、ついに南九州第一国分飛行場に転進することになった。

前日までに三十六機を戦闘完備状態にして、飛行場東側に一列に並べた。出発は明早朝である。

むかしの搭乗員なら単機、九州、台湾と飛びまわったが、現在の若い搭乗員は、この基地から目と鼻のさきの横須賀まででもおそらく飛んで行けまい。ガソリン節約のため、時間を極端に短縮した訓練の当然のむくいだ。作戦自体よりも、移動飛行の方がひと苦労ということになる。

出発前夜、搭乗員総員で竹田料理店に行き、別れの宴会をもよおした。搭乗員の大半は、十一時ごろまでに帰隊したが、私だけは残って飲みつづけ、隊に帰ったのは午前三時ごろであった。

あと数時間で出発である。飛行場指揮所に行って、当直兵に時間が来たら起こしてくれとたのんで、飛行服のままに横になり、ぐっすりと眠りこんだ。

夢うつつの間にゴゴゴゴという音で、私はハッと目をさました。もう夜明けである。搭乗員は一人もいない。おかしいと思って防空指揮所の方を見ると、戦闘旗があがっていて、飛行場には八機しか残っていない。飛行機のペラのうなりの音にまぎれて、聞きおぼえのある敵機の機銃音が、東南方面とおぼしきあたりに聞こえる。

私の中隊の列機は、宿舎から格納庫付近で私をさがしている。飛行機のそばには四、五人いる。それを見ると、私はジャケットをつけるひまもなく、飛行機に向かって駆けつける。

敵機は目の前に来ている。整備員が掩体壕に入れようとしてエンジンをかけている。防空指揮所で、S飛行長がしきりに大声で何かどなっている。

「馬鹿野郎が……」これは、起こしてくれと頼んでおいた当番兵にたいしてである。突然の敵襲で、当番兵も私を起こすのを忘れたのだろう。

私は飛行機にとびつくようにして発進する。列機も私につづいた。敵状は不明である。それは、とにかく空に上がってからのことだ。飛行場上空で九十度旋回、急上昇で高度をとった。私の前に飛び立った味方の隊は、離陸してすぐ、敵に向かって直進していったらしく、すでに乱戦状態に入っている。

最初に私が飛び立たなかったのがいけなかったのはわかっているが、味方の不利な態勢のまま敵に向かって突進するとはなにごとであるか。

　いまの目の前に見る戦闘のようすでは、味方は相当な犠牲を出すだろう。

八機対八機の空戦

　どす黒い雪雲がたれこめて、飛行場上空を一面におおっている。

　高度をとりながら、私は敵状を観察した。戦闘機がうようよいる。まちがいなく敵機動部隊の戦闘機隊である。

　いったん私は木更津方向に避退したが、

「よし、いまだ」と、ときを見はからって反転し、周囲を警戒しながら飛行場方向に突進した。見ると、敵F４U十数機が、単縦陣となって、指揮所付近を反復銃撃中である。

　雲下すれすれに接敵、いま銃撃を終わって引き揚げようとするところをねらって、ズーミング攻撃で猛射をあびせる。久しぶりの対戦闘機空戦である。

　敵はもっとも不利な高度七百ぐらいでの上昇姿勢である。ねらった敵機とすれちがい、反転上昇しながら見れば、グラグラとよろめいたのち、あっけなく下方の松林に突っこんだ。

敵の一番機は、そのときすでに反転体勢で下方から反撃に向かってくる。空戦に慣れない列機は相当あがっているらしく、勇敢な肉薄攻撃はするが、実戦の射撃ははじめてで、命中有効弾がなくて、敵に反撃の余裕をあたえた。

私はそのとき、下方から上がってきた一番機に向かって上側方から相当無理な操作で攻撃をくわえ、かろうじて数発の有効弾を与えることができた。

この敵機は、タンクをやられたらしく、白煙を引いて海上に出る。このくらいではすまないとばかり、近くをまごまごしている別の敵一機を見つけて追尾し、一撃をくわえて火の玉にしてしまった。

敵機に対して優位を失ったので、これで戦闘を中止して、上方の雲の中に避退した。列機もみんなそろってぶじについてくる。

結局、この空戦での戦果は私の二機撃墜と一機撃破、列機の一機撃墜だけとなった。最初の一撃で、列機の射撃が五割有効だったとしたら、敵を全滅させることもできただろう。若い列機は初陣のことで、このおしいチャンスを逃がした。

雲中からようすをうかがうと、追ってくる敵もなく、そのまま海上に去ってゆく。

海岸付近は雲の状態がさらに悪くて、ところどころで高度千メートルぐらいまで下

本土上空を跳梁した米海軍のボートF4U。P51とならぶ傑作機で、墜とすには著者のような熟練した腕が必要だった。

がっている。敵に奇襲をくわえるには好条件である。周囲を警戒しながら、索敵にはいる。

雲の一群が高度五百メートルくらいまで下がっている個所があり、その先の方に敵艦爆、戦闘機、合わせて約四十機くらいが旋回集合中であるのを発見した。

「しめた」敵は海上で、低く集合するはずである。それを知っていて、そこをねらったのだが、ぴたりと狙いは的中した。見ると、艦爆の上空をＦ４Ｕが掩護している。

雲下すれすれにこの敵に忍び寄って、奇襲攻撃をかけた。私の第一撃でＦ４Ｕは尾部を分解させて、まっ逆様に落ちていった。私はそのまま、雲中に高度を引き上げていったが、つづく二番機もねらったＦ４Ｕを、一撃のもとに撃墜した。

敵は上空に私たちのいるのを知って、下方の味方の中に逃げこんでゆく。敵の反撃体勢のないのを見定めてから、私は一ばん手近の敵機をねらって攻撃をくわえ、これも簡単に血祭りにあげ、そのまま前方の雲の中へと突っこんだ。

列機も、それぞれの目標に攻撃をくわえておいて、私の後ろにつづく。雲の中に突っこんだので、戦果を確認することはできなかったが、これは仕方がない。

雲中を飛んで飛行場に向かう。そのまま飛行場上空の雲下哨戒中、私たちの上空、雲の上を、敵戦約二十機が通過するのを認めて、これを警戒しながら敵の進路とは反対の方向に移動した。

敵の一個中隊は、茂原町上空付近から雲下に出てきた。そして、低空で銃撃しながら飛行場に向かってくる。それにつづく敵機もないようすなので、この下方飛行中の敵機に対して攻撃を開始した。

茂原町と飛行場間上空での八機対八機の空戦となった。優位からの攻撃だったので、私の二機撃墜につづいて列機が三機撃墜し、残る敵は三機となった。

この三機の敵はなかなか勇敢で、あくまで私たちに反撃してくる。五百から三百の低高度である。味方が多すぎるので、二小隊に上空支援の位置につかせた。

私はまず、必死に射線をかわすリーダー格の一機に、急旋回で食いついて、飛行場の松林の中へ撃墜した。

残った二機は、これを見て空戦を断念したらしく、優速を利して逃げにかかった。これも上空支援の位置につかせておいた二小隊の追撃で、ついに撃墜した。

八機対八機の空戦で、敵は全滅、味方は一機の犠牲もなかった。

列機を集合させて、飛行場上空を雲下で哨戒する。敵はまだ、関東地区内奥深く入っているので油断はできない。しかし、燃料が残り少なく、時機を見て補給しなければならない。それに、列機からは残弾なしという報告も届いている。

飛行場と連絡をとったところ、やがて、急速着陸せよの布板の信号があって、誘導コースを回らず、そのままつぎつぎ着陸し、急いで掩体壕に機を入れる。

飛行機からおりて、はじめて空襲警報発令中であるのに気がつく。小走りで指揮所に向かったが、まだ百メートルもあるところで、上空の雲間から、突然、F4U二個中隊が降下銃撃してきた。隠れるところもなくて、かたわらの松の木の下にしゃがみこむ。

上空から撃ってくる弾は、付近にプスプスと無気味な音をさせて突きささる。一時は、どうなることかと思ったが、幸い事なきをえた。

指揮所に着くと、司令、飛行長が並んでお迎えである。私たちの三回の空戦を目の前に見て、じつに気持のよい空戦であったというお言葉である。

待つほどもなく、つぎつぎに列機が集まってくる。ひととおりの戦闘概要報告をすませてから、主計科の特別料理にありついた。

私たちより先に上がった田淵大尉の指揮する飛行隊は、どうしたことか、一機も帰らない。結局、茂原基地の兵力は、私たちの八機だけになった。

しかし、全機落とされるとは考えられず、どこかの飛行場に不時着しているのであろう。

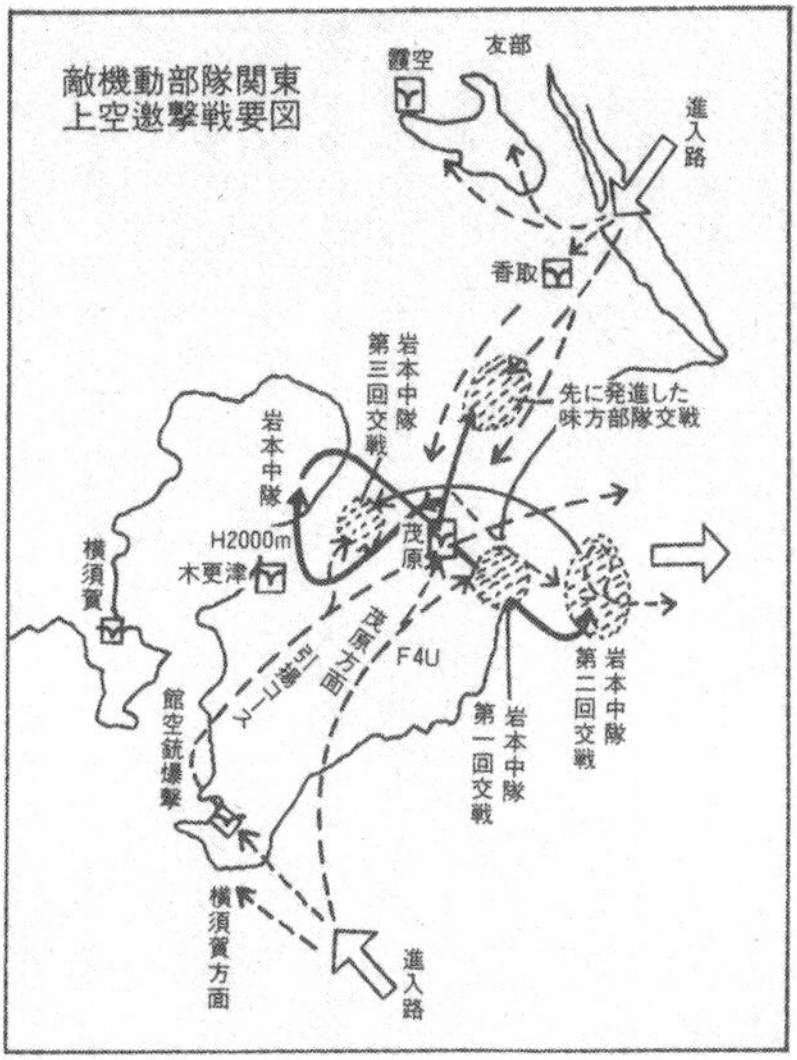

敵機動部隊関東上空邀撃戦要図

成田付近に友軍機四機が落とされ、また二名が落下傘降下したが、パイロットはぶじであるという、憲兵隊からの報告があった。

敵は大胆にも、本土の中心をねらって来襲したのである。第二群の敵数百機が、太田の中島飛行機工場に攻撃をくわえ、また、いたるところの飛行場が攻撃を受けた。とくに香取、館山は暁の奇襲を受けて、地上飛行機の損害は甚大なものがあるという。まったくこの敵の大攻撃の前に、わが軍は、なすところを知らないありさまである。ただ私たちの中隊の奮戦が、せいいっぱいの敵に与えた損害らしい。

そのうち、またもや新しい数群近接中と情報が入る。この敵を受けて立つ味方邀撃機の数は何機あることか、心ぼそい限りだ。私たちの八機に、さらに整備中の四機が加わって十二機となる。

食事が終わって情報を見ると、敵機動部隊は少なくとも六隻以上の大型空母よりなる大勢力である。

飛行長は持ち前の強気で、私たちの中隊にただちに発進し、茂原、香取間の哨戒に当たれという。

馬鹿げた話である。敵の来襲機は何百機というのに、わずか十二機を飛ばしてみたところで何になるだろう。そんなことをするより戦力温存につとめて、夕刻前の来襲に備えた方がどれだけ効果があるかわからない。

それでも命令は命令だ。さっそく準備にかかる。そこへ司令からその必要なし、夕刻まで待機せよといってきた。それで飛行長の案は取り止めになった。

午後五時、私たち十二機は、日没三十分までの時間を哨戒に上がる。

敵状は、関東奥地方面に十群以上が来襲中という。香取付近は雲高四千メートル、茂原付近は雲高二千〜千五百という天候で、その間の移動哨戒につく。

香取上空を四千メートルで哨戒中、銚子方面に機影をみとめ、上空に行ってみると、敵機四機が低空で銃撃中である。二小隊がこれに対してダイブして攻撃をかけ、一機を撃墜して引き揚げてきた。

なおも香取上空を哨戒中、霞ヶ浦方向の同高度に約百機近くの敵群を発見したが、私たちは、雲中に姿をかくして攻撃しなかった。この敵は、関東奥地を爆撃しての帰投中であったらしい。

日没時、茂原上空を哨戒し、それから敵との交戦はなくぶじに全機着陸した。

私たちの哨戒中に、各飛行場に不時着していた飛行機も帰っていた。三十六機のうち八機行方不明、四機自爆、二機落下傘降下という結果である。結局、残存兵力二十二機、整備完了機四機で計二十六機という数になる。

田淵大尉もぶじに帰っていたが、一機の敵も撃墜してはおらず、上方からの敵機の攻撃に合って、逃げるのがせいいっぱいだったという話を、それも自慢そうに話していたが、なにもこれは自慢話にはなるまい。

硫黄島からの悲報

搭乗員は、今夜は、みんな戦闘指揮所で寝ることになって、明日の上空哨戒の編成割をする。わが中隊は午後三時から日没までである。

夕食をすませてひと休みしていると、当直室から、茂原町民が本日の空戦のお礼に来ているという。飛行長と私が当直室に行ってみると、約五、六十名の男女が並んでいた。

町の上空で、日の丸のついた飛行機の勇戦をこの目に見て溜飲を下げたと、清酒二ダースの御持参である。こころからお礼を述べて明日の善戦を約し、町の人々は帰っていった。

全員外出禁止だが、明日は午後からの勤務である。私は午後十時すぎ、ぶらりと竹田屋に行ってみる。本日の空戦で私の中隊が戦果をあげた話を聞いていて、芸者はもちろん、店を上げてのもてなしで、いささか戸まどった。話はいつつきるともなくつづいて、夜中の午前一時ごろ、竹田屋を辞して隊に帰った。

指揮所では、司令、飛行長以下全員が起きていて、本日の作戦を打ち合わせ中であった。私はだいぶ行方を探されたらしい。

どこへいっていたのか、と司令が聞くので、今日のお礼にもらったお酒を掩体壕の整備員のところへ持っていって、一ぱいやっていました、と嘘をついてごまかした。

情報によると、本日も攻撃はまちがいなくあるというのである。海上後方には相当数の大艦隊と補給部隊がいるもようで、敵は、あるいは上陸作戦でもやるかもしれないから、じゅうぶん警戒する必要がある。

昨夜から味方攻撃機隊が夜間攻撃に出ているが、天候不良で、いまだに敵艦を捕捉できないでいるとは残念なことである。

夜が明けると同時に、第一直から発進任務につく。午前中、敵の来襲はなく、今日は来ないかもしれないと、やや安心していたところへ、午後一時、レーダーが敵群を発見、関東地区に警戒警報発令となる。

敵の一群は相模湾から、一群は水戸方面から、いずれも陸地奥部に侵入してきた。

予定がおくれて、わが中隊は、午後四時すぎに発進し、香取飛行場の上空で空中交代をして、任務につく。

昨日よりも雲は高く、邀撃にはあまりよい条件ではない。それでも、茂原地区は雲高四千メートルくらいで、どうやら避退場所もあって、なんとかなるだろうが、いまのところ敵は一機も見えない。地上と連絡をとってみると、なお敵編隊群は奥地にありというのであるから、油断はできない。

香取上空高度六千メートルを飛行中に、銚子方面で相当数の退去しつつある敵機をみとめたが、その後、敵影はなく、日没前になって、茂原上空を哨戒中、着陸せよの布板信号が出て、哨戒を打ち切って着陸した。

あたりがうす暗くなったころ、遠くの方で爆音が聞こえる。今夜もまた、特攻隊の強襲があるのだろう。私たちは明日の作戦のため早めにやすむ。

明けて二月十八日、伝令の声で目をさます。電文は、硫黄島守備隊からのもので、黎明、敵艦艇視界内にあるというのである。艦砲射撃か、あるいは上陸作戦か、どちらにしても、本土の玄関先に来襲するとは、大胆きわまる。

硫黄島には横須賀空と、わが二五二空からも一部搭乗員が派遣されている。

硫黄島からつぎつぎにはいってくる電文は、いずれも胸をしめつけられるような悲報ばかりである。

〝大兵力の航空部隊来襲〟〝大船団接岸中〟〝在硫黄島航空部隊は全力をもって、これに対して邀撃中〟と入り、つづいて、午前八時ごろ、

〝在硫黄島戦闘機全機玉砕、二五二空浜野上飛曹、敵巡に自爆これを轟沈せしむ〟との報告がつく。

硫黄島の陸海空の将兵が、全力をふりしぼっての悪戦苦闘ぶりがしのばれる。私たちは、敵機邀撃隊として、暫時待機となる。

朝からの連続の特攻攻撃にもかかわらず、硫黄島の敵は依然として猛攻撃中というから、あの小さな島の形もすっかり変わったことだろう。夜に入っても、敵の攻撃は依然としてゆるまず、ついに翌二月十九日、敵は上陸舟艇何百隻という大兵力で上陸してきた。

索敵機の情報によると、敵艦隊の後方には支援部隊および工作修理部隊までが待機の姿勢にあるという。

香取を基地とする六〇一空は、二月二十一日、第二御楯隊の特攻攻撃で、空母一撃沈、空母一炎上、戦艦四撃破、輸送船四撃沈の戦果をあげたが、敵の物量のまえにはかすり傷ほどのものにすぎなかったろう。

ただ敵上陸部隊の大軍は、わが守備隊の玉砕を覚悟した死にもの狂いの抵抗にあって、大きな犠牲を払わされた。

第九章　最後の決戦

夜間強行偵察

わが海軍は、さきの比島決戦で水上兵力の大半を消耗しつくしており、当然、基地航空兵力を主体とする防衛体制をとる以外にない。そこで基地部隊強化のため、航空艦隊の編成替えが行なわれた。

二月十日、三航艦に属していた二十五航戦と十二航戦を加えて、新しく第五航空艦隊、略して五航艦が編成された。五航艦は九州方面に展開され、次期戦場の公算がもっとも大きい沖縄に備えたのである。なお練習部隊の実用機教程の若年搭乗者を集めて、第十航艦が編成され、五航艦の予備兵力となった。

硫黄島の形勢まったく非となった二月二十八日、戦闘三一一飛行隊にも、ついに第一国分飛行場へ進出の命令が下った。

現在の保有機全力をあげて出発したが、わが中隊だけは霞ヶ浦で新機材の受け入れ後、追及することになった。

飛行隊主力の出発後、私たちは、陸路、霞ヶ浦に向かった。ここで中島飛行機工場から送られた零戦のテスト飛行を実施する。

まず受け入れずみの四機を空輸し、あと四機のテスト飛行中、さらに八機を追加することになり、連日テスト飛行を続行した。しかし、会社から予定どおり新機材が送られず、ついに十二日間を霞空に滞在した。

ようやく受け入れも終わり、最後に残った六機を連れて九州国分基地へ向け出発した。第一国分基地では、先着の飛行隊は、七〇一空に編入され、すでに全機が待機中である。

ウルシーを出撃した敵の機動部隊が近接中とのことで、その攻撃にあたる「彗星」艦爆特攻隊の掩護を命じられる。しかし、それから数日間、敵の動静は天候不良の関係もあってつかめなかった。

戦局は逼迫していたが、このところ嵐の前の静けさを保ち、私たちは毎日飛行場で待機しては、夕刻宿舎に帰るというくり返しである。

宿舎は町の中の民家を借りうけたもので、飛行場からかなりはなれており、朝夕自動車で通った。小さい田舎町だが、地方色豊かで、純朴な町であった。

三月十五日、零式複座戦闘機が着陸した。降りて来た搭乗員は、指揮所で待機中の私に思いもかけない三〇三飛行隊への転勤通知書を手渡した。そして、

「この飛行機で同行するようにと、飛行隊長に言われました」とつけ加える。

あまりにも急な話であるが、即刻、司令、飛行長に報告、挨拶まわりもそこそこに、手回り品をまとめて複座戦闘機に同乗し、夕刻、鹿児島市外にある飛行場に着いた。隊長は母艦時代いっしょだった岡嶋少佐である。司令部にかけ合って強引に私をひっぱったとのことで、前から気の合った間柄でもあって、私としては万事やりやすい。搭乗員も比較的そろっていて、これなら予定どおりの戦闘もできるだろうと思った。

編制は第一中隊長が岡嶋少佐、第二中隊長は私ということになり、毎日、交代で待機することになった。

三月十九日、敵機動部隊は四国沖に出現し、主として呉地区に来襲したが、わが方

も「彗星」艦爆をはじめ、五航艦の全力をあげて反撃し、空母フランクリン以下を撃破した。

十九日、二十日と二日間、はげしい攻防戦がくりひろげられたが、二十一日になると敵部隊は、わが方の進撃をふり切って姿をくらましてしまった。

その後、わが偵察機が八方手をつくして捜索したが、敵機動部隊の行くえを、確実につきとめることはできなかった。

二十四日になって、わが偵察機は、ようやく石垣島と大東島方面に、空母をふくむ有力な敵部隊をふたたび発見した。

基地部隊は久しぶりに緊張した。私たちは明日への出撃を予想して、その日は早めに待機をとりやめ、宿舎に引き揚げる。

私はその日は夕方から、列機搭乗員を料亭に連れてゆき、これが最後になるかもしれない乾杯をあげた。

搭乗員を帰したあと、私だけ残って飲んでいると、午後十一時すぎたころ、隊から急いで帰隊せよと、電話がかかってきた。

空腹に飲んだ酒が全身にまわって、相当の酔いである。迎えの自動車で本部に着くと、司令、参謀、飛行長と、三〇三空のおえら方がみな玄関に出て私を待っている。

「何かおこったな」と、よろめく足を踏みしめて降り立った。自動車の揺れでますます酔いがまわって、ようやく立っていられるくらいである。参謀はゴキゲンの悪い顔をしている。

飛行長の話では、本日夕刻前から、沖縄方面の索敵を強化しているが、どの索敵機も敵戦闘機にやられたらしく、いまだに一機も帰ってこない。それで沖縄付近の状況は、全然不明である。ただ台湾から発進して夕刻、鹿屋に着いた司偵の報告によると、沖縄本島南方慶良間列島沖に相当数の敵艦船が集結しているらしい。

そこで、さらに索敵機を発進させたが、沖縄付近で、いずれも「敵戦追蹤」の電送を最後に、連絡を断ってしまった。

沖縄付近に敵機動部隊が、接近しているのは明らかだが、詳細は不明である。司令部では戦闘機による夜間の強行偵察以外にないという結論で、その重大任務が、わが三〇三飛行隊に下った。

戦闘機による単機、夜間強行偵察をやれる搭乗員は、私と隊長以外にはいない。私を呼んだはそのためである。

戦闘機生活十有余年、夜間単機飛行など、別にたいして苦にならない。また酔っていて作戦任務の果たせない私でもない。足のふらつくほど酔っている私のようすを見て、司令は心配そうだ。

「司令、だいじょうぶです、かならず任務を果たします、安心して下さい」

私はそういって、偵察任務のだいたいの打ち合わせをした。やがて整備から試運転を終わったという報告があった。

宿舎で搭乗員に飛行服をきせてもらって、司令、飛行長といっしょに飛行場に向かう。夜空には雲一つなく、月のない空には星がちりばめられてキラキラと輝いている。敵の夜間攻撃を警戒して、灯は一つも点いていない。暗闇のなかに、整備員の持つうすい赤い整備灯だけが、点々と螢の光のように見える。

離陸のときに飛行場の端にカンテラを一個だけ目標につけてもらうようにたのんで、まだ酔いのさめないフラフラ足で、警備員にかかえられるようにして機上の人となる。

ひととおりの試運転を終わって、準備完成を知らせる舷灯をつける。離陸目標灯が先方に小さく見える。

指揮所からの出発合図に、レバーを全開にして、軽く地面を切る。

下方は暗黒で灯一つ見えない。大きく飛行場上空を一旋回し、高度を三千メートルにとって、予定コースに定針して一路、沖縄に向かう。何一つ見えない夜空で、紫色の排気炎が、まばゆい。

発進後三十分、左方に黒く見えるのは屋久島であろう。その先に点々と島が見える。

高度を四千メートルに上げ、受信器のスイッチを入れる。かすかに、敵の送信であろう、英語が聞こえてくる。

一時間経過、予定だと奄美大島付近である。敵夜戦を警戒、高度を六千メートルに上げ、酸素を使用する。英語の電波感度がますます強くなる。明らかに敵が近くにいるのだ。

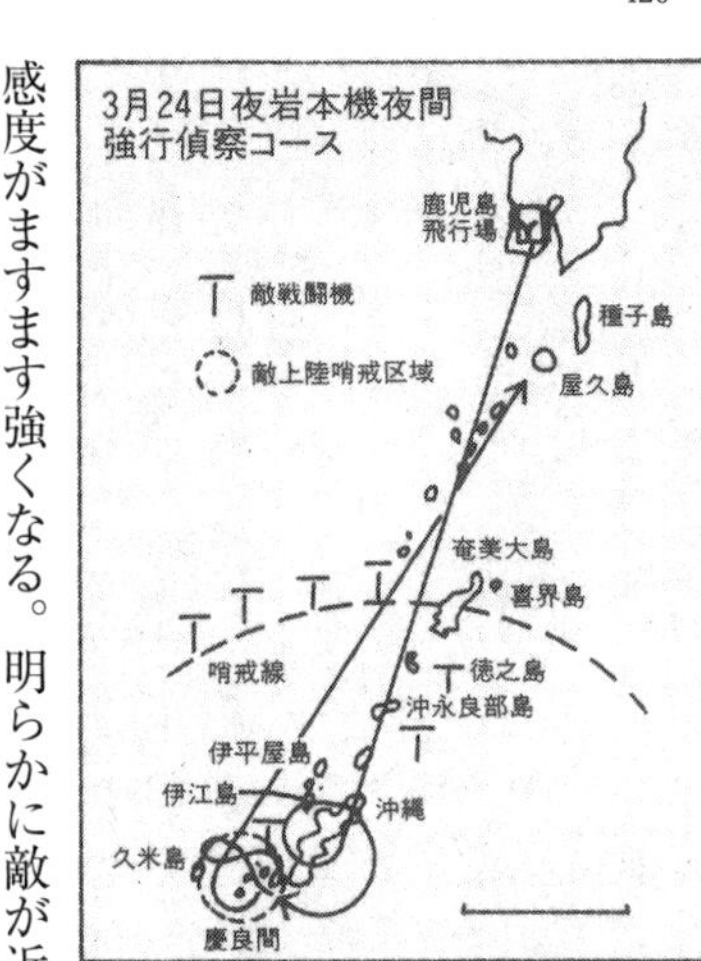

ややコースが右にそれたためか、左後方に奄美大島らしい島影が見える。敵の電波感度がきわめて大となる。あるいはレーダーによってわが機の位置を発見し、上空の夜戦に通報しているのかもしれない。敵は、レーダーによって目に見えぬものの位置を確実に知ることができるのである。

万一の場合を考え、高度をさらに高くする。上昇飛行中、右方にチラッと機影らしいものを認める。とくに後方を注意しながら高度八千メートルに達する。

伊江島の手前で、ふと後方を見る。たしかに敵夜戦にちがいない。数百メートル後方についている。

伊江島方向にダイブして、敵機をまく。高度五千で引きおこし、伊江島上空を旋回する。ここには海軍の飛行場があるが、別に異状をみとめない。しかし、小型機が飛んでいる以上は近くに敵機動部隊がいるはずである。

やがて、沖縄本島上空に達した。西海岸に沿って南下する。灯一つ見えない暗黒の島が、静かに沈黙している。

さらに沖縄上空を南下、水平線をすかして見ると、南方はるかかなたの一角が、ぼんやり明るくなっている。

その方向へ直進する。敵の電波は依然として強い。

高度六千メートル、零(ゼロ)ブーストで飛行、慶良間(けらま)列島を見下ろすあたりに来てみると、島と島との間は昼間のような明るさで、大型輸送船が荷上げ中である。

かつてラバウル当時、マーカス岬に敵が上陸したときに見たことのある、一名海(かい)トラともいう大発が、海面いっぱいにあふれ、船と海岸の間を往復している。

まず基地に無電で、〝沖縄本島南東無人島に敵上陸中〟の隠語電報を発信した。これで任務を半ば達成したのである。

折り返し本部から、〝了解〟の返信があった。つづいて、〝われ敵上陸部隊を銃撃〟と発信し、高度六千メートルで、沖の輸送船上空から岸の方に向かって緩降下しながら、二十ミリ、十三ミリ、七・七ミリと全機銃を発射する。目標を選ぶ必要はなかった。

敵は私の一航過銃撃で、はじめて灯火を消した。まさか戦闘機が単機で銃撃してくるとは思わなかったのだろう。銃撃で数隻の舟艇が火災をおこした。

しばらくして、ようやく防空砲火がところきらわず撃ち上げられ、それが空中に白く尾を引いている。私の酔いは、いつのまにかすっかりさめていた。

さらに銃撃を反復するために、低空でいったん島からはなれ、高度を一千メートルにとって、さっきの銃撃で火災をおこしている舟艇をめがけて、第二航過の銃撃を敢行した。

火の手はさらに大きくあがって、大混乱になったのが目に見えるようだ。

五航過目の攻撃で、数十ヵ所から燃えあがるのを見て、帰路につく。敵夜戦を警戒しながら、高度五百メートルの低空で飛行する。

途中、悪石島付近で、数十機の攻撃機が沖縄に向かうのをみとめる。基地に待機していた攻撃隊の出撃であろう。ぶじ攻撃が終わることを念じつつすれちがい、出発後約四時間で、用意された夜設の中を飛行場に着陸、帰還した。

総攻撃の火ぶた

三月二十六日、天一号作戦が発動された。五航艦、三航艦、さらに十航艦まで投入して、海軍のほとんど全航空兵力を集中したことになる。

わが戦闘三〇三飛行隊は、五航艦随一の制空戦闘隊として司令部から名実ともに頼られていた。

二十六日、昨夜の攻撃に引きつづいて、いよいよ敵上陸地点にたいする航空総攻撃の火ぶたが切られた。

早朝、各隊の攻撃機は、必殺の魚雷、爆弾をかかえて、戦闘機六十機の直掩のもとに、沖縄周辺の敵艦船および上陸地点の攻撃に向かった。

午前九時ごろ、前方に沖縄本島が見えはじめる。やや高度をとってそのまま直進、沖縄上空で大きく右旋回し、下方の攻撃隊はさらに目の前に見える慶良間島に向かった。

そのとき前方に、数群からなる敵戦闘機隊を発見し、制空隊は全力でこの敵に突進した。

当然、攻撃隊は直掩のないままの進撃となった。私はこれをみて反転し、十六機をもって攻撃隊の直掩位置についたので、主隊とはなればなれになった。

六十機からなる攻撃隊は、堂々たる爆撃隊形で高度を四千メートルにとり、ややおくれてわが中隊が高度六千メートルでこれにつづく。

主隊は目下、大空戦中である。彼我入り乱れての巴戦に、すでに、炎の尾を引いているもの、落下傘降下するものなどもあって、ここを先途と戦っている。

わが中隊は、この戦場を右後方に見つつ前後左右を警戒しながら、攻撃隊掩護の隊列のまま前進する。慶良間の手前で、左方に約二十機の敵を発見し、高度を七千メートルに上げながら、接敵する。

幸い、攻撃隊の行く手には敵機らしいものは見えず、右方上空に高角砲の弾幕が上がるのを見る。

私は優位から敵Ｆ４Ｕに突撃した。最初の一撃で一機撃墜し、列機の攻撃で三機が落ちてゆく。余勢をかって、第二撃をくわえたが、これはうまく行かず、乱戦になってはまずいと判断して、列機に合図し、慶良間列島の外側を大きく右旋回して戦場を離脱した。

その間、左方はるかかなたに相当数の敵艦船を視認した。攻撃隊はすでに引き揚げたあとで、影は見えず、上陸地点付近に、相当の黒煙と火炎があがるのを見ながら、一路退避コースをとってぶじ基地に帰った。主隊はまだ半分くらいしか帰っていない。この分では相当の犠牲が出るのではあるまいか。

生還した搭乗員の話では、最初優位から攻撃を開始したが、そのうち上空に、相当数の敵戦闘機がいるのに気がついて、びっくりし、全速で海面方向に逃れたという。

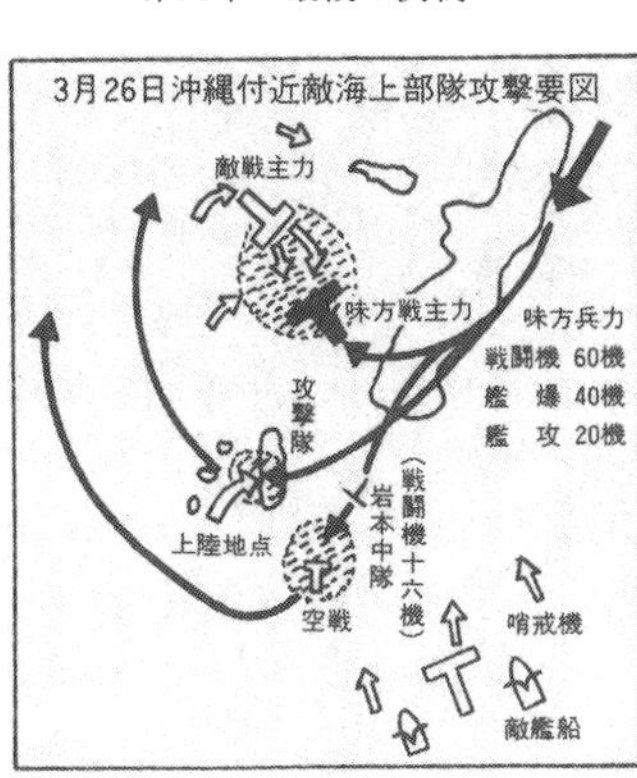

3月26日沖縄付近敵海上部隊攻撃要図

われわれが使っている旧式戦闘機による空戦では、邀撃ならいざしらず、攻撃に出た場合は、長くても三、四分の空戦で引き揚げないと、優速の敵のために完全に制圧される。それでも夕方までに約五十機が帰って来て、結局、犠牲は十機にとどまった。

大多数の搭乗員は初陣で、戦果ははっきりしなかったが、およその見当で、十機から十二機ぐらいは落としているらしい。それにたいして私の中隊は一機の犠牲もなしに、四機を撃墜したのだから、成績としてはます上々であろう。

二十七日の昼間、沖縄付近に近接した敵機動部隊にたいして、薄暮から夜間にかけて攻撃をくわえたが、敵の防空戦闘機が多くて、たいした戦果をあげることはできず、わずかに巡洋艦を撃破した程度に終わった。

しかし、わが方の連続攻撃にもかかわらず、物量豊富な敵の補給を食いとめることはできなかった。

三月二十九日、敵の有力な機動部隊が、種子島沖に出現したという情報で、戦闘三〇三を主隊として、戦闘三一一、三〇七、三〇八と、制空隊の全力をもって特攻機を掩護出撃したが、ついに敵機動部隊を発見できず基地にかえった。

鹿児島飛行場周辺の桜は、いま満開である。花といえば、鹿児島市内の女学生たちの勤労奉仕隊が、このころ毎日、飛行機の手入れにきてくれていた。

四月一日、水上艦船約千五百隻、海兵二個師団、陸兵四個師団の大兵力をもって、ついに敵は沖縄本島に上陸してきた。

五航艦の全力は、この作戦にほとんど全機特攻をもってあたり、四月一日、二日、三日の連日、猛攻撃をくわえ、敵に大きな損害をあたえた。

しかし、その力にも限りがあって、ついに敵の上陸をゆるし、敵は逐次、わが方主陣地へと滲透してきて、沖縄本島の航空基地も、また敵のものになってしまった。
五航艦は、四月六日、菊水作戦航空総攻撃の実施に踏み切った。

20年3月、特攻機の突入をうけた米空母フランクリン。被害の大きさに驚いた米軍はその後、厳重な迎撃態勢をしいた。

菊水作戦が下令されると、四月六日、第一号発動となって、内地にある使用可能全力の特攻攻撃が決行された。参加機も、零戦爆装機八十五、彗星二十、天山十五、九七艦攻三十、九九艦爆四十六計百九十六機という大兵力である。直掩制空隊も、その全力をあげて参加した。攻撃目標は沖縄周辺の敵艦船である。

私たちも、攻撃隊の戦果拡大のために、当然予想される敵戦闘機の邀撃を制圧するため、優秀者ばかりを選りすぐって、隊長みずからの陣頭指揮で出撃することになった。

零戦爆装機は敵機動部隊に、艦攻は沖縄周辺の水上部隊に、また艦爆は輸送船へと、それぞれの目標をきめて、特攻隊は勇躍、基地を出発した。

私たちも、それと前後して離陸、予定集合地で隊形をととのえたうえ、特攻機の前後左右に位置を占めて、一路沖縄に向かう。

進撃中の攻撃隊は、一糸乱れぬ隊形で、またこれを守っている制空隊も、いつ襲いかかってくるかわからない敵機を警戒しながら、守りをかためて進撃する。

わが中隊は、この隊よりやや前上方に位置して、いち早く前方の敵戦闘機を発見し、これに先制攻撃をかける任務をおびている。

屋久島もはや左後方に過ぎて、はるか前方に見える島は奄美大島である。刻々と敵地が近づくにしたがって、心なしか、それまで堂々として見えていた編隊が、なんとなく落ちつきを失って、そわそわしはじめているらしく感じられる。

一部の特攻機は、左方の洋上に向かう。成功を祈りながら、なおも前進をつづける。

奄美大島付近から、警戒をさらにいっそう厳にする。やがて沖縄本島が前方にうす黒く姿を見せはじめた。

敵戦闘機が見えた。戦闘準備を下令して、特攻機の上空に急ぐ。突入までは、一機たりとも、敵戦闘機の犠牲にしてはならない。

特攻機はサヨナラバンクと同時に、下方の敵艦に向かって、つぎつぎにダイブにはいる。

敵戦闘機の数は、最初見たときよりもはるかに多い。

特攻機はつぎつぎと命中して、機もろとも爆発する。なかには被弾のため突入途中で火災をおこすもの、目標をそれて海中に突入するものもある。

さっきまで私たちと同じように片手に操縦桿を、片手にスロットルをとって飛行していた彼らが、いまは肉体も、精神も、それぞれの機とともに飛び散ってしまったのである。髪の毛が逆立つ思いだ。

せめて彼らの最後と、その戦果を、精細に見とどけておこうと、私はいつまでも上空から旋回していた。

沖縄本島上空は、いまや彼我入り乱れての空戦である。

特攻隊の最後を見とどけると、私たちは、即刻、戦場上空に進んだ。

優秀な敵機にたいしては、高度の優位からするズーミング攻撃以外には、まず、有効な射撃はあり得ない。いまその優位から、手近なF6Fに目標を定め、一発必中の肉薄攻撃をかける。愛機はこころよい爆音を響かせて、この敵にせまった。

ズーミングによる優速体勢で接近し、ついにぶつかる一歩手前である。もう照準もいらない。射撃レバーも折れよとばかりの猛射に、翼の二十ミリはみごと敵機の胴体に、翼に、吸いこまれるように命中する。

退避したときには、敵機は火を吹いて、スピン状態で落ちてゆく。さらに全力上昇してつぎの機のねらい、第一撃と同じく肉薄攻撃をくわえ、これも一撃で火を吹き、落下していった。さらに第三撃に移る。ラバウル航空戦以来、久々に胸のすくような攻撃ができた。一発のミスもなく、三撃で三機を撃墜したのである。

その間、列機も奮戦し、F6F五機を撃墜していた。態勢は依然としてわれわれに有利である。しかし、性能において劣るわが機では、この優位を長く保てるものではないから、勝ちに乗じている列機に、むりに攻撃を中止させた。空戦は引き揚げ時が大事で、それを失すると、結果的に大事を招くものである。

ひととおり隊形をととのえてから、針路を北々西にとる。視界内には島影一つ見えない洋上を飛行、だいたいの推定で鹿児島から約千六百キロ北西付近に向かった。

敵は当時、空戦を終わって帰投する日本機を、奄美大島付近に待ち伏せて奇襲攻撃を加えるという策をとっていた。これに引っかかって相当の犠牲者が出ている。とくに四、五機で帰投中のときなどは、この待ち伏せに会うとひとたまりもなく、ほとんど全滅してしまう。そのところを考えて、私は帰投コースをきめたのである。

推測航法で、約二時間三十分ののち、全機ぶじ基地飛行場に帰った。

岡嶋隊長の中隊が私たちより一足はやく、これも全機ぶじに帰っていた。戦果も相当あげているようすである。

私は目撃した特攻機の戦果を、つぎのように報告した。

巡洋艦または駆逐艦十一隻命中、輸送船らしきもの五隻命中。

目撃できなかった戦果は、このほかにももちろんあったはずである。

制空隊の戦果は戦闘三〇三飛行隊だけで、十六機撃墜、不確実三機であった。他の飛行隊にも相当の戦果があったはずである。ただ、三一一飛行隊、三〇八飛行隊からは、幾人かの犠牲者が出た。

一方、機動部隊攻撃に向かった特攻機は、ついに敵空母を発見することができず、やはり戦艦、巡洋艦、駆逐艦に突入し、これも大きな戦果をあげた。

しかし、本日の攻撃で沖縄近海に二百名以上の搭乗員が消えていった。

私はどうしたわけか今日の攻撃に妙な疲れを感じて、椅子にかけたまま立ち上がる元気もなく、眠るともなくうつらうつらとしていた。

午後四時ごろ、電信員の受けた電文に、「本土に近接のおそれある空母をふくむ大機動部隊あり」とある。

基地は緊張したが、その日、敵機の来襲はなかった。

司令部から、明早朝この敵にたいして特攻攻撃をかけるから、直掩隊を出すようにという命令である。さっそく編成にかかった。

今日の攻撃にベストメンバーを連れていった関係で、残った搭乗員の中には、これという者もいない。それでも本日参加しなかった搭乗員だけで搭乗割をつくったが、中隊長指揮官がいない。だれにするかいろいろ選考してみた結果は、結局、明日も私が出撃することになった。早めに搭乗員を連れて宿舎に帰る。

戦艦「大和」の仇討ち

四月七日、天気良好だが、洋上方面には相当の断雲がある。ほとんどの搭乗員が初出陣なので、細部にわたって注意をあたえる。

攻撃参加兵力は爆戦三十機、彗星艦爆十機、銀河五機、計四十五機、これにたいして直掩隊は当基地の三十機と、各飛行隊を合わせて六十機で、総指揮官は三一一飛行隊の田淵大尉だが、三〇三飛行隊指揮官の私に、指揮の実権はある。

予定時刻に発進して進撃に移った。わが隊は右前方に占位して出撃する。

種子島あたりから高度二千メートル付近に断雲がある。天候を心配しながら洋上に向かって進む。

出発後、一時間半ぐらい飛ぶと、列機に警戒信号を出し、戦闘隊形をとって、直掩に便利なように、前上方に占位する。他の飛行隊、みんなそれぞれの位置についた。それから五分ぐらいもたったころ、左方向高度五千メートルに、無数の黒点が見える。あきらかに敵戦闘機群である。

占位位置を特攻隊の左上方にかえる。私たちの高度は六千、敵戦闘機は大きく迂回でもするように後方と前方に分かれる。挟撃しようとするつもりであろう。

敵との距離は、刻々とせばまってくる。なんとか特攻機が攻撃するまではと思っても、ふりかかる火の粉は払わねばならない。

まもなく、一番機のバンクを合図に、彗星特攻隊は、九十度右に変針して、下方に突入していった。

右方の雲の上に高角砲の弾煙が見える。敵は自分から位置を知らせてくれたようなものである。つづいて、爆装戦闘機もその方向に突っ込む。

敵戦は目の前にせまった。もうじっとしてはいられない。いきなり反航で敵の中央付近に突入した。敵戦は最新鋭のＦ４Ｕ改型とＦ６Ｆで、どす黒い色のアブのような感じだ。

昭和11年4月、第34期操縦練習生として霞ヶ浦航空隊に入隊以来、足かけ10年にわたり最前線でパイロットの道を歩んだ著者。

長時間の空戦の結果は、火を見るよりもあきらかである。いま特攻機が突入した以上、あまり無理をすることもない。私は列機に、二撃目くらいでチャンスを見て下方の雲の中に避退するように、通信しておいた。

私の第一撃では浅傷だったようだが、第二撃目に手ごたえがあったので、そのまま下方の雲中に全速力で逃れた。つづく列機は、ほとんど空戦せずに私の後ろにつづく。

敵は私たちが逃げると見て、一部は追尾攻撃に移ったが、一足早く雲の中の安全地帯に突入できた。雲の中に入ればまず安心だ。ただ、この場合は空中衝突のおそれがあるので雲中飛行で東方向に向かう。

雲といっても、速力のはやい飛行機ではほんの短時間で突破してしまう。約二分くらい雲中にいただけで、突然、前方の雲は切れて、その前方約千メートルくらいの距離に雲がある。

敵は後方の雲の上下左右にわれわれを探しているらしく、さかんに周囲をまわっている。その間につぎの雲めがけて突っ込む。つぎの雲にはいる少し前に、敵に発見されたが、追いつかれる前にいち早く雲中に入って、逃れた。

最後尾中隊の一部は、攻撃終了の時期がおくれたらしく、私たちが第一の雲を出たときに後方上空で空戦に入っているのが見えた。

この日の特攻隊の戦果は、残念ながら確認することができなかった。掩護するのがせいいっぱいだったのである。しかし、その最後を見とどけられなかったのは、特攻搭乗員にたいして何としても申しわけがなかった。

戦場を脱出したのち雲下を飛行し、安全地帯から基地コースをとり、二十六機を連れて基地にかえる。あと四機のうち二機は被弾のため種子島飛行場に不時着、応急修理後、基地にかえるという連絡があった。残りの二機は不明である。

戦果もわずかに四機撃墜、二機不確実である。現在の零戦では正攻法の攻撃をすれば、まず勝ち味はなく、巧妙な奇襲以外には、戦果はのぞめない。

聞くところによると、新鋭機紫電改は、その性能からいってＦ４Ｕ、Ｆ６Ｆに勝るとも劣らないというが、B29による本土爆撃で、主要工場がつぎつぎに破壊されている現状では、とうていわれわれのところに補給される望みはない。

本日出撃した他の飛行隊の被害は思いのほかにひどく、その大半は未帰還という。これは空戦場離脱の折りにやられたものであろう。

一方、わが連合艦隊の水上部隊は、どうしていたのか。当時、主力は比島沖で潰滅して、生き残った戦艦「大和」、軽巡「矢矧」、ほかの五隻の駆逐艦だけが内海で訓練を行なっていたが、三月下旬、敵が慶良間列島に上陸を開始すると、第二艦隊および第二水雷戦隊は、海上特別攻撃隊となって沖縄に突入し、巨砲をもって敵の揚陸地点を砲撃することになった。

四月六日朝、「大和」「矢矧」、八隻の駆逐艦は大隅海峡を通過、七時ごろ、二百十度、二十四ノットの速力で南下した。

五航艦の零戦二十機は、午前中、その上空警戒にあたった。主力制空隊は午前の沖縄攻撃のために出撃中で、「大和」掩護にあたったのは、少数の予備機によるものだった。

幸い、午前中は敵機の来襲がなくぶじに過ぎたが、すでに敵は午前中に潜水艦の報告によって、水上特攻隊の位置、兵力などすべてを知りつくしていたのである。

この日、私たちが攻撃から帰って、一服するひまもなく、「大和」から「敵艦載機四、五十機来襲」の知らせがきた。

私たちはただちに補給の終了した愛機につぎつぎととび乗って、一路「大和」上空に向かった。

当日、この付近は雨こそなかったが、高度二千から千くらいまでに雲があり、視界は不良で、攻撃隊にはもってこいの天候である。

全速力で坊ノ岬二百六十度、約百キロ付近に駆けつけたが、そのときすでに「大和」の姿はなく、信じ難いことではあるが、あの巨体は海中に没していたのである。こうなるまでには少なくとも二時間や三時間は奮戦したのであろうが、基地に連絡がはいったときには、すでに「大和」は沈没まぎわだったのであろうか。

「大和」の沈没したと思われる付近には、四、五十機のＦ４Ｕが、アブがたかるように低く飛んでいる。すでに敵の攻撃機は一機も見えない。私たちは、この下方の敵に対して猛然と襲いかかった。

勝利に酔った敵は油断していた。「大和」の仇討ちである。上空から徹底的な猛撃をくわえた。

あわてふためいた敵は、一機、二機とつぎつぎに海中に墜落する。戦艦「大和」への何よりの供養であろう。私はこのとき、Ｆ４Ｕ三機を沈んでいった「大和」に捧げた。

四月十二日、神雷部隊桜花隊が、菊水二号作戦に呼応して出撃し、沖縄東方洋上で、ついに敵空母を発見した。その数機は、みごと敵艦船に命中し、瞬時にして轟沈という戦果を上げた。

この日、わが中隊は沖縄本島まで、特攻機約八十機を掩護して出撃、特攻機の突入と同時に、襲いかかる敵戦闘機と交戦して、Ｆ６Ｆ二機を撃墜、さらにさかんに発進しつつある伊江島飛行場に対し、急降下による銃撃を敢行して、飛行場にあった数十機を撃破して引き揚げた。

途中、奄美大島付近で敵のＦ４Ｕ八機の攻撃をうけたが、幸い前方の雲を利用して列機とともにぶじ基地に帰った。

四月十五日、五航艦制空隊全力をもって沖縄基地制圧に向かった。総指揮官岡嶋少佐のもとに、全兵力六十機、当日は天候不良で、とくに沖縄付近は高度三千メートル付近に厚い密雲があって、高度六千を飛んでいた私たちは、密雲を突き抜けて雲下に出た。

雲から出たところは、沖永良部(おきのえらぶ)島上空だった。

敵はすでにレーダーでわれわらの来襲を知っていて、防空戦闘機を上げていた。

雲下に出て間もなく、沖縄方面から高度二千くらいで約三十機の敵戦闘機が向かってくるのを発見した。

昭和20年春、沖縄付近の米艦艇に対する体当たり攻撃に飛び立つ僚機を見送る整備員。当時、南九州は桜の盛りであった。

指揮官の攻撃開始の信号で、この敵に接敵し、上空からの指揮官みずからの第一撃で戦端は開かれた。

上空の雲のおかげで、私たちは終始、有利な位置から攻撃をつづけ、敵三十機をほとんど落とした。さらに後方から向かってくる敵と交戦し、私は一人でF6F四機を撃墜した。

空戦約二十分、これまでにない長時間戦闘である。時機を見て、わが中隊は雲中へ入り、戦場を離脱して、途中で指揮官中隊といっしょになって、ぶじに基地に帰った。

敵は伊江島に飛行基地を確保すると、たちまち、数百機の小型機を集結し、南九州のわが基地にたいして攻撃をかけてきた。

　私たちの飛行隊も、現在の宿舎では危険なので、予科練がつくっておいた防空壕に全員、移った。これは鉄道路線に沿って掘ってあって、五千名収容できる大きなものである。飛行場にも完全防空壕ができ、また飛行場の両端から掩体に通じるように改造され、内地基地もとうとうラバウル基地をしのばせるものになった。

　ただ前線と異なるのは、ここは密集している民家と、非戦闘員がいることで、彼らはすでに、大本営発表の戦果は信用しなくなっていた。彼らの頼りにするのは、大将でも参謀でもなくて、毎日飛び立ってゆく、われわれ搭乗員であった。

　四月十五日の夕刻、索敵機から、「有力な敵機動部隊が南九州に近接のおそれあり」と知らせてきた。整備員は全力をあげて修理機、整備機の完備につとめ、十六日早朝、三十機の実動機をそろえた。

　敵空母隊は喜界島方面に出現した。これをたたくべく特攻機八十機が出撃、三〇三飛行隊からは一個中隊が直掩隊として参加した。

　この日、私は邀撃隊指揮官として、午前の待機中、八時すぎ、種子島から、小型機大編隊が大隅半島に向かうという警報があった。

　わが中隊は全機発進する。当日は高度二千メートルくらいから密雲である。飛行場上空で集合ののち、雲下を天狗鼻岬方面に移動、電話で基地に連絡をとりながら哨戒にあたる。

そのうち、「鹿児島湾から高度千五百くらいで、約四十機の編隊群が、基地に向かっている」と知らせてきた。

〝鹿屋方面に弾の音が聞こえる〟〝飛行場上空に敵あり、SBD投弾、上空敵戦約二十機警戒中〟とつぎつぎに入電する。

私は出水（いずみ）寄りの山から雲下すれすれに鹿児島へ向かう。

鹿児島市街の見えるころ、前方の飛行場に地上銃撃爆撃中の敵をみとめ、全速でこの敵に突入した。

まっ先に撃った私の第一弾は、高度一千メートルの敵F6Fを、飛行場端の海中にたたきこんだ。

つづく列機の息もつがせぬ猛撃で、優速をほこるF6Fも戦意を喪失したらしく、反撃してくるのは一機もない。全速で海上に逃げる敵を、追おうとする列機を私は呼びとめて、目のさきに見える桜島の左側に向かう。

国分基地付近は、雲がさらに垂れ下がり、高度一千メートルをとると、もう雲の中という状態である。ここはおもに特攻の発信基地となっていた。

雲の下すれすれに国分基地近くまで来たところ、敵ＴＢＦ、Ｆ６Ｆが攻撃を終わったのであろう、単縦陣で、高度を下げながら海面に出ようとしている。よき獲物ござんなれ、とばかりこの敵に食い下がる。

わが中隊の優位攻撃で七機または八機が、火を吹きながら、海岸方面に墜落していった。

この場合も、長時間の空戦は禁物である。列機を集めて、桜島のうしろ側に向かう。

ふと鹿児島湾上空を見ると、高度一千メートルくらいのところに、攻撃を終わって集結中の敵七、八十機が旋回している。

注視していると、上空の雲中からつぎつぎに黒いつぶてが降ってきたかと思うと、上方の敵に攻撃をくわえている。敵は一機また一機と面白いように海中に飛沫をあげて墜落する。どこの飛行隊かわからないが、胸のすくようなみごとな攻撃ぶりであった。

近づいてみると、この味方機は、敵のグラマンとそっくりの外観をしている。翼の日の丸と星のちがいだけのようにさえ見える。これは松山か大村の紫電隊にちがいない、と私は思った。

一時は反撃に出た敵グラマンは、かなわぬと見たか逃げ腰になった。

これに対して、わが中隊も追撃に参加した。敵の逃げ足は早く、それにいつのまにか味方の紫電隊も視界から消えていた。

わたしは列機を集めて飛行場に向かった。

基地には町の人々が大ぜい集まって来ていて、今日の飛行場上空の空戦で、日の丸機の勇戦ぶりを目のあたりに見て感激したと、喜んでくれた。

午後、敵機の来襲はなかった。今日の邀撃戦で私が見た新鋭機は、やはり松山の紫電隊であった。紫電隊は、南九州方面を高度一万メートルで哨戒中、電話連絡で雲下に降りたところ、敵とぶつかって空戦になったのである。

単機でB29撃墜せり

敵はいよいよ大胆になって、高度五千から四千で、白昼堂々とくり出してくる。

毎回の空襲で、目の前を飛ぶ敵機を、まだ一機も落とせないのを見て、大型機に対しては体当たり攻撃によるしかないという話が司令部で出た。いよいよ、私たちにも特攻命令が出そうな気配である。

四月二十八日、この日、私は隊長に午前、午後を通して待機させてもらうことにした。この際、一機でもB29を落とさないことには戦闘機隊の面目まるつぶれなのだが、若い搭乗員には、そんな難しい攻撃はとても無理である。

午前八時ごろ、種子島から、敵大型大編隊、大隅半島に向かうとの情報で、私は走りながらバンドをつけ、機上の人となった。

試運転もそこそこに、すばやく発進した。敵は高速なので、十分な高度と時間的余裕が必要である。一刻も早く高度をとる必要がある。

第二旋回で飛行場上空に来たときには、高度二千メートルとなったが、バンクをとって飛行場を見ると、他の機はまだ全機地上にいるようである。なにをまごまごしているのかと舌打ちしながら、機首を桜島に向けて上昇する。

あとでわかったのは、私が離陸後、まもなく種子島見張所から、「さきの情報誤り、味方機なり」という取り消しがあって、発進とりやめとなり、電話で、私に帰投せよと送信したが、私の受信機が故障不通で、私は単機哨戒をつづけることになったのである。

高度九千、酸素をくわえて、鹿屋、鹿児島間を哨戒する。高度を九千にとるのはなかなか容易ではない。地上は春の盛りだが、この高空では飛行服をとおしてきびしい寒気が身にしみる。それに飛行機の性能は落ち、頭脳の働きも鈍ってくる。

大隅半島方面を警戒中、八時三十分ごろ、半島のかなたに、太陽にキラキラ光るものをみとめる。注意しながら哨戒し、次第にはっきりしてくるのを見ると、まちがいなくＢ29である。ただちに電話で、敵大型機約三十機発見を報じ、さらに、「われこの群に接敵す」と伝えた。

地上では、このとき初めて敵であることを知って、待機機を発進させたのである。

Ｂ29は鹿屋に向かい、すでに爆撃針路にはいっている。この高度五千、わが機は九千、じゅうぶんな余裕があるので、慎重に接敵、敵の先頭機に対し、垂直背面攻撃に入った。突撃前に〝われ敵一番機に突入〟と送信する。

この攻撃法は、一秒でも時間をあやまれば、失敗するが、そのかわり操作時期さえよければ、まず十中八九までは成功する。エンジンは全開、愛機はさかだちのような姿勢で、矢のように敵の一番機に近づく。

敵の編隊から撃ち出す弾幕で、目の前が真っ赤になる。照準器の中央に、敵一番機の巨大な機首がぴたりと入った。はやる心をおさえにおさえ、肉薄必墜を期してさらに接近する。

頃はよし、七・七、二十ミリの全火網を注ぐ。時間にして一秒か二秒だが、接近し

高度1万メートルを飛び、日本の各都市を爆撃したボーイングB29爆撃機。難攻不落の敵で体当たり攻撃も行なわれた。

すぎて避待時期がおくれた。

「あッ衝突ッ」と瞬間、粉々に砕けるわが身を意識したが、あとは目をつぶり、力いっぱい手足をつっぱった。

ガクッというひどいショックと同時に、目の前が暗くなった。何秒だったか、ハッと気がつくと、飛行機は地面に向けて、クルクルとまわりながら落ちてゆく。すかさず力いっぱい操縦桿を引いて、高度二千メートル付近で、やっとのことで引きおこす。

操縦桿が右の方に傾くので、点検すると、右翼が日の丸の三分の一くらい外側の部分からもぎとられている。そしてそこから、紙くずのように、ジュラルミン片がちぎれてとんでいるのに気がついて、ようやく状況がわかった。

敵はと見ると、もう投弾を終わったのだろう、上空はるかかなたにすぎ去って行く、その右下方高度約二千メートルくらいのところにＢ29一機が、黒煙をはきながらよたよたと志布志湾方向に飛んで行くのが見えた。

傾いた飛行機をなんとか操(あやつ)りながら、このＢ29を追いかける。しかし、追うまでもなく、やっと志布志湾へ出たときには、もう海面すれすれまで高度を下げ、ついに湾外に不時着水した。

着水すると、すぐ機内から三、四名が脱出するのが見え、付近にいた哨戒艇が全速力で現場に向かっている。Ｂ29の機体は、しばらくカバの背なかのような胴体を海面に浮かべていたが、そのうちに機尾を上げて海中に姿を没した。

私の一撃は、いままで落とせなかったＢ29を、ついに血祭りに上げたのである。

翼端のことが心配になって、近くの都城陸軍飛行場に不時着を決意し、数回、やりなおして、どうやら飛行機もこわさずに着陸した。

指揮所の方に歩きだすと、陸軍の自動車が来て案内してくれ、飛行機を掩体壕に入れた。そのうちに海軍の基地員も数名来たので、愛機の状態を話して、応急修理をたのみ、ほっとする。

ここの飛行場の連中は、初めから終わりまで、私の攻撃を眺めていて、完全に体当たりしたと思ったそうだ。私の機はキリモミ状態で山の陰に見えなくなり、敵の一番機は、グラッとゆれたのち、編隊から後落して、急に高度を下げ、志布志湾の方向に突っこんでいったという。

海軍の基地員は、私の機が応急修理不可能であるといってきたが、そこをなんとかして、たとえ鉄板でもよいから、上下からボルトで締めつける程度にやってみてくれと頼んだ。

午後三時すぎ、修理が終わった。私は基地の人たちに礼を述べ、応急修理のできた機に乗って飛び立った。

スピードを百四十ノット以下にすると、修正できないくらい傾くので、百六十ノット以上に増速し、低空でヨタヨタと国分山脈を突破、鹿児島に向かった。

鹿児島基地はほかの基地にくらべると、半分もないくらいの小さな飛行場である。私は安定のわるい飛行機をあやしながら数回やりなおしをしたのち、やっと着陸した。指揮所から迎えの自動車がくる。飛行機を搭乗員に渡して指揮所に帰る。ひととおりの戦闘概要を報告して、ようやく落ちついた。

基地では、最初の情報が誤報とわかり、発進を中止して私に電話で連絡したが、受信器の故障のためキャッチできなかったのである。しかし、受信器故障のおかげで、単機よくB29を撃墜できたことにもなる。

基地で発進中止を命令してまもなく、大隅半島の見張所から、敵編隊上空通過の報告があり、大急ぎで全機を発進させたが、一機も間にあわず、すぐ飛行場に帰ったという。

その後の私の送信は地上でよく聞きとれて、われ突入の報で、司令、飛行長ほか全員が双眼鏡で見ていたが、やはり都城の人たちと同じように、体当たり後自爆したと思い、鹿屋地区に当基地から一個小隊が捜索に出ていた。

都城でたのんだ電報は、陸軍系のためにまだ着いていなかったが、基地では自動車でさらに捜索に出かけようとしていた。それだけに私の帰還を心から喜んでくれた。そして南九州でも、ついにＢ29を撃墜できたということで、とくに若い搭乗員たちの士気を高めた。

悪運強くて

四月二十八日、菊水四号作戦の命は下り、「桜花」その他、約五十機の特攻が出撃、制空隊の四十機が直掩して、いつものように基地を発進した。

沖縄付近には、相当数の敵艦船がいるらしく、勇躍出撃したのだが、奄美大島と沖縄の中間あたりで、優勢な敵戦闘機とぶっつかり、特攻機の攻撃前に空中戦闘を余儀なくされた。

特攻機は、敵機の隙間を突破して、沖縄付近の艦船に突入、空母、戦艦などに体当たりを敢行した。

多数の敵戦闘機に襲われたわれわれは、思うような空戦もできず、私はわずかにF4U一機を撃墜したが、まごまごすると撃墜するより撃墜されるおそれがあるので、数分間で空戦をやめ、帰途についた。

途中、悪石島付近で、私たち四機にたいして八機のF4Uが上空から攻撃をかけてきた。

全速で逃げたが、敵の優速にはかなわず、後方百メートルくらいのところまで追いつめられた。このままではやられてしまう。仕方なく反撃を決意し、反転して、四対八の空戦に入った。

敵は数と優速をたのんで攻撃してくる。私も胴体、翼に数十発の被弾をうけたが、致命部をそれていたので助かった。しかし、形勢はますますわれに非で、こうなれば逃げて落とされるより、いっそのこと体当たりしてやろうと、後上方からおそいかかる敵機を捕捉して、これに急激な上昇で下方から反撃し、撃ち上げていった。

このやぶれかぶれの作戦は効果があって、二十ミリが敵機の致命部に命中したらしく、敵はそのまま海面に突っこんでいった。

それに力を得て、どうせやられるなら、一機でも多く落としてやれと、さらに前上方からかかってくる敵にたいし、かまわず体当たり戦法で突進した。しかし、この敵とはすれちがいになり、そのまま下方の敵機に機首を向けて猛射すると、これも火だるまになって落ちていった。

他の一機は、これを見て逃げにかかったので、追尾中、後方からきた別の敵に撃たれて、またも数十発被弾した。

このため前方の風防は飛び散り、右翼タンクにも命中したらしく、ガソリンが白い煙のように吹きだした。

もうこれでいよいよ最後かと覚悟したが、エンジンは依然好調に回っている。どうせやぶれかぶれの戦法である。いまわが機を攻撃して、前上方に引き上げた敵機に機首を向けて発射した。

敵も、手負いの日本機が、体当たりしてくる鬼気のようなものにおそれをなしたか、そのまま機首を沖縄に向けて去っていった。

列機はどうなったかと左右を見まわすと、海面すれすれに二機が飛んでいる。あとの一機は見えない。さらに付近を飛んでみるが発見できず、ただ悪石島の南方の海面に、紫色の波紋が一ヵ所、望見された。おそらく列機の自爆のあとであろう。

私は弔うようにその上を一周したが、まごまごすれば、また新手の敵にやられるおそれがあるので、高度をとりながら、基地に向かう。

心が平静にもどったところで被害状況を調べてみる。座席の後方は穴だらけで、右翼の方もまた蜂の巣のようになっている。

右タンクのガソリンもなくなったらしく、白煙はもう出ていない。座席左右の計器盤はメチャクチャにこわれ、電信器に足のはいるような大穴があいている。よくもわが肉体の一部に当たらなかったものだと、われながら悪運の強さにあきれた。

ようやく屋久島左側まで来た。燃料計はときどき零(ゼロ)を指す。あと五分あれば、なんとか種子島基地まで帰れる。両手を合わせる気持で、ひたすらエンジンが回りつづけてくれることを祈る。

刻一刻とガソリンがなくなってゆくのがわかる。いま止まるか、いま止まるかとヒヤヒヤしながら、やっとのことで基地の見えるところまできた。あと一分だ。

高度三千メートルで、体を前に乗り出すようにして基地にすべりこもうとしたが、もうあと少しというところで、いままで快調に回っていたエンジンが、パンパンと音を立てはじめた。なんとかエンジンが回らないものかと、必死でレバーを前後しているうちに、完全にとまってしまった。あとは滑空によるしかない。

運を天にまかせて、滑空で基地に向かう。なんとかはいれそうである。

ぐんぐんと高度が下がる。飛行場の端に木があるが、すでに飛行機はスピードを失い、どうにもならず、私は目をつぶって運を天にまかせた。バリッという音と同時に、どうやら滑走路についたらしい。危機一髪のところで助かったのである。

やれやれと胸をなでおろし、飛行機から降りてみると、左車輪カバーに松の枝がくっついている。着陸前にぶつかったのは松の木だった。

基地員が来て、機をひとまず掩体壕に引き入れてくれる。そこでさらに被害状態を調べると、われながらびっくりするくらいの穴だらけだ。座席の金具のところに一発食いこんでいる。落下傘バンドの金具に当たって止まったのであろう。もしそれがなかったらと思うと、背中がむずがゆくなる。

基地の指揮官に状況報告をして、本隊に連絡をたのみ、飛行機の応急修理が終わるまで休む。整備員がやってきて、とても修理は困難で、使用不能というので、普通ならそうだろうが、そこを何とかしてくれるようにたのむ。

種子島基地は、今日午前中、敵の空襲を受けて、いまだに基地全体がそわそわしている状態で、修理もなかなか思うようにはかどらない。

夕刻になって、どうやら飛べるだけにはなった。指揮官は空中分解のおそれがあるから、便のあるまで待ってはとすすめるが、危険は承知のうえで、帰ることにした。すでに太陽は西に没しようとしている。種子島から鹿児島までは時間にして約三十分くらいのもので、いま出発すれば薄暮のうちに夜までには着くだろう。一同にお礼を述べて、一路、基地に向かう。

夕闇のせまる鹿児島湾は、油を流したように静かである。ぶじ基地上空に達し、飛行場を低空で通過したのち着陸する。

飛行場指揮所では、ときならぬ私の生還で、飛行長、隊長はじめ、全員が指揮所前に出ている。

迎えの搭乗員に飛行機を渡して指揮所に行く。風防がないため、耳鳴りがして、はっきり聞こえないまま、どうやら戦闘概要を報告したのち、はじめて基地が大さわぎしていたことを知った。

空戦中に岩本少尉らしい機が敵一機を撃墜したのち、白煙を吹きつつ海中に突っこんだようだという列機の報告があり、基地では私を戦死と判定して、司令部に特進の手続きをしようとしていたところだそうで、種子島から発信した電報はまだついていなかった。

命びろいしたので、夜はお祝いに飲ませてもらう。現在の状況だと、たとえ今日助かっても、またいつお陀仏になるかもしれない身であるが、この一日を生きのびただけでも、祝杯をあげる価値がある。今日は、とくに危ないところをよく助かったと、隊長も祝盃をあげてくれる。

ぬけ殻のようになって

敵は伊江島の基地を強化すると同時に、このごろでは毎日のように、屋久島付近まで常時警戒機を出している状況である。

一方、沖縄の陸上戦は、しだいに玉砕戦の様相を呈するようになり、斬りこみ戦術をくり返しているが、味方に利あらず、しだいに陣地は失われてゆく。

いまや、特攻機をもってしても戦果はあがらないようになって、出撃すればほとんどが犬死になる。それにもかかわらず、司令部では機数がそろいしだい、成功の算もない作戦に、なんでもかでも出撃させるので、搭乗員の士気は落ちて、ともすれば命令にも従わないような状態となった。

五月十一日、菊水六号作戦が発動される。この日は全制空隊が参加して、ぶじ沖縄上空に到達し、沖縄南東海上の敵大型空母バンカーヒルに三機が命中大破させた。

しかし、一隻の大型艦を攻撃するのに、七、八十機も出撃させねば成功しない現状では、搭乗員の数はますます不足になってくる。仕方なく練習機まで引っぱり出すことになった。

われわれの部隊にも燃料不足をおぎなうため、松根油なるものが補給されてきた。もっとも馬力を必要とする戦闘機隊でさえこの状態である。

陸上戦では沖縄守備隊の善戦にもかかわらず、次第に圧迫されて、ついに南部島尻の与座岳の一角に立てこもった。そして六月二十二日、牛島中将以下全員が玉砕して、沖縄戦は終わった。

数千機におよんだ特攻攻撃も、戦局を挽回し得なかったのである。

沖縄攻防戦に、奮戦した基地航空部隊の作戦基地であった南九州の各基地も、敵の沖縄占領とともに、ますます激しくなった空襲によって大損害をうけ、ついに展開基地を北九州、四国方面に後退せざるを得なくなった。

沖縄を攻略した敵は、いよいよ本土攻略に向かってくることはあきらかである。

沖縄攻防戦で、多数の搭乗員を失った現在、本土防衛に必要な搭乗員の補充が急務となった。練習教程の四十時間から五十時間まで程度の搭乗員までを特攻で出してしまった現在、とても熟練者の補充など思いもよらない。

五航艦では、やむを得ず、補充搭乗員の養成をかねた部隊をつくることになり、各飛行隊から老練な搭乗員を飛行隊兼務で一名ずつ出すことになった。

わが三〇三飛行隊では、誰を出すかについて人選に困った。指揮官配置の者を出すことはそれだけ戦力が減ることになり、かといって若い者ではその任にたえられず、ついに岡嶋隊長の発案で、私が行くことにきまった。

現在のような困難な戦局で、後方部隊勤務は気がすすまなかったが、隊長の説得でついに一時、三〇三飛行隊をはなれることになった。

古い機材を一機整備し、僚友と別れてただ一機、仮設本部の出水基地に向かった。ここで各飛行隊から出された指導要員が集まるのを待った。

すべてが急であり、しかも物資不足の折りから、なかなか思うようにはいかなかったが、それでも一週間目にだいたいの目鼻がついた。

整備分隊士と私は先発、陸行で岩国に向かった。岩国基地の整備ができ次第、出水基地の戦闘飛行隊でなお訓練を要する搭乗員と、残りの指導要員が移動することになった。先行した私たちは、途中、空襲になやまされながら予定より六時間もおくれて岩国に着いた。

六月十三日、出水の戦闘飛行隊が到着、ただちに基地訓練に必要な諸準備にかかって、二〇三空補充部隊が編成されたのである。そして、十五日から訓練作業を開始し、要訓練搭乗員六十名の錬成にかかる。

その間に私は鹿児島基地に飛び、作戦が終わると岩国に帰るという一人二役のいそがしさである。

六月下旬、早くも、第一回搭乗員を各飛行隊に配属、第二回、第三回と、前線に補充していった。

敵の本土爆撃はその後ますます激しく、南九州の諸基地はついに作戦時以外は使用できない状態になって、各飛行隊は北九州方面に移動した。

私たちの部隊では〝天雷特攻隊〟搭乗員の急速養成を行なうことになり、現在の隊員の中から士官三名、下士官六名を選んで、この九名に特別訓練をはじめた。

天雷特攻隊の主任務は、B29編隊機に特殊爆弾を抱いて体当たりすることであった。しかし、現実に敗戦が目に見えてあきらかになっている現在、どれだけの効果を期待できよう。

七月中旬、ついに全航空隊の特攻編成が命令され、私たちの部隊も敵本土上陸に際し、若年搭乗員は全員特攻、古参搭乗員は銃爆撃隊という戦法に改められた。そのためいままでの養成法から、新方針による訓練に切りかえられる。

このころ、天雷特攻隊の養成は終わり、全員が北九州部隊に配属された。これまで岩国基地で訓練していた初練特攻組も全機、九州地区に移動し、岩国基地には私たち指導要員だけが残った。

連日の爆撃で、宿舎もついに山の手の防空壕地区に移って、いまは最後の一戦に備え、機材の温存と整備に主力をそそぎ、訓練も燃料の関係でほとんど実施せず、毎日、上空を通過する敵機を見て過ごすことになった。

八月にはいって、大型機による岩国駅の大爆撃があり、広島の原爆投下、そして、長崎とつづいた。

八月十五日正午、終戦の大詔は下った。しかし、五航艦からは作戦を継続せよ、と言ってくる。

これまで大事に温存してきた飛行機も全機、飛行場に押し出して待機、敵きたらば最後の一戦をまじえようと空をにらんでいた。

しかし、結局、停戦命令が出て、私たちはいさぎよく武器を捨てることになった。

この日、五航艦司令長官宇垣纏中将は、彗星艦爆七機をしたがえて、麾下各隊に訣別の辞を打電したのち、最後の特攻として沖縄の敵艦隊に突入した。

私たちは、岩国の基地で、魂のぬけ殻のようになってなすところなく三日間を過ごした。かくて、十年にわたった私の戦闘機乗り生活も終わりをつげたのである。

編者あとがき

著者岩本徹三氏は、日支事変から終戦までの回想を、びっしりと書きこんだ大型ノート三冊を残して、昭和三十年五月、三十八歳で病死された。

回想録は公表するつもりで書かれたものであり、このノートはそのための第一稿とも言うべきもので、もう一度、原稿用紙に書き移す予定であったことは容易に推測された。

氏は日本海軍戦闘機操縦者のなかでも、その実戦経歴の長さと豊富さと、その撃墜数において、文字どおりのトップエースだったから、当然、もう少し早く出版されるべきものだった。それが、日の目を見ることなく、ノートは夫人のもとに保存されたままになっていた。

このたび秦郁彦氏のご協力を得て、この貴重な回想録を刊行することになり、まず小社編集部において、この三冊のノートを原稿用紙にうつす作業をはじめた。三冊のノートは、びっしりとすき間もなく、消したりつけ足したりしたところもなく、じつに丹念に書きこまれてあり、当然のことながら、原文を極力尊重してのリライトだったが、多少の言いまわしの変更、措辞の修正などを行なった。

なお、思いちがいの点の修正、用語の統一、全体の均斉などにつき、こまかい点まで、秦郁彦氏の一方ならぬご協力を得た。

ともかく、出るべくして出なかった回想録が、公刊されることになったことを、まず何よりも亡き著者に喜んでもらえることと思う。

昭和四十七年六月

今日の話題社編集部

単行本　昭和四十七年七月　今日の話題社刊

解説

渡辺洋二

〔今日の話題社との接点〕

編者あとがきで分かるように、本書のオリジナルは半世紀前の一九七二年に今日(こんにち)の話題社から出版された。同社は私にとって、ささやかだが忘れがたい接点がある出版社だ。

もともとの名称を土曜通信社と言い、月刊誌「今日の話題」を発行する小規模な組織だった。同誌の創刊は一九五四年（昭和二十九年）。Ａ６判、表紙をふくめて四八ページ、定価三〇円の小冊子で、ご記憶の戦記ファンもおいでだろう。

優れた個人戦歴、あるいは突出した体験を有する人が、自身の体験談を四〇〇字詰め原稿用紙一〇〇枚ほどにまとめた、一名一冊のシリーズもの。敗戦後一〇年たらずでの企画を個人で実行した、社主・中村さんの手腕には、ある種の感銘を受ける。
ひとまわり年長の従兄が愛読者で、小学校低学年の私に「これ、すごい本だぞ」と見せてくれた。もちろん読めはしなかった。十数年後、学生時代の一九七〇年代前半に、神田の古書店で見つけてパラパラめくったが、赤黒二色の変わったドぎつめな表紙、ちょっとさえないレイアウトに内容のレベルを疑って、入手までには至らなかった。

一九七四年から飛行機雑誌の編集部に籍を置く。増刊号で太平洋戦争をあつかって、元搭乗員への直接取材も経験した。そのうちの一人が「私の戦記です」と見せてくれたのが、「今日の話題」の一冊だ。借りて、帰途の新幹線で読んでみて、これまでの偏見が一変した。

このころ、冊子の「今日の話題」はすでに刊行を終えて、既刊のそれらを合本にした単行本「太平洋戦争ドキュメンタリー」シリーズに変わっていた。いずれも短篇の一タイトルをカバーに流用し、造りの野暮ったさは、厚さが変わってもそのままだったが。

御茶ノ水から会社へ向かう道のりを一本変えて歩いていると、小さな建物に今日の話題社と表示してあるのに気がつき、「え?!」と驚いた。そこは神田駿河台。奥付で所在地は知っていたが、ここにあったのか。ちょっとおじゃまして、中村さんに挨拶したかったけれども、思いとどまった。

その後は通勤ルートをもどし、関心が遠ざかったまま、三年余で雑誌社を退いてフリーランサー生活に入る。それから五〜六年のちだったか、知人を通じて「今日の話題社の経営を引きつぐ」話がもちこまれた。

社主が年齢、体調から社を譲りたい意向、と聞かされた。唐突な内容なので逡巡し、「自分には無理だし、やりたい仕事がある」から断念した。記述するだけでものめりこむ性格なので、経営側に立って収支のやりくり、売れる本の選択などを見通すなどとても無理だ。ことわるのは妥当だった。

同社の出版物は「太平洋戦争ドキュメンタリー」から、長短篇の新原稿を用いた「太平洋戦争ノンフィクション」に移っていた。装丁、レイアウトが、まともな市販本にあと一歩まで整ってきて、ようやく各冊に固有名のタイトルが付けられた。ただし、三〇〇〜四〇〇ページの厚さにそぐわぬソフトバウンド（厚めの紙製表紙）が、ハードカバーに変わるのは一九八〇年代に入ってからだろう。

八〇年代のなかばごろ、と思う。同社の本は中小規模の書店には置いてないため、住所を調べて新宿区の一角へ購入に出向いた。近所から電話したら、男性（たぶん二代目社主の戸高さん）が社用の部屋から降りてきて、一冊を分けてもらえた。「いま、すごい搭乗員（不詳）の本を作ってますよ。お楽しみに」。一読者へのにこやかな話しぶりに、熱意が感じられた。「出版社の社主には、この人の方がずっと適役だ。あのとき辞退したのは正解だった」と帰途に考えていた。

組織内容、出版内容が九〇年代に入ってから異なり、長らく大戦ものを出していないと聞いている。

〔本書に関するあれこれ〕

前述の「太平洋戦争ノンフィクション」のソフトバウンドの一冊が「零戦撃墜王」だ。

昭和十三年（一九三八年）二月の第十三航空隊着任から、二十年八月に第二〇三海軍航空隊で敗戦を迎えるまで、岩本徹三氏は七年半を搭乗員としてすごした。

太平洋戦争に参加した戦闘機乗りのうちトップクラスのキャリアを、戦後一〇年のあいだに詳細につづったのが本書の原稿で、まさしく岩本氏の〝航空記録〟と言えるだろう。編集作業による文法的チェックや用語の修正、統一が図られていても、総体的には自分の筆で飛行経歴をたくみに書きこなしている。

練習航空隊付の時期は相対的に短く、実施部隊が過半を占めた。艦隊航空隊（空母）ではハワイ作戦（上空警戒）、インド洋作戦、珊瑚海海戦、アリューシャン作戦、基地航空隊では中国方面、南東方面、北東方面、中部太平洋方面、沖縄方面、本土方面で戦っている。海軍の作戦域でみると、ほぼ全域に近い。唯一抜けているフィリピン方面も、体調不良がなければ進出するはずだった。これだけでもまれに見る実績と言える。

肝心の戦闘についての記述は、当然ながら岩本氏の空戦が主体の描写が続く。自分の戦いにとどまらず、列機や部隊の行動、指揮する側の様相、地上の状況におよび、岩本流の視点および判定が味わいぶかい。日記をつけて復員後も保持していたのか定かでないが、理解力、洞察力、そして記憶力には感嘆せざるをえない。

ラバウルの二〇四空でベテラン搭乗員が「部隊で腕達者な三名の一人」と保証し、戦闘第三〇三飛行隊の上官は「技倆が高すぎて、おっかない」と評した、その辣腕ぶりを充分に味わえる。

随所に示される上官、部下についての表現からは、戦闘機部隊の組織のありよう、人的内情を把握できる。著者の性格や人間性もつかめてくるはずだ。

執筆にあたって岩本氏が参考にした資料は、ゼロと言っていいのではないか。食べ物すら贖い(あがない)がたい当時に、ロクな本は出ていない（あってもごく少数で、購入困難）。まして米側の公式記録なんか皆無である。

したがって氏は、ほとんどを記憶だけで書き続けたと思う。日記あるいはメモ的な控えがあったとしても、七年半をこれだけ詳しく、きちんと記していくのは驚くべき能力としか表現のしようがない。

もちろん記憶違いや誤認識はどうしても出てくる。いや、それらをなくすのは人間にとって不可能だ。

一例をあげよう。第五章、最初の見出し「尽きた敵機の運命」（ＮＦ文庫版。もとの今日の話題社版では「トベラの第一戦」）の最終行に、自身（飛曹長）の撃墜戦果をＦ６Ｆ一機、ＳＢＤ二機、同不確実二機と書かれている。

これが二〇四空行動調書には、撃墜Ｐ－38一機、Ｆ４Ｕ四機と記入してある。落とした機数は同じだが、撃墜難度は後者がずっと高い。空戦後の報告をまとめた部隊の記録だから、彼の回想記の敵機種名よりも正確度は高いだろう。

また、この空戦には氏が描いた模式図をトレースしたものが付き、「一月十六日」が付加されている。しかしこの日は空戦がなく、飛曹長が戦果をあげたのは十七日だ。

だがこうした誤りは、回想記の価値をいささかも下げはしない。混戦を零戦隊はいかに戦ったのか、岩本分隊士の戦法、飛行技術、心理をさまざまに教えられ納得できる、かけがえのない記述なのだから。

搭乗員たちの知力は、明らかに日本人の平均値を上まわり、高レベルの文才を有する人も見受けられる。撃墜王・岩本中尉にその才がそなわっていて、「零戦撃墜王」がＮＦ文庫でロングセラーであり続けるのを、戦記ファンは喜び、歓迎してほしい。

令和四年十二月

NF文庫

零戦撃墜王　新装解説版

二〇二三年二月二十三日　第一刷発行

著　者　岩本徹三

発行者　皆川豪志

発行所　株式会社　潮書房光人新社

〒100-8077　東京都千代田区大手町一-七-二

電話／〇三-六二八一-九八九一代

印刷・製本　凸版印刷株式会社

定価はカバーに表示してあります
乱丁・落丁のものはお取りかえ
致します。本文は中性紙を使用

ISBN978-4-7698-3299-7　C0195

http://www.kojinsha.co.jp

NF文庫

刊行のことば

第二次世界大戦の戦火が熄んで五〇年——その間、小社は夥しい数の戦争の記録を渉猟し、発掘し、常に公正なる立場を貫いて書誌とし、大方の絶讃を博して今日に及ぶが、その源は、散華された世代への熱き思い入れであり、同時に、その記録を誌して平和の礎とし、後世に伝えんとするにある。

小社の出版物は、戦記、伝記、文学、エッセイ、写真集、その他、すでに一、〇〇〇点を越え、加えて戦後五〇年になんなんとするを契機として、「光人社NF（ノンフィクション）文庫」を創刊して、読者諸賢の熱烈要望におこたえする次第である。人生のバイブルとして、心弱きときの活性の糧として、散華の世代からの感動の肉声に、あなたもぜひ、耳を傾けて下さい。